HEYNE ‹

AF216686

JANA LUKAS

Windstärke Liebe

Roman

WILHELM HEYNE VERLAG
MÜNCHEN

Sollte diese Publikation Links auf Webseiten Dritter enthalten,
so übernehmen wir für deren Inhalte keine Haftung,
da wir uns diese nicht zu eigen machen, sondern lediglich
auf deren Stand zum Zeitpunkt der Erstveröffentlichung verweisen.

Verlagsgruppe Random House FSC® N001967

2. Auflage
Originalausgabe 07/2019
Copyright © 2019 by Jana Lukas
Copyright © 2019 dieser Ausgabe by
Wilhelm Heyne Verlag, München,
in der Verlagsgruppe Random House GmbH,
Neumarkter Str. 28, 81673 München
Printed in Germany
Redaktion: Dr. Diana Mantel
Umschlaggestaltung: Büro für Gestaltung, München,
unter Verwendung von plainpicture/Elektrons 08
Satz: KompetenzCenter, Mönchengladbach
Druck und Bindung: GGP Media GmbH, Pößneck
ISBN 978-3-453-42231-5

www.heyne.de

Prolog

Clara Ritters uralter VW-Bus Rosti ächzte, als sie den Motor abstellte. Die Äste der riesigen Trauerweide, unter der sie geparkt hatte, strichen wie sanfte Finger über das blassblaue Dach ihres alten Gefährten und verfingen sich für einen Augenblick sogar in ihren wilden Locken, als sie ausstieg. Sie streckte sich und strich ihren zerknitterten Baumwollrock glatt. Das Rauschen des Windes in den Blättern passte zum Plätschern der Wellen, die an den Kiesstrand schlugen. Sie konnte das Wasser von hier aus nicht sehen, aber sie konnte es hören. Und riechen. Der Duft des Bodensees, unverkennbar und nicht in Worte zu fassen, gemischt mit dem der Bäume, unter denen sie stand.

Sie atmete tief ein. Irgendwo brannte ein Holzfeuer, dessen rauchige Note unter den Weiden hindurchwehte. Und über ihr hatten sich ein paar Vögel zu einem fröhlichen, lauten Konzert zusammengefunden. Wie viele Male hatte Clara hier gestanden, am Rande der Wiese? Wie oft war sie über die zerbrochenen, verwitterten Gehwegplatten zum Haus ihrer Großmutter gerannt? Sie gab dem Impuls aus Kindertagen nach und schlüpfte aus ihren Flipflops. Barfuß folgte sie dem schmalen Pfad, spürte das weiche Kitzeln der Grashalme und die von der Sonne aufgewärmten Steinplatten unter ihren nackten Fußsohlen. Viel zu schnell hatte sie die Wiese hinter sich gelassen und erklomm die drei Stufen zur Haustür. Sie lagen im Schatten und fühlten sich kühl und glatt an.

Clara bückte sich und schob den Blumentopf zur Seite, in dem in jedem Sommer ein Teeröschen blühte. Und unter dem schon immer der Haustürschlüssel versteckt war. Sie hob ihn auf und steckte ihn ins Schloss.

»Ich hoffe, du hast das WLAN-Passwort. Sonst muss ich in diesem alten Kasten echt sterben.« Clara zuckte zusammen. Ihre Schwester Sophie sackte mit finsterer Miene neben ihr gegen die Hauswand, als hätte sie keinen funktionierenden Knochen im Körper.

Für einen Moment hatte sie den übellaunigen Teenager vergessen, hatte sich in der Vergangenheit verloren, war wieder ein sorgloses, fröhliches Kind gewesen. Aber Sophie schaffte es ohne große Mühe, sie in die Wirklichkeit zurückzuholen.

Clara seufzte und drehte den Schlüssel um. Sie schob die Tür auf und sah sich dem Wesen gegenüber, das noch zickiger war als ihre kleine Schwester: Charlottes rabenschwarzer Katze Diva. Das Tier saß mitten im Windfang. Es sah sie aus schmalen Augen an, peitschte einmal mit dem Schwanz auf den Boden und erhob sich majestätisch. Mit einem vernichtenden Blick über seine Schulter stolzierte es davon.

Clara folgte Diva und betrat das Haus. Sie war eine Weile nicht mehr hier gewesen, aber es hatte sich nichts verändert. Die honiggelben Dielen knarrten unter ihren Füßen, als sie den Flur durchquerte und in das lichtdurchflutete Wohnzimmer trat. Staubkörnchen tanzten in den stillen Sonnenstrahlen, die durch die großen Sprossenfenster fielen. Im Wintergarten dahinter konnte sie Signore Albero da Noli ausmachen, Charlottes geliebten Zitronenbaum – und wahrscheinlich das einzige Gewächs dieser Art, das einen Vor- und Zunamen besaß. Der Anblick der großen gelben Früchte ließ ein glückliches Lächeln in ihr aufsteigen, das tief aus ihrem Herzen zu kommen schien und ihre Mundwinkel hob. Zuversicht hüllte sie auf einmal ein wie eine weiche Decke. Und zumindest für diesen Moment konnte Clara daran glauben, dass sich das Schicksal nicht vollständig gegen sie verschworen hatte. Hier, im Haus ihrer Großmutter am Bodensee, würde sie zu sich selbst zurückfinden. Und zu Sophie, die hinter ihr einen genervten Seufzer ausstieß, vermutlich, weil sie es noch immer nicht geschafft hatte, das WLAN-Passwort zu knacken.

1

Fünf Stunden zuvor

Clara stand reglos im Flur ihrer WG. Ihr Herz hämmerte im gleichen Rhythmus wie der Deep-House-Sound aus dem Zimmer ihres Maschinenbau studierenden Mitbewohners Adrian. Ihre Gedanken hingen in einer Nebelwolke fest. Gut möglich, dass die illegalen Substanzen, die ihr zweiter Mitbewohner Torben, ein frischgebackener Sozialpädagoge, gerade zu konsumieren schien, nicht ganz unschuldig daran waren. Die Hauptursache gründete aber in dem Anruf, den sie soeben erhalten hatte. Ein Telefonat, das sie gefürchtet hatte. Von dem sie gehofft hatte, es noch viele Jahre lang nicht führen zu müssen. Charlotte, ihre wunderbare Großmutter … Seit dem Tod von Claras Mutter vor sieben Jahren rissen ihr Nachrichten wie die, die sie gerade erhalten hatte, den Boden unter den Füßen weg. Gegen die Angst, die ihr den Hals zuschnürte, kam sie einfach nicht an.

Es klingelte an der Tür. Clara hob den Blick vom zerschundenen Linoleumboden und betrachtete das schief hängende Garderobenbrett. Ashley, die einzige Frau, die außer ihr hier wohnte, eine Verkäuferin in einem von Stuttgarts angesagtesten Klamottenläden, lag Adrian regelmäßig in den Ohren, das Möbelstück ordentlich an die Wand zu schrauben. Es war bereits zweimal unter ihrer Sammlung farbenfroher Mäntel zusammengebrochen.

Das Türklingeln steigerte sich zu einem verärgerten Stakkato. Doch Clara konnte sich nicht bewegen. Ihr Blick wanderte weiter zum Flurspiegel, dessen obere Ecke blind war. Ein Spinnennetz aus geborstenem Glas in seiner Mitte zeugte von einer besonders wilden Party aus der Zeit, bevor Clara hier eingezogen war. Er hing an der vergilbten Wand wie ein stolzes Artefakt aus einer anderen Epoche.

Das Klingeln verstummte. Noch bevor Clara erleichtert aufatmen konnte, wurde es von einer penetranten Faust ersetzt, die gegen das spröde Holz mit dem *Anti-Stuttgart 21*-Aufkleber schlug.

»Mach doch endlich die verdammte Tür auf, Alter«, schrie Torben aus seinem Zimmer.

Clara zuckte zusammen. *Ich bin nicht dein Alter*, dachte sie, wie jedes Mal, wenn er diese Formulierung benutzte. Aber immerhin hatte sein Brüllen sie aus ihrer Erstarrung befreit. Sie überwand die zwei Schritte, die sie von der Tür trennten, und riss sie auf. »Lena!« Pure Erleichterung durchfuhr sie beim Anblick ihrer älteren Schwester. Was durchaus nicht häufig geschah. »Gott sei Dank! Du bist hier!« Clara presste die Hand, mit der sie noch immer ihr Handy umklammert hielt, gegen ihr wild klopfendes Herz, als könne sie so verhindern, dass es ihr vor lauter Panik aus der Brust sprang. »Hast du auch einen Anruf bekommen?«

»Was für einen Anruf?« Ihre Schwester zog auf ihre leicht

überhebliche Art die Nase kraus und schnüffelte an Clara vorbei. »Sag mal, kiffst du neuerdings?«

»Was? Nein! Das ist der Sozialpädagoge«, ging Clara automatisch in Verteidigungshaltung. Sie trat einen Schritt in den schäbigen Hausflur hinaus und lehnte die Tür an, um ihrer Schwester den Blick in die noch schäbigere Wohnung zu versperren.

»Dann schmeiß den Typen raus. Ich will nicht, dass wir Ärger mit dem Jugendamt bekommen, wenn Sophie hier ist.«

Als ob ich irgendjemanden rauswerfen könnte, dachte Clara bitter. »Sophie ist nie hier«, korrigierte sie Lena.

»Ab jetzt schon.« Ihre ältere Schwester trat einen Schritt zur Seite, und erst jetzt wurde Clara bewusst, dass sie nicht allein waren. Hinter Lena standen ihre kleine Schwester Sophie und Lenas Lebensgefährte Benedikt. Er ignorierte sowohl Clara als auch Sophie und betrachtete stattdessen seine sauber manikürten Fingernägel. Benedikt war ein Arsch. Und ein Snob. Überheblich und selbstverliebt. Was ihn automatisch zum perfekten Partner für ihre Schwester machte.

Benedikt tippte ungeduldig mit der Schuhspitze auf den Boden. »Das Taxi wartet«, erinnerte er Lena leise daran, dass sie es offenbar eilig hatten.

Clara interessierte sich nicht dafür. »Hey Süße«, sagte sie und trat auf ihre Schwester Sophie zu, die automatisch einen Schritt zurückwich, um zu verhindern, dass Clara sie umarmte. Was dazu führte, dass sich Claras Herz schon wieder schmerzhaft zusammenzog. Mühsam schluckte sie an dem Kloß vorbei, der in ihrem Hals festsaß.

Und dann entdeckte sie den riesigen schwarzen Koffer mit dem Totenkopf aus Strasssteinchen, den jemand in den fünften Stock geschleppt hatte. Er lehnte neben der Todesverachtung ausstrahlenden Sophie an der Wand.

Im Stockwerk unter ihnen wurde eine Tür geöffnet und nicht wieder geschlossen. Na super, Frau Hallhuber gab sich die Ehre. Die Kehrwochenhexe, wie Clara sie insgeheim nannte, konnte nur eine Sache besser als das Überprüfen, ob man das Treppenhaus sauber geputzt hatte: nämlich ihre Nachbarn belauschen. Doch auch sie würde Clara nicht dazu bringen, das Gespräch in der verwahrlosten Wohnung fortzuführen, in der sie hauste. Ihr Zimmer war zwar sauber, aber so winzig, dass vier Personen und ein riesiger Koffer keinesfalls gleichzeitig hineinpassten. »Was soll das?«, fragte Clara mit einem Blick auf das schwarze Ungetüm. Es war ihr egal, wer etwas sagte. Sie wollte so schnell wie möglich eine Antwort, damit sie sich wieder auf die Sorge um ihre Großmutter konzentrieren konnte.

»Wir sind auf dem Weg zum Flughaften, wir fliegen doch heute auf die Malediven«, erklärte Lena. Sie hob den Arm und warf einen Blick auf die funkelnde Uhr an ihrem Handgelenk. »Und wir müssen jetzt los, wenn wir unseren Flieger nicht verpassen wollen. Sophie verbringt den Sommer mit dir.«

»Aber …« Clara zwang das Karussell in ihrem Kopf für einen Moment zum Stillstand. »Ihr wolltet zusammen mit Sophie fliegen. Die Ferien haben doch gerade erst begonnen.«

»Wir haben es uns anders überlegt. Wir wollen schließlich Benedikts vierzigsten Geburtstag feiern. Das passt nicht ganz zu einem Kinderferienprogramm. Jedenfalls konnten wir Sophies Ticket in ein Upgrade tauschen.«

Clara blickte zu ihrer jüngeren Schwester hinüber. Das Grufti-Outfit, das sie neuerdings trug, täuschte nicht darüber hinweg, dass sie erst vierzehn Jahre alt war. Sophie presste ihre schwarz angemalten Lippen zu einer schmalen Linie zusammen. Ihre dick mit Kajal umrandeten Augen starrten über der Tür an die Decke. Genau dorthin, wo das Spinnennetz hing, das schon vor Wochen von seiner Bewohnerin verlassen worden war. Nichtsdestotrotz hatte sich vor zwei Tagen eine Fliege in die Falle verirrt und war ihrem Schicksal erlegen. Wahrscheinlich fühlte Sophie sich gerade nicht anders als das Insekt. Die Einsamkeit hinter Sophies finsterem Blick brach Clara das Herz. »Du hast das Ticket unserer Schwester gegen die erste Klasse getauscht?« Fassungslos starrte sie in Lenas kühles, emotionsloses Gesicht. Der kinnlange, karottenrote Bob saß perfekt. Nicht ein Härchen traute sich, aus der Reihe zu tanzen. Genau wie das schlichte, aber mit Sicherheit sündhaft teure Sommerkleid es niemals wagen würde, eine Falte zu werfen. Nicht bei Lena.

»Businessklasse«, verbesserte Sophie in dem für sie so typisch sarkastischen Tonfall. »Mehr haben sie für mich nicht bekommen.« Sie verschränkte die Arme vor der Brust und bedachte sowohl Lena als auch Clara mit einem feindseligen Blick.

Lena ignorierte den Einwurf. »Ich hatte sie fast im Ferienprogramm des Internats untergebracht, aber dann hat sie es geschafft, von der Schule zu fliegen. Jetzt ist sie dein Problem.«

»Du bist von der Schule geflogen?« Clara fuhr zu Sophie herum. Sie hatte das Internat von Anfang an für keine gute Idee gehalten. Mit diesem Rauswurf war das die zweite Schule innerhalb eines Schuljahres. »Wie konnte das passieren?«

»Das kann sie dir dann in Ruhe erzählen. Ihr habt ja jetzt Zeit genug dafür.«

Zeit genug, dachte Clara. Sie schob sich die Locken aus dem Gesicht und hielt sie mit einer Hand auf dem Kopf fest. Sie würde gar keine Zeit haben, weil sie innerhalb der nächsten sechs Wochen eine neue Schule für Sophie finden musste. Sechs Wochen, von denen sich Lena zwei verdrücken würde. Erst jetzt wurde Clara bewusst, dass Lena gar nicht hier war, weil sie sich Sorgen um ihre Großmutter machte. Sie wollte ihre kleine Schwester, für die Lena das Sorgerecht hatte, bei ihr abladen.

Sophie stieß mit den Stahlkappen ihrer Doc Martins gegen die Wand, was den losen Putz nur so rieseln ließ. Wohl dem, der diese Woche mit der Kehrwoche dran war. »Ich habe ihr gesagt, dass ich allein zu Hause bleiben kann …«, brummte sie.

»Kannst du nicht!«, fuhren Clara und Lena sie gleichzeitig an. Offenbar der einzige Punkt, in dem sie sich einig waren.

»Können wir jetzt endlich?« Benedikt legte seine gepflegte Hand auf das Geländer, das ebenso heruntergekommen war wie der Rest des Treppenhauses. Vielleicht bohrte er sich so einen Splitter in die Haut. Einen, der nur chirurgisch wieder entfernt werden konnte. Oder noch besser: der festsitzen und sich entzünden und am Ende eine dicke Eiterbeule bilden würde. Clara schüttelte innerlich über sich selbst den Kopf. Seit wann war sie so bösartig? Sie hielt Lena am Arm zurück, die sich ebenfalls der Treppe zuwandte. »Du hast das mit Charlotte nicht gehört?«, fragte sie ihre Schwester leise.

»Was soll ich gehört haben?« Lena schien sichtlich genervt, dass sie noch immer nicht auf dem Weg zum Taxi waren. Sophie hingegen hob schlagartig den Blick und fixierte Clara mit ihrer finsteren Miene. Sie sagte nichts, aber sie hörte jedes Wort, das Clara sagte.

»Eine Freundin hat sie gefunden. Bewusstlos in ihrem Haus.« Clara hob ihr Handy hoch, als könnte es ihre Aussage bestätigen. »Sie ist auf dem Weg in die Klinik. Im Moment weiß noch niemand, was passiert ist.«

Für einen Moment huschte so etwas wie Sorge und Mitgefühl durch Lenas Blick. Doch es verschwand so schnell, dass Clara es sich durchaus auch eingebildet haben konnte. »Aber sie lebt?«, wollte ihre Schwester wissen.

»Sie lebt.«

»Gut. So schnell haut Charlotte nichts um. Sie lässt sich nicht kleinkriegen von ...«, Lena wedelte mit der Hand. »Was auch immer das war, du wirst dich darum kümmern«, bestimmte sie.

»Ja, ich wollte jetzt gleich zu ihr fahren.«

»Wunderbar. Nimm den Vampirlehrling mit.« Lena warf Sophie einen abschätzigen Blick zu, ehe sie sich umdrehte und Benedikt das Zeichen zum Verschwinden gab. »Ferien am Bodensee. Das hat doch was«, rief sie über die Schulter, während sie die knarzenden Treppen hinunterhasteten. »Grüß Charlotte von mir. Und halte mich auf dem Laufenden.«

In Windeseile, und ohne groß darüber nachzudenken, was sie in den nächsten Tagen – oder auch Wochen – am Bodensee brauchen würde, warf Clara Kleider, Toilettenartikel und Schuhe in einen Koffer und ihre große Reisetasche. Dann hängte sie sich ihre Laptoptasche über die Schulter und schleppte ihr Gepäck vor die Wohnungstür. Sie machte sich nicht die Mühe, ihre Mitbewohner zu informieren. Keinen von ihnen kümmerte, was sie trieb. Das schien ihre kleine Schwester zwar auch nicht zu interessieren, aber im Gegensatz zu Adrian, Torben und Ashley war sie gezwungen, die nächsten Wochen mit Clara zu verbringen. Sophie hockte mit bockig verschränkten Armen neben ihrem Koffer auf dem obersten Treppenabsatz. Als Clara die Tür hinter sich zuzog, machte sie sich nicht mal die Mühe aufzusehen. Aber sie erhob sich zumindest. Mit einer Bewegung, die Clara und die ganze Welt wissen lassen sollte, wie scheiße sie ausnahmslos alles fand. Sie schnappte sich ihren Koffer und ließ ihn auf dem Weg nach unten Stufe für Stufe auf die ausgetretene Holztreppe krachen. Clara seufzte innerlich und folgte ihr. Frau Hallhuber drückte sich immer noch im Hausflur herum, als sie den vierten Stock erreichten. Sie warf Sophie einen missbilligenden Blick zu, der nicht nur auf den Lärm zurückzuführen war, den sie veranstaltete, sondern auf die furchteinflößende Erscheinung ihrer kleinen Schwester im Allgemeinen.

»Hallo, Frau Hallhuber«, grüßte Clara die Nachbarin atemlos und manövrierte um die alte Frau herum, die mit Feuereifer die Sprossen des Treppengeländers wienerte. Das Gepäck schnitt in ihre Hände, und sie war froh, dass sie am vergangenen Abend entschieden hatte, ihre Goldschmiedeausrüstung nach dem Kurs, den sie gegeben hatte, nicht mehr aus ihrem VW-Bus zu räumen. So musste sie wenigstens diese Sachen nicht auch noch durch das ganze Haus schleifen.

»Sie verreisen?« Frau Hallhubers schlecht gelaunter Blick traf Clara mit voller Kraft. »Ich hoffe, Sie haben Ihre Mitbewohner darauf hingewiesen, dass sie nächste Woche mit der Kehrwoche dran sind. Das letzte Mal wurde sie nicht gemacht. Und das Mal davor war die Kellertreppe ganz schlampig gewischt.«

»Ja, klar. Hab ich«, log Clara. Eines war sicher: Wenn sie sich nicht selbst darum kümmerte, stand der Treppe eine weitere ungeputzte Woche bevor. Niemand in der WG befasste sich mit solchen Nebensächlichkeiten wie Sauberkeit oder Hausregeln. »Einen schönen Tag noch«, log Clara zum zweiten Mal und folgte Sophie aus dem Sichtbereich der Kehrwochenhexe.

Die Fahrt an den Bodensee war anstrengend. Offenbar hatte ganz Stuttgart beschlossen, den Ferienbeginn zu einer Fahrt in den Süden zu nutzen, sodass aus den üblichen eineinhalb Stunden mehr als drei wurden. Mehr als drei Stunden bei strahlendem Sonnenschein in ihrem T3, der weder über eine Servolenkung noch eine Klimaanlage verfügte. Ihre schweigende Schwester neben sich. Clara hatte versucht, mit ihr zu reden und herauszufinden, was im Internat vorgefallen war. Das hatte lediglich dazu geführt, dass Sophie ihre Kopfhörer aufgesetzt hatte, um irgendeine Death-Metal-Musik zu hören, die direkt aus der Hölle zu kommen schien. Und diese laut genug aufzudrehen, um auch Clara daran teilhaben zu lassen.

Bis sie die Autobahn in Stockach verlassen hatten, um als Erstes zu Charlotte ins Krankenhaus zu fahren, war Clara ein nervliches Wrack. Wenigstens war der Besuch in der Klinik weniger schlimm verlaufen als erwartet. Als sie die Tür zu Charlottes Zimmer geöffnet und sie klein und blass in ihrem Bett entdeckt hatte, war ihr für einen Augenblick das Herz in die Hose gerutscht. Doch die grauen Haare ihrer Großmutter, die zu einer perfekten Jane-Fonda-Frisur geföhnt waren, waren ein gutes Indiz dafür, dass es ihr einigermaßen gut ging. Charlotte hatte gelächelt und sie beruhigt. Sie sei doch nur gestolpert und die Treppe hinuntergestürzt, versicherte sie. Dabei hatte sie sich die linke Schulter gebrochen und würde am nächsten Tag operiert werden. Außerdem hatte sie sich einen Bänderriss am Knöchel zugezogen. Charlotte rechnete fest damit, nur ein paar Tage in der Klinik bleiben zu müssen, und wies ihre Enkelinnen an, nicht so einen Wirbel um sie zu veranstalten, sondern nach Stuttgart zurückzufahren und mit ihrem Leben weiterzumachen. Keine verlockende Idee. Besonders, wenn Sophie die nächsten Wochen bei Clara leben sollte. In ihrem WG-Zimmer war das ausgeschlossen. Ob sie wollten oder nicht, Lenas achtlos dahingesagte Bemerkung über die Ferien am Bodensee schien im Moment die einzig sinnvolle Option zu sein. Auch wenn Sophie es für die reinste Folter hielt, Zeit mit ihr verbringen zu müssen, ihre kleine Schwester liebte immerhin Charlotte. Und Clara war sich sicher, dass ihre Großmutter immun war gegen das Verhalten pubertierender Nachwuchsgruftis.

Mit der Ankunft in Charlottes Haus war zumindest ein Teil der Erschöpfung von Clara abgefallen. Hier war sie früher immer so glücklich gewesen. Verband wundervolle Erinnerungen mit diesem Stückchen Paradies am Wasser. Seit Sophie in die Schule gekommen war, hatten Clara und Lena ihre Urlaubstage so aufteilen müssen, dass sie mit Sophie wegfahren konnten. Charlotte hatte sie dafür oft in Stuttgart besucht. Aber hier gewesen waren die Ritter-Schwestern schon seit ein paar Jahren nicht mehr.

Die Küche war neu, stellte Clara fest, als sie Diva in den Raum mit den geschmackvollen Landhausmöbeln folgte. Kräuter hingen zum Trocknen in kleinen Sträußen von einem Regal und verbreiteten einen aromatischen Duft, auch wenn Clara nur Minze aus dem Potpourri herausriechen konnte. Die Sprossentür, die auf die Veranda hinausführte, war von geschmackvollen, bodenlangen weißen Vorhängen eingerahmt, und auf dem weiß lasierten Tisch stand die große Tonschale, die Clara in der siebten Klasse im Kunstunterricht getöpfert und Charlotte zu Weihnachten geschenkt hatte. Auf der Arbeitsplatte lagen zwei Zucchini und ein paar Zitronen, die sicher von Signore Albero da Noli stammten. Eine halbvolle Tasse Kaffee stand auf der Anrichte. Wahrscheinlich hatte ihre Großmutter gerade erst einen Schluck getrunken, ehe sie ins Obergeschoss gegangen und anschließend gestürzt war. Sie goss das kalte Koffein in den Ausguss und stellte die Tasse in die Spülmaschine.

Diva stand vor ihrem Futterplatz und gab einen unwilligen Laut von sich. Clara warf einen Blick in die Schüsseln. Halb gefüllt mit Trockenfutter, das ihrer vierbeinigen Hoheit nicht anzustehen schien. Ein Problem, das sie später lösen würde. Clara holte die Katzenmilch aus dem Kühlschrank, die Charlotte immer für ihren Liebling parat hatte, und goss sie in das Trinkschälchen. Diva schob ihren Kopf neben den Tetrapak, schnüffelte und versetzte Clara einen Hieb mit ihren messerscharfen Krallen, weil es ihr offenbar nicht schnell genug gegangen war, bevor sie genüsslich begann zu trinken. »Gern geschehen«, murmelte Clara und drehte sich nach Sophie um, die durch den Flur geschlurft war und sich mit verschränkten Armen in den Türrahmen lehnte. »Lass uns das Auto ausladen«, schlug Clara vor.

»Erst wenn du mir das WLAN-Passwort gegeben hast.«

»Vielleicht hat Charlotte ja gar kein WLAN«, konterte sie.

Sophie verdrehte die Augen und hielt ihr ihr Smartphone unter die Nase. »Ein Netz mit vollem Ausschlag, benannt nach Charlottes Lieblingsoper. Sie hat sehr wohl WLAN.«

Zauberflöte las Clara den Netzwerknamen auf dem Display ab. Sie wusste das Passwort. Und wenn ihre Schwester auch nur einen Millimeter über den Rand ihres schwarz angemalten Tellerrandes hinausschauen würde, käme sie ebenfalls von selbst drauf. Sie rieb sich über die Schläfen. Ein Streit mit Sophie war das Letzte, was sie heute noch gebrauchen konnte. Sie wollte nur noch ihr Zeug ins Haus räumen, ins Bett kriechen und schlafen, bis die Sonne zum nächsten Mal aufging. »Erpressung steht dir nicht, kleine Schwester. Erst wird ausgepackt, dann bekommst du den Code.«

Sophie verdrehte die Augen, machte auf dem Absatz kehrt und stiefelte davon. Clara lehnte sich gegen den

Küchentresen und holte tief Luft. Schließlich stieß sie sich dort ab und kehrte zu ihrem Bus zurück, den Sophie zu einer Zeit, in der Clara für sie noch der wichtigste Mensch im Leben gewesen war, liebevoll Rosti getauft hatte. Höchste Zeit, sich für die nächsten Wochen einzurichten.

Im Obergeschoss des Hauses befanden sich neben einem Bad Charlottes Schlafzimmer und die beiden Räume, die Clara und Lena schon als Kind bewohnt hatten, wenn sie die Sommer bei ihrer Großmutter verbrachten. Von ihrem Fenster hatte Clara einen wundervollen Blick auf den Bodensee. Sophie und sie verbrachten den Abend damit, sich in ihrem vorübergehenden Zuhause einzurichten. Clara räumte ihre Kleider ordentlich in den Schrank und stellte dabei erleichtert fest, dass die Blusen, Röcke und Hosen, die sie wahllos in ihre Tasche und den Koffer gestopft hatte, für ein paar Wochen am Bodensee durchaus geeignet waren. Sophie hatte ihre Klamotten in den penibel aufgeräumten Raum geschmissen, der früher Lena gehört hatte. Sie würde mit Sicherheit keinen Tag brauchen, das zwanghaft saubere Zimmer ihrer ältesten Schwester in blankes Chaos zu verwandeln.

Nachdem sie ihre Sachen ausgepackt hatte, schleppte Clara ihre Goldschmiedeausrüstung und -werkzeuge in das Dachgeschoss – ohne Sophies Hilfe, die sich abermals die Stöpsel ihres iPods in die Ohren geschoben hatte und sie ignorierte. Charlotte hatte in Claras Teenagerjahren eine große Gaube ins Dach einbauen lassen. Dadurch wurde aus dem Raum, der früher ihr Spielzimmer an regnerischen Tagen gewesen war, ein helles, luftiges Atelier. Sie hatte Clara immer angeboten, hier oben zu arbeiten. Insbesondere nachdem sie den fatalen Schritt in die Selbständigkeit gewagt hatte. Clara hatte immer abgelehnt, um in Stuttgart für Sophie da sein zu können – was im letzten halben Jahr nicht mehr der Fall gewesen war. Vor allem, weil Lena beschlossen hatte, die Kleine in ein Internat zu verbannen. Jetzt waren sie also hier. Blieb die Frage, ob sich dieses wunderschöne Atelier positiv auf Claras Kreativität auswirken würde. Sie baute ihren halbrunden, abgewetzten Arbeitsplatz auf und brachte die Lederschürze an, die die Abfälle auffing und die Oberschenkel vor erhitztem Metall schützte. Sie ordnete die Zangen und Feilen ordentlich an, stellte das Säurebad auf und stapelte die Kästen mit ihren Rohmaterialien in die Billy-Regale, die die Wand säumten. Auch nachdem sie alles verstaut hatte, blieb noch genug Platz in dem großen, offenen Raum. Platz, um zum Beispiel die Staffelei aufzubauen, die einsam in der Ecke lehnte. Clara wusste, dass Charlotte sie gekauft hatte, um Sophie eine Freude zu machen. Ihre Schwester malte wundervoll. Aber soweit Clara sich erinnern konnte, hatte sie die Staffelei nicht ein einziges Mal benutzt. Clara warf einen letzten Blick in den Raum und schickte noch einmal den inständigen Wunsch gen Himmel, dass sie hier ein paar schöne Schmuckstücke erschaffen würde. Sie machte mit dem Handy ein Foto und schickte es ihrer Großmutter. *Eingerichtet*, schrieb sie darunter. Dann kehrte sie ins Erdgeschoss zurück und kümmerte sich um das Abendessen.

Später am Abend, nachdem Clara die Hitze des Tages in der Dusche von ihrem Körper gespült hatte und in ihren Pyjama geschlüpft war, setzte sie sich in den Wintergarten ihrer Großmutter, der sich an das Wohnzimmer anschloss. Von hier aus konnte man bei schönem Wetter auf die Veranda treten. Oder es sich bei Regen oder Schnee gemütlich machen und die Wetterkapriolen von drinnen beobachten. Clara hatte sich bewusst dagegen entschieden, nach draußen zu gehen. Sie wollte hier sitzen, inmitten der schönen Erinnerungen ihrer Kindheit und Jugend. Außerdem hatte sie darauf verzichtet, das Licht einzuschalten. Die Dunkelheit war tröstlich. In der Luft hing noch ein Hauch von Chanel No. 5, Charlottes Parfüm, solange Clara sich erinnern konnte. Sie nippte an dem Malbec, den sie aus dem Weinvorrat in der Küche stibitzt hatte, und ließ den Blick über die Silhouetten im Raum schweifen. Clara brauchte keine Lampe, sie konnte all die Dinge um sich herum mit geschlossenen Augen sehen. Signore Albero neben dem Flügel vor der Fensterfront, an dem Charlotte noch immer Gesangsunterricht erteilte. Die geschmackvoll gerahmten Poster aus der Zeit, in der ihre Großmutter als berühmte Sopranistin in allen großen Opernhäusern der Welt gastiert hatte. Die wuchtige Couch, auf der Clara saß. Charlotte liebte es, es sich hier mit ihrem Morgenkaffee oder einem Brandy am Abend gemütlich zu machen und durch die großen Fenstertüren des Wintergartens auf den See hinauszublicken. Sogar jetzt, im Dunkeln, konnte Clara das Wasser ausmachen. Die Wellen funkelten im Mondlicht wie eine silberne Decke, die ständig in Bewegung war.

Ein Geräusch ließ sie zusammenzucken. Sie drehte den Kopf und entdeckte Sophie, die mit gespenstisch bleichem Gesicht im Türrahmen stand. Auf dem Arm Diva, die sich so wohl zu fühlen schien, wie es eine zickige Katze nur konnte. Unbewusst strich Clara über den Kratzer, den das Tier ihr vorhin verpasst hatte, weil sie nicht schnell genug Milch in ihr Schälchen gefüllt hatte. War ja klar, dass die beiden schwarzen Prinzessinnen auf der Erbse sich prächtig verstanden. »Was tust du hier?«, fragte Clara ihre Schwester.

»Ich will mir nur ein Glas Wasser holen. Es stellt sich wohl eher die Frage, was du hier tust.« Sophie machte einen Schritt in den Raum und fixierte das Weinglas, das im Mondlicht aufleuchtete. »Ein kleines, trauriges Besäufnis der unverstandenen Künstlerin?«

Ätzend. Ätzend war alles, was Clara zu ihrer kleinen Schwester einfiel. Sophie hatte es sich zur Lebensaufgabe gemacht, Clara zu provozieren. Auch wenn sie begriff, warum das so war, konnte sie die Umstände nicht ändern. Sophie litt. Aber Clara fühlte sich innerlich genauso zerrissen. Um es nicht noch schlimmer zu machen, biss sie sich auf die Zunge. Der Tag hatte ihr genug Energie geraubt, sie wollte für diese Nacht ihre Ruhe. Frieden. Vorsichtig ließ sie die schmerzenden Schultern kreisen und nippte an ihrem Wein.

Sophie hatte bisher keine Mühen gescheut, Clara auf die Palme zu bringen. Das aus Käsebroten bestehende Abendessen war ihrer Meinung nach, mit der sie selbstverständlich nicht hinter dem Berg hielt, fantasieloser Fraß. Nach zwei Bissen hatte sie es auf ihren Teller geschleudert und war in ihrem Zimmer verschwunden. Nicht einmal ein Glas von Charlottes hausgemachter Zitronenlimonade, von der sie einen Krug im Kühlschrank gefunden hatte, hatte Sophie besänftigen können.

Clara hob ihr Weinglas erneut, hielt aber auf halbem

Weg inne, als sie im Garten eine Bewegung wahrnahm. Aus den Schatten der Trauerweiden tauchte eine Gestalt auf. In der Dunkelheit konnte Clara nur erkennen, dass sie offenbar eine Kapuze über den Kopf gezogen hatte. Gänsehaut breitete sich über ihre Arme und ihren Rücken aus. »Siehst du das?«, flüsterte sie in Sophies Richtung. Ihre Schwester trat einen Schritt in den Raum, um neugierig durch die Fenster zu spähen. »Nein, nein, nein.« Hektisch wedelte Clara sie mit der Hand zurück. »Bleib stehen. Komm nicht näher, sonst sieht er uns noch.«

Ihre kleine Schwester gab einen abfälligen Ton von sich. Offenbar überwog ihre Sensationsgier ihre Angst. Im Gegensatz zu Clara, die nichts als blanke Furcht empfand. »Woher willst du wissen, dass das ein Mann ist?«

Weil Frauen selten so groß sind, dachte Clara und ließ die Gestalt, die direkt auf den Wintergarten zusteuerte, nicht aus den Augen. Das war nicht der richtige Zeitpunkt, sich auf eine Diskussion mit Sophie einzulassen. Es wurde höchste Zeit, die Polizei zu rufen – und sich zu verstecken. »Geh zurück«, fauchte sie ihre kleine Schwester noch einmal an, rollte sich vom Sofa und kroch hinter die Lehne, um von außen nicht gesehen zu werden. Mit zitternden Fingern zog sie ihr Handy aus der Hosentasche und wählte die 110.

»Polizeinotruf«, meldete sich eine professionell klingende Stimme, die Clara augenblicklich ein wenig beruhigte.

»Ich bin im Haus meiner Großmutter, Charlotte Ritter, in Bodman.« Sie rasselte flüsternd die Adresse herunter. »Hier schleicht ein Mann auf dem Grundstück herum. Ich vermute, er will einbrechen.«

»Bleiben Sie bitte im Haus, konfrontieren Sie die Person nicht. Wir schicken jemanden.«

»Vielen Dank.« Bevor die Stimme noch etwas sagen konnte, legte Clara auf.

»Du bist echt irre.« Clara musste den Gesichtsausdruck ihrer Schwester nicht sehen, um zu wissen, dass sie verächtlich den Mund verzog. Sophie lehnte wieder im Türrahmen. »Du rufst die Bullen, weil jemand über das Grundstück läuft? Wahrscheinlich ist das nur irgendein Typ, der eine Abkürzung nimmt.«

Im selben Moment bewies die Gestalt, dass sie keineswegs nur eine Abkürzung nahm. Clara hörte die drei schweren Schritte, mit denen sie die Holztreppe zur Terrasse hinaufstieg. Einen Augenblick später rüttelte sie an der verschlossenen Tür des Wintergartens. Plötzlich war die Abenteuerlust aus Sophie verschwunden. Sie ließ sich am Türrahmen hinuntergleiten, die Augen vor Schreck so weit aufgerissen, dass das Weiß in der Dunkelheit leuchtete. »Verfickte Scheiße«, hauchte sie, ganz die kreative Teenagerin.

Clara wagte einen Blick um die Sofakante. Die Gestalt hatte die Hände gegen den Glaseinsatz der Tür gelegt und spähte in den Raum. Dann wandte sie sich ab. Erleichterung durchflutete Clara. Für den Bruchteil einer Sekunde. Denn ihr wurde bewusst, dass der Einbrecher nicht verschwand, sondern über die Terrasse nach links ging. Zur Hintertür, die in die Küche führte. Dort hatte Charlotte, genau wie an der Haustür, einen Schlüssel deponiert. Unter dem hellblauen Topf mit den weißen Punkten und der üppig blühenden Geranie. Das wusste – *jeder*. Clara versuchte, die Panik zur Seite zu schieben. Wenn der Mann den Schlüssel fand, waren Sophie und sie ihm schutzlos ausgeliefert. Er würde sie ausrauben. Vielleicht sogar … daran durfte sie nicht einmal denken. Wenn der Einbrecher sie ermordete, würde Lena es schaffen, sie ins Leben zurückzuholen, um sie eigenhändig ein zweites Mal umzubringen, weil sie nicht auf Sophie aufgepasst hatte. Kalter Schweiß perlte auf ihrer Stirn. Auf allen vieren setzte sie sich in Bewegung, krabbelte an ihrer Schwester vorbei und wies sie an, sich auf keinen Fall auch nur einen Millimeter zu bewegen. Dann kroch sie in die Küche. Sie hörte, wie der Mann auf der anderen Seite der Tür die Blumentöpfe anhob, bis er offenbar fand, was er suchte. Jetzt blieb wirklich keine Zeit mehr. Er hatte riesig ausgesehen, als er auf das Haus zugekommen war. Clara hingegen war gerade mal einen Meter zweiundsechzig, wenn sie sich ganz aufrecht hinstellte. Ihr blieb nur das Überraschungsmoment. Zitternd richtete sie sich auf und griff nach dem ersten Gegenstand, den sie zu fassen bekam, ohne die Tür aus den Augen zu lassen. Die gusseiserne Pfanne, die über dem Herd hing. Gut. Die würde weh tun. Der Schlüssel wurde ins Schloss geschoben, und sie umfasste den Griff der Pfanne mit beiden Händen, hob sie an wie einen Baseballschläger. Der Schlüssel drehte sich. Clara atmete ein. Das Schloss schnappte auf. Ihr Herz überschlug sich vor Angst. Dann schob der Mann die Tür auf – und Clara holte aus. Mit einem dumpfen Laut traf ihre schwere Waffe den Kopf des Einbrechers. Einen Augenblick lang, der sich ewig in die Länge zu ziehen schien, geschah gar nichts. Der Mann sah sie erstaunt an, soweit sie das in der Dunkelheit und unter seiner Kapuze beurteilen konnte, dann knickten seine Knie ein, und er schlug mit einem weiteren dumpfen Knall auf der Terrasse auf.

»O Gott«, entfuhr es Clara. Sie spürte Sophie hinter sich, die ihr über die Schulter spähte.

»Ist er tot?«, flüsterte ihre Schwester.

Clara warf ihr einen Blick aus zusammengekniffenen Augen zu. »Woher soll ich das wissen?« Ihre Stimme war nur einen Hauch davon entfernt, sich hysterisch zu überschlagen. Sie blickten auf den Mann hinunter, der vor ihnen auf der Terrasse lag. Er war groß. Und schlaksig. Für einen Einbrecher trug er ein etwas untypisches Outfit, bestehend aus einer Laufhose und einem Hoodie, unter dessen Kapuze eine braune Locke hervorblitzte. Wobei Clara natürlich keine Ahnung hatte, was Einbrecher zurzeit so trugen, wenn sie zur Arbeit gingen. Dieser hier würde in den nächsten Tagen zumindest eine Beule am Kopf als Accessoire mit sich herumschleppen, die er der gusseisernen Bratpfanne in Claras Hand verdankte. Im Gefängnis würde sie ihm sicher gut stehen.

Sophie tippte das Bein des Mannes mit ihrer Schuhspitze an und sprang beinahe gleichzeitig einen Schritt zurück. Der Einbrecher rührte sich nicht. »Ich glaube, du hast ihn umgebracht.« Klang da ein Hauch von Ehrfurcht in der Stimme ihrer jüngeren Schwester mit? Normalerweise verzichtete sie nur dann darauf, Clara zu verachten, wenn sie tief und fest schlief.

»Er lebt noch!« Zumindest hoffte Clara das.

2

Justus Petersen hielt die Augen geschlossen. Er spürte die Frauen, die sich über ihn beugten, um zu prüfen, ob sie ihn umgebracht hatten. Was würde passieren, wenn er sich bewegte? Würde der rothaarige Derwisch noch einmal zuschlagen? Höchstwahrscheinlich. Er zog es vor, einfach hier liegen zu bleiben und zu warten, bis die Polizei kam, von der sie sprachen. Dabei würde er liebend gern einen Eisbeutel auf die Stelle pressen, an der sie ihn erwischt hatte. Viel hatte er nicht von der Frau gesehen. Er hatte den Schlüssel unter dem Blumentopf hervorgeholt, von dem jeder wusste, dass er dort lag. Kaum hatte er die Tür geöffnet, war ihm ein harter Gegenstand entgegengeflogen und hatte ihn ausgeknockt. Dahinter hatte er für den Bruchteil einer Sekunde seine Angreiferin wahrgenommen. Ein Wirbel rostfarbener Haare, blasse Haut und Sommersprossen. Viel mehr hatte er nicht gesehen.

Eine der Frauen tippte ihn mit dem Fuß an. Wie einen Rehbock, den man erlegt hatte und von dem man nicht sicher war, ob er wirklich hinüber war. »Ich glaube, du hast ihn umgebracht«, flüsterte eine der beiden. Klang da ein Hauch Ehrfurcht in ihrer Stimme mit?

»Er lebt noch!« Wirklich sicher hörte seine Angreiferin sich allerdings nicht an. Wenn er sie unter anderen Umständen kennengelernt hätte, zum Beispiel bei einem morgendlichen Plausch am Steg oder einem zufälligen Treffen am Briefkasten, hätte er diese Stimme gemocht. Dunkel und ein kleines bisschen rau. Ihr Lachen war mit Sicherheit in der Lage, einem Mann eine Gänsehaut zu verpassen. Nichts, worüber er im Zusammenhang mit diesem gewalttätigen Wesen nachdenken wollte.

»Hallo?«

Na endlich, dachte Justus, als er Peter Jägers Stimme erkannte.

Die Frauen schienen das ähnlich zu sehen. Er konnte das erleichterte Aufatmen geradezu hören. »Gott sei Dank! Wir sind hier drüben. Auf der Terrasse«, rief die mit der rauchigen Stimme. »Ich habe gemerkt, wie der Räuber ums Haus geschlichen ist«, redete sie auf den Polizisten ein, und ihre Stimme überschlug sich dabei fast vor Aufregung. »Wir sind so froh, dass Sie so schnell gekommen sind. Ich musste den Mann außer Gefecht setzen, als er sich an der Hintertür zu schaffen gemacht hat.«

Justus hörte Jäger näher kommen. Durch seine Kleider spürte er die Hitze des Tages, die noch in den Brettern des Verandabodens hing.

»Polizeihauptmeister Jäger«, brummte der Beamte. »Machen Sie mal Licht, junge Frau.«

Zeit, zu den Lebenden zurückzukehren, befand Justus. Er öffnete die Augen und setzte sich dann langsam auf. »Wurde Zeit, dass du auftauchst«, sagte er zu Jäger, während er sich blinzelnd an die sanfte Helligkeit gewöhnte, die die Kutscherlampe neben der Verandatür in die Nacht strahlte. Vorsichtig tastete er über die Beule an seiner Stirn.

»Ich habe befürchtet, dass mir diese Verrückte den Schädel bricht, wenn ich mich auch nur einen Millimeter bewege.«

»Verrückte?« Der rothaarige Derwisch schnappte nach Luft. Jetzt überschlug sich ihre Stimme tatsächlich. »Sie … Sie Verbrecher!«

Justus musste zugeben, dass er fasziniert war. Er betrachtete die Locken der Rothaarigen, die ein Eigenleben zu führen schienen. Er konnte sich nicht daran erinnern, schon mal eine so wilde Mähne gesehen zu haben. Geschweige denn pinkfarbene Pyjamahosen mit Einhörnern, die über Regenbögen balancierten. Ihr Augen schienen grün zu sein, wenn er sich in dem schwachen Licht nicht täuschte. Dunkelgrün. Die Augenfarbe schien das Einzige zu sein, das sie mit dem jungen Mädchen gemein hatte, das ziemlich gelangweilt an der Tür lehnte. Es wäre mit Sicherheit auf einem Gothic-Festival besser aufgehoben als im Haus seiner Nachbarin. Die Frauen waren eine faszinierende Kombination. Justus war oft genug bei Charlotte zu Gast gewesen, um in ihnen zwei der drei Enkelinnen wiederzuerkennen, die auf jeder Menge im Haus verteilter Bilder zu sehen waren.

»Jetzt ist Schluss mit den Anschuldigungen!«, sprach Jäger ein Machtwort. Justus sah eine Schlafanzughose unter seiner Uniform hervorblitzen. Seine nackten Füße steckten in ausgetretenen Sneakers. Offenbar hatte ihn der Notruf aus dem Bett geklingelt. »Justus, du erklärst mir, was hier los ist«, entschied er.

»Sie kennen ihn? Natürlich!« Die Rothaarige schlug sich mit der flachen Hand gegen die Stirn. »Menschen, die regelmäßig in Handschellen auf die Wache geschleppt werden, sind den Beamten natürlich persönlich bekannt. Ich werde Ihnen erzählen, was vorgefallen ist«, setzte sie an.

»Wohl kaum.« Justus stand auf und baute sich in seiner vollen Größe vor der Frau auf, die automatisch einen Schritt zurückwich. »Du hast mitbekommen, dass Charlotte Ritter einen Unfall hatte?«, fragte er Jäger.

Der Beamte nickte. »Schlimme Sache. Schulterbruch. Operation. Das ganze Programm. Sie wird noch ein paar Tage in der Klinik bleiben müssen.«

»Ein Umstand, den sich dieser Widerling zu Nutze machen wollte, um in das Haus meiner Großmutter einzubrechen«, wartete die Rothaarige mit der nächsten Anschuldigung auf.

»Und was ist wirklich passiert?«, fragte Jäger daraufhin Justus mit hochgezogenen Augenbrauen. Ihn schien der Gegenstand dieses Notrufes von Minute zu Minute mehr zu nerven.

Justus drehte sich zu den Frauen um. Die Bewegung ließ den Schmerz wie einen Blitz durch die Beule an seiner Stirn schießen und erinnerte ihn daran, dass er eigentlich ziemlich sauer über den Angriff war. Sein Blick fixierte die vorlaute Frau, und für einen Moment starrte sie ihn mit aufgerissenen Augen an und schien das Atmen vergessen zu haben. Dann schluckte sie und senkte den Blick. »Ich war auf dem Rückweg vom Joggen«, sagte er. »Und wollte noch schnell nach Charlottes Katze sehen.«

»Gut, gut.« Peter klatschte in die Hände. »Wir gehen jetzt alle hinein. Sie kochen einen Kaffee.« Er stach mit dem Zeigefinger vor der Rothaarigen in die Luft. »Schließich haben Sie mich unnötigerweise aus dem Bett geschmissen.«

»Der kommt nicht ins Haus!« Die Locken schienen sich elektrostatisch aufzuladen und in Richtung Himmel zu streben.

Peter zog die Augenbrauen nach oben und schwieg, bis sich die Frau mit einem unwilligen Laut auf dem Absatz umdrehte und ins Haus marschierte. Ihre Schwester schien die Show zu genießen und hielt ihnen mit einer kleinen Verbeugung die Tür auf. »Setz dich, Justus«, kommandierte Peter auch ihn herum, kaum dass sie die Küche betreten hatten. »Haben Sie etwas zum Kühlen für diese Beule?«, fragte er die Schwestern. Die Jüngere zog einen Beutel Erbsen aus dem Gefrierfach und warf ihn Justus zu. Er fing das Gemüse und presste es gegen seinen Kopf. Den erleichterten Seufzer, als der Schmerz ein wenig nachließ, verkniff er sich. »Als Erstes hätte ich gern gewusst, wer Sie sind«, begann Peter, nachdem er umständlich einen Notizblock aus seiner Tasche gezogen und am Küchentisch Platz genommen hatte.

»Ich bin Clara Ritter. Und das ist meine Schwester Sophie. Wir sind Charlottes Enkelinnen.«

Clara Ritter. Justus ließ den Namen in seinem Kopf nachhallen. Er klang gut. So normal. Zu dieser Amazone passte er kein bisschen. Genau wie Sophie nicht zu dem kleinen Vampir neben ihr passte.

»Können Sie sich ausweisen?«

Clara Ritter starrte den Polizisten an, bis er sich räusperte und den Blick senkte. Sie hatte dieses Amazonending echt drauf. Es wurde Zeit, dem Gesetzeshüter ein wenig unter die Arme zu greifen. »Ich bin Justus Petersen und wohne seit einem Vierteljahr nebenan.« Er wies mit dem Daumen über die Schulter in Richtung des Bungalows, den er gemietet hatte. »Als ich von Charlottes Unfall gehört habe, habe ich mir vorgenommen, nach Diva zu sehen. Aber dann wurde ich in der Manufaktur aufgehalten, kam später als sonst zu meiner Joggingrunde – und deshalb auch später als geplant hierher. Es tut mir leid, wenn mein Auftauchen Sie erschreckt hat.« Nicht dass er nicht trotz allem stinksauer war, dass sie ihn niedergeschlagen hatte.

»Was für eine Manufaktur?«, fragte Clara Ritter skeptisch.

»Die Bootsmanufaktur von Simon Brandstetter.«

»Was ich bestätigen kann«, bemühte sich Peter zu bezeugen. Der Polizist und Justus kannten sich von einem Freizeitfußballturnier, dass vor ein paar Wochen in Bodman stattgefunden hatte und bei dem die Mannschaft der Bootsmanufaktur die des Rathauses mit sieben zu null plattgemacht hatte.

»Nun gut.« Clara Ritter verschränkte die Arme vor der Brust und verzog das Gesicht. »Es tut mir leid«, sagte sie und meinte es offenbar kein bisschen so. »Ich habe Sie für einen Einbrecher gehalten. Vielleicht nutzen Sie nächstes Mal einfach den Vordereingang und klingeln, wie es sich gehört.«

»Sicher. Jetzt, da ich weiß, dass außer der Katze jemand da ist, der die Tür auch öffnen kann.« Justus erhob sich und wandte sich zur Hintertür, durch die er versucht hatte, das Haus zu betreten. »Was dagegen, wenn ich diesen Ausgang nehme?«

»Nein.« Sie streckte die Hand aus. Wollte sie seine schütteln? Frieden schließen? »Die Erbsen.«

»Was?« Er brauchte einen Moment, um zu begreifen, wovon sie sprach.

»Ich möchte meine Erbsen zurück.«

Das biologische Kühlpack. Sie musste ihn wirklich härter erwischt haben als gedacht, wenn er so lange brauchte, um das zu kapieren. »Sicher.« Justus zog den Gemüsebeutel von seiner Beule und reichte ihn ihr, bevor er das Haus verließ. Keine Frage, Charlotte Ritter war eine große Dame. Faszinierend. Anbetungswürdig. Ihre Enkelinnen hingegen erschienen ihm wie eine einzige Herausforderung. Fesselnd, aber alles andere als harmlos.

In seinen eigenen vier Wänden gönnte sich Justus eine Dusche, bevor er die Beule, die Clara Ritter ihm verpasst hatte, im Spiegel begutachtete. Nicht so dramatisch, beschied er. Nichts, was sich nicht mit einem kalten Bier behandeln ließ. Er zog Shorts und ein altes T-Shirt an, nahm ein Ruppaner aus dem Kühlschrank und schob die Terrassentür auf. Justus mochte diese Wand des modernen, minimalistisch eingerichteten Bungalows, die komplett aus Glas bestand und sich zur Hälfte aufschieben ließ. Sie gab ihm das Gefühl, auch im Wohnzimmer Teil der Szenerie draußen zu sein. Barfuß lief er über die Terrasse und den taufeuchten Rasen zum See hinunter. Seine Schritte klangen dumpf auf den rohen Planken, aus denen der Bootssteg gezimmert war. Er wirkte uralt und marode, war aber tatsächlich ziemlich stabil. Das Schilf links von ihm raschelte im Nachtwind, und die Wellen schlugen glucksend gegen die Pfosten des Stegs. Charlottes kleines Motorboot und das Kanu des Nachbarjungen schaukelten sacht vor sich hin. Justus ging bis ans Ende des Stegs und setzte sich. Er ließ die Beine Zentimeter über der Wasseroberfläche baumeln. Die eine oder andere Welle schaffte es trotzdem, seine Fußrücken angenehm kühl zu überspülen. Auf der gegenüberliegenden Seeseite funkelten die Lichter Ludwigshafens. Über ihm die Sterne. Ein Käuzchen krächzte irgendwo, und die Grillen zirpten.

Simon hatte heute in einem exotischen Hafen in der Karibik angelegt. Eine Stelle, an der er glücklicherweise WLAN-Empfang hatte, was ihnen die Möglichkeit gegeben hatte zu skypen. Justus trank einen Schluck Bier. Simon Brandstetter lebte seinen Traum. Keine Frage. Die Welt zu umsegeln in einem Boot, das man selbst entworfen und gebaut hatte, war für die meisten Menschen ein wahr gewordenes Wunder. Und es erlaubte Justus, ebenfalls seinen Traum zu leben. Boote zu entwerfen und zu bauen. Simon und er hatten in Kiel zusammen studiert und waren auch danach Freunde geblieben, selbst wenn die Werkstatt, die Simon von seinem Vater übernommen hatte, am anderen Ende des Landes lag. Als er Justus anrief, weil er auf der Suche nach einer Vertretung für die Dauer seiner Weltreise war, hatte er nicht eine Sekunde gezögert. Er hatte sich nicht überlegt, was seine Eltern – und Arbeitgeber – zu dieser Entscheidung sagen würden. Er hatte sich keine Gedanken gemacht, wie es wäre, in Süddeutschland zu leben. Natürlich waren seine Mutter und sein Vater alles andere als begeistert gewesen. Hatten alles versucht, um ihn umzustimmen. Justus war schließlich der Erbe der Petersen-Werft. Er sollte Eva heiraten und damit zwei Kieler Industrieimperien vereinen. Allein das hatte gereicht, die Flucht nach vorn anzutreten und Schleswig-Holstein hinter sich zu lassen.

Seit einem Vierteljahr lebte und arbeitete er inzwischen am Bodensee. Er hatte es nicht bereut. Nicht eine Sekunde. Bis heute Abend. Er rollte die kühle Bierflasche vorsichtig über seine Stirn und sah über die Schulter zu Charlottes Haus zurück. Die ehemalige Opernsängerin hatte er bereits in dem Moment in sein Herz geschlossen, in dem er sie zum ersten Mal gesehen hatte. Am Tag seines Einzuges, als sie, perfekt frisiert, geschminkt und gekleidet, mit einem noch warmen Apfelkuchen vor seiner Tür gestanden hatte. »Bodenseeäpfel«, hatte sie erklärt. »Herzlich willkommen in Bodman.«

Es war unmöglich, ihr aus dem Weg zu gehen oder sich ihrer Präsenz zu entziehen. Charlotte teilte sich den Rasen und den Bootssteg mit ihm und den Strassers, die das restaurierte Fachwerkhaus neben Charlotte bewohnten. Workaholics, die ihren Teenagersohn Anton fünfundneunzig Prozent der Zeit vernachlässigten, soweit Justus das beurteilen konnte. Die drei Häuser am Rand des Ortes, versteckt hinter den großen Trauerweiden am Ende der Straße, an der die Bootsmanufaktur lag, hatten etwas von einer geheimen Lichtung. Sie passten nicht zusammen. Das jahrhundertealte restaurierte Fachwerkhaus der Strassers. Das Sommerhaus mit der luftigen Terrasse und dem Wintergarten aus den Zwanzigerjahren des letzten Jahrhunderts, das irgendwann zu Charlottes ganzjährigem Wohnsitz geworden war. Und der moderne, schlichte und geradlinige Bungalow, den er gemietet hatte. Das Einzige, das sie verband, war die Ruhe, die sie hier umgab, die Wiese und der Steg. Niemand störte sie. Die Wanderer, die auf dem Weg zur Marienschlucht waren und im Sommer scharenweise am See entlangströmten, bemerkten nicht einmal, dass hier noch jemand wohnte. Charlotte tat ein Übriges, dass er sich in ihrer versteckten kleinen Einöde wohl fühlte. Die Oper gehörte eigentlich nicht gerade zu seinen favorisierten Musikrichtungen. Ehrliche Gitarren und heiser gebrüllte Refrains, zu denen man, ohne viel zu denken, mit dem Kopf wippen konnte, waren eher sein Ding. Aber er war neugierig genug gewesen und hatte sich auf YouTube ein paar ihrer Auftritte angesehen. Und er war ehrlich genug zuzugeben, dass sie ihm eine Gänsehaut über den Rücken gejagt hatten. Es war erstaunlich, was für eine Stimme aus dieser kleinen, zarten Frau kam. Beeindruckend. Hin und wieder wehten klassische Melodien leise aus den offenstehenden Türen ihres Wintergartens durch seine Terrassentür, ohne dass er sich davon gestört fühlte. Charlotte war eine Diva. Allerdings eine ohne Allüren. An ihren Enkelinnen hingegen war nichts divenhaft. Und er war sich sicher, dass es mit der Ruhe in ihrem kleinen Refugium ab sofort vorbei war. Zumindest solange Clara und Sophie Ritter hierblieben. Justus trank sein Bier aus und erhob sich.

Auf dem Weg zu seinem Bungalow blickte er ein letztes Mal zu Charlottes Haus hinüber. Es lag im Dunkeln. Lediglich aus dem großen Dachfenster drang Licht. Welche der beiden Schwestern wohl noch auf war? Und was sie da oben trieb?

Am nächsten Tag erwachte Justus im Morgengrauen. Beim Blick auf seinen Wecker entfuhr ihm ein unwilliger Laut. Am liebsten hätte er sich die Decke über den Kopf gezogen und so getan, als sei es mitten in der Nacht, bis er wieder einschlief, so wie er es als kleiner Junge getan hatte. Leider funktionierte das nicht mehr. Justus kannte seinen Körper nur zu gut. Er war hellwach, obwohl er viel zu spät ins Bett gekommen war. Es half nichts. Also stand er auf und schaltete die Kaffeemaschine ein. Während er seine Zähne putzte, heizte sie auf, sodass er nur noch auf den Knopf drücken musste, nachdem er eine Tasse unter den Auslauf gestellt hatte. In den Rahmen seiner Terrassentür gelehnt, genoss er das Koffein, während die Sonne über dem See aufstieg. Dann holte er sein Paddelboard aus dem Schuppen und zog es zum Wasser. In der Werft würde sich noch mindestens eine Stunde keine Menschenseele blicken lassen. Zeit genug, eine ausgedehnte Runde auf dem Wasser zu drehen und direkt zur Bootswerkstatt zu paddeln. Er kletterte auf das Brett, balancierte seinen Stand aus und begann, das Paddel im gleichmäßigen Rhythmus ins Wasser zu tauchen. Es tat gut, die glasklare Luft tief ein- und auszuatmen und auf den blass fliederfarbenen Horizont zuzusteuern. Er spürte das angenehme Brennen seiner Armmuskeln und zerteilte mit dem Board die schmalen Nebelfetzen, die über dem Wasser schwebten. Als er etwa die Hälfte der Distanz zum anderen Ufer hinter sich gebracht hatte, wechselte er die Richtung und hielt auf die Bootsmanufaktur zu. Sein Blick fiel auf den Steg in der Bucht vor seinem Haus, auf dem eine einsame Gestalt hockte. Sophie, wie er an den schwarzen Klamotten und den im leichten Wind wehenden tiefschwarzen Haarsträhnen zu erkennen glaubte. Zusammengesunken saß sie da und malte oder schrieb irgendetwas in ein Buch. Was sie genau tat, konnte Justus nicht erkennen. Dazu war sie zu weit entfernt. Was er aber sehr wohl erkennen konnte, war die Einsamkeit, die sie zu umgeben schien wie eine schimmernde, undurchdringliche Aura.

3

Clara saß am Küchentisch ihrer Großmutter und starrte auf
den Bildschirm ihres Laptops vor sich. Die Zahlen – genau
genommen waren es ausschließlich Nullen –, die sie auf-
gerufen hatte, verschwammen langsam vor ihren Augen.
Aber sie verschwanden nicht. Sie hatte nichts verkauft.
Absolut nichts. Kein einziges Schmuckstück. Es war keine
Bestellung für eine ihrer Ketten oder wenigstens einen Ring
oder ein paar Ohrringe bei ihrem Label Perlenglück eingegangen. Nicht einmal eine Anmeldung zu einem der
Schmuckkurse, die sie vertretungsweise übernahm, wann
immer es möglich war, blinkte ihr entgegen. Was nicht un-
gewöhnlich war. Während der Sommermonate waren die
Leute lieber auf Reisen. Selbst die Kneipe, in der sie jobbte,
hatte zurzeit mehr Kellnerinnen als Gäste. Ihrem Chef war
die Erleichterung anzusehen gewesen, als sie ihn gebeten
hatte, ihr ein paar Wochen freizugeben. Clara fuhr sich
durch die Haare, als würde das helfen, ihre Locken zu bändigen. Sie zog den Haargummi von ihrem Handgelenk
und band die wilde Mähne zu einem Knoten zurück. Dann
griff sie nach ihrer Kaffeetasse. Sie war erschöpft. Todmüde.
Die halbe Nacht hatte sie im Atelier unter dem Dach gesessen. Hatte sich an Skizzen versucht, Rohmaterialien in
die Hand genommen, immer in der Hoffnung auf einen

Geistesblitz. Geschaffen hatte sie nichts. Nicht eine einzige Idee hatte ihre Gedanken gestreift. Ihre Kreativität schien noch immer wie weggeblasen. Sie sparte es sich, ihren Kontostand aufzurufen. Ihr war auch so klar, dass sie tief in den roten Zahlen steckte.

Clara setzte ihre Kaffeetasse wieder ab – und fuhr erschrocken zurück, als Divas schwarzer Kopf über dem Monitor des Laptops auftauchte und sie stumm anstarrte. »Was wollen Eure Hoheit mir mitteilen?«, murmelte Clara. »Soll das Schälchen gefüllt werden? Na komm schon.« Sie stand auf, um die Katze zu füttern, damit sie sich nicht noch einmal den Zorn dieser Kreatur des Teufels zuzog. Diva sprang über den aufgeklappten Bildschirm des Laptops auf die Tastatur. Was Clara ein zweites Mal zusammenzucken ließ. »Hey, ich habe nur den einen PC. Der sollte noch eine Weile halten«, erklärte sie der Katze. Diva schien das allerdings nicht besonders zu interessieren. Sie sprang vom Tisch, stolzierte zu ihrem Napf und dankte der Hand, die sie fütterte, mit einem weiteren tiefen Kratzer. Clara stützte ihre Hände auf den Küchentresen und ließ den Kopf hängen. Eine halbe Minute Selbstmitleid pro Tag war erlaubt. Eine Regel, die sie selbst aufgestellt hatte und eisern befolgte. Als sie sich wieder gefangen hatte, schüttete sie ihren lauwarmen Kaffee in die Spüle und stellte die Tasse ein zweites Mal unter die Kaffeemaschine. Als ihr das starke, heiße Aroma in die Nase stieg, trat sie mit ihrem Becher an die offenstehende Tür zur Terrasse. Der Holzboden glänzte noch feucht vom morgendlichen Tau. Nichts ließ erkennen, dass sie hier erst vor ein paar Stunden einen Mann niedergeschlagen hatte. Sie war froh, ihn nicht umgebracht zu haben. Die Beule hatte er sich allerdings verdient. Wer schlich sich schon so an ein Haus an? Sie versuchte, ihr schlechtes Gewissen zur Seite zu schieben. Woher hätte sie wissen sollen, dass er der Nachbar war und nur die Katze hatte füttern wollen? Nachdem er wieder zu sich gekommen war, hatte er sie mit seinen dunkelblauen Augen auf eine Art taxiert, die von vornherein klarmachte, dass ihr nachbarschaftliches Verhältnis auf sehr wackligen Beinen stand, noch bevor sie einander überhaupt vorgestellt worden waren.

Ihr Handy piepste mit einer eingehenden Nachricht. Sie zog es aus der Hosentasche und las Charlottes Frage, wie es ihnen am ersten Abend am See ergangen war. Clara würde ihr nicht jetzt, kurz vor der anstehenden Operation, beichten, dass sie den Nachbarn k.o. geschlagen hatte. Sie würde nichts davon erzählen, wie sie erfolglos versucht hatte, ein Schmuckstück zu kreieren. Und von Sophies Zickeneinlage berichtete sie besser auch nicht. Als Antwort schoss sie ein Foto von der Katze und schickte es ihrer Großmutter. Sie nahm die kleine Gießkanne neben der Verandatür und goss die Tontöpfe, die, auf einer kleinen Pflanztreppe arrangiert, Charlottes Kräutergarten ausmachten, während sie ein Daumen-Hoch-Emoji zu ihrer Nachricht hinzufügte.

Hatten eine ruhige erste Nacht, tippte sie. *Diva geht es gut. Wir wünschen dir viel Glück für die OP. Sophie und Clara.*

Nachdem das Sendenzeichen aufleuchtete, schob Clara das Handy zurück in ihre Tasche und hielt ihr Gesicht in die Sonne, die gerade erst ihren Weg über den Bergrücken gefunden hatte. Sie genoss den leichten Wind, der den Geruch des Sees an ihr vorbei in die Küche trug und der die

Vorhänge bauschte, die sie zur Seite geschoben hatte. Keine Wolke war am Himmel zu sehen. Der Tag versprach wunderschön und warm zu werden. Perfekt für Shorts und ein T-Shirt. Nichts für das schwarze Grufti-Outfit ihrer Schwester, die im Schneidersitz auf dem Steg hockte und in ihr Skizzenbuch zeichnete. Sophie musste schon seit einer Ewigkeit wach sein. Clara hatte sie nicht gehört. Dabei hatte sie nicht besonders gut und auch nicht besonders tief geschlafen. Nachdem sie im Atelier aufgegeben hatte, hatte sie in ihrem Bett an die dunkle Decke gestarrt und war irgendwann in unruhige, wirre Träume gestürzt, aus denen sie immer wieder erwacht war.

Clara rieb über die Stelle ihres Brustkorbes, an der sie den dumpfen Schmerz spürte, wann immer sie an die Zeit zurückdachte, in der Sophie und sie sich unglaublich nahegestanden hatten. In der ihre kleine Schwester ihr jede einzelne Zeichnung zeigte, die den Weg in ihr Skizzenbuch gefunden hatte. In der sie Stuttgarts Geschäfte für Malbedarf geplündert hatten. Sie waren vorbei und würden auch nicht zurückkehren. Mit einem Seufzer wandte Clara den Blick von ihrer Schwester ab und schaute auf den See hinaus. Um Sophie musste sie sich keine Sorgen machen, solange sie hier waren. In Bodman konnte sie weiß Gott nichts anstellen und sich in Schwierigkeiten bringen. Auch wenn sie noch immer nicht wusste, was ihre Schwester angestellt hatte, um vom Internat zu fliegen. Aus diesem Blickwinkel betrachtet war es gar nicht schlecht, den Sommer hier zu verbringen.

Ein einsamer Stand-up-Paddler glitt weiter draußen über den glatt vor ihr liegenden See. In zügigen, athletischen

Bewegungen tauchte er sein Paddel ins Wasser. Ein Bild wie aus einem Ferienkatalog, fand sie. Sie hatte diese Sportart schon längst einmal ausprobieren wollen. Vielleicht nahm sie sich die Zeit dafür, solange sie am Bodensee waren. Aber im Moment hieß es erst einmal, Zeit totzuschlagen. Charlotte wurde im Moment für ihre OP vorbereitet. Bis sie Neuigkeiten aus dem Krankenhaus bekamen, würden noch Stunden vergehen. Clara kehrte an den Esstisch zurück und zog ihren Laptop zu sich heran. Träumen brachte ihr – und vor allem ihrem Konto – überhaupt nichts. Was sie brauchte, war ein Job für die Wochen, die sie hier verbringen würde, um sich um ihre Großmutter zu kümmern. Entschlossen öffnete sie Google und tippte die ersten Begriffe in die Suchmaschine.

Eine Stunde später schob sie ihren Laptop entnervt zur Seite und stand auf. Im Internet ließ sich kein einziger Job in der Gegend finden. Und solange Charlotte im OP lag, konnte sie sich sowieso auf nichts konzentrieren. Die nervöse Energie, die durch ihren Körper summte, brauchte ein Ventil. In Stuttgart war sie die meiste Zeit mit dem Fahrrad unterwegs, was bei den steilen Straßen als perfektes Training durchging. Zeit totzuschlagen war nicht gerade ihre Spezialität. Sie blickte zum Steg hinaus. Sophie hatte ihre Position nicht um einen Millimeter verändert, seit sie das letzte Mal nach ihr gesehen hatte. Claras Blick wanderte weiter in Richtung des Dorfes und den Hang, an den es sich schmiegte. Über den Häusern thronte die Burgruine Altbodman. Als Jugendliche hatte sie ziemlich viel Zeit in den alten Gemäuern verbracht. Die Atmosphäre auf dem

Berg hatte ihr immer gutgetan. Wahrscheinlich tat sie das noch immer. Erleichtert, endlich eine Beschäftigung gefunden zu haben, die sie nicht frustrieren würde, tauschte sie ihren Schlafanzug gegen ein T-Shirt, Shorts und Turnschuhe. Sie rief Sophie zu, dass sie zur Ruine hinaufgehen würde, und erntete nur ein desinteressiertes Schulterzucken. Clara versuchte, den Stich, den Sophies Reaktion ihr versetzte, zu ignorieren und lief los. Vorbei an der Kirche, durch den Schlosspark, nahm sie schließlich den steilen Aufstieg in Angriff.

* * *

Sophie überhörte geflissentlich, dass Clara auf die Burg klettern wollte. Eine lahme Idee. Es interessierte sie genausowenig wie alles andere, was Clara vorhatte. Sie hasste ihre Schwestern. Lena dafür, dass sie sie einfach in ein beschissenes Internat mit einem dummen Nazi als Schulleiter gesperrt hatte. Und natürlich dafür, sich einfach auf die Malediven zu verpissen, ohne auch nur einen Blick zurückzuwerfen. Clara – einfach dafür, wie sie war. Wie sie sie im Stich gelassen hatte. Bei Lena wusste wenigstens jeder, dass sie nur an sich und ihre dämliche Karriere dachte. Aber Clara hatte immer so getan, als wäre Sophie der wichtigste Mensch in ihrem Leben. Tja, war ja wohl nicht so.

Sophies Kohlestift glitt über das Papier, ließ die Konturen des gegenüberliegenden Seeufers in ihrem Skizzenbuch entstehen. Sie hatte coole Pläne für den Sommer gehabt. Die hauptsächlich darin bestanden hätten, Zeit ohne ihre nervigen Verwandten zu verbringen. Doch anstatt mit ihren Freunden am Stuttgarter Schlossplatz herumzuhängen und

Touristen gegen Geld zu zeichnen, hockte sie im Niemandsland fest. Sie liebte ihre Großmutter, denn Charlotte war tatsächlich die einzige gechillte Frau in ihrer durchgeknallten Familie. Trotzdem wollte sie nicht an diesem miesen Flecken Erde sein, an dem sie sich zu Tode langweilen würde. Sie spürte die leichten Erschütterungen, als jemand den Steg betrat. Wahrscheinlich Clara, die es sich doch noch anders überlegt hatte und mal wieder eines ihrer Gespräche führen und sie über das Internat ausfragen wollte. Sophie setzte ihre finsterste Miene auf. Umso überraschter war sie, als ein Junge, etwa in ihrem Alter, neben sie plumpste und die Füße über den Rand des Stegs baumeln ließ.

»Hey«, sagte er mit einer Stimme, die schon die Tiefe erahnen ließ, die sie einmal bekommen würde. »Ich bin Anton.« Sie spürte sein Schulterzucken mehr, als dass sie es sah. »Aber eigentlich nennen mich alle Toni.«

Sophie machte sich nicht die Mühe, ihm Hallo zu sagen, und konzentrierte sich weiter auf ihre Zeichnung. Ohne aufzublicken, sah sie nur seine dunkelblaue Board-Shorts, braun gebrannte, knochige Knie und nackte Füße, die gerade von einer kleinen Welle überrollt wurden. Sie wollte keinen Blickkontakt zu diesem Typen namens Anton, denn das hätte Interesse signalisiert. Interesse, das sie nicht hatte.

Ihn schien ihr Schweigen nicht zu stören. »Ich wohne in dem Haus da drüben.« Seine Hand tauchte in ihrem Blickfeld auf und wies auf das Fachwerkhaus auf der linken Seite der Bucht. Dann gehörte er also nicht zu dem Typen, Justus, den Clara am vergangenen Abend niedergeschlagen hatte. Denn der wohnte in dem flachen Bungalow auf der anderen Seite.

»Du musst Sophie sein«, plapperte die Nervensäge weiter. »Charlotte hat mir viel von dir erzählt.«

Ach ja, dachte sie. Was das wohl für Geschichten waren? Mit Sicherheit hatten sie nichts mit der Realität zu tun. Sie fügte eine Möwe in ihre Zeichnung ein, die über den blauen Horizont vor ihr segelte.

»Sie meinte, du zeichnest wahnsinnig gut. Zeig mal her.« Er griff nach ihrem Buch, und Sophie klappte es automatisch mit einer heftigen Bewegung zu.

»Lass das«, fauchte sie und sah endlich auf. Er sah … nett aus, war das Erste, was ihr einfiel, als sie ihn betrachtete. Seine blonden Haare, die in einem sauberen Sidecut geschnitten waren, fielen ihm in längeren Strähnen über die linke Seite und in die Stirn. Seine hellbraunen Augen blickten freundlich. Und sein Shirt mit Supreme-Logo sah ernsthaft aus, als hätte es jemand gebügelt. Oder zumindest ordentlich zusammengelegt.

»Tut mir leid. Ich wollte dir nicht auf die Pelle rücken oder so«, entschuldigte er sich.

»Tust du aber«, ließ sie ihn ungnädig wissen.

»Du bist nicht gerade gesprächig, was?« Er lächelte.

»Nein, bin ich nicht.« Sie drehte ihm den Rücken zu und wartete mit angespannten Schultern, bis er sich erhob.

Er verstand. »Man sieht sich«, sagte er leise. »Ich bin den ganzen Sommer hier.« Und dann hörte sie die sanften Erschütterungen, die seine Schritte auf dem Steg hinterließen. Sie zwang sich, weiterhin auf ihr geschlossenes Skizzenbuch zu starren und ihm nicht hinterherzusehen. Er war ein süßer Junge, der versucht hatte, nett zu ihr zu sein. Aber süße Jungen, die kein Death Metal hörten oder dunkle Fantasien über Tod und Zerstörung hatten, überforderten Sophie. Auch wenn sie – genau wie er – den ganzen Sommer hier festsaß.

Ihr Handy, das neben ihr lag, vibrierte. Sophie warf einen Blick auf das Display. Daria hatte ihr geschrieben.

Hey Süße, ich wollte dir einen schönen Sommer wünschen, las sie. *Noch mal danke für alles. Tut mir leid, dass das Schuljahr so für dich geendet hat. Wenn ich etwas für dich tun kann, lass es mich wissen.*

Sophies Herz zog sich zusammen. Sie blätterte in ihrem Skizzenbuch zurück zu der Zeichnung, die dafür gesorgt hatte, dass sie vom Internat geflogen war. Mit der Fingerspitze fuhr sie die Linien nach. Auch wenn sich Lena nicht dafür interessiert hatte, was wirklich passiert war, und der Rektor ein mieses Arschloch war, bereute sie ihre Aktion nicht.

Eine neue Nachricht blinkte auf ihrem Handy auf. Daria hatte ein Selfie geschickt, auf dem sie breit grinsend unter Palmen am Strand stand. *Ich verbringe den Sommer bei Verwandten in Südfrankreich,* erklärte sie das Bild.

Sophie lächelte. Daria war eine von wenigen Mitschülern gewesen, die sie wirklich gern gemocht hatte. Sie knipste ein Selfie mit dem Bodensee im Hintergrund und schickte es zurück.

Wasser habe ich hier auch. Keine Palmen. Aber ich bin ja schließlich auch im familiären Straflager.

Zur Bekräftigung schickte sie eine sehr kreativ zusammengesetzte Auswahl von Emojis hinterher.

Mann, Sophie, ich krieg echt jedes Mal einen Schock, wenn ich dich so sehe, schrieb Daria sofort zurück und schickte das

Emoji eines schwarzhaarigen Mädchens und eines Totenkopfes hinterher.

Sophie strich sich ihr langes, schwarz gefärbtes Haar hinters Ohr. Sie konnte Daria verstehen. Ihr ging es nicht viel anders, wenn sie in den Spiegel blickte. Schwarze Klamotten mit Nieten und Ketten waren das eine. Man konnte sie als modisches Statement betrachten, auch wenn sie vermutlich in einem warmen Sommer mehr als lästig werden würden. Aber ihre Haare waren etwas völlig anderes. Sie hatte sie in einem Anfall von Wut gefärbt. Ihre Schwestern verstanden sie nicht. Sie interessierten sich nicht für sie – und hatten sie einfach in diesen beschissenen Kinderknast verbannt. Das Schwarz war definitiv eine Aussage. Lena wäre fast in Ohnmacht gefallen, als sie sie das erste Mal so gesehen hatte. Blöd daran war nur, dass sie selbst am liebsten in Tränen ausgebrochen wäre, als sie nach der Aktion zum ersten Mal in den Spiegel geblickt hatte. *Hexenhaare und Hexenaugen* hatten sie ihre Familiengemeinsamkeiten immer genannt. Jetzt waren ihre Ritter-Haare verschwunden. Sophie hatte die Verbindung zu ihrer Familie gekappt. Nicht nur Clara und Lena hatten dieselbe Haarfarbe, auch Sophies Mutter hatte sie gehabt. Und Charlotte, bevor sie dem Weiß des Alters gewichen waren. Sie würde es ihren Schwestern gegenüber niemals zugeben, aber sie hatte geheult wie eine Zweijährige, nachdem ihr bewusst geworden war, was für einen Fehler sie begangen hatte – und dass sie nun nicht mehr zurückkonnte. Denn dann würde sie ihren Fehler eingestehen. Das war, ihren Schwestern gegenüber, ausgeschlossen.

Halt durch, schrieb Daria. *Vielleicht lässt Lugert mit sich reden, und du kannst nächstes Jahr zurückkommen.*

Ja, vielleicht. Sophie legte das Handy zurück auf den Steg. Lugert würde auf keinen Fall mit sich reden lassen. Und selbst wenn, nicht einmal die Freundschaft zu Daria würde sie wieder in dieses Scheißinternat zurückbekommen.

∗ ∗ ∗

Clara gönnte Rosti eine Pause, nachdem er sich am Tag zuvor die lange Strecke zum Bodensee gequält hatte. Eine halbe Stunde hatte sie zu Fuß bis zur Burg Altbodman gebraucht. Als sie den Bergrücken erreichte, auf dem die Ruine stand, stemmte sie die Hände in die Hüften und atmete tief durch. Wie immer begrüßten sie die beiden knorrigen Kiefern, die sich an die alten Festungsmauern schmiegten. Jemand hatte auf der kleinen Lichtung davor zwei Bänke aufgestellt, von denen man den Ausblick ins Tal und auf den Überlinger Teil des Bodensees genießen konnte. Clara umrundete die Burgmauern und trat durch den Torbogen in den Vorhof. Er wurde noch immer von einer großen Buche beherrscht. Wie ein Dach breiteten sich deren Blätter über ihr aus und rauschten wie ein beruhigendes Lied in dem Wind, der hier oben immer wehte. Genau wie als Kind und Jugendliche beugte sie sich vor und warf durch die Schießscharten, die in die dicken Steinwände eingelassen waren, einen Blick in die Stockacher Aach. Dann stieg sie die ausgetretenen Stufen zum inneren Burgring hinauf. An der Stelle, an der in ihrer Jugend oft ein Feuer gebrannt hatte, befand sich noch immer ein Ring aus Feldsteinen, der einen kleinen Haufen verkohlter Holzreste zusammenhielt. Clara nahm einen Hauch kalten Rauches wahr. Die Feuerstelle schien noch vor kurzem in

Betrieb gewesen zu sein – die Teenager des Dorfes kamen also noch immer hierher. Sie erinnerte sich an einige der schönsten Stunden ihres Lebens, die sie innerhalb dieses verwitterten Steinrings verbracht hatte. In ihren Sommerferien hatte sie ständig hier herumgelungert, oft mit den Kindern vom Campingplatz. Sie hatten hier wild gelagert, um das Feuer gesessen und sich von Ritterabenteuern bis zu Spukgeschichten alles erzählt. Auf der Zinne, zu der sie jetzt hinaufstieg, hatte sie mit dreizehn ihren ersten Kuss bekommen, während Scooters Version von *Nessaja* aus dem Ghettoblaster plärrte. Rückwirkend betrachtet, klang das nicht besonders romantisch. Aber damals war ihr das Drumherum völlig egal gewesen. Sie war so verliebt gewesen in Michael, den Jungen aus Norddeutschland, den sie nach diesem Sommer nie wiedergesehen hatte. Clara lächelte bei den bittersüßen Erinnerungen an Zeiten, in denen die Welt noch in Ordnung gewesen war und ihre größte Sorge darin bestanden hatte, den richtigen Nagellack zum neuen Bikini zu finden. Sie legte die Hände auf die raue Steinkante, die die Wärme der vergangenen Tage gespeichert hatte, und blickte auf das dunkelblaue Wasser hinunter. Bodman zu ihren Füßen und Ludwigshafen auf der gegenüberliegenden Seeseite waren die beiden einzigen Ortschaften am Ende des Sees. Hinter ihnen erstreckten sich die Plantagen der Obstbauern, so weit das Auge reichte.

Claras Handy klingelte. In der Hoffnung, dass es keine schlechten Nachrichten aus dem Krankenhaus waren, zog sie es aus der Tasche. Auf dem Display leuchtete der Name ihrer besten Freundin Sissi auf.

»Hey«, plapperte diese los, sobald Clara das Gespräch annahm. »Ich habe deine Nachricht gestern gelesen, es aber nicht eher geschafft, mich zu melden.« Sissi war Schauspielerin und tourte mit einem kleinen Programm und einem wirklich winzigen Ensemble durch Deutschland. Es war unbestritten, dass sie die beste Zeit ihres Lebens hatte und jeden Augenblick in vollen Zügen genoss.

»Kein Problem«, beruhigte Clara sie. »Ich war sowieso total beschäftigt.« Sie fuhr mit dem Zeigefinger die Fugen in den Steinen vor sich nach.

»Wie geht es deiner Großmutter?«, wollte Sissi wissen.

»Gestern ging es ihr gut. Besser, als ich befürchtet hatte. Jetzt wird sie gerade operiert.« Clara schwieg einen Moment.

»Das wird«, füllte Sissi die Stille, weil sie die Sorgen hören konnte, auch wenn Clara sie gar nicht in Worte fasste. Die Freundin kannte ihre Familie. Sie war ein Fan ihrer Großmutter und hatte in ihren Teenagerjahren schon das eine oder andere Wochenende mit Clara in Bodman verbracht. »Wenn das jemand ohne Probleme übersteht, dann ist das Charlotte«, beruhigte Sissi sie.

»Daran glaube ich fest.« Clara schloss für eine Sekunde die Augen und sandte ein Stoßgebet zum Himmel.

»Aber jetzt erzähl mir erst mal, was das für eine Geschichte mit Lena und Sophie ist. Sie hat die Kleine einfach bei dir abgeladen?«

»Wie ich es dir geschrieben habe. Sie ist gestern mit Benedikt aufgetaucht und hat Sophie praktisch vor meiner Tür ausgesetzt. Auf dem Weg zum Flughafen. Sie sind sozusagen direkt in den Liebesurlaub Richtung Malediven gestartet. Immerhin wird er nächste Woche vierzig. Das will gebührend gefeiert werden.«

»Denkst du, deiner Schwester wächst in diesem Leben irgendwann noch ein Herz?«, fragte Sissi. Ihre Stimme ließ keine Zweifel daran, wie ätzend sie Lena fand.

»Ich bin mir nicht sicher.« Clara verzog das Gesicht, weil sie normalerweise nicht gern lästerte. Aber besondere Situationen ... »Dazu kommt, dass Sophie aus dem Internat geflogen ist«, klagte sie weiter.

Sissi seufzte. »Das wäre dann schon die zweite Schule.«

»Sophie ist in letzter Zeit weiß Gott nicht einfach gewesen«, erzählte Clara. »Sie versucht zu provozieren, wo es nur geht. Neulich hat sie die Porträts, die in Lenas Flur hängen, gegen die Fotos einiger wirklich großer Tyrannen ausgetauscht. Einfach nur, um zu sehen, wie lange es dauert, bis es jemand merkt.«

»Ich vermute, ihr seid alle nicht besonders gut weggekommen.« Clara konnte quasi hören, wie die Freundin sich auf die Wange biss, um nicht zu lachen.

Sie hatte die Aktion ihrer Schwester nicht ganz so lustig gefunden, denn es war nicht nur ein kreativer Scherz, sondern eine ganz klare Meinungsäußerung. »Lena musste Stalin Platz machen.«

Sissi konnte nicht mehr an sich halten. Sie prustete los, und Clara musste den Hörer vom Ohr weghalten, bis die Freundin sich wieder beruhigt hatte. »Das ist doch irgendwie passend«, brachte sie heraus. »Lass mich raten. Sie hat nicht lange gebraucht, um es zu merken, und getobt wie eine Furie.«

»Ich glaube, Sophie hatte Glück, dass sie zu diesem Zeitpunkt bereits zurück im Internat war«, stimmte Clara ihr zu. »Mein Bild hat sie durch Kim Jong-un ersetzt und Benedikt durch Trump.«

»Hmm, das passt doch wie die Faust aufs Auge«, überlegte Sissi. »Dieser Schnösel hält sich mit Sicherheit für den nächsten Trump. Das hätte sie nicht besser lösen können. Aber was dich betrifft – dich hätte sie durch jemanden ersetzen sollen, der den Friedensnobelpreis bekommen hat.«

»Ach Sissi, du bist wirklich die beste Freundin, die man sich wünschen kann.«

»Wenn ich es schaffe, komme ich dieses oder nächstes Wochenende bei euch vorbei. Ein paar Tage mit einem sexy Liebesroman und einer Flasche Prosecco am Wasser rumzugammeln ist genau das, was ich mir unter einer perfekten Sommerauszeit vorstelle.« Sissi schickte ein Kussgeräusch durch das Telefon. »Halt bis dahin die Ohren steif und umarme Charlotte von mir«, ergänzte sie. »Und lass dich nicht zu sehr von Sophie quälen.«

»Ich werde es versuchen«, versprach Clara.

»Bis bald, meine Süße.« Sissi legte auf, und Clara schob das Handy in die Gesäßtasche ihrer Shorts.

Sie legte die Unterarme auf die warme Burgmauer und bettete ihr Kinn auf den Handrücken. Unter ihr glitten lautlos drei Boote mit leuchtend weißen Segeln über das Wasser. Inzwischen stand die Sonne so hoch, dass die Oberfläche des Sees wie weißes Gold glänzte und Clara die Augen gegen die Helligkeit zusammenkneifen musste. Ihre Gedanken wanderten zurück zu der Zeit vor einem Jahr. Sie hatte einen neuen Lebensabschnitt begonnen. Eigentlich war der Start gar nicht so schlecht verlaufen. Clara war da-

mals nicht traurig gewesen, als ihr Chef ihr die betriebs-
bedingte Kündigung überreicht hatte. Sie hatte ihren Job
beim Juwelier, der hauptsächlich aus dem Reparieren
kaputter Kettenverschlüsse oder Wiedereinsetzen heraus-
gefallener Schmucksteine in ihre Fassungen bestand, nie
besonders gemocht. Clara war immerhin Goldschmiede-
meisterin. Diesen Beruf hatte sie nicht gewählt, weil sie die
Erbstücke anderer Leute wieder in Ordnung bringen wollte,
sondern weil sie selbst Schmuck entwerfen wollte. Wann
hätte sie den großen Schritt wagen sollen, wenn nicht in
diesem Moment? Die Kündigung war ein Zeichen. Sie nutzte die Chance und meldete mit ihrem Label Perlenglück
ein Gewerbe an.

Ihr Freund Olli war von Anfang an dagegen gewesen. Er
hatte befürchtet, dass es finanziell eng werden könnte,
wenn sie kein geregeltes Einkommen mehr hatte. Er war
selbst Künstler. Ein Bildhauer, der sich sicher war, kurz vor
dem großen Durchbruch zu stehen, um genau zu sein.
Und nicht in der Lage, sich einen Job zu suchen, da er nie
wissen konnte, wann ihn die Muse küssen würde und er in
sein Atelier verschwinden müsse. Clara hatte damals die
Miete für die gemeinsame Wohnung gestemmt und ihm
finanziell unter die Arme gegriffen – oder ihn ausgehalten,
wie Sissi nicht müde wurde zu erwähnen. Zwar hatten sie
nie über viel Geld verfügt, aber immer so viel gehabt, wie
sie zum Leben brauchten. Sie waren zufrieden gewesen.
Glücklich. Zumindest hatte Clara das geglaubt. Sie rieb mit
den Fingern über eine trockene Moosflechte, die auf der
Mauer ihr Dasein fristete. Als klar geworden war, dass der
Start in die Selbständigkeit nicht so problemlos verlaufen

würde wie erhofft, nahm sie einen Kellnerjob an und gab vertretungsweise Volkshochschulkurse in Schmuckdesign. Das reichte, um sich gerade so über Wasser zu halten. Als Olli eines Tages den Kühlschrank öffnete und nichts darin fand außer einem Apfel und einem abgelaufenen Joghurt, packte er seine Sachen und erklärte ihre Beziehung für beendet.

Clara hatte das nicht kommen sehen, auch wenn es jede Menge Anzeichen gegeben hatte. Tief in ihrem Inneren wusste sie, dass Olli ichbezogen und vor allem selbstverliebt war. Dass sich seine Welt ausschließlich um ihn selbst drehte. Sie war gern Teil dieser Welt gewesen. Aber sie hatte nicht erwartet, dass er bereits seit ein paar Monaten zweigleisig gefahren war. Als Clara das herausbekommen hatte, hatte ihr das wirklich den Boden unter den Füßen weggezogen. Olli hatte sich eine reiche Erbin angelacht, die Modell für ihn gestanden hatte, um sich ein in Stein gehauenes nacktes Bildnis ihrer selbst in den Empfangsbereich ihrer Villa am Killesberg zu stellen. Sie war fünfzehn Jahre älter als Olli, aber mehr als bereit, dem unverstandenen Künstler das Leben zu erleichtern. Offenbar hatte der Feigling nur noch auf einen passenden Moment gewartet, um Clara zu verlassen. Ihr mangelndes Engagement für sein Leben, wie er es nannte, kam ihm da gerade recht. Sie fiel in ein kaltes, tiefschwarzes Loch. Als sie sich ein paar Tage später wieder fing – vor allem, um Sophie nicht zu erschrecken –, stellte sie mit Bestürzung fest, dass ihre Kreativität verschwunden war. Sie war bis jetzt nicht zurückgekehrt. Nacht für Nacht saß sie an ihrem Arbeitsplatz, nicht mehr fähig, ein einziges neues Schmuckstück zu entwerfen. Dazu kam, dass sich ihre Einzelstücke im Internet bestenfalls schleppend verkauften. Schließlich konnte sie die schöne Zweizimmerwohnung, in der sie mit Olli gelebt hatte, nicht mehr halten und musste sie gegen das schäbige WG-Zimmer im Stuttgarter Westen tauschen.

Aber jetzt war sie hier und all das schon fast ein Jahr her. Sie stupste den Marienkäfer an, der vor ihr über die Zinne krabbelte. Er spreizte die Flügel und schwirrte davon. Vielleicht half Clara die Zeit am Bodensee, um zur Ruhe zu kommen. Vielleicht konnte Charlotte ihr einen Rat geben. Die Lebenserfahrung ihrer Großmutter war nicht mit Gold aufzuwiegen. Und wer wusste es schon? Vielleicht würde sie sogar ihre Kreativität wiederfinden. Doch bevor sie sich über all diese Dinge einen Kopf machen konnte, brauchte sie einen Job, der ihre kleine Schwester und sie über den Sommer brachte.

Sie wandte sich vom Ausblick auf den See ab und stieg von der Zinne. Langsam machte sie sich auf den Heimweg. Es lag noch verdammt viel Zeit vor ihr, die sie überbrücken musste, bis ihre Großmutter aus der Narkose erwachen würde und sie sie im Krankenhaus besuchen konnte.

4

Auf dem Rückweg wählte Clara nicht den Weg durch den Schlosspark, sondern lief durch die engen Gassen Bodmans an den See hinunter. Von hier aus konnte sie durch den Uferpark bis zu Charlottes Haus laufen. Die Bänke, die an der Promenade standen, waren in kleine Inseln aus Schilf eingebettet, die einem das Gefühl gaben, in einem Kokon zu sitzen, während man den Schwänen und Blesshühnern auf dem Wasser zusah. Heute nahm sie sich keine der kleinen Auszeiten, die sie sich hier schon oft gegönnt hatte. Sie wollte Sophie nicht zu lange allein lassen, und sie musste weiter die Jobangebotsseiten im Internet durchforsten. Vielleicht sollte sie ihren Suchradius bis Konstanz ausdehnen. Ihr fiel ein, dass es an der Uferstraße einen Kiosk gab, an dem sie sich eine Tageszeitung mit Stellenangeboten besorgen könnte. Sie wandte sich der Häuserzeile zu, die eine Mischung aus uralten, liebevoll restaurierten Fachwerkhäusern und stilvollen, modernen Gebäuden war, was den Charme des Örtchens ausmachte.

Den Kiosk gab es nicht mehr, stellte sie fest, als sie vor dem windschiefen Fachwerkhaus mit dem großen Sprossenfenster stand. »Treibgut« stand auf einem Schild im Shabby-Chic-Stil, das über der offenstehenden Eichentür baumelte. Darunter prangten die Worte »Café und Schönes«.

Was Claras Blick jedoch magisch anzog, war der Zettel im Fenster, der besagte, dass in diesem Geschäft eine Saisonkraft gesucht wurde. Sie ging an verschnörkelten Metalltischchen und Stühlen vorbei, die vor dem Haus auf Gäste warteten. Auch im Inneren dominierte der Vintage-Look, wie Clara feststellte, als sie durch die Tür trat. Die unebenen, wahrscheinlich jahrhundertealten Bodendielen knarrten unter ihren Füßen. Auf der Stirnseite des Raumes entdeckte sie einen Tresen, auf dem eine alte Lebensmittelwaage und eine antiquierte Registrierkasse thronten. Dahinter stand ein großer Buffetschrank aus Großmutters Zeiten, in dem sich farbiges Geschirr stapelte. Die bunt zusammengewürfelten Tische und Stühle, die sämtliche Stile mixten, aber trotzdem erstaunlich gut zueinander passten, waren mit jeder Menge Schnickschnack dekoriert, den man ganz offensichtlich auch hier kaufen konnte. Was für ein cleveres Konzept! Auf der linken Seite befand sich ein Kamin, neben dem ein gemütlicher Ohrensessel platziert worden war. Auf einem kleinen Beistelltisch stapelten sich ein paar Bildbände über die Region. Rechts führte eine schwarze Eisentreppe auf eine Galerie, auf der in weiteren Regalen Kleinigkeiten und Bücher arrangiert waren. An der Wand hingen geschmackvoll gerahmte Schwarzweißfotografien des Bodensees, wie auch alles andere mit dezenten Preisschildern versehen. Clara drehte sich einmal um die eigene Achse. Sie hatte den Kiosk gemocht. Aber das hier – das war traumhaft schön! Ein Café, in dem sie jeden Tag verbringen könnte. Zudem fand sie die Idee, inmitten all der hübschen Kleinigkeiten, die man kaufen konnte, zu sitzen und ein Stück Kuchen zu essen, fantastisch.

»Hallo.«

Clara fuhr herum. Sie hatte ein Paar weiß lasierte Holzkerzenständer bewundert und dabei die Frau gar nicht bemerkt, die aus einem Hinterzimmer durch den Durchgang getreten war, der zur Hälfte von einer alten Stalltür verdeckt war, die an einer Laufschiene hing. »Hallo. Dieser Laden ist wundervoll«, platzte Clara heraus.

»Vielen Dank.« Die Frau trocknete ihre Hände an einem Geschirrtuch ab. Sie war groß und schmal. Das schwarze Haar fiel wie ein Vorhang bis über die Mitte ihres Rückens. »Es tut mir leid, wir öffnen erst in einer Stunde«, sagte sie und schenkte Clara ein entschuldigendes Lächeln. »Einen Kaffee kann ich Ihnen aber trotzdem schon anbieten.«

»Nein, vielen Dank. Ich komme wegen des Zettels im Fenster. Suchen Sie noch jemanden?«

»Oh.« Die Frau musterte sie von oben bis unten.

Erst jetzt wurde Clara bewusst, wie sie wirken musste. In T-Shirt, Shorts und Turnschuhen, die Haare zu einem unordentlichen Pferdschwanz zusammengefasst. »Entschuldigen Sie.« Ihre Wangen begannen zu brennen. »Ich war gerade auf der Burg und habe auf dem Rückweg das Schild gesehen. Normalerweise ziehe ich mich anders an, wenn ich zu einem Vorstellungsgespräch gehe.«

Das Lächeln kehrte in das Gesicht der Frau zurück. »Der Ausblick von dort oben ist atemberaubend.«

»Das kann man wohl sagen«, pflichtete Clara ihr bei.

»Nun dann. Sie sind hier, ich habe Zeit. Lassen Sie uns bei einer Tasse Kaffee über den Job sprechen. Ich bin Katharina Berger. Die meisten Leute nennen mich Kati«, bot sie Clara ohne große Umstände das Du an.

»Clara Ritter.«

»Nimm Platz, Clara.« Kati wies auf eine alte Tür, die auf zwei Holzböcke gelegt als Tisch diente. »Wie magst du deinen Kaffee?«

»Schwarz.« Clara hockte sich auf die Kante eines Stuhls und wartete, bis die Besitzerin des Geschäfts mit zwei Keramikbechern mit Vintage-Blumenmuster zurückkehrte. »Wie lange hast du den Laden schon?«, fragte sie neugierig. Charlotte hatte ihn ihr gegenüber nie erwähnt.

»Das ist die erste Saison. Nachdem der Kiosk geschlossen hatte, bot es sich an, das Haus zu übernehmen. Also habe ich zugeschlagen, Nägel mit Köpfen gemacht und meinen Traum verwirklicht. Das Café läuft gut. Die Touristen freuen sich, Geschenke und Erinnerungen mit nach Hause zu nehmen, die nicht so wahnsinnig kitschig sind und einen ›Made in China‹-Stempel tragen. Wenn die Saison vorüber ist, bleibt es als gemütlicher Treffpunkt für die Einheimischen. Außer dem Gallardo gibt es hier im Winter nicht viel, wohin man gehen kann.«

Clara nickte. Bodman hatte zwar ein kleines Industriegebiet, aber außer einem Tante-Emma-Laden gab es auf dieser Seite des Sees nichts. Wer einkaufen, zur Bank oder Apotheke wollte, musste nach Ludwigshafen hinüberfahren.

»Außerhalb der Saison kann ich den Laden problemlos alleine schmeißen. Aber ich habe gemerkt, dass ein Paar helfender Hände nötig ist, solange die Touristen in Scharen einfallen.« Kati nippte an ihrem Kaffee und betrachtete sie über den Rand der Tasse hinweg. »Warum brauchst du den Job?« Die Frage war leichthin gestellt, aber Katis Blick war durchdringend.

»Meine Großmutter hatte einen Unfall. Meine Schwester und ich werden den Sommer über hier sein, um ihr unter die Arme zu greifen«, fasste sie die Situation, in der sie steckte, zusammen.

»Charlotte?« In Katis Gesicht schlich sich Mitgefühl.

»Du kennst sie?«

»Natürlich. Wie geht es ihr?« Kati drückte mitfühlend ihre Hand.

Clara warf einen Blick auf die Uhr ihres Handys. »Im Moment wird sie operiert. Wir fahren nachher zu ihr.«

»Dann grüß sie auf jeden Fall von mir.« Kati legte den Kopf schief und musterte sie erneut aufmerksam. »Du bist die, die im Juweliergeschäft arbeitet, nehme ich an.« Lachend winkte sie ab, als sie Claras fragenden Gesichtsausdruck bemerkte. »Charlotte ist sehr stolz auf ihre Enkelinnen. Sie hat schon viel über euch erzählt, wenn sie während einem ihrer Spaziergänge einen Kaffee bei mir getrunken hat. Juweliergeschäft also? Das heißt, du bist die perfekte Verkäuferin. Aber kannst du auch kellnern?«

»Ja. Bis jetzt war ich zwar mehr der Typ Kneipenkellnerin. Aber ich denke, in einem Café komme ich ebenfalls klar.« Clara fuhr mit dem Zeigefinger die Maserung des Tisches nach.

»Du müsstest auch im Verkauf helfen.« Kati holte zu einer das ganze Haus umfassenden Geste aus. »Ich vertreibe Kunst aus der Gegend, Deko und eine kleine, aber feine Auswahl von Büchern. Alle Getränke, die Muffins, Kuchen und Sandwiches gibt es auch zum Mitnehmen«, erklärte sie.

»Kein Problem.«

»Wunderbar.« Kati klatschte in die Hände. »Du hast den Job.«

»Wirklich?« Clara presste die Hand auf ihr wild klopfendes Herz.

»Warum um den heißen Brei herumreden? Kannst du morgen anfangen?«

»Und ob ich das kann!« Clara wurde fast schwindelig, so frei fühlte sie sich, als ihr dieser riesige Stein vom Herzen fiel. Eine Sorge weniger. Mit einem breiten Grinsen im Gesicht schüttelte sie die Hand ihrer neuen Chefin.

Clara joggte nach Hause. Ihr Körper summte vor Energie. Mit dem neuen Job war ihr zumindest eine Sorge genommen. Es war ihr wichtig, für Sophie sorgen zu können. Lena schwamm zwar in Geld, aber ihre Schwester hatte bis auf eine WhatsApp noch nichts von sich hören lassen, seit sie auf den Malediven gelandet war. Und sie um finanzielle Hilfe zu bitten bedeutete, sich anhören zu müssen, dass man sein Leben mit Anfang dreißig langsam mal im Griff haben musste. Mit Träumen verdiente man kein Geld, das war Lenas Mantra. Sie schmierte Clara ihre Meinung unheimlich gern aufs Brot. Aber jetzt würde sie auch so klarkommen, denn der Job im Treibgut brachte sie über den Sommer. Erst als sie durch die Wand aus Weidenzweigen auf die Lichtung trat, wurde Clara langsamer. Sie blickte zum Steg hinüber. Sophie hockte noch genauso da wie am Morgen. Clara ließ sie vorerst in Ruhe und gönnte sich eine Dusche. Dann versuchte sie, so gut es ging, ihre Haare zu bändigen, weil ihre Großmutter eine ganz bestimmte Einstellung zum Thema Frisuren hatte. Sie schlüpfte in eine türkisfarbene Bluse und einen kurzen Jeansrock, streifte eine ihrer Ketten und ihren Lieblingsring über und kehrte ins Erdgeschoss zurück. Dort kochte sie sich einen Kaffee und trat mit ihrer Tasse auf die Veranda, während sie den Anruf abhörte, der während des Duschens auf ihrer Mailbox gelandet war. »Sophie«, brüllte sie zum Steg hinunter. »Das Krankenhaus hat angerufen. Wir können Charlotte besuchen.« Erfahrungsgemäß würde es zwischen einer halben und einer ganzen Stunde dauern, bis ihre Schwester so weit war, dass sie fahren konnten. Clara sah zu, wie Sophie sich im Zeitlupentempo erhob, ihr Skizzenbuch fest vor die Brust gepresst. Ohne sie eines Blickes zu würdigen, verschwand ihre Schwester im Haus und trampelte die Treppe nach oben.

Clara setzte sich in einen der Korbstühle und streckte ihre nackten Füße aus. Der türkisfarbene Nagellack begann bereits abzublättern. Darum würde sie sich später kümmern. Wenn sie sich nicht täuschte, würde sie auch an diesem Abend allein auf der Veranda sitzen, während ihre Schwester in ihrem Zimmer schmollte. Sie lauschte auf das Poltern im Obergeschoss und nippte an ihrem Kaffee. Heute war ein Tag, an dem sie sich nicht von Sophie provozieren lassen würde, beschloss sie.

Die Fahrt zum Krankenhaus in Stockach verlief genauso schweigsam wie der Trip an den Bodensee am Tag zuvor. Sophie starrte mit düsterer Miene aus dem Fenster auf die unendlichen Apfelplantagen. Sie hatte ihre Kopfhörer in die Ohren geschoben und spielte ihr Metal aus der Hölle abermals in einer Lautstärke, die es unnötig machte, zusätzlich das Radio einzuschalten. Als sie vor dem Krankenzimmer ankamen, in dem ihre Großmutter lag, durchzog Sophies Gesicht eine Verwandlung. Ihre Züge hellten sich auf, als hätte man eine Lampe eingeschaltet, und ein Lächeln schlich sich in ihre Mundwinkel. Sie warf Clara einen Blick über die Schulter zu, der ihr sagte, dass sie nur für sie den launischen Teenager spielte. Mit allen anderen kam sie blendend aus. Im Moment wollte sich Clara darüber keine Gedanken machen. Die Sorgen um ihre Großmutter waren viel zu groß – aber nicht nötig, wie sie feststellte, als sie hinter Sophie das Zimmer betrat. Bevor sie begriff, was los war, bekam ihre Schwester einen Lachanfall. Etwas, das so selten vorkam, dass Clara automatisch leichter ums Herz wurde und sie selbst lächeln musste. Dann sah sie, was die Heiterkeit ausgelöst hatte, und brach ebenfalls in Gelächter aus. Charlotte, die großen Wert auf ihre Haare legte und ihre Version der Jane-Fonda-Frisur perfektioniert hatte, hatte offenbar nach der Schulter-OP keine Möglichkeit gehabt, sich zurechtzumachen.

»Klug war's nicht, aber geil!«, las Sophie prustend vor. »Charlotte, du bist der Hammer.« Sie streckte ihrer Großmutter die Ghettofaust entgegen, und Charlotte ließ ihre gegen die ihrer Enkelin prallen, bevor sie sie, eine kleine Explosion simulierend, zurückzogen.

»Wirklich sehr stylisch«, stimmte Clara zu und küsste ihre Großmutter auf die Wange.

Charlotte zupfte die knallpinke Beanie mit dem markigen Spruch in glitzerndem Silber zurecht. Sie stand im krassen Gegensatz zu ihrem dezent gestreiften Seidenpyjama und dem grauen Cashmere-Bettjäckchen mit der winzigen

Spitzenborte, die sie trug. Clara war sich zudem sicher, ihre Großmutter noch nie mit einer Mütze gesehen zu haben. Schon gar nicht mit einer, die in Glitzerbuchstaben alberne Botschaften verkündete. Aber natürlich würde eine Dame wie Charlotte ebenso wenig mit nicht perfekt frisierten Haaren fremden Menschen unter die Augen treten. Nicht einmal im Krankenhaus.

»Im Krankenhausshop hatten sie nur die oder eine in Hellblau mit dem Spruch ›Ich bin nicht zickig. Du machst nur nicht, was ich will.‹« In Charlottes Augen blitzte der Schalk. »Ich habe mich für diese entschieden.« Sie fuhr die Buchstaben mit den Fingern nach.

»Eindeutig ein Statement«, stimmte Clara zu. »Wie geht es dir? Hast du Schmerzen?«

Charlotte griff nach der Fernbedienung neben ihrem Bett und fuhr das Kopfteil weiter nach oben, um aufrechter sitzen zu können. »Die haben hier ziemlich gute Tabletten, die verdammt glücklich machen. Und mich heute Nacht hoffentlich fantastisch schlafen lassen.« Charlotte wirkte so kurz nach dem Eingriff sehr gelassen und aufgeräumt. »Die OP ist gut verlaufen. Der Doc ist zufrieden.« Sie zupfte an ihrer Mütze. »Ein gut aussehender Mann, sage ich euch.«

Sophie kicherte. Es war faszinierend für Clara, diesen Teil ihrer Schwester zu sehen. Die Seite, die früher eine Selbstverständlichkeit gewesen war. Clara wusste, dass ihre kleine Schwester Charlotte so nahestand wie sie selbst und mindestens einmal pro Woche mit ihr skypte. Ihre Großmutter war für Sophie eine Art Fels in der Brandung. Eine Konstante im ständigen Kampf mit ihren älteren Schwestern und ihrer eigenen, ziemlich ausgeprägten Pubertät.

Charlotte und Sophie alberten herum, und Clara fühlte sich ein wenig ausgeschlossen. Weil Sophie es so wollte. Was sie ihr zeigte, indem sie ihr den Rücken zudrehte. Aber das war etwas, das ihre Großmutter nicht zuließ. Sie streckte ihren gesunden Arm aus und zog Clara auf den Stuhl neben ihre Schwester. Damit holte sie sie in den Familienkreis, während sie den feschen Arzt beschrieb, der höchstens vierzig war und keinen Ehering trug. Mit hochgezogenen Brauen sah sie Clara an. »Vielleicht solltest du bis zur Visite bleiben und ihn kennenlernen. Oder ich gebe ihm deine Nummer.«

»Das ist wirklich lieb, Charlotte. Aber im Moment habe ich keinen Bedarf.« Den letzten Mann, auf den sie getroffen war, hatte sie mit einer Bratpfanne niedergestreckt. Sie hatte auf diesem Gebiet momentan wirklich kein besonders gutes Karma. Glücklicherweise war Sophie nett genug, den Vorfall vom vergangenen Abend ihrer Großmutter gegenüber nicht zu erwähnen. Bevor ihre Schwester doch noch auf die Idee kommen könnte, diese Episode auszuposaunen, wechselte Clara das Thema und erzählte von ihren großen Neuigkeiten. »Ich habe einen Job«, sagte sie, nicht ohne ein wenig stolz zu sein, dass sie das bereits am ersten Tag am Bodensee geschafft hatte. »Als Kellnerin. Oder … naja … wahrscheinlich eher als Mädchen für alles. In einem Café namens Treibgut.«

»Oh.« Charlotte legte ihre gesunde Hand auf ihren Brustkorb. »Das ist ein so wundervoller Laden.«

»Ja. Den Eindruck hatte ich auch.«

»Kati ist eine sehr interessante Frau«, erzählte Charlotte. »Hat in der Marketingbranche gearbeitet. Große, renommierte Firma, absolut karriereorientiert.« Wie ihre Schwester Lena, hallten die ungesagten Worte zwischen ihnen, bevor ihre Großmutter fortfuhr. »Irgendwann ging es nicht mehr. Zusammenbruch. Burn-out. Das ganze Programm. Sie hat damit Schluss gemacht, hat ihrem alten Leben den Rücken gekehrt und überlegt, was sie wirklich mag.«

»Und was mag sie?«, wollte Sophie wissen.

Charlotte strich ihr in einer zärtlichen Geste über die Wange. »Schöne Dinge«, sagte sie schlicht. »Und Backen. Also bäckt sie jetzt, verkauft Kaffee und eben jene schönen Dinge. Du könntest ihr ein paar deiner Zeichnungen zeigen, mein Herz«, sagte sie zu Sophie. »Sie ist immer auf der Suche nach hübschen Unikaten. Und sie würden weggehen wie warme Semmeln. Damit könntest du dein Taschengeld ordentlich aufbessern. Jetzt, wo du nicht am Schlossplatz herumsitzen und Touristen malen kannst.« Charlotte zwinkerte Sophie zu, und einmal mehr traf der Schmerz Clara wie einen Stich. Touristen gegen Geld malen? Ihre Großmutter wusste, was Sophie eigentlich in den Ferien vorgehabt hatte. Sie hingegen – hatte keine Ahnung gehabt.

»Das ist eine tolle Idee«, stimmte Clara Charlotte zu.

»Ja, mal sehen«, brummte Sophie. Röte kroch an ihren Wangen hinauf, und sie wandte den Blick ab.

»Hast du Anton schon getroffen?«, wandte sich Charlotte abermals an Sophie. »Den Nachbarsjungen«, erklärte sie Clara auf ihren fragenden Blick hin.

Ihre Schwester zuckte die Achseln, was in ihrer nonverbalen Sprache vermutlich »ja, aber mir doch egal« bedeutete.

»Er macht ziemlich tolle Fotos mit seinem Handy und

bearbeitet sie dann auf seinem PC. Mit so unglaublichen Effekten. Du solltest dir das auf jeden Fall mal ansehen.«

Ein freches Grinsen schlich sich in Sophies Gesicht zurück. »Was ist das? Die moderne Version von ›Lass dir mal seine Briefmarkensammlung zeigen‹? Deine Verkuppelungsversuche sind nicht besonders dezent.«

»Da hast du recht. Das muss an diesen Pillen liegen. Ihr zwei solltet jetzt gehen und diesen fantastischen Abend auf der Veranda genießen, während ich noch eine von diesen Wundertabletten einwerfe und ein bisschen schlafe, bis der attraktive Herr Doktor kommt. Wenn du ihn nicht willst, Clara, behalte ich ihn vielleicht.«

»Das solltest du unbedingt tun.« Clara lächelte, froh, dass ihre Großmutter trotz ihres Sturzes und der Operation ganz die Alte war.

»Oh, und seht nach meinem Albero. Erntet die Zitronen, ja?«, fiel Charlotte noch ein.

»Machen wir. Vielleicht gönnen wir uns ein Glas Zitronenlimonade à la Albero auf der Terrasse.« Sie küsste Charlotte zum Abschied auf die Wange. »Bis morgen.«

Sophie tat es ihr gleich und folgte ihr aus Charlottes Krankenzimmer. Sobald sie die Tür hinter sich zugezogen hatte, verschwand das Lächeln aus ihrem Gesicht und wurde von dem trotzigen Zug um ihren Mund ersetzt, den Clara nur allzu gut kannte. Sie waren wieder zurück in ihrem Normalzustand. Im Schneckentempo, das im absoluten Kontrast zu der Geschwindigkeit stand, mit der sie auf ihrem Handy herumtippte, folgte Sophie ihr zum Wagen.

Den Abend verbrachte Clara so, wie sie es erwartet hatte. Sie kochte Spaghetti, aber Sophie verzog nur das Gesicht und ließ sie wissen, dass sie keinen Hunger hatte, ehe sie in ihrem Zimmer verschwand und die Musik aufdrehte. Clara setzte sich allein an den Küchentisch und wickelte die Nudeln mit dem Pesto um ihre Gabel. Lustlos schob sie sie auf dem Teller hin und her. Die Euphorie, die sie nach ihrem Besuch im Treibgut gepackt hatte, war wie weggeblasen. Der Appetit war ihr genauso vergangen. Schließlich gab sie auf, verstaute das Essen im Kühlschrank und räumte die Küche auf. Mit einem Glas Wein statt der geplanten Zitronenlimonade setzte sie sich im Dunkeln auf die Veranda. Sophie hatte inzwischen die Musik leiser gedreht, wahrscheinlich, um zu telefonieren. So konnte Clara das sanfte Schlagen der Wellen gegen den Steg hören.

Ihr Blick glitt durch die Dunkelheit zum Haus ihres Nachbarn hinüber. Im Gegensatz zum rustikalen Charme von Charlottes Heim bestand der Bungalow, in dem Justus Petersen lebte, aus klaren Linien, dunklem Holz und glatten, schneeweißen Flächen. Die Wand zu seiner Terrasse hin bestand aus Glas. Sie konnte ihn in seinem Wohnzimmer mit dem Handy am Ohr auf und ab laufen sehen. Er trug Jeans und ein T-Shirt und war barfuß. Abwesend fuhr er sich durch die Haare und griff dann nach einer Bierflasche, die auf dem Küchentresen stand, und trank einen Schluck. Als er sie wieder absetzte, hielt er für einen Moment inne, legte den Kopf in den Nacken und lachte. Fasziniert beobachtete Clara ihn. Die Bratpfanne schien keine bleibenden Schäden hinterlassen zu haben, zumindest wirkte es aus der Entfernung so. Die Beule konnte sie von ihrem Platz aus jedenfalls nicht erkennen. Vielleicht lag das daran, dass ihm eine dunkle Locke in die Stirn gefallen war und ihren Platz widerspenstig behauptete, auch wenn er sie sich aus dem Gesicht schob. Es schien nicht richtig, im Dunkeln zu sitzen und ihn zu beobachten. Auch wenn das nach ihrer Wanderung zur Burg, Katis Jobangebot und Charlottes geglückter OP ein sehr angenehmer Abschluss des Tages und ein schöner Kontrast zum Verhalten ihrer kleinen Schwester war. Entschlossen stand sie auf und kehrte der Terrasse – und Charlottes Nachbarn – den Rücken zu. Sie trug ihr halbvolles Weinglas an ihren Arbeitsplatz unter dem Dach, wo sie auf ihre Arbeitsmaterialien, Zangen, Feilen, Lötkolben starrte. Mit den Fingerspitzen strich sie über die Werkzeuge, fühlte das kühle Metall, das abgeschabte Holz. Ihr Kopf war noch immer wie leergefegt. Keine Idee, nicht einmal eine völlig aberwitzige. Nichts. Clara leerte ihr Glas in einem Zug und legte den Kopf auf die Werkbank. Wann würde das nur je besser werden?

5

Am nächsten Mittag machte Justus einen kurzen Abstecher nach Hause, um seinen Laptop zu holen. Er war am Morgen spät dran gewesen und hatte ihn auf dem Küchentresen liegen lassen. Inzwischen hatte ihn dreimal jemand nach einer Datei gefragt, die darauf abgespeichert war, also hatte er beschlossen, ihn in der Mittagspause zu holen. Er ging die kurze Strecke zu Fuß. Die Türen von Charlottes Haus standen sperrangelweit offen, stellte er fest, als er die Abkürzung über die Wiese nahm. Sophie saß wie am Tag zuvor am Ende des Stegs. Der einzige Unterschied war, dass Anton um sie herumschlich und offenbar versuchte, sie in ein Gespräch zu verwickeln. Was Ihre Hoheit, die Prinzessin der Finsternis – wie Justus sie insgeheim nannte –, ignorierte und einfach weiter in ihr Heft kritzelte. Eine Weile beobachtete Justus das Schauspiel von seinem Haus aus. Schließlich zog Anton mit eingezogenen Schultern ab. Der Junge tat Justus leid. Seine Eltern waren ausschließlich mit sich selbst und ihren Karrieren beschäftigt, sodass er praktisch immer allein war. Andererseits, Sophie schien es nicht besser zu ergehen. Er wusste von Charlotte, dass die beiden älteren Ritter-Schwestern sich um die jüngere kümmerten und die ältere das Sorgerecht für die jüngere hatte. Ihre Mutter war vor ein paar Jahren gestorben. So viel hatte seine Nachbarin erzählt, die Details aber ausgelassen. Vermutlich, weil es immer noch zu schmerzhaft war, darüber zu sprechen. Keine Mutter sollte erleben müssen, dass ihr Kind vor ihr ging.

Die Schwestern schienen jedenfalls nicht viel Zeit miteinander zu verbringen. Was ihn natürlich auch nichts anging, rief er sich ins Gedächtnis. Aber er verstand Sophies Einsamkeit nur zu gut. Als er in diesem Alter gewesen war, hatte er sich ganz ähnlich gefühlt. Sein Vater hatte sich auch nur für ihn interessiert, wenn er ihn wieder einmal daran erinnern wollte, was die Zukunft für ihn bereithielt. Er hatte oft das Gefühl gehabt, von seinen Eltern nur in die Welt gesetzt worden zu sein, um den Fortbestand der Petersen-Werft zu garantieren. Unbehaglich rieb er sich über den Brustkorb. Schlussendlich hatten die Probleme nach all den Jahren dazu geführt, dass er abgehauen war. Zwar erst mit über dreißig und einem coolen Job in der Tasche. Aber er hoffte, dass Sophie nicht schon als Teenagerin auf diese Idee kam. Denn er hatte in ihrem Alter oft darüber fantasiert.

Abgesehen davon war er neugierig, was Sophie da draußen auf dem Steg trieb, gestand er sich ein. Er schnappte sich seinen Laptop und beschloss, auf dem Weg zur Bootswerft bei ihr vorbeizuschauen. Als Sophie ihn kommen hörte, wandte sie den Kopf zu ihm um und verdrehte genervt die Augen, als sie ihn erkannte. Er hörte, wie sie ein »Hat man denn hier niemals seine Ruhe?« murmelte, ehe sie den Blick wieder auf das Boot vor sich lenkte, das mit weißen, majestätisch geblähten Segeln an ihnen vorüberglitt.

»Hallo«, sagte er und stellte sich neben Sophie. »Hast du dich schon gut eingelebt? Es muss ja traumhaft sein, die Ferien hier verbringen zu können.«

»Ja«, brachte sie statt einer Begrüßung in einem extrem gelangweilten Ton heraus, der Erwachsenen ganz deutlich zeigen sollte, dass sie keine Ahnung von nichts hatten. »Hier ist echt voll was los.«

»Ich hab dich vorhin mit Anton gesehen«, ließ Justus sich nicht beirren. »Er ist ein netter Kerl.«

»Hmm, der letzte Langweiler auf diesem Planeten.«

Dem Mädchen schien wirklich nicht zu helfen zu sein. »Naja, deine Großmutter freut sich jedenfalls riesig, dass du hier bist.«

Das brachte sie dazu, sich für einen Moment zu ihm umzudrehen. »Charlotte ist ganz cool«, sagte sie betont neutral. Doch er sah die Liebe in ihren Augen. Ihre Großmutter war also ein weicher Punkt.

Justus schaute Sophie über die Schulter und erkannte, dass sie in ein Skizzenheft zeichnete. Doch bevor er genauer hinsehen konnte, klappte sie das Buch mit einem vernehmlichen Knall zu. »Guck woanders hin«, fauchte sie und rappelte sich auf. Der sanfte Ausdruck verschwand aus ihren Augen, als sie sagte: »Das geht dich nichts an.«

Sie drehte sich auf dem Absatz ihrer Doc Martens um und stapfte mit harten, abgehackten Bewegungen davon, die vor unterdrückter Wut nur so strotzten. Justus sah ihr nach. Das junge Mädchen war wieder zur Prinzessin der Finsternis mutiert. Und wieder fragte er sich, was es mit den Schwestern auf sich hatte. Zeigte Sophie ihm die ganz normale Gereiztheit einer pubertierenden Teenagerin?

Oder gab es einen anderen Grund für diesen Zorn? Justus kratzte sich nachdenklich am Kinn. Er sah auf die Uhr auf seinem Handy und beschloss spontan, die Mittagspause ein wenig auszudehnen und Charlotte einen Krankenbesuch abzustatten.

Seine Nachbarin sah gut aus, stellte er fest, als sie ihn auf sein Klopfen hin in ihr Zimmer bat. Das Kopfteil ihres Bettes war aufgestellt, ihre Haare perfekt frisiert und das Gesicht sorgfältig geschminkt. Über ihrem geschmackvoll gestreiften Pyjama aus irgendeinem glänzenden Material trug sie ein Bettjäckchen mit einer Spitzenborte. Unwillkürlich drifteten Justus' Gedanken zu ihrer Enkelin mit den wilden roten Locken und dem Einhornschlafanzug. Er schob das Bild zur Seite und konzentrierte sich auf Charlotte. Wäre ihr linker Arm nicht mit einer Schlinge an ihrem Oberkörper fixiert, würde nichts darauf hindeuten, dass sie erst am Tag zuvor operiert worden war. Charlotte nahm die Lesebrille ab, die vom gleichen kräftigen Rot war wie ihr Lippenstift, und schob den dicken Wälzer, in dem sie geschmökert hatte, zur Seite. »Also wirklich, Justus«, tadelte sie ihn mit einem Lächeln in den Augenwinkeln und strich über ihre perfekt sitzende Frisur. »Hat dir niemand beigebracht, nicht unangemeldet im Krankenzimmer einer Dame aufzutauchen?« Charlotte Ritter gehörte zu den Frauen, die das Flirten perfektioniert hatten. Ihre Art war charmant und sie als weibliches Wesen einfach anbetungswürdig. Er ließ sich auf ihr kleines Spiel ein und genoss den harmlosen Flirt mit seiner Nachbarin, der seine Stimmung hob. Justus hatte seine Großeltern nicht mehr kennengelernt.

Aber wenn er sich eine Großmutter hätte wünschen können, dann wäre es mit Sicherheit jemand wie Charlotte gewesen. Er hatte in dem kleinen Blumenladen im Foyer rote
Gerbera erstanden, die ihn ebenfalls an die Farbe ihres Lip-
penstifts erinnert hatten. Jetzt legte er den Blumenstrauß
neben ihr Buch und beugte sich zu ihr herunter. Er hob
ihre Finger an die Lippen und hauchte einen Kuss auf ihren
Handrücken. »Du bist die schönste Frau weit und breit.
Und wenn du es endlich zulassen würdest, brenne ich mit
dir durch, sobald dir der Doktor grünes Licht gibt«, sagte er
mit einem verschwörerischen Augenzwinkern.

Wie erwartet, brachte er sie damit zum Lachen. Das
jedoch schneller als erwartet einem Stirnrunzeln Platz
machte. Sie löste ihre Hand aus seiner und schob mit den
Fingerspitzen sanft die Locken aus seiner Stirn. Vorsichtig
fuhr sie über die Beule, die Clara ihm verpasst hatte. »Was
ist passiert, mein Junge?«, fragte sie.

»Nicht der Rede wert.« Er winkte ab und richtete sich
auf. »Viel wichtiger ist, wie es dir geht. Ist die OP gut verlaufen?« Er zog sich einen Stuhl heran und setzte sich
neben das Bett.

»Fantastisch.« Sie strahlte. »Mein Arzt sagt, ich kann
schon bald wieder Klavier spielen und meinen Garten um-
graben wie eine Zwanzigjährige. Aber bis es so weit ist …«
Charlotte legte ihm die Hand auf den Arm. Justus mochte
den besorgten Ausdruck nicht, der sich in ihr Gesicht
schlich. »Darf ich dich um etwas bitten?«

»Um alles.« Er legte seine Hand über ihre. »Das weißt du
doch.«

»Hast du Clara und Sophie schon kennengelernt?«

»Könnte man so sagen.« Näher, als ihm lieb gewesen war. Auch wenn er zumindest Clara nach dem Abend, an dem sie ihn niedergestreckt hatte, nicht mehr über den Weg gelaufen war.

»Das lässt sich ja auch nicht vermeiden, wenn man so nah beieinander wohnt«, sagte Charlotte. »Versprichst du mir, ein Auge auf meine Mädchen zu haben, solange ich hier festsitze?«

Wenn Justus den Kopf bewegte, spürte er den Schmerz, der von der Beule ausging. »Ich kann dir versichern, dass sie ganz wunderbar selbst auf sich aufpassen können.«

Nicht dass Charlotte das in irgendeiner Weise von ihrem Wunsch abbrachte. Sie hielt seinen Blick gefangen, noch immer den bittenden Ausdruck in den Augen.

»Natürlich«, gab er sich geschlagen. »Ich sehe nach ihnen.«

»Danke. Du bist ein Engel. Und jetzt muss ich dich um noch einen Gefallen bitten.«

»Meinst du nicht, für einen Tag reicht es an Gefallen?«, fragte Justus, konnte sich ein Schmunzeln aber nicht verkneifen.

»Nein. Das hier ist wirklich wichtig. Diesen Wunsch musst du mir erfüllen«, sagte sie leise und eindringlich. Justus lehnte sich automatisch ein wenig nach vorn, so entschlossen wirkte ihr Gesicht. »Besorg mir eine anständige Tasse Kaffee«, flüsterte sie.

* * *

Clara lud gut gelaunt ihre Einkäufe aus. Ihr erster Tag im Treibgut war ein voller Erfolg gewesen. Sie hatte Spaß daran gehabt, morgens den Ortsansässigen einen Kaffee zu servieren, bevor sie sich in ihre Arbeitstage stürzten. Später versorgte sie Feriengäste und die Urlauber, die mit den Touristenbooten anlegten, mit Cupcakes und Kuchen. Die Blaubeermuffins und der frische Apfelkuchen, die Kati in der kleinen Küche hinter dem Café buk, ließen ihr das Wasser im Munde zusammenlaufen. Genau wie die frischen Waffeln, die sie mit Mus von Bodenseeäpfeln servierten. Das Trinkgeld floss den ganzen Tag über großzügig, und Kati war eine angenehme Chefin. Sie hatte Spaß an ihrer Arbeit, und ihre positive Energie hatte sich wie von selbst auf Clara übertragen. Am Ende hatte sie sich sogar dazu hinreißen lassen, sich selbst ein verschnörkeltes, weiß lasiertes Windlicht im Vintage-Stil zu kaufen, an dem sie den ganzen Tag über unzählige Male vorbeigelaufen war. Sie hatte schlicht nicht widerstehen können und war sich sicher, es würde perfekt auf die Terrasse ihrer Großmutter passen.

Nach der Arbeit hatte sie kurz Charlotte besucht und war dann nach Ludwigshafen gefahren, um einen Großeinkauf zu tätigen, denn die Vorräte im Haus mussten dringend aufgestockt werden. Und sie hatte sich überlegt, heute Abend Sophies Lieblingsgericht zu kochen. Lasagne. Vielleicht konnte sie ihre Schwester damit in eine Stimmung versetzen, die ihrer eigenen glich. Und vielleicht würde sie so endlich herausbekommen, warum Sophie von der Schule geflogen war. Sie hob gerade den Korb mit den Einkäufen aus ihrem VW-Bus, als sie Justus entdeckte. Er kam in Arbeitskleidung aus Richtung der Werft auf sie zu. An seinem T-Shirt und in seinen Haaren hingen Sägespäne. Clara konnte das Holz riechen, als er vor ihr stehen blieb.

»Hallo, kann ich dir vielleicht helfen?«

Ehe Clara sein Angebot ablehnen konnte, schnappte er sich den schweren Einkaufskorb und setzte sich in Richtung Haus in Bewegung. »Hallo?«, murmelte sie ihm hinterher. Ihr blieb nichts übrig, als sich den Beutel mit den Äpfeln, die sie an einem der Stände am Straßenrand erstanden hatte, zu greifen und ihm zu folgen.

Vor der offenstehenden Haustür drehte sich Justus nach ihr um. »Ist es okay?« Er nickte mit dem Kinn in Richtung Haus. Offenbar wollte er sich vergewissern, dass es in Ordnung war einzutreten. Wahrscheinlich hatte er keine Lust, noch einmal von ihr niedergeschlagen zu werden.

»Sicher«, sagte sie und spürte, wie von ihrem Hals aus Hitze über ihre Wangen kroch. Vielleicht war dieser Moment gar nicht der schlechteste, um sich bei ihm zu entschuldigen. »Kann ich dir vielleicht ein Bier anbieten?«, fragte sie, als Justus den Korb auf dem Küchentisch abstellte.

Er drehte sich zu ihr um und legte den Kopf schief. »Ein kaltes?«

»Selbstverständlich.« Sie nahm zwei Leibinger Seegold aus dem Kühlschrank, öffnete sie und reichte Justus eines. »Ich möchte mich bei dir entschuldigen«, begann sie, »es tut mir wirklich sehr leid, dass ich dich niedergeschlagen habe.«

»Tatsächlich?« Er lehnte sich gegen den Küchentresen und trank einen Schluck Bier. Offenbar genoss er ihr Unbehagen.

»Ich habe dich wirklich für einen Einbrecher gehalten.«

Schnell trank sie ebenfalls einen Schluck, weil ihre Kehle plötzlich wie ausgedörrt war. Sie musste diesem Fremden ja nicht unbedingt ihre verkorkste Lebensgeschichte erzählen – die beschönigte Kurzversion genügte völlig. »Charlottes Unfall hat mich wirklich erschreckt und – irgendwie aus der Bahn geworfen. Ich war nicht ich selbst an diesem Abend. Deshalb noch einmal Entschuldigung.«

Justus sah sie abwartend an. Seine Finger puhlten am Etikett seiner Flasche herum. Was Clara ganz eindeutig nervös machte.

»Vielleicht kann ich dich ja zum Abendessen einladen, um es wiedergutzumachen.« Verdammt! Woher war das denn gekommen? Sie senkte den Blick auf die Einkäufe vor sich.

Justus schwieg, und sie spürte seinen musternden Blick einen weiteren Augenblick auf sich, der sich in die Länge zog wie Kaugummi. Claras Nervosität stieg. »Erstens«, sagte er schließlich. »Deine Entschuldigung nehme ich an. Und zweitens: Was gibt es denn?«

»Lasagne?« Sie hasste es, wenn sie so unsicher klang. Es gab keinen Grund, sich Justus gegenüber so zu fühlen. Auch wenn der Blick aus seinen dunkelblauen Augen zwar undurchdringlich war, dafür aber intensiv. Wenn er sie so musterte wie jetzt.

»Dann ja«, sagte er.

»Was?« Clara wurde bewusst, dass er irgendetwas gesagt hatte. Etwas, das sie nicht ganz mitbekommen hatte, weil sich ihre Gedanken mit seinen Augen und seiner Körpergröße beschäftigt hatten.

»Die Lasagne«, half er ihr auf die Sprünge. »Ich komme

gern auf einen Teller vorbei.« Er wies mit dem Daumen auf seine Arbeitskleidung. »Als Erstes sollte ich aber nach Hause und mich unter die Dusche stellen.«

Clara nickte. Die Vorstellung, wie er unter der Dusche stand, war … Sie schob den Gedanken beiseite, ehe sie in seiner Gegenwart rot anlaufen würde wie eine Tomate. »Wunderbar. Wir essen um halb acht.«

Justus prostete ihr mit seinem Bier zu und nahm die Abkürzung durch die Küchentür quer über den Rasen zu seinem Haus. Die Flasche baumelte locker zwischen seinen Fingern. Wieder schlich sich das Bild ihres duschenden Nachbarn vor ihr inneres Auge. Sie nahm einen großen Schluck Bier und schüttelte über sich selbst den Kopf. Wie war sie nur auf die verrückte Idee gekommen, Justus zum Essen einzuladen? Seine Anwesenheit würde ihr den Umgang mit Sophie nicht gerade erleichtern. Andererseits, vielleicht benahm sich ihre Schwester in Anwesenheit eines Gastes einigermaßen anständig.

✳ ✳ ✳

Justus war ein wenig von sich selbst überrascht, dass er Claras Einladung angenommen hatte. Heute schien der Tag der Ritter-Frauen zu sein, dachte er, als er in der Dusche seine Hände gegen die gekachelte Wand stemmte und den Kopf hängen ließ, damit das Wasser die verspannte Stelle zwischen seinen Schulterblättern massieren konnte. Erst Sophie auf dem Steg, dann sein Besuch bei Charlotte und zu guter Letzt eine Entschuldigung von Clara – samt Einladung zum Essen. Er stieß sich von der Wand ab und griff nach seinem Bier, das er neben der Seife im Duschregal abgestellt hatte. Nichts konnte einen körperlich anstrengenden Arbeitstag besser beenden als ein kaltes Bier und eine heiße Dusche. Vorzugsweise gleichzeitig. Vielleicht war es Charlottes Bitte, ein Auge auf ihre Enkelinnen zu haben, vielleicht war es einfach nur seine Neugier, die ihn dazu gebracht hatte, Claras Einladung anzunehmen. Falls sie kochen konnte, war das auf jeden Fall eine Win-win-Situation. Er verhungerte zwar nicht, wenn er auf sich selbst angewiesen war, seine Kompetenzen lagen aber eher bei einem anständigen Frühstück. Eine Einladung zum Abendessen abzulehnen war nie klug.

Nachdem das Wasser seine schmerzenden Muskeln lange genug massiert hatte, stellte er die Dusche ab. Er trank den letzten Schluck Bier, trocknete sich ab und zog Jeans und ein graues T-Shirt an. Ein Blick auf die Uhr sagte ihm, dass es an der Zeit war für das Essen. Er schlüpfte in ein Paar Flipflops und zog einen Rotwein aus seinem winzigen Vorrat. Dann schnappte er sich die leere Bierflasche und machte sich abermals auf den Weg über die Wiese. Er klopfte an der offenen Küchentür und trat ein, als Clara, die gerade in den Herd gesehen hatte, sich aufrichtete. Ihre Wangen waren leicht gerötet, und ihre Augen glänzten, was sie irgendwie – süß aussehen ließ. Was für ein bescheuerter Gedanke. Er verdrehte innerlich die Augen über sich selbst und konzentrierte sich auf den Duft nach Knoblauch, Kräutern und Tomatensauce, der in der Luft hing und ihm das Wasser im Mund zusammenlaufen ließ. Er stellte die Flaschen auf den Tisch und schob sie in Claras Richtung. »Der Wein passt vielleicht zum Essen. Und das Leergut …« Er zwinkerte ihr zu. »Ich vermute, wer eine Tüte Tiefkühl-

erbsen zurückfordert, will auch seine Pfandflaschen wieder-
haben.«

Clara wurde knallrot, als ihr bewusst wurde, dass er auf
den Kühlpack-Zwischenfall anspielte. »Danke«, murmelte
sie und reichte ihm einen Korkenzieher. »Du kannst schon
mal den Wein öffnen, wenn du möchtest.«

Er machte sich am Korken zu schaffen und beobachtete
seine Gastgeberin aus dem Augenwinkel. Die Stimmung
in der Küche war etwas sonderbar. Eine Art unsichtbare
Energie schien zwischen ihnen zu summen. Er fand die
Frau mit den wilden roten Locken tatsächlich anziehend.
Ein wenig zumindest. Vielleicht lag es auch den knappen
türkisfarbenen Shorts, die zu ihren lackierten Fußnägeln
passten. Oder dem schlichten weißen Top mit der kleinen
Spitzenkante am Dekolletee. Interessant war sie allemal. Er
sah nach unten und entdeckte Diva, die neben ihm saß
und zu ihm aufschaute. Also stellte er die geöffnete Flasche
hin und griff nach der Katze, die ihn sehr liebte. Wann
immer er Charlotte besucht hatte, war sie nicht von seiner
Seite gewichen. Auch jetzt schmiegte sie sich in seinen
Arm, als gehöre sie dorthin.

Clara nahm die Lasagne aus dem Ofen, und Justus sog
den umwerfenden Duft tief ein, der von der Auflaufform
ausging. »Riecht lecker«, sagte er, und Clara sah zu ihm
herüber und schenkte ihm ein kleines Lächeln.

»Danke«, sagte sie. »Die Katze ist übrigens ziemlich hinterhältig und kratzt«, warnte sie ihn.

»Diva liebt mich«, widersprach er, schnappte sich die
Weinflasche und folgte Clara, die die Lasagne balancierte,
auf die Veranda, Diva immer noch auf seinem Arm. Der

Tisch war hübsch gedeckt. In der Mitte stand eine Vase mit blasspinkfarbenen Rosen, die verdächtig danach aussahen, als stammten sie aus Charlottes Garten. Ihr schwerer Duft mischte sich angenehm mit dem nach Knoblauch, Tomaten und mediterranen Kräutern ihres Abendessens. Ein weiß getünchtes, eisernes Windlicht vervollständigte die Stimmung dieses lauen Sommerabends. Er ließ die Katze von seinem Arm auf das Verandageländer springen und goss Wein in die Gläser, die Clara ihm hinschob.

»Manchmal glaube ich, ich bin die Einzige, die von dieser Katze gehasst wird«, sagte Clara, ehe sie nach ihrer Schwester rief.

Diese erschien erst nach der dritten Aufforderung und setzte sich wortlos an den Tisch. Sie stocherte in der Lasagne herum, ohne auch nur einen Bissen zu essen, wie Justus auffiel, während er selbst seinen Teller bis auf den letzten Krümel leer putzte. »Das schmeckt fantastisch, Clara«, hielt er mit seiner Meinung nicht hinter dem Berg.

Ihre Augen leuchteten auf. »Möchtest du noch?« Sie ignorierte ihre Schwester genauso, wie Sophie zu versuchen schien, die ganze Welt zu ignorieren.

»Gerne.« Er ließ sich von Clara eine zweite Portion Lasagne auf den Teller schaufeln und sah zu Sophie hinüber. »Was zeichnest du denn den ganzen Tag, wenn du unten am Steg sitzt?«, fragte er das Mädchen und nippte an seinem Wein.

»Zeug halt«, kam die genervte Antwort.

»Sophie«, sagte Clara mit einem warnenden Unterton. »Antworte bitte ordentlich.« Zwischen ihren Augen bildete sich eine kleine Falte, die sie wütend aussehen ließ. »Und iss endlich, anstatt dieses Massaker auf deinem Teller anzurichten.«

In der Tat hatte Sophie ihre komplette Lasagne auseinandergenommen und zu einem unansehnlichen Haufen vermischt. »Ich esse das nicht«, gab sie wie eine bockige Dreijährige zurück und ließ ihre Gabel mit einem Klirren auf den Teller fallen.

»Sophie!« Clara sprach leise, aber ihre Haarspitzen vibrierten vor Zorn. »Ich warne dich. Iss. Jetzt.«

Anstatt der Aufforderung nachzukommen, schob Sophie den Teller mit einer so heftigen Bewegung von sich, dass ein Teil des Essens über den Rand kleckerte. Sie warf Justus aus den Augenwinkeln einen Blick zu, dann richtete sie ihren hasserfüllten Blick auf ihre Schwester. »Ich esse das nicht. Ich bin Vegetarierin.«

»Bist du nicht«, schoss Clara zurück.

»Seit Ewigkeiten«, sagte Sophie höhnisch. »Aber woher willst du das auch wissen. Dazu müsstest du dich ja mal um etwas anderes als dich selbst kümmern.« Sie sprang mit einer heftigen Bewegung auf. Ihr Stuhl kippte nach hinten, schien für einen winzigen Moment auf zwei Beinen der Schwerkraft zu trotzen, dann landete er polternd auf dem Boden. Die Prinzessin der Finsternis machte sich nicht die Mühe, ihn aufzuheben. Sie stürmte einfach davon. Und hinterließ eine unangenehme Stille am Tisch.

Clara starrte einen langen Moment auf ihren Teller, dann ließ auch sie ihre Gabel fallen. Wesentlich beherrschter als ihre Schwester schob sie ihre nur halb gegessene Lasagne von sich. »Entschuldige«, sagte sie, ohne in Justus' Richtung zu blicken. Sie nahm die Serviette von ihrem

Schoß und legte sie auf den Tisch. Ihre Wangen glühten regelrecht in einem Rot, das sich mit ihrer Haarfarbe biss. Sie kniff für einen Moment die Augen zu, als müsse sie sich sammeln, ehe sie nach ihrem noch fast vollen Weinglas griff und es in einem Zug leerte.

Justus kratzte die letzten Reste von seinem Teller. Zeuge eines solchen Schauspiels zu werden war nie angenehm. Charlotte hatte bei jeder sich bietenden Gelegenheit von ihren Enkelinnen geschwärmt – die Realität und die Erzählungen seiner Nachbarin schienen allerdings nichts miteinander zu tun zu haben. So klar und nüchtern sie die Welt sonst auch sah, wenn es um Clara und Sophie ging, hatte sie einen völlig verklärten Blick. Besonders von Clara, die Charlotte als sanft und liebevoll darstellte, dabei schien in ihr ein ziemlich herrisches Wesen zu stecken, so wie sie Sophie angefahren hatte. Überhaupt bestätigte dieser Abend, was er sich bereits über diese Familie gedacht hatte: Die Ritter-Frauen waren verrückt. Als Verantwortliche für ihre Schwester müsste sie doch eigentlich wissen, dass Sophie kein Fleisch aß. Innerlich schüttelte er den Kopf über sich selbst. Er durfte die Erfahrungen seiner eigenen Kindheit nicht mit Claras und Sophies Leben vermischen. Aber er war auch nicht besonders scharf darauf, in die offensichtlichen Probleme dieser Familie hineingezogen zu werden, Charlottes Bitte hin oder her. Er war am Bodensee, um in Ruhe seinen Traum zu leben. Ohne jegliche Komplikationen. Davon hatte er in Kiel genug gehabt. Justus stand auf. »Es wird Zeit für mich zu gehen.«

»Oh.« Clara hob ihren Blick von der Tischplatte. »Du musst nicht ... Also, du kannst gern noch bleiben.«

Er ignorierte ihre Aufforderung. »Die Lasagne war gut. Vielen Dank.« Er hob die Hand zum Gruß. »Man sieht sich.«

»Es tut mir leid, wie Sophie sich aufgeführt hat«, sagte sie, als er sich bereits zum Gehen wandte.

Clara sollte sich lieber darum kümmern, warum ihre Schwester sich so aufführt, dachte Justus, als er durch das taufeuchte Gras zu seinem Haus zurückkehrte. Hatte diese Frau denn überhaupt kein Gefühl dafür, wie sich Teenager fühlten? Er musste kein Psychologe sein, um zu sehen, was hier vor sich ging. Die Kleidung, die Haare und das Make-up sprachen eine Sprache, die an Deutlichkeit nicht zu überbieten war. Die Prinzessin der Finsternis war einsam.

* * *

Clara sah Justus hinterher. Das war bereits der zweite Abend, an dem sie in seiner Gegenwart komplett versagt hatte. Sophies Auftritt war ihr peinlich. Justus hatte sie angesehen, als ob sie nicht alle Latten am Zaun hätte. Und er hatte sie angesehen, als ob sie sich so schlecht um ihre Schwester kümmerte, dass sie nicht einmal wusste, dass sie kein Fleisch aß. Er konnte es nicht besser wissen, sagte sie sich. Sie ärgerte sich mehr über sich selbst, darüber, dass ihr seine Meinung über sie nicht egal war. Bisher hatte sie sich immer gut um Sophie gekümmert. Zumindest solange sie die Möglichkeit dazu gehabt hatte. Clara erhob sich und räumte den Tisch ab. Sie verstaute die Reste der Lasagne im Kühlschrank und goss sich statt eines zweiten Glases Wein eine Zitronenlimonade ein, die sie aus frisch von Albero geernteten Früchten angesetzt hatte. Mit dem kalten Getränk kehrte sie auf die Terrasse zurück. Ein bisschen war die Limonade wie ihr Leben: süß und doch sauer. Es passierten tolle Dinge wie Katis Jobangebot. Und dann tauchte ihre kleine Schwester auf und verpasste ihr einen emotionalen Kinnhaken. Eines war jedenfalls sicher. Bis fünf Minuten vor dem Essen war Sophie keine Vegetarierin gewesen. Wenn sie sich plötzlich für diesen Weg entschieden hatte, war Clara die Letzte, die das nicht akzeptierte. Das musste ihrer Schwester doch klar sein. Sie aßen sowieso nicht viel Fleisch, es wäre ihr also ein Leichtes, anders zu kochen. Aber das war es nicht, was Sophie gewollt hatte. Sie hatte eine Entscheidung getroffen und sie, anstatt mit ihr darüber zu reden, einfach in die Welt gebrüllt. Clara hatte keinen Schimmer, wie sie damit umgehen sollte. Sophie stieß sie weg, verletzte sie absichtlich. Machte sie vor Fremden, wie Justus einer war, lächerlich. Sie schluckte die Tränen, die in ihren Augen brannten, hinunter, versuchte, die Verzweiflung wegzuatmen, die ihren Brustkorb zusammenpresste. Nichts wünschte sie sich so sehr, wie die Liebe und das Vertrauen ihrer kleinen Schwester zurückzugewinnen.

Diva sprang auf den Stuhl neben ihr und schnüffelte neugierig an der Tischkante. Clara streckte ganz automatisch die Hand aus, um ihr über das Fell zu streichen – und fuhr eine Sekunde später zurück. Mit einem neuen Kratzer im Handrücken. Natürlich. Sophie war schließlich nicht das einzige Wesen, das sie nicht ausstehen konnte. Clara starrte in das Windlicht, das sie erst vor ein paar Stunden gekauft hatte, als sie für einen kurzen Augenblick glücklich gewesen war. Die Flamme verschwamm vor ihren Augen. Trotzig wischte Clara die einzelne Träne weg, die sich aus ihrem Augenwinkel stahl. Sie würde jetzt nicht anfangen zu heulen. Um sich abzulenken, ließ sie den Blick über die Wiese schweifen. Sie wollte Justus nicht ausspionieren. Wirklich nicht. Aber sie konnte schließlich nichts dafür, dass sein Haus über eine Glaswand verfügte, sich aber offenbar niemand Gedanken über das Thema Vorhänge gemacht hatte. Er fläzte auf seinem Sofa, die nackten Füße auf einer Art Truhe, die ihm als Couchtisch zu dienen schien. In dem unverschämt großen Fernseher, der an der Wand hing, lief ein Fußballspiel, das er gebannt verfolgte. Die Glastür stand offen, und Clara konnte leise die aufgeregte Stimme des Kommentators hören, die sich mit dem Zirpen der Grillen und dem leisen Wellenschlag am Seeufer mischte. Es wurde Zeit, in ihr Atelier zu gehen und noch einmal ihr Glück zu versuchen. Entschlossen leerte sie ihr Glas, blies das Windlicht aus und stieg die Treppe ins Dachgeschoss hinauf.

6

Nach einer weiteren Nacht mit einem Minimum an Schlaf und ohne eine zündende Idee für ein neues Schmuckstück war Claras Stimmung am nächsten Morgen deutlich gedämpfter. Sophie ließ sich nicht blicken, bis sie zur Arbeit musste, also schrieb Clara ihr einen Zettel, um sie daran zu erinnern, Charlottes Gemüsegarten und die Rosen zu gießen. Im Café lächelte sie die Gäste auch heute an, wenn sie Kaffee und das Gebäck des Tages, Cheesecake Muffins, servierte oder ein gefundenes Erinnerungsstück für einen Kunden einpackte. Aber der Elan des Vortages fehlte. Sobald sie ihre Schicht beendet hatte, schnappte sie sich ihre Handtasche, rutschte hinter Rostis Steuer und fuhr zu Charlotte ins Krankenhaus.

Ihre Großmutter war von der Beanie mit dem glitzernden Spruch zu ihrer Jane-Fonda-Frisur zurückgekehrt und wirkte wach und fit. Sie ließ sich auf die Wange küssen und nahm dankbar den Thermobecher mit Kaffee aus dem Treibgut entgegen. »Gott sei Dank.« Charlotte schloss die Augen und nippte genüsslich an dem sicher nicht mehr ganz heißen Getränk. »Noch einen Tag länger halte ich das wirklich nicht aus.« Sie warf einen sehnsüchtigen Blick aus dem Fenster, das nur einen Blick auf den gegenüberliegenden Krankenhausflügel bot.

»Heißt das, du darfst nach Hause? Heute?« Clara setzte sich auf die Bettkante.

Charlotte seufzte und trank noch einen Schluck Kaffee. »Eine Nacht muss ich noch durchhalten. Wenn bei der Untersuchung morgen alles okay ist, darf ich hier raus.«

Clara umarmte ihre Großmutter vorsichtig. »Das ist wundervoll. Ich kann es kaum erwarten, dich wieder da zu haben, wo du hingehörst. Oh.« Sie löste sich ein wenig von ihr und sah Charlotte an. »Muss ich irgendetwas organisieren? Brauchst du etwas Bestimmtes?«

Charlotte winkte mit ihrer gesunden Hand ab. »Alles schon erledigt. Ich habe mir bereits Hilfe geholt. Jemand vom Pflegedienst aus Ludwigshafen sieht jeden Tag nach mir. Und ich brauche ein Klinikbett. Das ist besser für meine Schulter. Aber das habe ich auch schon bestellt. Irgendwann werde ich zur Physiotherapie müssen. Aber das hat noch Zeit.«

»Dann ist alles vorbereitet. Und uns bleibt nur, uns auf dich zu freuen und etwas Leckeres zu kochen.«

»O ja. Und ich sage dir, was ich am meisten brauche: morgens einen anständigen Kaffee in meiner Küche und abends ein Glas Rotwein auf meiner Veranda. Wenn ich das bekomme und euch Mädchen um mich habe, wird dieser Sommer perfekt.«

Clara wünschte sich, dass das auch für sie alles wäre, was sie zu einem perfekten Sommer brauchte. »Das lässt sich einrichten«, sagte sie und lehnte ihre Stirn gegen die ihrer Großmutter. Sie atmete den Hauch Chanel No. 5 ein, der Charlotte schon immer umgab und der sich sogar gegen die Krankenhausgerüche behauptete. »Ich freue mich

schon darauf, mit dir zusammen auf den See hinauszublicken.«

Charlotte sah Clara kritisch an. »Dir geht es nicht gut,
mein Kind.« Sie strich ihr über die Wange, wie sie es getan
hatte, wenn Clara als Kind einen Albtraum gehabt hatte
und in ihr Bett gekrochen war. »Ich kann den Schmerz in
deinen Augen sehen.«

»Ach, Charlotte.« Clara genoss es, sich wenigstens für
einen Moment fallen lassen und anlehnen zu können.
»Mein ganzes Leben ist aus den Fugen geraten. Ich kann
keinen Schmuck mehr machen. Ich dringe nicht mehr zu
Sophie durch. Sie hat mir noch immer nicht erzählt, warum sie von der Schule geflogen ist. Und außerdem hasst
sie mich«, brachte sie nach einem kurzen Zögern hervor.

»Nein, mein Schatz. Sie ist ein verwirrter Teenager, dem
das Herz gebrochen wurde, genau wie dir. Ihr seid euch so
viel ähnlicher, als ihr beide glaubt. Lass dir Zeit. Atme tief
durch, solange du hier bist. Deine Kreativität wird zurückkehren. Und Sophie wird irgendwann ebenfalls zu dir zurückfinden.«

Die Worte ihrer Großmutter hatten tatsächlich die Kraft,
Clara ein wenig zu beruhigen. Charlotte hatte recht. Bis
dieser Sommer vorbei war und Sophie und sie nach Stuttgart zurückkehrten, wäre zwischen ihnen sicher wieder
alles im Lot. Sie musste nur fest daran glauben und hoffen,
dass die Zeit am Bodensee das Herz ihrer kleinen Schwester
wieder ein wenig für sie öffnen würde. Ihre Karriere als
Schmuckdesignerin sah sie allerdings in einem weniger
rosigen Licht als ihre Großmutter. Aber jetzt mussten sie
sich erst einmal darum kümmern, dass Charlotte wieder

auf die Beine kam. Um ihre Arbeit konnte sie sich danach Gedanken machen.

* * *

Sophie las den Zettel, den ihre Schwester ihr hinterlassen hatte, und zog den Krug mit der Zitronenlimonade aus dem Kühlschrank. Weil Diva um ihre Beine schlich, füllte sie etwas Katzenmilch in ihr Schälchen, ehe sie sich selbst ein Glas Limonade einschenkte. Sie sollte Charlottes Garten gießen, was sie auch tun würde. Ihre Großmutter liebte ihr Grünzeug und die Rosen, die üppig von einem großen Spalier hingen. Mit der Limonade und ihrem Skizzenbuch ging sie nach draußen. Die Sonne stand bereits hoch am wolkenlosen Himmel und ließ die Hitze erahnen, die der Tag noch bringen würde. Sie setzte sich im Schneidersitz ins Gras und schlug ihr Heft auf. Gleich würde sie gießen, aber zuerst musste sie ein paar Skizzen von diesen Rosenblüten machen. Schade, dass sich der Duft nicht aufs Papier bringen ließ. Aber zumindest die Hummel, die um eine der Blüten taumelte, als wäre sie betrunken, ließ sich mit einem Bleistift festhalten.

Erst als sich ein Schatten vor die Sonne schob, hob sie den Blick. Sie blinzelte ein paar Mal, ehe sie Anton erkannte, der sich offenbar angeschlichen hatte und jetzt neben sie ins Gras fallen ließ. »Hi«, sagte er.

Sophie zog die Augenbrauen nach oben und sah ihn finster an. Sie hatte die Zeit vergessen und keine Ahnung, wie lange sie hier schon saß, aber er hatte sie eindeutig gestört. Sorgsam klappte sie ihr Skizzenbuch zu und legte es neben sich. »Du befindest dich auf Privatbesitz«, ließ sie

Anton anstatt einer Begrüßung wissen. Dagegen, dass er ihr am Steg, den die drei Häuser gemeinsam nutzten, auf die Nerven ging, konnte sie nichts tun. Aber im Moment saß er in Charlottes Garten.

»Ach, damit hat Charlotte kein Problem. Wir nehmen das mit dem Eigentum hier ziemlich locker«, sagte er, anstatt sich zu verdünnisieren. »Schickes Outfit übrigens.« Er grinste. »Wusste gar nicht, dass du Klamotten hast, die nicht schwarz sind.«

Sophie sah an sich hinunter. Oh, verdammt. Sie hatte sich gleich nach dem Aufstehen eine Limonade aus dem Kühlschrank geholt und war dann nach draußen gegangen, um den Garten zu gießen. Was sie, genau wie die Zeit, über dem Zeichnen irgendwie vergessen hatte. Zu allem Übel trug sie noch immer ihren Schlafanzug, der noch aus einer Zeit stammte, in der Schwarz noch nicht ihre Art gewesen war, der Welt ihre Stimmung mitzuteilen. Eine knallpinke Baumwollshorts mit weißen Polkadots und ein etwas helleres Spaghettitop, auf dem in Glitzerschrift *Dreamgirl* stand – die sie insgeheim liebte.

»Besitzt du auch einen Bikini?«, fragte Anton, als sie nicht antwortete. »Die Farbe ist unwichtig«, ergänzte er. »Darf gerne schwarz sein.«

»Kann dir doch egal sein.« Sophie warf ihm einen Seitenblick zu. Er trug wieder seine Boardshorts und ein hellblaues T-Shirt. »Wozu?«, konnte sie sich die Neugier trotz allem nicht verkneifen.

»Ich will beim Beachvolleyball-Turnier starten und brauche noch einen Mitspieler.«

Jetzt wandte Sophie sich ihm ganz zu. »Du willst mit mir

bei einem *Beachvolleyball-Turnier* starten?« Sie sprach es aus, als sei das sportliche Event eine ansteckende Krankheit. »Ist das dein Ernst? Du weißt doch überhaupt nicht, wie ich spiele.«

»Ist das nicht egal?« Er zuckte die Schultern. »Es geht doch nur darum, Spaß zu haben.«

»Und du hast Spaß beim Verlieren?«, konnte Sophie sich nicht verkneifen. Ihre Hand strich durch das Gras, das sich weich an ihre Finger schmiegte.

»Kommt drauf an, mit wem.« Er grinste und erhob sich. »Sonne, Sand unter den Füßen und zum Abkühlen in den See springen. Was will man denn mehr?«

»Seine Ruhe, zum Beispiel«, brummte Sophie, griff nach ihrem Skizzenbuch und stand ebenfalls auf. Sie war nicht gerade ein Fan von Volleyball – oder Sport im Allgemeinen –, aber der Gedanke, sich nicht noch einen Tag allein in Charlottes Haus zu Tode zu langweilen, war verlockender, als sie zugeben wollte. »Also gut, ich bin dabei. Aber wehe, du beschwerst dich hinterher.« Ihr Blick fiel auf den Garten ihrer Großmutter. Mist! Das hatte sie ja fast vergessen. Obwohl … »Unter einer Bedingung«, ergänzte sie.

»Ich bin so großzügig, dir Abwechslung anzubieten, und du stellst Bedingungen?« Anton hakte die Daumen in den Bund seiner Shorts und grinste sie an. »Ganz schön frech.«

Sophie nickte in Richtung des Gartenschlauches. »Während ich meinen Bikini suchen gehe, kannst du Charlottes Pflanzen wässern.«

»Ist praktisch schon erledigt. Such den Bikini.« Er hatte das Wasser angedreht und auf die Zucchinis gerichtet, noch ehe sie im Haus verschwunden war.

Sie musste eine Weile in ihrem Koffer herumwühlen, bis sie fand, was sie suchte. Clara würde wahrscheinlich ihre nicht vorhandene Ordnung beklagen, wenn sie sie so sehen könnte. Der Triangel-Bikini war nicht schwarz, wie Anton es wahrscheinlich vermutete. Lena hatte Sophie nicht gefragt, als sie ihn für ihren Maledivenurlaub – der nun ohne sie stattfand – gekauft hatte. Hellgrüner Stoff, bedruckt mit großen Monstera-Blättern, die die gleiche Farbe hatten wie ihre Augen. Die Farbe stand ihr, würde aber mit ihren roten Haaren noch viel besser aussehen. Auch wenn sie sich eher auf die Zunge beißen würde, als das zuzugeben. Mit einem kleinen Seufzer band sie die langen schwarzen Strähnen zu einem Pferdeschwanz zusammen. Einen Moment betrachtete sie sich kritisch im Spiegel, dann streifte sie ein schwarzes Top über und schlüpfte in schwarze Shorts. Ehe sie ihr Zimmer verließ, warf sie einen Blick aus dem Fenster. Anton goss noch immer. Er nahm diese Aufgabe offenbar sehr ernst. Gut, denn sie wollte nicht daran schuld sein, wenn auch nur irgendeine von Charlottes Pflanzen einging. Sophie schnappte sich ein Strandtuch, schlüpfte in ihre Flipflops und rannte die Treppe hinunter. Sie war neugierig, ob ein Tag mit Anton hielt, was er versprach.

※ ※ ※

Als Clara von ihrem Besuch im Krankenhaus nach Bodman zurückkehrte, stellte sie fest, dass das Organisationstalent ihrer Großmutter wirklich beeindruckend war. Das Bett, das sie geordert hatte, würde nicht am nächsten Tag geliefert werden, wie sie angenommen hatte – es stand bereits vor dem Haus. Eindeutig zu groß und zu schwer, um es allein durch die Tür zu wuchten. Durch die es auch nicht passen würde, wie Clara mit einem abschätzenden Blick klar wurde.

»Sophie?«, rief Clara, als sie das Haus betrat. Sie lauschte in die Stille. Wenn nicht einmal Musik zu hören war, war ihre Schwester nicht da. Trotzdem warf Clara einen Blick in das Zimmer ihrer Schwester, das – wie sie vermutet hatte – bereits aussah, als hätte eine Bombe eingeschlagen. Sophie hatte den Garten wie beauftragt gegossen, ihr aber keine Nachricht hinterlassen oder WhatsApp geschrieben, wohin sie gegangen war. Clara rieb über ihren verspannten Nacken. Noch ein Gespräch, das sie mit ihrer Schwester führen musste. Sophie war vierzehn Jahre alt. Sie konnte nicht einfach verschwinden, wenn ihr der Sinn danach stand. Sicher, Bodman war nicht gerade ein Hort der Kriminalität. Trotzdem wollte sie wissen, wo ihre Schwester sich herumtrieb. Vielleicht konnte sie diese Aufgabe auch an Charlotte abgeben. Sie hatte das Gefühl, dass ihre Großmutter es schaffen würde, dieses Gespräch ohne eine Auseinandersetzung über die Bühne zu bringen. »Nicht ohne das Bett«, murmelte Clara und trat wieder vor das Haus. Wenn Charlotte wirklich morgen nach Hause kommen sollte, musste Clara dieses Ding auf irgendeine Art ins Haus schaffen. Sie löste die Bremse und schubste das Bett an. Es bewegte sich. Fünf Zentimeter. Ein dunkles Grollen ließ sie zum Himmel aufschauen. Die Sonne schien noch, aber am Horizont türmten sich bereits schwarze Wolken auf. Ein Sommergewitter kündigte sich an. Viel Zeit blieb ihr nicht mehr. Sie stemmte sich gegen das Fußteil und begann, das Bett über den

Rasen zu schieben. Was auf kerzengeraden, mit Linoleum ausgelegten Krankenhausfluren fantastisch funktionierte, gestaltete sich auf einer unebenen, abfallenden Wiese am Bodensee als Herausforderung.

Die Flügeltüren zur Veranda hin waren die einzigen, die groß genug waren, das Bett ins Innere zu bringen. Aber als sie das monströse Möbelstück ums Haus bugsiert hatte, wurde ihr klar, dass sie den Rest nicht alleine schaffen würde. Den dunklen Wolkenberg, der unaufhaltsam näher kam, im Blick, wählte sie die Handynummer ihrer Schwester und wurde sofort zur Mailbox weitergeleitet. Eine Nachricht zu schreiben konnte sie sich sparen – Sophie würde sie ignorieren. »Dann bleibt nur noch einer«, murmelte Clara. »Und hör auf, mit dir selbst zu reden«, wies sie sich zurecht. Sie lief die kurze Strecke zu Justus' Haus genau so, wie er es immer tat: quer über die Wiese. Einen Moment zögerte sie. Der Auftritt ihrer Schwester und sein überstürzter Aufbruch am Abend zuvor waren ihr noch immer peinlich. Andererseits hatte Charlotte gesagt, dass Justus immer einspringen würde, wenn sie Hilfe brauchte. Entschlossen hob sie die Faust und klopfte. Die Tür wurde praktisch im selben Moment aufgerissen, und Clara machte einen erschrockenen Satz nach hinten. Justus stand vor ihr, seinen Autoschlüssel in der Hand. Sein unergründlicher Blick ließ sich schwer deuten. »Clara.« Er schien zumindest etwas überrascht, sie zu sehen. »Hallo. Ich wollte gerade los. Kann ich irgendetwas für dich tun?«

»Hi. Charlotte kommt morgen zurück«, sagte sie.

Justus legte auf diese unnachahmliche Weise den Kopf schräg. »Das ist schön«, sagte er, als sie nicht weitersprach.

»Ich habe ein Problem mit diesem Ungetüm.« Sie wies mit dem Daumen über ihre Schulter, und Justus blickte in die Richtung, in die sie deutete. »Allein bekomme ich es nicht ins Haus.«

»Charlotte bekommt ein Klinikbett?«

»Nur so lange, bis die Schulter wieder in Ordnung ist. Durch das Verstellen des Kopfteils kann sie nachts so liegen, dass sie keine Schmerzen hat. Sobald sie wieder auf dem Damm ist, was ja hoffentlich bald der Fall sein wird, kann sie wieder in ihrem eigenen Bett schlafen.« Sie brabbelte, wurde ihr bewusst. Was wahrscheinlich daran lag, dass Justus sehr sparsam mit seinen Worten umging.

Als sie nicht weitersprach, ließ sich Justus endlich zu einer Reaktion herab. Er legte seine Autoschlüssel auf ein Schränkchen im Flur und zog die Tür hinter sich zu. »Dann wollen wir mal.«

Schweigend liefen sie über den Rasen. »Ich habe mir überlegt, das Bett in den Wintergarten zu stellen. Die Fenstertüren sind sowieso der einzige Weg ins Haus. Hier steht ihr geliebter Flügel. Und Signore Albero. Außerdem hat sie von hier aus den besten Blick in ihren Garten und auf den See.« Clara betrat das Haus über die Terrasse, und Justus folgte ihr.

Mitten im Wintergarten blieb er stehen. Er stützte die Hände in die Hüften und sah sich um. »Gute Idee«, stimmte er Clara zu. »Die Couch muss allerdings weg«, beschied er.

Gemeinsam schoben sie das Sofa an die hintere Wand und wuchteten das Bett die drei Verandastufen hinauf. Kaum hatten sie es durch die Flügeltüren gezogen, brach draußen das Unwetter los. In einem Moment war es vollkommen windstill, und nicht einmal die Insekten schienen noch zu summen. Dann schien der Himmel zu explodieren, mit einem Blitz und einem Donnergrollen, die nahezu gleichzeitig auftraten und Clara zusammenzucken ließen. Die Wolken öffneten ihre Schleusen, und riesige Regentropfen trommelten wie kleine Geschosse auf den Verandaboden. »Danke.« Etwas atemlos ließ sich Clara auf einer Ecke der Matratze nieder und strich sich die Locken aus dem Gesicht, während Justus die Flügeltüren schloss.

»Kein Problem«, antwortete er.

Der Regen, der gegen die Fenster prasselte, und die Blitze, die jetzt im Sekundentakt über dem See zuckten, gaben Clara das Gefühl, in einem kleinen Kokon zu sitzen. Irgendwie wirkte es intim. Es war dunkel genug, dass sie das Licht hätte einschalten müssen, und doch blieb sie einfach sitzen. Justus' Rücken vor sich, der an der Tür stehen geblieben war und auf den See hinausstarrte.

Vielleicht war dieser Moment der richtige, um den vergangenen Abend klarzustellen. »Ich würde dir gern erklären, warum Sophie und ich gestern so aneinandergeraten sind.« Justus drehte sich nicht um, also sprach sie weiter. »Sie macht das mit Absicht. Sie versucht, mich zu provozieren. Vor anderen Leuten lässt sie mich gern schlecht aussehen. So als ob ich überhaupt nichts über sie wüsste und eine grauenvolle Schwester wäre. So als ob ich nur an mich denken würde und mich kein bisschen um sie kümmere.«

Nun drehte sich Justus doch zu ihr um. »Naja, du weißt noch nicht einmal, dass deine Schwester kein Fleisch isst, oder?«

Clara schluckte. Er glaubte ihr nicht. Natürlich. Sophie war eine Meisterin im Manipulieren von Menschen. Warum war es ihr nur so wichtig, dass ausgerechnet Justus ein positives Bild von ihr hatte?

Er zuckte mit den Schultern. »Genau genommen geht mich das gar nichts an, was auch immer da zwischen euch läuft. Ich freue mich einfach nur, dass es Charlotte besser geht und sie nach Hause darf.« Mehr schien er dazu nicht zu sagen zu haben. Er wartete, bis der Regen ein wenig nachließ und das Donnergrollen leiser wurde. Dann öffnete er die Tür zur Terrasse und nickte ihr zu. »Wir sehen uns«, sagte er und ließ Clara stehen. Allein mit dem Bett und der nervösen Energie, die noch immer durch den Raum summte. Sie sah ihm nach, bis er die Wiese überquert hatte und seine Haustür hinter sich schloss.

✻ ✻ ✻

»Danke für den Tag«, brummte Sophie. »Und für den Döner.« Sie musste sich eingestehen, dass die Stunden mit Anton wirklich lustig gewesen waren. Anton war sechzehn, hatte sie herausgefunden, und fuhr eine metallicblaue Achtzig-Kubikzentimeter-Yamaha. Es war das erste Mal, dass Sophie auf einem Motorrad mitgefahren war. Die Geschwindigkeit und der Fahrtwind, der ihr entgegenschlug, hatten etwas Berauschendes. Anton hatte es ohne Murren ertragen, dass sie beim Beachvolleyball die meisten Bälle entweder gar nicht bekommen oder ins Aus geschlagen hatte. Er war ein ziemlich guter Spieler, und tatsächlich hätte sie viel lieber am Rand des Feldes gesessen und ihn gezeichnet. Wie er durch die Luft flog, um einen Ball über das Netz zu bekommen, der eigentlich für sie bestimmt war. Wie er absprang, sich streckte, oder mit dem ganzen Körper durch den Sand schlitterte. Zu ihrer Überraschung ließen sie sogar zwei der insgesamt fünfzehn gestarteten Mannschaften hinter sich. Was wirklich nicht auf ihre Leistung zurückzuführen war.

Nach dem Turnier sprangen sie zur Abkühlung in den See und alberten herum. Wenn sich ihre Arme oder Beine streiften oder Anton versuchte, sie unterzutauchen, spürte sie die Hitze, die die Sonne auf seiner Haut hinterlassen hatte und die einen angenehmen Kontrast zum kühlen Wasser bildete. Einen Kontrast, der ein Kribbeln in ihren Bauch zauberte. Als ein Gewitter aufzog und der Bademeister alle aus dem Wasser beorderte, verließen sie das Freibad und stellten sich in einem Buswartehäuschen unter, bis das heftige, aber kurze Unwetter vorbeigezogen war. Sophies knurrender Magen hatte Anton auf die Idee gebracht, in Ludwigshafen einen Döner essen zu gehen, was sie als die beste Idee des Tages empfand. Sie war inzwischen echt am Verhungern. Das Essen zu verweigern forderte irgendwann seinen Tribut. Natürlich hätte sie jederzeit einfach etwas aus Charlottes Kühlschrank nehmen können, aber dann hätte Clara genau gewusst, was sie gegessen hatte. Und darauf hatte sie irgendwie – keinen Bock. Sollte ihre Schwester doch denken, dass sie verhungerte. Falls Clara das überhaupt merkte, so beschäftigt wie sie mit sich selbst war.

Sie hatten sich an einen der kleinen Bistrotische vor dem türkischen Imbiss gequetscht, und Sophie nahm einen großen Bissen, um das Loch in ihrem Bauch zu füllen. Der Döner schmeckte himmlisch – und als sie merkte, dass sie den schlimmsten Hunger überwunden hatte, aß sie langsamer. »Was ist eigentlich mit dir los?«, fragte sie Anton mit vollem Mund, als eine Gesprächspause eintrat, weil er offenbar nicht mehr wusste, was er ihr noch über den Bodensee und die angeblich so coolen Ecken, die es hier gab, erzählen sollte. »Warum hängst du die ganze Zeit zu Hause rum? Hast du keine Kumpels oder so was?« Im Freibad hatte er eine Menge Leute gegrüßt, Sophie vorgestellt und kurz mit dem einen oder anderen geredet. Aber niemand schien ihm wirklich nahezustehen.

Er zuckte die Schultern und senkte den Blick auf sein Fladenbrot. Die blonden Strähnen fielen ihm ins Gesicht, also hob er den Kopf wieder und schüttelte sie mit einer Bewegung zurück. »Ich habe jede Menge Kumpels«, sagte er. »Sind aber alle irgendwo im Urlaub.«

»Nur du nicht«, stellte Sophie fest. Die Neugier auf diesen Jungen war, ohne dass sie das gewollt hatte, an diesem Tag gestiegen. Er sah ziemlich gut aus und hatte ein echt süßes Lächeln. Nicht dass er irgendwie ihr Typ war oder so. Sie versuchte einfach nur, sich ihm gegenüber nicht ganz so blöd zu verhalten, wie sie es bei jemandem, der so normal und unaufgeregt rüberkam, normalerweise tun würde.

»Nee. Meine Eltern haben keine Zeit. Jede Menge Arbeit und so.« Er hob seinen Döner ein wenig an, um die Soße, die über seine Finger tropfte, abzulecken.

»Keine Zeit?« Sophie biss von ihrem Fladen ab und sprach mit vollem Mund weiter. »Was sind die? Gehirnchirurgen?«

»Äh …« Anton starrte sie einen Moment an. »Ja«, sagte er

dann langsam. »Zumindest mein Vater. Woher weißt du das?«

»Echt jetzt?« Sophie konnte nicht anders – sie warf den Kopf in den Nacken und lachte. »Das war einfach so daher gelabert. Krass. Und deine Mutter?«

»Finanzen. Firmen. Auch ziemlich wichtig«, fasste er zusammen.

»Ah. Das kenn ich.« Das Lachen verschwand. »Meine blöde Schwester ist genauso. Immer nur Karriere und wichtig wichtig. Hauptsache jede Menge Kohle.«

»Clara? So wirkt sie gar nicht.«

»Nee, meine andere Schwester. Lena. Clara ist das Gegenteil von ihr. Eine totale Versagerin.« In Sophie zog sich etwas zusammen. Ihr Magen? Ihr Herz? Sie wusste es nicht. Irgendwie fühlte es sich nicht gut an, so schlecht über Clara zu reden. Aber sie hatte es verdient. Schließlich hatte Clara sie in diese verdammte Einöde verschleppt.

»Naja.« Anton zuckte mit den Schultern und sah Sophie nachdenklich an. »Kohle haben ist nicht das Schlechteste. Wir haben ein echt abgefahrenes Haus. Am Steg zu leben ist ziemlich cool. Und …« Er grinste sie an. »Ich habe genug Taschengeld, um dich auf einen Döner einzuladen.«

»Wenn es dich glücklich macht, hier zu vergammeln, nur zu.« Sie konnte sich den bitteren Unterton nicht verkneifen. Eigentlich müsste sie Anton dankbar sein, dass er sich überhaupt mit ihr abgab, obwohl sie so ätzend zu ihm war. Aber es fiel ihr einfach schwer, aus ihrer Haut zu schlüpfen.

Anton nahm ihr die Spitze auch diesmal nicht krumm. Er grinste sie an. »Mit dir rumzugammeln ist doch ganz cool«, behauptete er. »Eine ganz neue Erfahrung. Ein Großstadtmädchen, das nicht einmal Volleyball spielen kann, habe ich bisher noch nicht kennengelernt.«

Es fiel Sophie leicht, ihn anzulächeln. Er hatte recht. Sie war zwar nicht sportlich. Aber eines wusste sie sicher: Sie würde Anton malen. Auch wenn sie im Boden versinken würde, wenn er das jemals herausfinden sollte.

* * *

So schnell das Unwetter über ihm losgebrochen war, so schnell verzogen sich die schwarzen Wolken auch wieder. Worüber Justus sehr froh war. Es fühlte sich irgendwie … merkwürdig … an, mit Clara im Wintergarten ihrer Großmutter eingesperrt zu sein. Sobald der Regen nachließ, verabschiedete er sich und fuhr nach Ludwigshafen. Als Clara an seine Tür geklopft hatte, war er gerade auf dem Weg zum Einkaufen gewesen. Die gähnende Leere in seinem Kühlschrank zwang ihn dazu. Während er seinen Einkaufswagen füllte, dachte er wieder an Claras Worte. Sie sah sich als das Opfer ihrer Schwester. Dabei war sie die Erwachsene. Diejenige, die dafür sorgen müsste, dass die einsame Leere in Sophies Blick verschwand. Er verstand nicht, warum ihn das so störte. Vielleicht lag es daran, dass er eine deutlich höhere Meinung von Clara gehabt hatte, solange er sie nur aus Charlottes Erzählungen kannte. Er hatte das Gefühl gehabt, dass sie eine ganz wundervolle Frau sein musste. Jetzt war ihm klar, dass Charlotte Scheuklappen trug, wenn es um ihre Enkelinnen ging.

Er stellte sich an der Kasse an, hielt einen kleinen Plausch mit der jungen Frau, die seine Lebensmittel über den Scanner zog, und verstaute alles im Kofferraum, bevor er sich zu

Fuß auf den Weg zur Bank machte, um Geld abzuheben. Als er im Anschluss noch zur Pizzeria ging, um die zuvor bestellte Pizza abzuholen, klingelte sein Handy. Er blieb auf dem Bürgersteig stehen und zog es aus der Tasche. Der Name seiner Mutter flimmerte auf dem Display. Er schloss für einen Moment die Augen und hoffte, dass ihn das Karma nicht irgendwann in den Arsch beißen würde, wenn er so weitermachte. Noch war er nicht bereit, mit seinen Eltern zu sprechen, sich die Vorwürfe und Versprechungen anzuhören, mit denen sie ihm noch immer drohen und ihn locken würden. Entschlossen schob er das Handy in die Tasche zurück, wo es kurz darauf verstummte und mit einem kurzen Vibrieren anzeigte, dass der Anruf an seine Mailbox weitergeleitet worden war. Er ließ den Blick über die kleine Ladenzeile schweifen, in der die Pizzeria lag. Dann fiel sein Blick auf die Dönerbude auf der anderen Straßenseite. Die Hand schon auf der Klinke, blieb er stehen. Er kniff die Augen zusammen, um besser sehen zu können, aber er täuschte sich nicht. Dort drüben saß Sophie an einem der Tische auf dem Gehsteig. Sie blickte nicht einmal im Ansatz so düster wie sonst. Es sah sogar fast so aus, als lächele sie, während Anton ihr gegenübersaß und wild gestikulierend auf sie einredete. Das Interessante daran war aber der riesige Döner – mit jeder Menge Fleisch –, an dem Sophie mit großem Appetit herumkaute. Justus stemmte die Hände in die Hüften und schüttelte den Kopf. Das kleine Biest hatte ihn tatsächlich reingelegt. Dabei hielt er sich für einen Menschenkenner. Der Prinzessin der Finsternis war er eindeutig auf den Leim gegangen.

Er holte seine Pizza ab und fuhr nach Hause. Von seinem Wohnzimmer aus konnte er Clara sehen, die auf dem Steg saß und auf den See hinausstarrte. Dem Beben ihrer Schultern nach schien sie zu weinen. Einen Moment zögerte er. Die Tränen einer Frau waren schließlich nichts, womit sich ein Mann gerne auseinandersetzte. Dann schnappte er sich die Pizza und ging zu ihr. Ohne ihre Einladung abzuwarten, setzte er sich neben sie und stellte den Karton ab. Er öffnete ihn und schob ihn in Claras Richtung. Sie sah ihn nicht an, starrte weiter vor sich hin. »Möchtest du darüber reden?«, fragte er schließlich und biss in seine Pizza.

Endlich drehte sie sich zu ihm um. Ihr Gesicht war tränennass, die Wangen voller roter Flecken, und ihre Haare tanzten im Wind. »Du möchtest das doch gar nicht hören«, sagte sie leise und stand auf.

»Wer sagt denn …« –, dass ihn das nicht interessierte, wollte er sagen. Doch Clara ließ ihn genauso sitzen wie ihre Schwester am Tag zuvor. Ein paar Minuten später wurde das Licht im Dachgeschoss von Charlottes Haus eingeschaltet. Es war also Clara, die sich dort oben zurückzog. Was sie dort wohl tat? Er aß die Pizza mit Blick auf den See. Als er sich schließlich aufrappelte und zu seinem Haus zurückkehrte, fiel sein Blick auf Charlottes Wintergarten. Nachdenklich blieb er mitten auf der Wiese stehen. Die Flügeltüren waren groß genug gewesen, das Krankenhausbett hindurchzuschieben. Wie seine Nachbarin allerdings die drei Stufen auf die Veranda hinaufgelangen sollte, war ihm schleierhaft. Für den Bänderriss würde sie Krücken brauchen, auf die sie sich mit ihrer gebrochenen Schulter nicht stützen konnte. Ihr blieb vermutlich nichts anderes übrig, als vorübergehend einen Rollstuhl zu benutzen. Darüber hatte mit Sicherheit noch niemand nachgedacht. Im Kopf überschlug Justus die Breite der Treppe, dachte über das notwendige Material nach, das er für einen kleinen Umbau brauchen würde. Er trat durch die Terrassentür, die er offen gelassen hatte, in sein Haus, warf den Pizzakarton in den Müll und setzte sich mit einem Notizblock an den Küchentresen. Mit einigen schnellen Strichen skizzierte er seine Idee und legte dann zufrieden den Bleistift zur Seite. Er nahm sich ein Bier aus dem Kühlschrank und griff nach seinem Handy, das gerade mit einem Ton den Eingang einer Nachricht signalisiert hatte. Dabei fiel ihm ein, dass er seine Mailbox noch nicht abgehört hatte. Andererseits wusste er genau, was seine Mutter von ihm wollte. Er konnte ihren Monolog, der von Familie, Verantwortung und Zukunft handelte, bereits auswendig aufsagen. Die Mailbox ignorierend, rief er die WhatsApp auf, die Eva, seine Verlobte – oder besser: Ex-Verlobte – ihm aus dem thailändischen Flitterwochenparadies geschickt hatte, in dem sie gerade zusammen ihre Hochzeitsreise verbringen müssten. *Jeden Tag Regen*, schrieb sie. Als Nächstes ploppte ein kleines Video auf, dass den Monsun zeigte, gefolgt von zwei braungebrannten Surfertypen, die mit gereckten Daumen in die Kamera grinsten. *Aber ich werde auf Händen getragen, von verdammt heißen Jungs, die mir jeden Wunsch von den Augen ablesen. Also bin ich wohl trotzdem im Paradies.* Sie schickte ein Smiley mit Sonnenbrille und ein Küsschen hinterher. Justus lächelte. *Da kann ich nicht mithalten. Leider auch keine Typen hier, die mich auf Händen tragen*, schrieb er zurück und schickte ihr ein paar Bilder vom Sonnenaufgang, die er vor ein paar Tagen gemacht hatte. *Aber für mich ist es auch das Paradies.* Er schickte ihr ebenfalls ein Küsschen und legte das Handy zur Seite.

Während er sein Bier trank, zappte er durch die Fernsehprogramme, blieb eine Weile beim Fußball hängen und entschied dann, schlafen zu gehen. Als er ins Bett ging, warf er einen letzten Blick zu Charlottes Haus hinüber. Im Dachgeschoss brannte noch immer Licht.

7

Am nächsten Morgen lehnte Justus mit der Kaffeetasse in der Hand an seinem Küchentresen, bis er sah, wie Clara aus dem Haus trat, Charlottes altes Fahrrad aus dem Schuppen schob und in Richtung Treibgut radelte. Nach ihrem Ausbruch auf dem Steg am vergangenen Abend war er sich nicht sicher, wie er mit ihr umgehen sollte. Sie wollte seine Hilfe wahrscheinlich nicht, aber Charlotte nahm sie mit Sicherheit gern an. Sobald Clara außer Sicht war, rief er Bernhard in der Bootsmanufaktur an und gab ihm durch, was er aus den Holzresten der Werft heraussuchen sollte, um sein Vorhaben umzusetzen. Als der Bootsbauer kurze Zeit später mit dem Lieferwagen auf den kleinen Parkplatz unter den Weiden rumpelte, luden sie das Material gemeinsam aus und trugen es hinter Charlottes Haus. Justus versprach, sofort in die Werft zu kommen, sobald er hier fertig war. Ein paar Vorteile musste es schließlich auch haben, der Boss zu sein. Heute standen keine Termine an. Also schnallte er seinen Werkzeuggürtel um und trug seine Bohrmaschine auf Charlottes Terrasse. Bernhard lud die Handkreissäge aus dem Transporter, um die Justus gebeten hatte.

»Danke.« Er schlug seinem Kollegen kameradschaftlich auf die Schulter. »Falls ihr die Säge doch früher braucht als gedacht, ruf mich einfach an.«

»Mach ich.« Bernhard tippte sich mit zwei Fingern an die Stirn. »Bis später.«

Justus sah ihm nach, bis er um die Hausecke verschwand. Als er sich wieder umdrehte, lehnte Sophie in der Tür, die von der Veranda in den Wintergarten führte. Ihren üblichen, missmutigen Ausdruck im Gesicht und eine Dose Red Bull in der Hand. »Guten Morgen«, sagte er. Das Mädchen trug schwarze Leggins und ein übergroßes schwarzes Top mit dem Abbild eines Zombies, dem ein Blumenkranz schräg auf dem Schädel saß. Ein nettes Outfit für eine Jugendliche, dachte Justus sarkastisch und schüttelte innerlich den Kopf. Ihre Augen waren auch heute dick mit Kajal umrahmt, und ihre Haare waren in einem unordentlichen Dutt am Hinterkopf zusammengefasst. »Ist das dein Frühstück?«, konnte er sich mit Blick auf die Dose nicht verkneifen.

Sophie verdrehte die Augen, stieß sich aber vom Türrahmen ab, überwand die kurze Distanz bis zur Treppe und lehnte sich dann dort gegen den Pfosten der überdachten Veranda. Offenbar war ihr Körper noch nicht in der Lage, von selbst zu stehen. Vielleicht lag der Vegetarierin auch der Döner noch zu schwer im Magen. »Was treibst du da?«, wollte sie statt einer Begrüßung wissen.

»Ich baue eine Rampe für den Rollstuhl deiner Großmutter. Halt mal«, forderte er sie auf, den Zollstock anzulegen. Ohne zu murren, stellte Sophie ihr Getränk zur Seite und half ihm, Maß zu nehmen. Schweigend zeichneten sie die Bretter an, und Justus begann, die einzelnen Teile zuzuschneiden.

»Darf ich auch mal?« Justus war überrascht, dass sich Sophie ernsthaft die Hände schmutzig machen wollte.

»Klar. Komm her.« Er reichte ihr seine Schutzbrille, die sie – selbstverständlich nicht ohne Augenrollen – auf die Nase schob. Er zeigte ihr, wie sie die Säge bedienen musste, und überwachte die Arbeiten. Anschließend schraubten sie die Rampe zusammen. Dabei sprachen sie nur das Nötigste, aber er musste zugeben, dass sich Sophie durchaus nicht dumm anstellte und offenbar Spaß an der Arbeit hatte. Er überlegte, ob er Sophie fragen sollte, warum sie ihre Schwester wegen ihrer Essgewohnheiten anlog. Dann rief er sich in Erinnerung, dass ihn das nichts anging. Es gab keinen Grund, sich in die Streitereien der Schwestern einzumischen. Schließlich wusste er, wie es war, wenn Außenstehende glaubten, in das eigene Leben hineinblicken zu können und am Ende sogar zu wissen, was am besten für einen war. Eva und ihm war es so ergangen, bis er vor einem Vierteljahr endlich die Reißleine gezogen hatte. Viel zu spät, aber noch rechtzeitig genug, um ein komplettes Desaster zu verhindern. Simons Jobangebot war genau im richtigen Moment gekommen. Wer wusste schon, ob Justus sonst die Kurve noch bekommen hätte oder Hand in Hand mit Eva in ihr gemeinsames Unglück gerannt wäre? Die Chancen dafür hatten gut gestanden, so wie ihre Eltern sie konditioniert hatten. »Danke für deine Hilfe«, sagte er deshalb, statt die Fragen zu stellen, die ihm wirklich unter den Nägeln brannten. Was er tatsächlich nachvollziehen konnte, war Sophies Einsamkeit. Ihm war es in ihrem Alter nicht anders ergangen. Wenn sie in ihm einen Freund sah, jemanden, dem sie vertrauen konnte, vielleicht würde sie sich ihm öffnen und irgendwann erzählen, wo der Schuh drückte.

»Kein Problem«, murmelte Sophie, stieß ihre Faust aber gegen seine, als er sie ihr zur Ghettofaust hinhielt. Sie half ihm, die Baustelle aufzuräumen und zu säubern, ehe sie nach ihrem inzwischen sicher warmen Red Bull griff.

Justus' Magen drehte sich einmal um die eigene Achse, als sie einen großen Schluck von dem süßen Zeug nahm. Er musste sich zusammenreißen, um das Gesicht nicht angewidert zu verziehen.

Der Geruch nach Gummibärchen wehte zu ihm herüber, als Sophie ihn über den Rand der Dose ansah. »Du kommst doch zu Charlottes Willkommensparty?«, wollte sie wissen.

»Na klar. Denkst du, das lasse ich mir entgehen?« Er griff nach der Kreissäge und dem Bohrmaschinenkoffer. »Aber wenn ich pünktlich sein will, sollte ich mich jetzt schleunigst auf den Weg in die Werft machen. Bis später.« Er spürte den Blick des Mädchens noch im Rücken, als er um die Hausecke bog. Sie hatte zwar nichts Persönliches erzählt, und doch hatte Justus das Gefühl, dass sie sich ihm gegenüber ein wenig geöffnet hatte.

✳ ✳ ✳

Clara hatte sich Katis Audi Kombi geliehen, weil ihre Großmutter mit ihrem Bänderriss und der kaputten Schulter keinesfalls in ihren VW-Bus klettern konnte. Als sie das Auto unter der Trauerweide abstellte, war Justus bereits zur Stelle, holte den Rollstuhl aus dem Kofferraum und klappte ihn auseinander. Natürlich erledigte er das im Bruchteil der Zeit, die Clara kurz zuvor gebraucht hatte, um das störrische Ding in das Auto zu bekommen. »Was treibst du hier?«, fragte sie ihn leise, ehe er den Rollstuhl um den Wagen herumschieben konnte.

»Ich bin das Empfangskomitee.« Er grinste. »Und ich habe eine Überraschung für deine Großmutter, die ich ihr vorführen will. Außerdem ...«, Justus kam Clara so nahe, dass sie seinen Duft nach Holz, See und einem Hauch Weichspüler, der in seinem Poloshirt hing, einatmen konnte, »finde ich es ganz schön fies von dir, dass du mich nicht zur Willkommensparty eingeladen hast.« Er zwinkerte ihr zu. Offenbar schien es ihm Spaß zu machen, sie ein bisschen zu ärgern. »Aber deine Schwester war so nett, das zu übernehmen.«

»Sophie?« Sie sah ihn verblüfft an. »Du hast mit Sophie gesprochen?«

Er antwortete nicht, sondern platzierte den Rollstuhl neben der Beifahrertür und half Charlotte auszusteigen. Als sie Platz genommen hatte, schob er sie auf dem gleichen Weg am Haus entlang, über den Clara am Tag zuvor das Bett gewuchtet hatte.

»Oh Justus«, hörte Clara ihre Großmutter sagen. Sie bog hinter den beiden um die Hausecke und blieb stehen. Ihr Nachbar hatte eine Rampe gebaut, über die der Rollstuhl auf die Veranda geschoben werden konnte. »Vielen Dank!«

Eine Rampe? Verdammt! Clara hatte völlig vergessen, dass Charlotte über die drei Verandastufen nicht ins Haus kam. Und das, obwohl es so schwer gewesen war, das Bett über diese Hürde zu bugsieren. Sie war mit ihren Gedanken offenbar überall gewesen, nur nicht bei der Sache.

»Ich habe geholfen«, ließ Sophie sie wissen, als sie aus dem Haus trat. Clara atmete auf, als sie sah, dass das grauenvolle Top mit einem Zombie, von dessen Knochen das Fleisch hing, und das ihre Schwester noch am Morgen getragen hatte, einem schlichten, schwarzen T-Shirt gewichen war. Sie wollte nicht, dass ihre Großmutter einen Anfall bekam, wenn sie Sophies fantasievolle Outfits sah.

»Das stimmt. Sophie hat mir assistiert.« Justus zwinkerte ihrer kleinen Schwester zu. »Und sie ist sehr talentiert als Schreinerin.«

Clara sah zwischen Charlottes Nachbarn und ihrer Schwester hin und her. Was war denn zwischen den beiden passiert? Hatte Justus es ernsthaft geschafft, Sophie aus ihrem schwarz gestrichenen Schneckenhaus zu holen?

»Unentdeckte Fähigkeiten.« Sophie küsste ihre Großmutter auf die Wange. »Komm rein. Wir haben den Wintergarten für dich eingerichtet.«

Aber eigentlich hatte Clara den Wintergarten für ihre Großmutter eingerichtet. Mit Justus' Hilfe. Auf Sophie, die gestern erst spät in der Nacht nach Hause gekommen war, hatte sie nicht zählen können. Sie biss sich auf die Zunge. Heute hatte ihre Schwester sich ja offenbar deutlich mehr ins Zeug gelegt, also würde sie sie nicht kritisieren.

»Oh, ihr habt an alles gedacht«, sagte Charlotte, als Justus den Rollstuhl durch die Flügeltüren in den Wintergarten schob. Sie strich mit den Fingerspitzen ihrer gesunden Hand über Signore Alberos Blätter und fuhr die Form einer noch nicht ganz reifen Zitrone nach. »Das Bett ist hässlich, das lässt sich nicht ändern. Aber mit meinem Bettzeug und den Zierkissen ist es gar nicht so schlimm.«

»Der Vorteil ist, dass du von hier die Sonne über dem See aufgehen sehen kannst. Du hast alles im Blick. Den

Steg. Deinen Garten«, zählte Clara auf und richtete die Vase mit den frisch gepflückten Rosen zurecht, die sie auf dem provisorischen Nachtschränkchen ihrer Großmutter platziert hatte.

»Du hast absolut recht, mein Schatz«, sagte Charlotte. »Aber der schönste Anblick ist immer noch mein kleiner Engel. Diva, Schätzchen. Komm her«, lockte sie die Katze, die in den Wintergarten stolziert kam und die Menschen um sie herum ignorierte. Abgesehen von Charlotte. Sie fixierte sie mit ihrem Katzenblick und sprang auf direktem Weg in den Schoß ihres Frauchens. Charlotte strich mit der Hand über das schwarze Fell, und Diva begann zu schnurren. »Wisst ihr, was ich mir wünsche?«, fragte ihre Großmutter und sah von ihrer Katze auf. »Eine Party.«

Sophie legte Charlotte vorsichtig den Arm um die Schultern und lehnte ihre Stirn gegen die ihrer Großmutter. »Das haben wir uns gedacht und längst alles organisiert.«

»Wirklich?« Charlottes Augen glänzten. »Meine Mädchen um mich zu haben ist das Beste, was ich mir für diesen Sommer wünschen kann. Lasst uns feiern!«

»Es wird nur eine kleine Party. Kein rauschendes Fest«, schränkte Clara die Feierwut ihrer Großmutter ein. »Wir haben deine Bridgerunde eingeladen. Die Damen haben ein paar Mal angerufen und sich nach deinem Befinden erkundigt. Und Kati wird vorbeikommen, wenn sie das Café zumacht, und ihren Wagen abholen«, zählte Clara auf.

»Und Anton natürlich«, ergänzte Sophie.

»Selbstverständlich.« Charlotte küsste ihre jüngere Enkelin auf die Wange. »Der arme Junge ist sowieso die ganze Zeit allein zu Hause.«

Clara sah auf die Uhr auf ihrem Handy. »Deine Freundinnen kommen in einer Stunde. Ich kümmere mich um das Essen, und Sophie und Justus leisten dir bis dahin Gesellschaft. Es sei denn, du willst dich noch ein bisschen ausruhen.«

»Pff.« Charlotte verdrehte die Augen. »Ich bin alt, aber nicht gebrechlich. Naja, schon irgendwie. Aber nur temporär«, verbesserte sie sich. »Ich möchte auf der Terrasse sitzen und auf den neuesten Stand gebracht werden.«

»Dann macht es euch draußen gemütlich. Ich bringe euch einen Krug Eistee.« Clara liebte das Kochen. Für viele Leute zählte das zu den lästigen Pflichten. Sie hingegen werkelte gern in der Küche herum. Die Wohnung, in der sie gemeinsam mit Olli gelebt hatte, hatte eine süße kleine Küche gehabt. Sophie und sie hatten dort viel zusammen herumprobiert, gekocht und gebacken. Anders war das natürlich in dem Raum mit dem verdreckten Boden gewesen, den abenteuerlich hohen Stapeln schmutzigen Geschirrs in der Spüle und einem Herd, der aussah, als hätte sich in den letzten zehn Jahren niemand die Mühe gemacht, ihn zu putzen. In der WG war Kochen daher ausgeschlossen gewesen. Vom Inhalt des Kühlschranks gar nicht zu reden. Sie hatte nach ihrem Einzug versucht, die Küche in einen einigermaßen akzeptablen Zustand zu versetzen. Eine Woche später hatte es ausgesehen wie zuvor, und irgendwann hatte Clara aufgegeben und das Kochen eingestellt. Umso mehr genoss sie es, Charlottes wunderschöne Landhausküche in Beschlag zu nehmen.

Kochen unterschied sich von der Grundidee gar nicht so sehr vom Entwerfen eines Schmuckstückes. Es war der kreative Prozess, der Clara faszinierte. Etwas entstehen zu lassen. Wenn ihr das schon nicht in ihrer Werkstatt gelang, dann wenigstens am Herd. Sie hatte sich abermals für Spaghetti mit Pesto entschieden. Zum einen, weil Sophie kein Fleisch mehr aß. Zum anderen quollen die Basilikumtöpfe in Charlottes kleinem Kräutergarten vor der Küchentür geradezu über. Als kleine Appetithappen vorweg würde sie Bruschetta zubereiten. Sie zupfte Basilikum, schälte ein paar Knoblauchzehen und rieb Parmesan. Charlottes vier Freundinnen waren inzwischen eingetroffen und begrüßten Claras Großmutter mit großem Hallo. Clara brachte ihnen eine Flasche Prosecco auf die Veranda und wurde von der Damenrunde umarmt und geherzt. Kati gesellte sich kurz darauf zu ihnen und vervollständigte die Gruppe gemeinsam mit dem Nachbarsjungen Anton, den Clara bislang noch gar nicht zu Gesicht bekommen hatte. Das leicht verknallte Grinsen, das der Junge ihrer kleinen Schwester zuwarf, sprach allerdings dafür, dass die beiden schon mehr Zeit miteinander verbracht hatten, als Clara angenommen hatte. Und selbst in Sophies Gesicht erschien der Hauch eines Lächelns. Sehr interessant, dachte Clara, als sie in die Küche zurückkehrte, um die Pinienkerne für das Pesto zu rösten. Sie hörte, wie die Gäste ihrer Großmutter über Justus' charmante Witze lachten. Charlotte trotz ihrer Verletzungen so fröhlich und gut gelaunt zu sehen war eine große Erleichterung. Jetzt, wo sie zurück in ihrem Haus war und Clara wusste, dass sie gesundheitlich wieder auf die Beine kam, fiel ihr der Stein vom Herzen, der sich bei dem Anruf vor ein paar Tagen auf ihren Brustkorb gelegt hatte. Sie schnitt ein Baguette in Scheiben und schob es in den Backofen. Das Aroma der gerösteten Pinienkerne mischte sich mit dem des Basilikums und des Knoblauchs. Sie summte die Hits mit, die leise im Radio liefen, und bat Sophie und Anton, den Tisch zu decken, als sie eine zweite Flasche Prosecco für Charlottes Freundinnen auf die Terrasse brachte.

Justus tauchte unter fadenscheinigen Gründen ein paar Mal in der Küche auf, schnupperte genüsslich und warf einen Blick in ihre Töpfe und Pfannen. Clara war sich sicher, dass ihn nicht nur der Hunger und Neugier hereintrieben. Es schien fast so, als wollte er nach ihr sehen und sich vergewissern, dass mit ihr alles in Ordnung war. Es war Clara unangenehm, am Vorabend von ihm bei ihrem kleinen Zusammenbruch ertappt worden zu sein. Ihre Frustration hatte sich Luft gemacht, ihre Hilflosigkeit im Umgang mit Sophie. Und nicht zuletzt ihre Verletztheit, als ihr bewusst geworden war, dass Justus nichts von ihr hielt und Partei für ihre Schwester ergriff. An diesem Wissen hatten auch die Pizza, die er ihr angeboten hatte, und seine mitfühlende Stimme nichts geändert. Jetzt scheuchte sie ihn aus der Küche, gab die Tomaten-Basilikum-Mischung auf die gerösteten Brotscheiben und trug sie auf den großen Esstisch im Wohnzimmer auf, der viel zu selten genutzt wurde. Während sich Charlottes Gäste über die Vorspeise hermachten, kochte Clara die Spaghetti und servierte sie gemeinsam mit dem Pesto in einer großen Schüssel, die sie mitten auf dem Tisch platzierte.

Charlottes Rückkehr tat dem Haus gut. Clara und Sophie hatten es zu zweit nicht geschafft, die Wände so mit Leben zu füllen, wie es ihre Großmutter im Handumdrehen vermochte. Die älteren Damen tratschten munter vor sich hin und banden auch Sophie und Anton in ihre Gespräche ein. Justus schien grundsätzlich kein Problem damit zu haben, Smalltalk zu führen. Erleichtert lehnte sich Clara in ihrem Stuhl zurück und ließ die Anspannung von sich abfallen. Dieser Abend würde nicht in einem Desaster enden. Die negative Spannung, die zwischen Sophie und ihr brodelte, seit Lena sie vor ihrer Wohnungstür abgesetzt hatte, war zumindest für diesen Abend verschwunden. Ihre Schwester konnte ihren grimmigen Blick zwar noch nicht ganz abstellen, aber hin und wieder vergaß sie tatsächlich, ihre schlecht gelaunte Maske aufrechtzuerhalten, wenn Anton vom Platz neben ihr gut gelaunt auf sie einredete. Er schien Sophie sehr zu mögen. Offenbar hatte der Junge außerdem eine gute Kinderstube genossen, denn während er sich sogar eine zweite und dritte Portion Spaghetti einverleibte, vergaß er nicht, sich bei Clara zu bedanken und ihr mit vollem Mund zu versichern, dass es *krass lecker* schmeckte.

* * *

Nachdem sich Charlottes Gäste verabschiedet hatten, half Justus, den Tisch abzuräumen. Dass Clara eine gute Köchin war, wusste er inzwischen. Aber auch heute hatte die Spannung, die in ihrem Inneren zu rotieren schien, nicht nachgelassen. Er war sich sicher, dass Charlottes Freundinnen nichts davon mitbekommen hatten. Aber er hatte es sehr wohl gespürt. Fast war es gewesen, als wartete sie darauf, dass Sophie wieder einen Anfall bekam und Charlottes Party ruinierte. Glücklicherweise war ihre kleine Schwester viel zu sehr damit beschäftigt, Anton anzuhimmeln – was auf Gegenseitigkeit zu beruhen schien –, als auf Ärger aus zu sein.

Und auch Charlotte schien Claras Stimmung nicht entgangen zu sein. Als er die letzten Teller in die Küche getragen hatte, bat sie ihn, sie zum Steg hinauszuschieben. »Es klingt sicher merkwürdig, weil ich nur ein paar Tage weg war. Aber ich habe das Wasser wirklich vermisst«, sagte sie und atmete tief ein.

»Und du bist froh, wieder zu Hause zu sein.« Justus stellte den Rollstuhl am Ende des Steges ab, justierte die Bremsen und setzte sich neben Charlotte auf die unebenen Bohlen. Einen Moment genossen sie schweigend das Plätschern der Wellen und das leise Rascheln des Schilfgrases.

Dann legte Charlotte ihre gesunde Hand auf Justus' Schulter. »Was ist da los in meinem Haus?«, fragte sie.

Justus legte seine Hand über ihre und drückte sie beruhigend. Er spürte ihre Sorge, aber er hielt nichts davon, die Sache zu beschönigen. Charlotte sah Clara und Sophie sowieso schon in einem viel zu rosigen Licht. »Deine Enkelinnen haben Probleme miteinander. Ich habe zwar keine Ahnung, was der Grund dafür ist, aber wenn sie die nicht bald lösen, gehen sie sich vermutlich demnächst an die Gurgel.«

Charlotte seufzte. »Ihre Situation ist nicht einfach.«

»Wie meinst du das?« Justus zog die Knie an und folgte mit den Blicken einem Motorboot, das quer über den See schoss. Die ungleichen Schwestern hatten seine Neugier von Anfang an geweckt. Mittlerweile beschäftigte er sich in Gedanken mehr mit ihnen, als gut für ihn war.

»Es steht mir nicht zu, ihre Geschichte auszuplaudern«,

sagte Charlotte leise. »Das müssen sie dir selbst erzählen. Ich kann dir nur versichern, dass Clara und Sophie Herzen aus Gold haben. Ich kann mir keine besseren Mädchen wünschen.« Sie seufzte. »Danke für die Hilfe, die du mir und meinen Enkelinnen in den letzten Tagen zukommen lassen hast. Ich muss dich aber um einen weiteren Gefallen bitten.«

»Du kannst mich um alles bitten. Das weißt du doch«, sagte er völlig automatisch – ohne auch nur eine Sekunde darüber nachzudenken.

»Führe Clara morgen zum Essen aus.«

Justus starrte in die silbrigen Spiegelungen des Mondlichtes im Wasser vor sich. Er hatte sich mit Sicherheit gerade verhört. »Wie bitte?«, fragte er vorsichtshalber.

»Bitte Clara, morgen Abend mit dir auszugehen.«

»Okay, ich dachte, du brauchst noch eine Rampe für den Rollstuhl oder so was.« Er löste seinen Blick von den Lichtspielen auf dem Wasser und sah Charlotte an. »Du kannst mich um alles bitten, aber nicht darum.«

»Warum? Clara ist eine wundervolle junge Frau.«

»Das sagtest du schon. Je mehr du es betonst, desto weniger glaube ich es.« Damit entlockte er Charlotte ein glucksendes Lachen. »Ich möchte nicht mit ihr ausgehen«, ergänzte er geradeheraus. Er war neugierig auf die Ritter-Enkelinnen. Sein Interesse war allerdings nicht groß genug, um es einen ganzen Abend lang allein mit einer von ihnen auszuhalten.

Charlotte sank enttäuscht in ihrem Rollstuhl zusammen. Justus war bewusst, dass sie als ehemalige Operndiva über genügend schauspielerisches Talent verfügte, um ihn zu manipulieren. Und doch traf ihn ihre Reaktion. »Sie hätte es so verdient, mal wieder einen schönen Abend in Begleitung eines Erwachsenen zu verbringen. Und mir würde es die Möglichkeit geben«, fuhr sie fort, »mich ungestört mit Sophie zu unterhalten und herauszufinden, was zwischen den beiden los ist. Und warum, verdammt noch mal, sie von der Schule geflogen ist«, sagte sie wenig damenhaft.

Justus hatte keine Ahnung, wie Charlotte das schaffte. Irgendwie brachte sie ihn dazu, ihr den Gefallen zu tun, auch wenn er sich noch vor ein paar Minuten sicher gewesen war, auf keinen Fall einen Abend mit Clara allein verbringen zu wollen. Nachdem er Charlotte auf die Terrasse geschoben hatte, wo sie von Diva empfangen wurden, die vom Verandageländer auf Charlottes Schoß sprang, stöberte Justus Clara in der Küche auf. Sie räumte gerade die letzten Gläser in die Geschirrspülmaschine. Etwas unbehaglich lehnte er sich in den Türrahmen.

»Hey«, sagte er.

»Hey«, gab sie mit einem kleinen Lächeln zurück und richtete sich auf.

»Vielen Dank noch einmal für den Abend. Ich würde mich gern revanchieren. Wie wäre es, wenn ich dich morgen zum Essen einlade? Ich war jetzt schon zweimal bei dir zu Gast. Naja, du scheinst keine Pizza zu mögen, und ich bin nicht unbedingt ein Held am Herd«, fügte er hinzu, als sie ihn mit aufgerissenen Augen anstarrte. »Wir könnten ins Gallardo gehen. Oder in ein Restaurant in Ludwigshafen.«

»Nein.« Kurz und bündig. Genauso wie er im ersten Moment reagiert hatte. Ihr schien bewusst zu werden, dass ihre Antwort hart und abweisend klang. »Ich meine: danke.

Das ist wirklich nett. Aber ich bin wegen Charlotte hier. Sie braucht mich.«

»Naja, genau darum geht es.« Justus fuhr mit beiden Händen durch seine Locken. »Genau genommen hat Charlotte mich darum gebeten, dich auszuführen, damit sie einen Abend mit Sophie verbringen und einmal in Ruhe mit ihr sprechen kann.«

»Oh. Dann willst du also gar nicht mit mir ausgehen.« Clara senkte den Blick auf das Geschirrtuch, das sie in den Händen hielt, und legte es ordentlich zusammen. Justus konnte ihren Gesichtsausdruck nicht erkennen, und es dauerte eine Weile, bevor sie ihn wieder ansah. Ihre Hände strichen das Tuch glatt, ihr Blick fixierte ihn. »Es ist wirklich sehr nett, dass du meiner Großmutter den Gefallen tun möchtest. Ich kann das gut verstehen, schließlich fällt es mir auch schwer, ihr einen Wunsch abzuschlagen. Aber ich verabrede mich nicht, nur weil Charlotte das gerne hätte.«

»Ähm …« Eigentlich hatte Justus genau damit gerechnet. Er tat Charlotte einen Gefallen. Clara tat Charlotte einen Gefallen. Fertig. Widerstand hatte er nicht erwartet. »Das kam jetzt ein bisschen blöd rüber«, versuchte er seine Einladung noch einmal neu zu formulieren. »So hatte ich es wirklich nicht gemeint.« Zumindest würde er das behaupten, bis Clara Ja sagte. Ihr Korb war durchaus etwas, das man als Mann persönlich nehmen konnte. Es war in der Vergangenheit nicht oft vorgekommen, dass er eine Abfuhr bekommen hatte, sah man mal von Alina Jacobsen ab, die sich in der sechsten Klasse geweigert hatte, mit ihm in die Kinderdisko zu gehen. »Ich möchte den Abend natürlich auch unabhängig von deiner Großmutter gern mit dir verbringen. Gib mir eine Chance. Wenn ich mich als langweiliges, nervtötendes Date herausstelle, kannst du jederzeit aufstehen und gehen. Dann reden wir nie wieder darüber, und ich werde dich kein zweites Mal fragen. Versprochen.«

Clara zögerte einen Moment. »Also gut«, sagte sie schließlich. »Wenn du mich langweilst, stehe ich auf und gehe. Wir können uns im Gallardo treffen.«

»Ich hole dich ab«, widersprach Justus. »Morgen Abend um sieben.« Die Herausforderung war zu groß, um sie nicht anzunehmen. Er beugte sich vor, bis er den blumigen Duft ihrer Locken riechen konnte, die sie sich hinter das Ohr gestrichen hatte. »Ich werde dich nicht langweilen«, flüsterte er und richtete sich dann wieder auf, um Abstand zwischen Clara und sich zu bringen. »Bis dann.« Er drehte sich um, kehrte zu Charlotte auf die Veranda zurück und verabschiedete sich von ihr. Als er über die Wiese auf sein Haus zulief, fragte er sich, wie die alte Dame und ihre Enkelin es geschafft hatten, ihn dermaßen zu überrumpeln, dass er plötzlich eine Verabredung hatte – auf die er sich wirklich freute.

Später an diesem Abend, als Charlottes Haus längst im Dunkeln lag, sah Justus zum Dachfenster hinauf, das den einzigen Lichtpunkt in der Nacht bildete. Vielleicht würde er morgen Abend erfahren, was Clara dort oben trieb.

* * *

»Clara?«

»Ich komme, Charlotte.« Clara lief die Treppe hinunter, um nach ihrer Großmutter zu sehen. Sie hatte es sich in ihrem Lieblingsohrensessel neben Signore Albero bequem gemacht und ihren bandagierten Fuß auf einem gepolsterten Schemel hochgelegt. Sophie hockte mit mürrischem Gesicht auf der Kante des Klavierhockers und klimperte vor sich hin. »Was ist? Brauchst du noch irgendetwas, bevor ich gehe?« Die Pflegerin, die Charlotte engagiert hatte, kümmerte sich ganz wundervoll um ihre Großmutter und nahm Clara damit eine große Sorge ab. Trotzdem fühlte es sich komisch an, sie den Abend über allein zu lassen. Auch wenn Sophie hier war.

»Ich bin wunderbar versorgt.« Sie prostete Clara mit ihrem Wasserglas zu, in dem eine Limettenscheibe schwamm. »Ich wollte eigentlich nur wissen, was du heute Abend anziehst.« Sie zog erwartungsvoll die Augenbrauen nach oben.

»Das hier.« Clara breitete die Arme aus, um Charlotte einen Blick auf ihre Jeans und die Bluse werfen zu lassen.

»So willst du ausgehen?«

Clara seufzte. Dieses Gespräch hatte sie befürchtet. Aber da hatte ihre Großmutter Pech. Sie würde sich nicht noch einmal umziehen. »Das ist kein Date. Nur ein Abendessen mit einem Nachbarn. Dafür muss man sich nicht sonderlich zurechtmachen.«

Dieses Argument perlte an ihrer Großmutter ab wie Wasser an einer Teflonschicht. »Eine Ritter macht sich immer zurecht, wenn sie sich verabredet. Immer.« Sie stach mit ihrem gesunden Finger vor Clara in die Luft. »Ich habe hier einen Ruf, mein Schatz. Den willst du mir doch nicht zerstören?«

»Charlotte.« Clara setzte sich auf die Sessellehne. »Du

bist eine wunderschöne Frau. Mit dir kann niemand mithalten. Also brauche ich das gar nicht zu versuchen.«

»Papperlapapp. Genug Honig ums Maul geschmiert. Bring eine Auswahl herunter. Nur Kleider und Röcke. Keine Hosen.«

»Charlotte!«

»Keine Widerrede. Ich warte.«

Genervt, weil sie es nicht schaffte, sich gegen ihre Großmutter durchzusetzen, stampfte Clara die Treppe hinauf und schnappte sich alle Kleiderbügel, die in ihrem Schrank hingen – so groß war die Auswahl allerdings nicht, die sie in Stuttgart in ihre Tasche geworfen hatte. Sie trug alles in den Wintergarten und breitete es auf dem Sofa in der Ecke aus.

∗ ∗ ∗

Sophie klimperte auf den Tasten des Flügels herum. Eigentlich komisch, dass niemand von ihnen Klavier spielen gelernt hatte, wo klassische Musik doch das Leben ihrer Großmutter bestimmt hatte, ging ihr durch den Sinn. Sie hatte überlegt, sich in ihr Zimmer zu verziehen, nachdem sie herausgefunden hatte, dass Clara mit Justus verabredet war. Denn irgendwie wusste sie nicht, was sie davon halten sollte. Justus schien nicht so ein Depp wie Olli zu sein, aber was wusste sie schon? Sie war sich nicht einmal sicher, wie sie es fand, dass ihre Schwester ausging. Wäre es nicht Claras Aufgabe, sich um Charlotte zu kümmern? Stattdessen hatte sie ihre Kleider heruntergeholt und auf der Couch ausgebreitet, als bereite sie sich auf eine Modenschau vor. Eine ziemlich farbenfrohe Modenschau.

»Das da«, sagte Charlotte.

Sophie drehte sich um und sah, wie sie auf ein smaragd-grünes Sommerkleid zeigte.

»Wunderbarer Schnitt. Passt perfekt zu deinen Augen. Und jetzt deine Haare«, kommandierte ihre Großmutter.

»Was ist mit meinen Haaren?« Clara griff in ihre Locken. Im Sonnenlicht, das durch die Verandatür fiel, leuchteten sie auf wie Flammen, und ein sehnsüchtiges Ziehen fuhr durch Sophies Bauch.

Charlotte ignorierte Claras Frage. »Sophie, hilf deiner Schwester«, ordnete sie von ihrem Sessel aus an wie eine Königin, die ihr kleines Reich regierte.

Ein Reich widerspenstiger Untertanen. »Warum ich?«, entfuhr es Sophie. Sie wollte die rote Mähne nicht anstarren, und schon gar nicht wollte sie ihrer Schwester dabei helfen, sie zu bändigen. Nur um daran erinnert zu werden, was sie nicht mehr hatte. Mit mehr Energie als nötig drückte sie ein paar Tasten und erzeugte eine Reihe miss-klingender Töne.

»Weil ich es im Moment nicht kann und wir doch wol-len, dass Clara atemberaubend aussieht«, erklärte Charlotte mit der Geduld einer Heiligen.

»Das will ich gar nicht«, widersprach ihre Schwester.

Während Sophie im selben Moment »Ich will das nicht« sagte. »Mir ist völlig egal, wie sie aussieht«, ergänzte sie und verschränkte die Arme vor der Brust.

»Trotzdem wirst du ihr helfen.«

»Charlotte«, versuchte es Clara noch einmal.

Sophie verstand, was ihre Großmutter vorhatte. »Du willst mich bestrafen, weil ich mir die Haare schwarz gefärbt habe«, warf sie Charlotte vor und blitzte sie über ihre Schulter böse an. Denn genau das wäre es: eine Strafe.

»Ach Schätzchen.« Charlotte winkte ab. »Ich hatte schon viel verrücktere Farben in den Haaren als dieses langweilige Schwarz.«

Was nicht stimmte. Da war sich Sophie sicher. Ihre Großmutter hatte ihre roten Haare immer voller Stolz getragen, bis sie weiß geworden waren. Wenn Charlotte etwas Verrücktes auf dem Kopf getragen hatte, konnte es sich dabei nur um Perücken gehandelt haben. Trotzdem erhob sich Sophie widerstrebend von ihrem Platz und ging das Glätteisen holen. Sich Charlotte zu widersetzen war so effektiv, wie sich in den Regen zu stellen und dabei zu versuchen, trocken zu bleiben.

8

Justus warf einen Blick auf sein Handy. Punkt sieben Uhr. Obwohl er einfach quer über die Wiese durch die offene Verandatür in Charlottes Haus hätte treten könnten, entschied er sich für die förmliche Variante. Wie es sich für eine Verabredung gehörte – auch wenn es sich nur um einen Gefallen für seine Nachbarin handelte. Er klopfte. Und starrte die Frau an, die einen Augenblick später die Tür öffnete. Fast hätte er gefragt, ob Clara da war. Erst dann signalisierte sein Gehirn, dass sie vor ihm stand. »Ähm ... hi«, brachte er heraus.

»Schön, dass du pünktlich bist.« Sie trat an ihm vorbei und hüllte ihn dabei in einen weichen, weiblichen Duft ein. Von der Sorte, der in einem das Verlangen weckte, die Nase in die Halsbeuge der Frau zu pressen und nicht mehr aufzuhören, diesen Geruch einzuatmen.

»Clara ... ähm ... du siehst ... toll aus.« Stammelte er etwa? Das Wort »toll« traf es außerdem nicht einmal annähernd. Ihre Verwandlung war – faszinierend. »Sollen wir in den Ort laufen?«

»Ja, gern. Ich mag den Weg am Uferpark entlang.« Sie setzten sich in Bewegung, und Justus warf einen unauffälligen Blick auf ihre Schuhe. Flache Ballerinas, stellte er beruhigt fest.

Sein Blick wanderte weiter nach oben. Das Kleid, das sie trug, hatte den gleichen leuchtend dunkelgrünen Farbton wie ihre großen Augen. In ihrem Dekolletee baumelte eine lange Halskette, die ihn ein wenig an diesen Elbenanhänger aus *Herr der Ringe* erinnerte. Das glatte Haar war in ihrem Nacken zu einem lockeren Knoten geschlungen. Auch mit ihrem Gesicht war irgendetwas anders, obwohl er nicht genau erkennen konnte, was es war. Wahrscheinlich trug sie Make-up, auf diese subtile Art, die einen Mann glauben machte, sein Gegenüber sei ungeschminkt.

Wieder schwebte ein Hauch ihres Duftes, gemeinsam mit einem zurückhaltenden Lächeln, zu ihm herüber. »Sieh mich nicht so an«, sagte sie leise.

»Du siehst wirklich toll aus«, wiederholte er. Sein Gehirn schien eingefroren.

»Das hast du schon gesagt.« Sie strich über ihr glänzendes Haar. »Charlotte hat darauf bestanden.«

»Für dein Aussehen und deine Ausstrahlung kann deine Großmutter kaum verantwortlich sein.« Diese Worte zauberten ein deutlich echteres Lächeln in ihr Gesicht.

Schweigend liefen sie den Weg am See entlang. Die Stille zwischen ihnen war nicht unangenehm, wie Justus überrascht feststellte. Die Verabredung, die er Charlotte zuliebe getroffen hatte, hatte sich plötzlich in etwas völlig anderes verwandelt. In etwas – Echtes. Ein wirkliches Date mit einer atemberaubend schönen Frau. Es war ratsam, nicht zu vergessen, was für Probleme hinter dieser schönen Fassade steckten. »Wie war dein Tag im Café?«, fragte er, um nicht darüber nachdenken zu müssen.

»Großartig. Katis Idee, Erinnerungsstücke mit gutem

Kaffee und hausgemachtem Kuchen zu verbinden, ist brillant. Ich finde es toll, dass nicht nur Touristen den Laden füllen. Die Bodmaner schauen vorbei, trinken morgens ihren Kaffee im Treibgut und tratschen über das Wetter, Gott und die Welt. Wenn die Saison vorüber ist, wird sie noch immer genug Kundschaft haben, um problemlos über den Winter zu kommen. Und wie läuft es auf der Werft?«, stellte sie die Gegenfrage.

»Auch super. Wir haben gerade eine Jolle fertig gebaut, die Paula II. Komm doch nächste Woche mal vorbei und sieh sie dir an, bevor wir sie zu Wasser lassen. Sie hat einen Streifen an der Seite, der genauso grün ist wie dein Kleid.«

Clara sah an sich nach unten und strich über den Stoff. Dann lachte sie. »Dann sollte ich mir das auf keinen Fall entgehen lassen. Vielleicht kann ich Charlotte und Sophie von einem kleinen Ausflug überzeugen.«

»Ja, das wäre schön«, sagte Justus, ohne es tatsächlich zu meinen, wie ihm plötzlich bewusst wurde. Sosehr er ihre Großmutter und Schwester mochte, hatte er das Bedürfnis, Clara die Bootsmanufaktur ganz allein zu zeigen, ihren Duft gemeinsam mit dem Geruch nach Holz und Farbe einzuatmen. Er wollte sie beeindrucken. Was völlig verrückt war. Also schob er auch diesen Gedanken zur Seite und plauderte mit Clara über die Renaturierung des Bodenseeufers. Ein deutlich unverfänglicheres Thema. Sie schlenderten an den schmalen Gassen vorbei, die von der Uferstraße abzweigten, und blieben lachend stehen, um vier Wildenten zuzusehen, die wie jugendliche Rowdies im Tiefflug über das Wasser schossen und die Blesshühner dazu brachten, hektisch auseinanderzustieben.

Das Gallardo war ein Restaurant, das zu jeder Jahreszeit gut besucht war. Die Einheimischen schätzten die windschiefe Kate mit dem urigen Fachwerk und die mediterrane Küche ebenso wie die Feriengäste. Auf den Fenstersimsen und den Tischen auf der Terrasse brannten Windlichter, die in den nächtlichen Schatten, die sich über den See legten, warme Lichtinseln schufen.

Er führte Clara an einen Tisch im hinteren Bereich, in dem es ruhiger war. Der Wirt hatte bereits Justus' Lieblingsrotwein dekantiert und die Flasche zwischen die Kerze und ein Töpfchen mit Rosmarin gestellt.

Clara zog die Augenbrauen hoch, als er einen Stuhl für sie herauszog. »Du bist öfter hier?«

»Kann man so sagen.« Er nahm ihr gegenüber Platz.

»Dann hast du also regelmäßig Verabredungen?« Neugierig sah sie ihn an.

»Das eher nicht. Aber ich esse gern gut. Und ich weiß einen guten Wein zu schätzen.« Er zog den Dekanter zu sich heran und griff nach ihrem Glas. »Nero d'Avolo?«

»Gern.«

Er schenkte Clara und sich ein und hob dann sein Glas zu einem Toast. »Auf einen schönen Abend.«

Mit einem sanften Klingen stießen ihre Gläser gegeneinander. Dann lehnte sich Clara auf ihrem Stuhl zurück und nippte an dem Wein. »Nicht schlecht«, meinte sie und musterte ihn über den Rand ihres Glases. »Du hast dir eindeutig die richtigen Leute zu Freunden gemacht.«

»Man muss sich mit denjenigen gut stellen, die für das leibliche Wohl sorgen. Deshalb bin ich ja auch deiner Großmutter verfallen. Ihr Apfelkuchen ist der beste.«

»Das stimmt.« Sie lächelte. Die Flamme des Windlichts zauberte goldene Reflexe in das Grün ihrer Augen. »Wie lange bist du schon in der Gegend?«, fragte sie.

»Seit drei Monaten. Zeit genug, das beste Restaurant zu finden.« Er lächelte der Kellnerin zu, die ihnen die Speisekarten brachte. Clara entschied sich für den Fisch, nachdem sie das Angebot überflogen hatte. Justus musste nicht in die Karte schauen. Er mochte das Steak im Gallardo.

Als die Bedienung sie wieder allein ließ, fuhr Clara fort: »Und du hast die Bootsmanufaktur von Simon Brandstetter übernommen? Ich kenne ihn von früher. Aber ich habe ihn schon seit Jahren nicht mehr gesehen. Die Werft war über Generationen in Familienbesitz.«

Justus erinnerte sich daran, ihr am ersten Abend davon erzählt zu haben, nachdem sie ihn niedergeschlagen hatte. »Das ist sie noch. Ich habe die Manufaktur nicht übernommen, ich vertrete Simon, solange er die Welt umsegelt. Und wir überlegen, im Anschluss daran Partner zu werden. Aber das ist noch nicht spruchreif.«

»Woher kennt ihr euch?«, wollte Clara wissen. Sie hatte den Ellenbogen auf den Tisch gestützt, ihr Kinn in die offene Hand gelegt und hörte ihm aufmerksam zu.

»Wir haben in Kiel zusammen studiert. Und als Simon beschlossen hat, seinen Lebenstraum zu verwirklichen und einmal um die Welt zu segeln, bat er mich, die Werft so lange zu leiten. Für mich die Chance, meinen eigenen Traum zu verwirklichen und in Eigenregie Yachten zu entwerfen und zu bauen.«

»Kiel. Daher kommst du also?«

»Ja. Dort bin ich aufgewachsen. Zur Schule gegangen.

Habe segeln gelernt. Mich in den Bootsbau verliebt«, fasste er zusammen. Das war nicht die ganze Wahrheit. Sein Leben an der Ostsee war wesentlich komplexer, seine Geschichte viel stärker mit einem großen Namen in Kiel verbunden. Die Petersen-Werft war eines der letzten großen Traditionsunternehmen, wie sein Vater nie müde wurde zu betonen. Manchmal war Justus sich nicht sicher, ob seine ersten Worte als Baby »Mama« und »Papa« oder »Werft« gewesen waren. Im Grunde hatte er ja gar nichts gegen die Arbeit auf der Werft. Er liebte sie, um genau zu sein. Er mochte nur den Teil nicht, den seine Eltern für ihn vorgesehen hatten. Wenn er sich in der Firma sah, dann in Arbeitshosen, voller Sägespäne in der Konstruktionshalle und nicht im *Zentrum der Macht*, wie seine Cousine Mila und er die Führungsetage immer nannten. Wie auf ein geheimes Signal hin begann sein Handy in der Hosentasche zu vibrieren. Er ignorierte es, denn er war sich sicher, dass es entweder sein Vater, seine Mutter oder der Firmenanwalt war. »Und du?«, fragte er stattdessen. »Stuttgart, wie deine Großmutter, richtig?«

»Ja. Geboren und aufgewachsen.« Sie schwieg einen Moment und trank einen Schluck Wein. Dann stellte sie ihr Weinglas ab und beugte sich ein wenig vor. »Es entwickelt sich langsam zu einer Gewohnheit.« Im Licht der flackernden Kerze erkannte Justus die zarte Röte, die sich auf ihre Wangen legte. »Aber ich muss mich noch einmal bei dir entschuldigen. Ich war nicht ich selbst, vorgestern Abend am Steg. Ich wollte dir das schon gestern sagen, aber irgendwie hat es sich nicht ergeben.«

Justus legte seine Unterarme auf den Tisch und lehnte

sich ebenfalls vor. »Vielleicht war das aber auch die echte Clara«, überlegte er halblaut und gab ihr damit die Möglichkeit zu erzählen, was sie zum Weinen gebracht hatte. Als sie daraufhin nichts sagte, setzte er nach. »Was ist das Problem zwischen Sophie und dir? Sie hat mir freiwillig geholfen, die Rampe für Charlottes Rollstuhl zu bauen. Sie hat zwar eher gebrummt als gesprochen, aber sie war irgendwie … süß. Richtig nett, im Vergleich zu sonst. Und du bist auch nicht bösartig, wenn du nicht gerade mit Bratpfannen nach harmlosen Joggern schlägst. Was stimmt also nicht mit euch beiden?« Er wollte es versuchen. Wollte herausfinden, was zwischen den Schwestern schieflief. Aber er rechnete nicht damit, dass Clara ihm tatsächlich antwortete. Umso überraschter war er, als sie zu erzählen begann.

»Sophie und ich standen uns früher sehr nah, auch wenn man das heute kaum noch glauben kann.« In Gedanken drehte sie den Stiel ihres Weinglases. Die dunkle Flüssigkeit schwappte träge hin und her. »Unsere Mutter hat für eine Hilfsorganisation gearbeitet. Sie ist bei einem Unwetter in Mittelamerika ums Leben gekommen, als Sophie sieben war.«

»Das ist schrecklich«, sagte Justus. Charlotte hatte ihm bereits davon erzählt, dass ihre Tochter gestorben war, als Sophie noch recht jung war. Er legte seine Hand für einen Moment über Claras und drückte sie sanft. »Und es tut mir wahnsinnig leid für euch.«

»Danke«, murmelte sie und blickte einen Moment mit glänzenden Augen an ihm vorbei in die Nacht. Dann fasste sie sich und sah ihn wieder an. »Es war eine furchtbare

Zeit. Für mich. Für Charlotte und meine ältere Schwester Lena. Aber Sophie … es hat sie zerstört.«

»Ihr habt beschlossen, euch um sie zu kümmern.«

»Ja. Lena war damals schon erfolgreich, finanziell abgesichert. Wir waren uns einig, dass sie das Sorgerecht für Sophie bekommen sollte. Heute bin ich mir nicht mehr so sicher, ob das die beste Entscheidung war. Aber damals erschien uns das alles richtig.«

»Was ist mit eurem Vater?«, fragte Justus.

Ein schmales Lächeln hob Claras linken Mundwinkel. »Du willst sie also wirklich hören, die ganze traurige Geschichte der Familie Ritter.« Sie trank einen Schluck Wein. »Also gut, hier kommt die Kurzversion. Lenas und mein Vater war ein Arsch.« Sie zuckte mit den Achseln. »So lässt es sich am besten beschreiben, auch wenn es hart klingt. Er war nicht gewalttätig oder bösartig. Er war einfach nur ein Verlierer, der das Geld der Familie verzockt hatte. Immer wieder hat er etwas von seinem Gehalt abgezweigt oder die Ersparnisse meiner Mutter geplündert. Ich war neun, als sie ihn endgültig rauswarf und sich scheiden ließ. Wir haben seitdem nichts mehr von ihm gehört. Und«, sie sah Justus an, und in ihrem Blick lag eine tiefe Ehrlichkeit, »ich kann nicht behaupten, dass wir ihn jemals vermisst hätten. Sophie ist das Ergebnis einer Affäre meiner Mutter mit ihrem Ökonomieprofessor. Sie hat gewartet, bis Lena und ich alt genug waren, um sie nicht mehr permanent um uns herum zu brauchen, ehe sie sich den Traum von einem Hochschulabschluss erfüllte. Sie wollte etwas verändern in der Welt, wollte für Hilfsorganisationen arbeiten und dafür die bestmögliche Ausbildung. Nachdem sie ein Leben lang für uns da gewesen war, war das nur fair. Über das Verhältnis haben wir nie viel erfahren. Ihr Dozent war verheiratet, und weder sie noch er hatten ein Interesse daran, eine ernsthafte Beziehung einzugehen. Meine Mutter war nicht der Typ, der Beziehungen zerstörte. Und als sie schwanger wurde, sah sie es als Geschenk, ganz für sich allein. Der Professor verzichtete auf alle Ansprüche und meine Mutter im Gegenzug auf Unterhalt. Sie hat Sophie immer das Gefühl gegeben, keinen Vater zu brauchen, weil sie ja uns hatte.« Clara stellte ihr Weinglas auf den Tisch und blickte auf den See hinaus. »Ich habe Sophie vom ersten Moment an geliebt. Wir waren immer ein Herz und eine Seele, auch nach dem Tod unserer Mutter, als Lena das Sorgerecht bekam. Sophie und ich haben trotzdem jede freie Minute miteinander verbracht. Sie hat mir immer vertraut, sich immer auf mich verlassen. Vor einem Jahr hat sie dann plötzlich angefangen, mich von sich zu stoßen. Ich hatte ein paar berufliche Tiefschläge und lebe auch jetzt noch in einem winzigen WG-Zimmer. Sophie wohnt bei Lena. Sie kann nicht bei mir bleiben, auch wenn ich sie gern um mich gehabt hätte. Rational betrachtet, weiß sie natürlich genau, dass ich sie nicht im Stich lassen würde, aber emotional erreiche ich sie einfach nicht mehr. Sie hat es mir übelgenommen, dass sie bei Lena festsaß, und ist der Meinung, ich hätte sie hängen lassen. Sie hat angefangen, sich zu verändern, und schaut mit dieser selbstgerechten Teenagerwut auf mich herab. Lena hat es in letzter Zeit kaum noch geschafft, sie zu bändigen. Sie trieb sich mit Leuten herum, die wir nicht kannten. Hielt sich nicht mehr an die Sperrstunde und wurde einmal von zwei fremden

Jungs bei Lena abgeliefert, so betrunken, dass wir ihr in der Notaufnahme den Magen auspumpen lassen mussten. Da war sie dreizehn.« Clara nippte an ihrem Wein, als brauchte sie Zeit zu überlegen, was sie noch von sich preisgeben konnte. »Sie flog von ihrer Schule, vor allem weil sie immer wieder geschwänzt hat, und Lena beschloss, sie in ein Internat zu stecken. Was das Ganze nur noch schlimmer gemacht hat. Jetzt ist sie da ebenfalls rausgeflogen, und ich habe noch nicht einmal eine Ahnung, warum.« Das Essen wurde serviert und unterbrach ihr Gespräch für einen Augenblick.

»Sophie fühlt sich von dir verlassen«, fasste Justus Claras Worte zusammen, als sie wieder allein am Tisch waren. Sie hatte keine Ahnung, wie gut er ihre kleine Schwester verstehen konnte. Dieses Gefühl der Einsamkeit zerfetzte einem das Herz. Besonders in der Pubertät konnte man schlecht damit umgehen.

»Ja. Das ist unser Hauptproblem. Sie lässt es mich bei jeder Gelegenheit spüren. Sie bestraft mich. Und ich kann es zum einen verstehen. Andererseits bin ich völlig machtlos, denn ich kann sie nicht davon überzeugen, dass ich sie liebe und sie mir alles bedeutet.«

»Du hättest sie bei eurer Schwester besuchen können«, sprach Justus aus, was er dachte. Was am logischsten schien.

Clara strich mit den Fingerspitzen über die umgeknickte Ecke ihrer Serviette. »Das ist nicht so einfach«, sagte sie leise. »Ich musste meistens arbeiten, wenn Sophie aus der Schule kam. Kellnern in einer Kneipe und Volkshochschulkurse garantieren nicht gerade kinderfreundliche Arbeitszeiten.« Er spürte, dass dahinter noch eine andere Geschichte steckte. Eine, die sie ihm nicht erzählen würde. Das sagte jedenfalls ihr Blick, der sich langsam, aber sicher vor ihm verschloss.

Justus wollte weiter der Clara gegenübersitzen, mit der er heute Abend ausgegangen war. Er wollte mehr über sie erfahren. Wenn es dazu nötig war, ein Thema auszuklammern, über das sie nicht sprechen mochte, kostete ihn das keine Mühe. »Volkshochschulkurse? Du bist nicht von Haus aus Kellnerin, oder?«, brachte er sie auf andere Gedanken. »Charlotte hat erzählt, dass du bei einem Juwelier gearbeitet hast.«

»Ja.« Sie richtete sich wieder etwas auf. »Ich bin Goldschmiedin. Wann immer ich gebucht werde, gebe ich Schmuckdesignkurse an der VHS, bei denen man zum Beispiel seinen eigenen Ring anfertigen kann.«

Sein Blick fiel auf den Kettenanhänger in ihrem Dekolletee, der ihn an den *Herrn der Ringe* erinnerte. Charlotte war nie ins Detail gegangen, was die Jobs ihrer Enkelinnen betraf. Dazu hatte es ja auch nie einen Grund gegeben. Er hatte immer angenommen, dass Clara Verkäuferin war. Jetzt betrachtete er das filigrane, zerbrechlich wirkende Schmuckstück mit anderen Augen. »Ist das von dir?«, fragte er.

»Ja.« Sie strich mit den Fingerspitzen über das zarte Gebilde.

Aus irgendeinem ihm unerfindlichen Grund zog sich bei diesem Anblick sein Magen zusammen. Er schluckte. Um sich selbst von dieser Reaktion auf Clara abzulenken, räusperte er sich und fuhr fort. »Das sieht schön aus, soweit ich das beurteilen kann.«

Sie lächelte ein wenig traurig. »Danke. Nur leider habe ich damit keinen Erfolg.«

»Warum nicht?«, wollte er wissen.

Während des Essens erzählte Clara ihm, wie ihr Job bei einem Juwelier wegrationalisiert worden war und sie die Chance nutzte, um ihren eigenen großen Traum zu verwirklichen und selbständige Schmuckdesignerin zu werden. »Leider kauft niemand meinen Schmuck«, endete sie, wobei sie ihr Besteck auf den leeren Teller legte.

Justus schenkte ihnen Wein nach. »Wie vertreibst du ihn denn?«, wollte er wissen.

»Über das Internet. Meine Homepage. Shopping-Portale.« Sie zuckte mit den Schultern. »Meine Sichtbarkeit ist gleich null.«

Justus schob seinen Teller zur Seite. »Zeig mal.«

Sie zog ihr Handy aus der Handtasche und rief ihre Perlenglück-Homepage auf. Dann reichte sie Justus das Telefon. Er scrollte durch die Seiten und erkannte sofort, was das Problem war. »Hast du die Seite selbst gemacht?«, fragte er Clara, als er wieder aufsah.

»Ich hatte kein riesiges Budget.« Sie verschränkte die Arme vor der Brust. Ging ganz automatisch in Verteidigungshaltung. »Also ja. Ich habe sie selbst gestaltet.«

»Du hast sie völlig falsch aufgebaut«, erklärte Justus ihr. »Wenn du …«

Sie zog das Handy aus seiner Hand und ließ es in ihrer Handtasche verschwinden.

»Hey!«, protestierte er.

»Ich steh nicht besonders drauf, von Leuten kritisiert zu werden, die mich noch nicht einmal wirklich kennen.«

Clara wirkte nicht wie jemand, der nicht mit Kritik umgehen konnte. Dafür betrachtete sie sich selbst viel zu nüchtern und realistisch. Offenbar hatte sie also eher ein Problem mit Kritik, wenn es um ihr Unternehmen ging. »Wie oft ist dir schon gesagt worden, dass du es nicht schaffen wirst, wenn du dich selbständig machst?«, fragte er und war überrascht, wie leise und mitfühlend seine Stimme klang.

Clara antwortete nicht. Den Blick auf den Tisch gesenkt, die Arme vor der Brust verschränkt, saß sie stumm vor ihm. Das war ihm Antwort genug. Es waren zu viele gewesen. »Versteh mich bitte nicht falsch. Ich wollte nicht dein Label kritisieren. Ich denke nur, dass du deine Homepage besser aufbauen kannst. Das ist alles.«

Er wartete, bis Clara aufsah. Der Kampfgeist kehrte in ihre schönen Augen zurück, die sie jetzt zusammenkniff. Mit gerecktem Kinn sah sie ihn an. »Und das weißt du so genau, weil du so ein großer Marketingexperte bist«, sagte sie mit nicht zu überhörendem Sarkasmus in der Stimme.

»Ich weiß ein bisschen was darüber.« Mehr, als ihm lieb war. »Dein Schmuck ist wirklich toll. Aber er könnte besser präsentiert werden. Ich kann dir ein paar Vorschläge machen. Meine Cousine ist topfit bei diesem Thema. Und du verlierst nichts – wenn dir die Ideen nicht taugen, ignorierst du sie einfach. Und wenn es dir gefällt, hast du gewonnen.« Er breitete die Hände aus. Wieder einmal hatte er sich selbst überrumpelt. Das war nicht das erste Mal an diesem Abend. Ohne dass es ihm bewusst gewesen wäre, hatte er darauf hingearbeitet, mehr Zeit mit Clara zu verbringen. Denn wenn sie zusammen an ihrer Homepage bastelten …

»Mal sehen«, sagte sie – und beendete das Thema, indem sie der Kellnerin winkte und einen Espresso bestellte. »Reden wir doch zur Abwechslung mal über dich«, schlug sie vor.

Die Unterhaltung schwenkte in Richtung Bootsbau und Segeln. Clara erzählte ihm, dass sie schon seit Ewigkeiten auf keinem Segelboot mehr unterwegs gewesen war. Und bevor er sein Gehirn unter Kontrolle bekam, bot er ihr an, sie auf einen Segeltörn mitzunehmen. Zum Beispiel zur Jungfernfahrt der Paula II.

»Mal sehen«, antwortete sie auch darauf. Und Justus gestand sich ein, dass er enttäuscht wäre, wenn sie nicht mit ihm zum Segeln gehen würde.

Nach dem Essen schlenderten sie gemütlich plaudernd am See entlang nach Hause. Sosehr ihn die Ritter-Frauen zunächst genervt hatten, so überraschend war dieser Abend gewesen. Clara hatte ihm Einblicke in ein paar ihrer Geheimnisse gewährt. Abgesehen davon hatte sie sich als amüsante, intelligente Gesprächspartnerin herausgestellt. Und ihr Äußeres … zog seine Blicke unweigerlich auf sich. Er konnte nicht sagen, dass sie mit ihren wilden Locken und in Jeans weniger attraktiv wirkte als jetzt. Bisher hatte er schlicht nicht so genau hingesehen, auch wenn er ein paar Mal das Gefühl gehabt hatte, dass zwischen ihnen eine unsichtbare Energie summte. Clara hatte ihn einfach nicht interessiert. Das tat sie auch jetzt nicht. Zumindest nicht als Frau, rief er sich in Erinnerung. Ihre Geschichte fand er natürlich schon spannend. Als sie vor Charlottes Haus traten, bedauerte Justus es, den Abend jetzt schon beenden zu müssen. Er überlegte, ob er sie noch zu sich einladen sollte, um das Unvermeidliche hinauszuzögern.

Er wollte sie gerade fragen, als sie sich umdrehte und lächelnd sagte: »Danke für das Essen. Wir sehen uns, denke ich.«

»Ja. Wir sehen uns.« Er beugte sich vor, um sie auf die Wange zu küssen. Im selben Moment drehte sie den Kopf, wahrscheinlich, weil sie dachte, er wollte sie auf die andere Wange küssen. Es änderte jedoch nichts an der Tatsache, dass sie es nicht mehr schafften, einander auszuweichen. Ihre Lippen trafen sich. Es schien nur den Bruchteil einer Sekunde zu dauern, dann wich Clara mit erschrocken aufgerissenen Augen, Entschuldigungen stammelnd, zurück. Justus sah auf ihren schön geschwungenen Mund, der sich so weich angefühlt hatte – und ohne Punkt und Komma weiterbrabbelte, auch wenn es in seinem Gehirn zu summen begonnen hatte und er kein einziges Wort verstand. Er atmete diesen warmen, weiblichen Duft ein. Wie von selbst legten sich seine Hände an ihre Wangen, hielten sie gefangen, während er sich vorbeugte und sie so küsste, wie ein fantastischer Abend wie dieser es verdient hatte. Sanft, und doch fest. Ein paar Sekunden zu lang, um als freundschaftlich durchzugehen. Dann ließ er sie los, drehte sich um und nahm die Abkürzung zu seinem Bungalow quer über die Wiese. Er hatte keine Ahnung, ob Clara ihm etwas hinterherrief oder stumm vor dem Haus ihrer Großmutter stand. Das Summen in seinem Kopf war zu einem Rauschen angestiegen, das im Rhythmus seines etwas zu schnellen Herzschlages durch seinen Körper pulsierte.

Er konnte noch nicht ins Haus gehen. Also ließ er sich im Dunkeln auf einen der Liegestühle auf seiner Terrasse fallen. Die Emotionen, die der Kuss in ihm freigesetzt hatte, wirkten zusammen mit dem Rotwein, den er getrunken hatte, wie eine Droge. Eine Droge, nach der er definitiv süchtig werden könnte, wenn er nicht achtgab.

Morgen würde er seine Cousine anrufen und sich bei ihr ein paar Vorschläge für die Homepage holen. Aber jetzt würde er einfach eine Weile hier sitzen bleiben und darauf warten, dass sich sein Herzschlag wieder beruhigte. Er blickte zu Charlottes Haus hinüber und sah das Licht im Dachgeschoss angehen. Jetzt wusste er nicht nur, dass Clara da oben saß. Er wusste auch, dass sie dort an ihren Schmuckstücken arbeitete. Unbewusst rieb er sich über den Brustkorb. Eine ungekannte Sehnsucht machte sich in ihm breit.

* * *

Charlotte saß in ihrem Rollstuhl auf der dunklen Terrasse. Als die Kerze in ihrem Windlicht heruntergebrannt war, hatte sie überlegt, in den Wintergarten zu rollen und eine neue zu holen. Doch dann war ihr das den Aufwand nicht wert gewesen. Sie mochte die Nacht. Das Sternenzelt über sich. Das Mondlicht, das alles mit einem blassen Schimmer überzog. Es gab ihr das Gefühl, gerade überall auf der Welt sein zu können. Sie hörte Clara und Justus, ehe sie sie sehen konnte. Beide schienen gut gelaunt, also hatten zumindest sie ihren Abend genossen. Mit Sophie war es nicht ganz so vergnüglich verlaufen. Das Mädchen war bockig und ließ Charlotte nicht an sich heran. Sie hatte mit Lena geskypt, Sophie aber nicht einmal dazu gebracht, ihrer Schwester Hallo zu sagen.

Das Kind war Charlotte gegenüber charmant und liebenswürdig, anders als sie mit ihren Schwestern umging. Und doch war der Schutzschild nicht zu übersehen, den sie auch ihrer Großmutter gegenüber hochhielt. Sie hüllte sich darin ein, aus Angst, verletzt zu werden. Charlotte brach es das Herz, die Einsamkeit in Sophies Augen zu sehen. Aber das ließ sich ändern. Mit etwas Geduld und Zeit. Zeit hatte Charlotte ja wahrlich im Überfluss, solange sie in diesem blöden Rollstuhl festhing. Wenigstens hatte sie durch Lena in Erfahrung bringen können, warum Sophie von der Schule geflogen war. Farbschmierereien. Die Welt hatte sich wirklich verändert. War ein bisschen farbige Kreativität wirklich so schlimm? Die Mauern dieses unsäglichen Internats waren grau genug gewesen. Ihnen konnte ein wenig Farbe doch gar nicht geschadet haben.

Als Charlotte sah, wie Justus Clara an sich zog zu etwas, das sie einen verdammt heißen Kuss nennen würde, lächelte sie zufrieden in sich hinein. Zumindest an dieser Front hatte sie ganze Arbeit geleistet.

Sie nippte an ihrem Brandy und lauschte Claras Schritten, als diese in ihr Schlafzimmer hinaufging. Die Probleme der Mädchen brachen ihr das Herz. Charlotte hatte immer zu den Menschen gehört, die nichts in ihrem Leben bereuten. Sie hatte mit offenen Augen gelebt. Mit ganzem Herzen geliebt. Und nie zurückgeblickt. Alles, was sie erlebt hatte, ließ sich zu einem bunten Strauß wertvoller Erinnerungen zusammenfassen. Nur einmal hatte sie gezögert. Dieser heiße Sommer in Italien, in dem sie die Liebe ihres Lebens getroffen hatte. So leidenschaftlich die Monate am Meer waren, so sicher war der Abschied gewesen. Sie würde diese Zeit an Matteos Seite nie vergessen, schon allein deshalb nicht, weil das wertvollste Geschenk ihres Lebens daraus hervorgegangen war – ihre Tochter. Doch sie hatte damals gehen müssen. So tief die Liebe auch war, die sie empfunden hatten, früher oder später hätten Matteo und sie gemerkt, wie wenig sie zusammenpassten. Sie hätte nicht für immer in Italien bleiben können. Er hätte seine Heimat nicht verlassen wollen. Ihre Liebe wäre in Hass umgeschlagen. Und das hätte sie nicht ertragen können.

Ihre Enkelinnen hatten ihr Weltenbummler-Gen nicht geerbt. Sie waren bodenständig, verwurzelt. Und sie kämpften mit ganz anderen Problemen, als Charlotte es jemals hatte müssen. Nein, sie hatte nichts bereut. Aber wozu waren all die Erfahrungen, die sie in den letzten Jahrzehnten gesammelt hatte, gut, wenn sie sie nicht nutzte, um den Mädchen zu zeigen, dass es nicht nur einen richtigen Weg gab und sie jederzeit die Richtung ändern konnten, die ihr Leben nahm?

9

Clara konnte nicht von sich behaupten, Erfahrungen mit der Art von Kuss zu haben, den sie von Justus bekommen hatte. Die Art, die einen überrumpelte und mit weichen Knien zurückließ. Die Art, die man nicht so schnell vergaß, weil sie das Herz zum Stolpern brachte und die Gedanken beherrschte.

Zu sagen, sie hatte sich nach diesem kleinen Intermezzo besonders gut im Griff, wäre ziemlich übertrieben gewesen. Sie war durch den Wind. Total. Nachdem Justus sie stehen gelassen hatte, hatte sie einen Moment gebraucht, bis sie ihre Atmung und ihren rasenden Puls wieder unter Kontrolle hatte. Schließlich war sie ins Haus gegangen und die Treppe hinaufgeschlichen. Es war still, also ging sie davon aus, dass ihre Großmutter und Sophie bereits schliefen. Für sie war an Schlaf nicht zu denken gewesen. Sie trat in ihr Atelier unter dem Dach. Im Licht der Lampe, die ihren Arbeitsplatz erhellte, glitt sie mit den Fingerspitzen über ihre Werkzeuge und halbfertigen Schmuckstücke, an denen sie sich in den letzten Tagen versucht hatte, von denen sie aber wusste, dass sie ihren Ansprüchen nicht genügen würden. Kettenanhänger, Ringe und Armbänder, die sie krampfhaft herzustellen versucht hatte, genau wissend, dass es nicht funktionieren würde. Clara blickte auf die

Zeichnungen, die sie gefertigt hatte. Sie waren noch nicht einmal schlecht, aber sie hatte die Gabe verloren, die Entwürfe vom Papier zu lösen. Sie auf den Rohling zu übertragen. Wie eine Anfängerin hatte sie in den letzten Tagen und Wochen an ihrem Arbeitsplatz gesessen, blind auf die Metalle und Steine vor sich gestarrt und sich einfach nicht in der Lage gefühlt, ihre Ideen umzusetzen.

Clara berührte ihre Lippen. Sie glaubte, den Kuss noch immer spüren zu können. Viel interessanter jedoch war das Kribbeln in ihren Fingerspitzen. Sie kannte dieses Gefühl. Es ließ ihren Puls nach oben schnellen. Es war ihre Kreativität. Noch hatte sie sich nicht über ihren gesamten Körper gelegt, ihr Herz und ihren Kopf erobert. Aber sie pulsierte in ihren Fingerspitzen. Das war ein Anfang. Ein Gefühl, das sie schon viel zu lange nicht mehr gespürt hatte. Entschlossen hatte sie eine der großen Plastikboxen hervorgezogen und begonnen, die halbfertigen Schmuckstücke einzupacken. Sie wusste noch nicht, wie es mit ihnen weitergehen würde. Aber sie spürte, dass sie ihren Arbeitsplatz freimachen musste für das, was vor ihr lag.

Mit einem guten Gefühl war sie ins Bett gegangen, nur um dann stundenlang an die Decke ihres Zimmers zu starren. Nicht einmal das Rauschen der Trauerweiden und das hypnotische Schlagen der Wellen gegen den alten Steg schafften es, sie in den Schlaf zu säuseln. In Gedanken stand sie vor dem Haus, Justus' raue Hände an ihren Wangen, seine Lippen auf ihren. Der Duft nach Holz und Wasser, der an ihm haftete, hüllte sie ein. Der Kuss war ein Versehen gewesen. Zumindest der erste. Er sollte doch nicht dazu in der Lage sein, eine solche Ruhelosigkeit in ihr auszulösen.

Diese aufgekratzte, leicht überdrehte Stimmung begleitete sie aus dem unruhigen Schlaf, in den sie irgendwann fiel, in den nächsten Morgen hinüber. Sie zerrte an ihrer Aufmerksamkeit und zog sie viel zu oft in kurze Tagträume, aus denen sie Augenblicke später mit einem kleinen Blinzeln in die Wirklichkeit zurückkehrte. Charlotte hatte bei ihrem morgendlichen Kaffee auf der Terrasse gefragt, wie der Abend gelaufen war. Ihr war nichts anderes übriggeblieben, als ihren Blick in die Tasse zu senken und ihr Gesicht hinter dem Vorhang wilder Locken zu verstecken, als sie antwortete, dass es ganz nett war. Bisher war sie noch nicht bereit, über den Kuss zu sprechen. Sie wusste ja noch nicht einmal selbst, was er zu bedeuten hatte. Vermutlich gar nichts. Auf Justus schien er nicht die gleiche Wirkung gehabt zu haben wie auf sie. Er hatte sie einfach losgelassen, sich umgedreht und war in die Nacht verschwunden. Bevor Charlotte also auf Gedanken kam, die in die falsche Richtung gingen, behielt sie die Details des vergangenen Abends lieber für sich.

Im Treibgut verwechselte sie an diesem Morgen nicht nur eine Bestellung. Als eine Frau, offensichtlich ein Tagesgast, der mit einem der Touristenschiffe angelegt hatte, sie zurückrief, nachdem sie ihr einen Latte macchiato und einen Himbeer-Crumble mit einer Kugel Vanilleeis an einen der kleinen Tische vor dem Café gebracht hatte, biss Clara die Zähne zusammen und zwang sich zu einem Lächeln, bevor sie sich zu ihr umdrehte. *Was habe ich jetzt wieder falsch gemacht*, war alles, was ihr durch den Kopf ging. Sie war sich doch sicher gewesen, dass diese Frau Latte Macchiato und den Crumble geordert hatte. Aber im Moment könnte sie keine Hand für sich selbst ins Feuer legen. »Kann ich noch etwas für Sie tun?«, fragte sie die Frau.

Ihr Gegenüber war etwa Mitte vierzig, trug ein leichtes Sommerkleid und Flipflops. Ihre Haare waren auf diese Art hochgesteckt, die lässig und nachlässig wirkte, obwohl es in Wirklichkeit sehr aufwendig war, diesen Look hinzubekommen. »Mir ist die Kette aufgefallen, die Sie tragen.« Die Frau lehnte sich auf ihrem Stuhl zurück und fixierte Claras Hals.

Wie von selbst wanderte ihre Hand zu dem schlichten Lederband mit dem Blütenanhänger, für den sie sich heute Morgen entschieden hatte, weil er perfekt zum Carmen-Ausschnitt ihrer hellblauen Bluse passte. »Ja?« Sie wusste nicht, worauf die Frau hinauswollte.

»Verraten Sie mir, wo Sie die herhaben?«

»Oh.« Clara brauchte einen Moment, bis sie begriff. »Die ist von mir.«

»Ich meine: Wo haben Sie die gekauft?«, versuchte es die Frau noch einmal.

»Sie ist von mir.« Clara lächelte über die Ungeduld in der Stimme ihres Gegenübers. »Ich habe die Kette entworfen und hergestellt.«

»Tatsächlich.« Die Frau schob die Sonnenbrille auf ihren Kopf. »Darf man hoffen, dass Sie diese Kette mehr als einmal hergestellt haben?«

»Tut mir leid.« Clara spürte die Textur des Metalls unter ihren Fingerspitzen. Ihre Haut und die Sonne hatten die zarten Blütenblätter erwärmt. »Mein Schmuck besteht nur aus Einzelstücken.«

»Schade.« Einen Moment schien die Frau zu überlegen.

Offenbar war sie noch nicht bereit aufzugeben. »Was muss ich bieten, um Ihnen diese Kette abzukaufen?«

»Sie wollen …« Claras Puls beschleunigte sich. Sie konnte sich nicht erinnern, wann sich zum letzten Mal jemand für eines ihrer Schmuckstücke interessiert hatte, abgesehen von Justus am letzten Abend. »Ähm …« Sie spürte das Strahlen, das sich in ihr Gesicht schlich. »Ich verkaufe sie Ihnen gern. Allerdings habe ich das Zertifikat, das dazugehört, nicht hier. Das schicke ich Ihnen aber gern nach.«

Clara nannte ihren Preis, und ihr Gegenüber beglich ihn anstandslos. Sie löste die Kette von ihrem Hals und ließ sie in die Hand der Frau gleiten, die sie sofort umlegte und mit den Fingerspitzen darüberstrich, wie sie selbst es gerade eben noch getan hatte. Die Stelle, an der das Metall warm und schwer auf ihrem Dekolletee gelegen hatte, fühlte sich nackt an. Clara drehte sich um und entdeckte Kati, die hinter dem Tresen im Treibgut mit verschränkten Armen an der Wand lehnte und sie musterte.

Zwar konnte Clara ihren Blick nicht deuten, aber ihr wurde plötzlich bewusst, was sie getan hatte. In einem Laden, der davon lebte, schöne Dinge zu verkaufen, hatte sie ein privates Geschäft getätigt, ohne ihre Chefin um Erlaubnis zu fragen. Ihr wurde heiß. Schnell sammelte sie ein paar leere Tassen und Gläser ein, bevor sie in den Laden trat. »Kati, es tut mir leid«, begann sie. »Ich habe nicht nachgedacht. Die Frau hat mich ein wenig überrumpelt. Es wird nicht wieder vorkommen. Versprochen.«

»Die Kette hast du selbst gemacht?«, fragte ihre Chefin, ohne auf die Entschuldigung einzugehen. Ihr Blick blieb unergründlich.

Claras Herzschlag beschleunigte sich auf unangenehme Art und Weise. »Ja.«

»Und die Sachen, die du in den letzten Tagen getragen hast, waren die auch alle von dir?«

»Hmm.«

Kati löste die vor dem Körper verschränkten Hände, stützte sie auf den Tresen und lehnte sich nach vorn. »Und warum erfahre ich das erst jetzt?«, wollte sie wissen.

Clara zuckte mit den Schultern und räumte das Geschirr in die Spülmaschine. »Ich hielt das nicht für wichtig. Schließlich hast du eine Kellnerin gesucht und keine Goldschmiedin.«

»Das stimmt. Aber ich bin immer auf der Suche nach schönen Dingen für den Laden. Dein Schmuck ist mir aufgefallen, aber ich wäre niemals auf die Idee gekommen, dass du ihn selbst gemacht hast. Deine Großmutter hat mir nur erzählt, dass du für einen Juwelier gearbeitet hast. Und du hast das bei deinem Vorstellungsgespräch nicht gerade dementiert. Ich dachte, du bist Verkäuferin.«

»Nein, ich bin eigentlich Goldschmiedin. Inzwischen selbständig mit einer eigenen Kollektion.« Wie toll das klang, wenn man es aussprach. Wenn man das hörte, glaubte man nicht, wie abgebrannt und verzweifelt sie in Wirklichkeit war.

»Kann ich die Kollektion sehen?«, fragte Kati.

»Sicher.« Claras Herzschlag legte noch einmal an Geschwindigkeit zu – diesmal von der guten Sorte. Falls Kati ihre Unikate schön genug fand, um sie im Treibgut auszustellen, würde sie vielleicht hin und wieder tatsächlich ein Stück verkaufen, wie gerade eben. Das würde ihr helfen, sich über Wasser zu halten. Sie zog ihr Handy aus der Tasche und rief ihre Homepage auf.

»Deine Webseite ist nicht besonders professionell«, stellte Kati fest.

Clara bemühte sich, nicht die Augen zu verdrehen. Diesen Satz hörte sie jetzt schon zum zweiten Mal. »Am Design der Seite wird schon gearbeitet«, sagte sie. Falls Justus' Angebot nach dem Kuss noch stand.

Kati hörte ihr nicht zu. Sie scrollte durch die Bilder und sah dann mit funkelnden Augen auf. »Hättest du Lust, einen Teil der Sachen im Laden auszustellen?«

»Ja, gerne.« Die Euphorie in Claras Stimme war nicht zu überhören.

»Perfekt. Ich nehme alles in Kommission, was du bereit bist, mir zu überlassen. Ich kann dir die gleiche Provision wie allen anderen Künstlern bieten, die bei mir ausstellen. Und ein paar Sachen muss ich für mich kaufen. Diese Kette hier.« Sie tippte auf das Display. »Und diese Ohrringe will ich auch für mich.«

»Ja, gerne«, wiederholte Clara. Etwas anderes fiel ihr nicht ein.

»Im Moment ist nicht viel los. Warum holst du nicht gleich ein paar der Sachen her, und ich mache mir schon mal Gedanken, wie wir sie präsentieren können.«

* * *

Justus stand am Fenster seines Büros und blickte in die Werkhalle der Bootsmanufaktur hinunter. Paul und Bernhard setzten gerade ein Mallengerüst zusammen, und Yunus war dabei, eine Yacht abzuschleifen, die einen neuen

Anstrich bekommen sollte. Die Bewegungen, mit denen er den Tellerschleifer langsam über das Holz schob, hatten fast etwas Meditatives. Die Gitarren des Rocksongs aus dem mit Farbe bespritzten Radio, die lauter kreischten als die Kreissäge, hoben diese Wirkung allerdings wieder auf. Als er die Tür öffnete und auf den Gang aus Gitterrosten hinaustrat, traf ihn der Lärm mit voller Wucht. Genau wie das Duftpotpourri aus See, Holz, Maschinenöl, Lack und einem Rest des Feierabendbiers vom Vortag. Er liebte diesen Geruch, der für die Arbeit stand, die ihm so viel bedeutete. Simon, Mila und er hatten ihn im Studium immer *schwere Luft* genannt. Seit gestern geisterte allerdings ein weiterer, wesentlich weicherer, blumiger Duft durch seinen Kopf. Entschlossen schob er ihn zur Seite und holte sich einen Kaffee aus dem Frühstücksraum. Zurück in seinem Büro begann er, den Schreibtisch aufzuräumen. Tagelang hatten die Papiere und Unterlagen wild verstreut herumgelegen, ohne dass es ihn gestört hätte. Jetzt schob er alles zu ordentlichen Stapeln zusammen.

Ihm war klar, dass sein plötzlicher Ordnungssinn nur dazu diente, das Unvermeidliche hinauszuzögern. Als es nichts mehr zu tun gab, ließ er sich auf den Schreibtischsessel fallen. Sein Blick glitt an den Fotos entlang, die Yachten zeigten, die in der Bootsmanufaktur gebaut worden waren. Simon war stolz auf das Unternehmen, das er in der dritten Generation betrieb. Er hatte den Staub, den es in den letzten Jahren angesetzt hatte, weggewischt. Früher hatte der gute Ruf der Brandstetters gereicht, um die Auftragsbücher zu füllen. Heute brauchte man stylische Clubsessel in seinem Büro, in die man potentielle Kunden setzen konnte, um ihnen in Videopräsentationen zeigen zu können, was sie unbedingt brauchten. Justus war glücklich, ein Teil davon zu sein. Er platzierte seinen Bürosessel so, dass er auf den See hinausblicken konnte. Unschlüssig drehte er sein Handy zwischen den Fingern. Ein wenig bereute er es, Clara so freimütig Hilfe für ihre Homepage angeboten zu haben. Natürlich hatte er sein Angebot ernst gemeint. Er wollte ihr aber nicht deshalb helfen, weil er sich daran erinnerte, wie sich ihr Körper an seinen geschmiegt hatte. Nicht, weil er den Geschmack ihrer Lippen nicht aus seinem Kopf bekam. Er tat es, weil er der Meinung war, dass ihr Schmuck wirklich schön war. Und vor allem: außergewöhnlich. Er hatte keine Ahnung von dieser Art von Accessoires, aber ihre Sachen sahen tatsächlich so aus, als könne man sie nicht in jedem x-beliebigen Juweliergeschäft kaufen. Sein Angebot bedeutete aber auch, dass er seine Cousine Mila anrufen musste. »Was soll's«, murmelte er und wählte die Nummer.

Mila nahm nach dem zweiten Klingeln ab. Justus war sich sicher, dass ihr Handy direkt neben der Computertastatur auf ihrem penibel aufgeräumten Schreibtisch gelegen hatte. »Das wurde höchste Zeit«, sagte sie statt einer Begrüßung. »Kannst du dich noch daran erinnern, wann du dich zum letzten Mal bei mir gemeldet hast?«

Justus fuhr sich mit der freien Hand durch die Haare. »Tut mir leid. Ich hatte ziemlich viel zu tun in letzter Zeit. Wie geht es dir, Cousinchen?«

»Mir geht es ausgezeichnet. Auch wenn deine Eltern mich jeden Tag ein Stückchen weiter in den Wahnsinn treiben.« Sie sagte es mit Humor in der Stimme, aber Justus wusste, dass in diesem Satz mehr als ein Funken Wahrheit steckte. Mila und er waren beinahe gleich alt und zusammen aufgewachsen. Während Justus' Vater von Beginn an die Leitung der Werft oblag, hatte sein Bruder die Entwicklung neuer Yachten übernommen. Sie waren mit dem Bootsbau groß geworden, und für Mila war genauso klar, dass Schiffe ihr Leben ausmachten, wie für Justus. Sie hatten zusammen studiert und waren anschließend – wie es von ihnen erwartet worden war – ins Familiengeschäft eingestiegen. Mila ins Marketing und Justus als Juniorchef. Gegen seinen Willen. Er hatte sich schon immer im Konstruktionsbüro seines Onkels am wohlsten gefühlt. Boote entwerfen und sie bauen, das war das, was er tun wollte. Mila hingegen kannte sich nicht nur mit dem Bootsbau aus, sie war auch eine hervorragende Strategin und Verhandlerin. Sie passte perfekt in das *Zentrum der Macht* und würde die Werft erfolgreich leiten, wenn Justus' Eltern ihr nur die Chance dazu gaben. Sie hatten beide gehofft, dass Justus' Flucht an den Bodensee ihnen die Augen öffnen würde. Doch starrköpfig wie seine Eltern waren, hatten sie Mila die Verantwortung nur so lange übertragen, bis er zurückkehren würde.

Seine Cousine schwieg einen Moment. »Ich wette, du willst irgendetwas von mir«, sagte sie schließlich. »Sonst hättest du dich weiterhin damit begnügt, mir über Whats-App Fotos vom Bodensee zu schicken.«

Justus' Mundwinkel hob sich. »Keine Zeit mit Smalltalk verschwenden, richtig?«

»Effizient wie eh und je.« Justus hörte das Rascheln am anderen Ende der Leitung. Mila hatte sich mit Sicherheit gerade in ihrem Sessel zurückgelehnt und die Füße auf den Schreibtisch gelegt. Wahrscheinlich glitt vor ihrem Bürofenster irgendein Ozeanriese vorbei. Für einen winzigen Moment packte Justus Heimweh. »Also, schieß los!«, forderte Mila ihn auf, und das Gefühl löste sich in Luft auf.

»Meine Nachbarin hat eine Homepage, die nicht besonders gut aufgebaut ist«, erzählte er.

»Die Operndiva?«, wollte Mila erstaunt wissen.

»Nicht direkt.« Justus kniff die Augen zusammen. »Ihre Enkelin.«

»Tatsächlich?« Er hörte das Grinsen in der Stimme seiner Cousine. Wenn es jemanden gab, der ihm nahestand wie eine Schwester, dann war es Mila. Sie kannte ihn viel zu gut. »Ist sie hübsch, diese Enkelin?«

»Ihr Name ist Clara. Du kannst dir dein eigenes Urteil bilden, wenn du ihre Homepage aufrufst.« Justus nannte ihr die Webadresse.

»Uh«, entfuhr es Mila, nachdem sie die Daten in Lichtgeschwindigkeit in ihren PC gehackt hatte. »Die ist ja wirklich gruselig. Nicht diese Clara, die ist ganz hübsch. Zumindest, wenn das Foto von ihr auf der Webseite aktuell ist. Ich meine die Homepage.«

»Hast du Zeit, ein paar Vorschläge für die Umgestaltung der Seite zu machen?«, fragte er. »Ein übersichtlicherer Auftritt? Bessere Präsentation?«

»Na klar. Ich langweile mich hier ja schließlich zu Tode«, gab sie sarkastisch zurück.

»Komm schon, Mila. Mach mir jetzt kein schlechtes Gewissen. Du warst begeistert von Simons Idee.«

Sie seufzte. »Das war, bevor deine Eltern begonnen

haben, mir die Hölle heißzumachen, weil du abgehauen bist. Die Luft hier ist echt dick.«

»Das glaube ich dir.« Das Aber, das sich an diese Worte anschloss, sprach er nicht aus. Sie waren sich einig gewesen. Mila, Eva und er. Seine Ex-Verlobte würde ihre Freiheit genießen, während Justus seine große Chance nutzen würde. Was wiederum Mila die Möglichkeit gab, sich ebenfalls zu beweisen. Dass das unter den Argusaugen seiner Eltern zwischen Herausforderung und Kraftakt schwanken würde, war von Anfang an klar gewesen. Justus hatte nicht eine Sekunde daran gezweifelt, dass Mila sich durchsetzen würde und zeigte, was sie draufhatte. Nach drei Monaten hatte er gehofft, dass sie so weit war, zumindest seine Mutter um den Finger zu wickeln. Justus drehte den schweren Füllfederhalter, in den sein Name und das Logo der Petersen-Werft eingraviert waren, zwischen den Fingern. Er hatte ihn von seinen Eltern zum Studienabschluss bekommen. Zusammen mit den Erwartungen, die er nicht erfüllen konnte.

»Wenn ich nicht so scharf auf deinen Job wäre, hätte ich dich längst auf Knien angefleht, nach Hause zu kommen.« Mila lachte leise. »Dein Vater ist noch immer total sauer. Vielleicht solltest du wenigstens ihn mal anrufen. Und keine Sorge. Ich sehe mir die Homepage deiner Freundin in den nächsten Tagen mal genauer an und schick dir ein paar Vorschläge.«

»Meine Nachbarin«, verbesserte Justus sie automatisch. Er rieb sich über den Nacken, denn der Kuss schaffte es einmal mehr, sich in seine Gedanken zu drängen. Er hatte absolut nichts Nachbarschaftliches an sich gehabt. Aber das würde er Mila ganz sicher nicht erzählen. »Danke, Cousinchen. Lass dich nicht unterkriegen von der Spießer-Gang« – wie sie Justus' Eltern in ihrer Jugend oft genannt hatten.

»Keine Sorge. Früher oder später werden sie mir aus der Hand fressen.« Sie kicherte ihr gut gelauntes Lachen. »Wahrscheinlich eher später«, korrigierte sie sich dann selbst. »Ich muss jetzt weitermachen. Wir hören uns, kleiner Cousin«, verabschiedete sie sich mit der zwischen ihnen üblichen Erinnerung, dass Justus einen Monat jünger war als sie.

»Bis bald, alte Frau«, revanchierte er sich und entlockte ihr noch ein kleines Lachen, ehe sie das Gespräch beendete.

Justus legte das Handy und den Füller auf den Schreibtisch und drehte sich zur Bootshalle um. In seinen Fingerspitzen kribbelte es. Es war Zeit, alles zur Seite zu schieben. Den Papierkram, um den er sich jetzt eigentlich kümmern müsste. Das Unverständnis seiner Eltern für seinen Ausbruch aus den Plänen, die sie für ihn hatten. Und Claras Kuss. Er würde sich jetzt den Dickenhobel schnappen und seinem Team zur Hand gehen. Holz in den Händen halten, den Geruch von Holz in der Nase zu haben, das war etwas, womit er umgehen konnte. Das würde ihm helfen, all die Gedanken, die in seinem Kopf hin und her rasten, zu bremsen und zu sortieren.

10

Clara sprang vor dem Haus ihrer Großmutter vom Fahrrad und ließ es einfach fallen. Sie stürmte um die Hausecke herum und auf die Terrasse, wo Charlotte es sich mit einem Glas eisgekühlter Zitronenlimonade gemütlich gemacht hatte und Sophie mit halb gelangweiltem Gesicht in ihr Skizzenbuch zeichnete. Völlig außer Atem führte Clara ein kleines Freudentänzchen auf, statt zu sprechen. Charlotte sah ihr über den Rand ihres Glases hinweg amüsiert zu. Sophie verdrehte genervt die Augen und ließ sie mit einem gemurmelten »Peinlich« wissen, was sie von der Showeinlage hielt.

Charlotte ignorierte Sophie. »Gibt es für diese Freude einen Grund, den du mit uns teilen möchtest?«, fragte sie.

Clara ließ sich in den Sessel neben ihrer Großmutter fallen und presste die Hand auf ihr wild klopfendes Herz. »Ich habe gerade eine Kette verkauft. Und Kati will meinen Schmuck im Treibgut ausstellen.« Sie konnte das Angebot ihrer Chefin noch immer nicht fassen.

»Wie wundervoll!« Charlotte stellte ihr Glas ab, streckte ihren gesunden Arm aus und drückte ihre Hand. »Ich gratuliere dir.«

Ein warmes Gefühl rieselte durch Claras Körper. Die

positive Reaktion ihrer Großmutter tat ihr wie immer gut und machte ihr Mut.

Sophies Reaktion fiel ebenso dramatisch wie vorhersehbar aus. Sie gab einen Ton von sich, der sehr an spontanes Erbrechen erinnerte, klappte mit einer heftigen Bewegung ihr Skizzenbuch zu und zog ihre klobigen Stiefel vom Stuhl gegenüber. »Dein altbackenes Zeug will sowieso niemand haben«, ätzte sie, ehe sie sich auf dem Absatz umdrehte und im Haus verschwand.

Clara war zu glücklich, so voller Hoffnung und Vorfreude, dass sie sich von der Spitze ihrer Schwester einfach nicht treffen ließ. Sie schloss die Augen und legte den Kopf in den Nacken. Die Sonne wärmte ihr Gesicht, wie es Charlottes Worte mit ihrem Inneren getan hatten. »Es wäre so schön, wenn es ab jetzt bergauf ginge«, flüsterte sie.

»Oh, ich bin mir sicher, das wird es.« Charlotte versprühte ihren üblichen Optimismus. Clara wollte nur zu gern daran glauben.

»Das wäre wirklich toll.« Clara rappelte sich auf. »Ich muss wieder los. Kati hat mich gebeten, ein paar Stücke ins Treibgut zu bringen.« Sie stieg ins Dachgeschoss hinauf – vorbei an Sophies geschlossener Zimmertür, aus der ohrenbetäubender Death Metal dröhnte –, verpackte eine Auswahl ihrer Schmuckstücke und radelte ins Treibgut zurück. Die leichte Brise, die über den See wehte, schob ihr die Haare aus dem Gesicht und kühlte ihre vor Aufregung und Vorfreude brennenden Wangen.

Kati hatte bereits ein paar dicke, von Wasser und Sonne gebleichte und glatt geschliffene Äste auf der rechten Seite des langen Tresens drapiert. »Treibgut, das ich gesammelt habe«, erklärte sie Clara. Und das fantastisch in diesen Laden passte.

Das Holz bot den perfekten Rahmen für die Ketten, Ringe, Armbänder und Ohrringe. Sie legten die Einzelstücke auf das zerklüftete Material, hängten es um knorrige Astgabeln und an die verbliebenen Wurzelreste.

»Das sieht wirklich spektakulär aus«, sagte Clara und trat einen Schritt zurück. »Ein bisschen wie ein verzauberter Wald, in dem kleine Kostbarkeiten auf den Bäumen wachsen.«

Ihre Chefin blickte zwischen dem Tresen und der Tür hin und her. »Und es fällt sofort ins Auge, wenn man den Laden betritt.« Zufrieden nickte sie.

»Danke, Kati«, sagte Clara schlicht.

»Ich muss dir danken.« Kati stieß Clara kameradschaftlich mit der Schulter an. »Dich einzustellen war ein Glücksgriff.«

Clara beschloss spontan, ihren kleinen Erfolg zu feiern. Nach der Arbeit besorgte sie im Tante-Emma-Laden alles, was sie brauchte, um die Zucchinitarte zu backen, die Charlotte so liebte. Dann radelte sie nach Hause. Diesmal stellte sie das Fahrrad ordentlich in den Schuppen und trug ihre Einkäufe in die Küche, ehe sie der Klaviermelodie in den Wintergarten folgte. Im Türrahmen blieb sie stehen, überrascht, Justus auf dem Hocker vor dem Flügel sitzen zu sehen.

Er spielte etwas, das Clara vage bekannt vorkam. Erst als ihre Großmutter begann zu singen, begriff sie, dass es sich um *Pokerface* von Lady Gaga handelte. Sie biss sich auf die

Innenseite der Wange, um nicht loszuprusten. Seit wann sang Charlotte die Hits verrückter Popdiven statt klassischer Arien? Sophie saß in der Ecke neben Signore Albero auf dem Boden, das Skizzenbuch gegen ihre angezogenen Knie gelehnt. Sie verdrehte die Augen, als Justus beim Refrain einsetzte. Er sang nicht einmal im Ansatz so gut wie ihre Großmutter. Sophie senkte den Kopf, und doch konnte Clara das Grinsen in den Mundwinkeln ihrer Schwester sehen, während sie tonlos mitsang, ohne das Zeichnen zu unterbrechen.

»Clara!« Ihre Großmutter entdeckte sie als Erste und grinste sie an. Sophie sah auf, das Gesicht wieder eine versteinerte Miene.

Justus' Hände produzierten einen Misston, dann hörte er auf zu spielen und drehte sich zu ihr um. »Hi«, sagte er mit einem breiten Lächeln im Gesicht. Clara starrte einen Moment auf die Lippen, die sie am vergangenen Abend geküsst hatten. Die Aufregung, die heute um ihre Schmuckkollektion geherrscht hatte, hatte die Erinnerungen an ihre Verabredung mit Justus in den Hintergrund gedrängt. Doch jetzt, drei Meter von ihm entfernt, kehrten sie mit aller Macht zurück und ließen in ihrem Bauch einen kleinen Schmetterling zaghaft mit den Flügeln schlagen. Sie zwang sich, ihre Hand nicht auf ihren Magen zu legen, und hoffte, bei den Gedanken an den Kuss nicht rot anzulaufen. So lässig wie möglich lehnte sie sich mit verschränkten Armen in den Türrahmen.

»Du kommst spät«, holte Charlotte Clara aus ihren Gedanken.

Sie blinzelte und konzentrierte sich auf ihre Großmutter.

»Ich war noch einkaufen. Heute Abend gibt es Zucchini-tarte.«

»Fantastisch! Ein Festessen zur Feier des Tages. Kati hat nämlich Claras Schmuck im Treibgut in Kommission genommen«, erklärte Charlotte ihrem Gast.

»Gratuliere.« Justus zwinkerte Clara zu und stand auf. »Dann lasse ich euch jetzt allein, damit ihr den Abend genießen könnt.«

»Iss doch mit uns«, lud Charlotte ihn mit einem Funkeln in den Augen ein, das ganz deutlich zeigte, dass sie etwas im Schilde führte. Ihre gesunde Hand strich über Divas Köpfchen in ihrem Schoß. »Wie ich dich kenne, gibt es bei dir wieder nur belegte Brote.«

»Nichts gegen belegte Brote«, widersprach er. Wieder sah er zu Clara herüber. »Aber danke für die Einladung. Ich nehme sie gern an. Kann ich bei irgendetwas helfen? Kochen ist nicht meine Stärke, aber zum Schnippeln auf Befehl eigne ich mich ganz gut.«

»Dann würde sich Clara sicher über deine Hilfe freuen, nicht wahr?« Charlotte warf ihr an Justus' Schulter vorbei einen Blick zu. Sie schien sich blendend zu amüsieren. »Sophie, mein Schatz, erntest du im Garten bitte zwei Zucchini?«, bat sie.

Ihre Schwester erhob sich mit einem tiefen Seufzer, klappte aber ihr Skizzenbuch zu und legte es auf den Flügel, ehe sie ohne weitere Widerworte aus dem Wintergarten auf die Terrasse trat und über die Wiese in Richtung Gemüsegarten verschwand.

»Na dann, komm mit.« Clara stieß sich mit der Schulter vom Türrahmen ab, drehte sich um und kehrte in die

Küche zurück, ohne darauf zu warten, dass er ihr folgte. Sie begann, die Zutaten zusammenzusuchen, die sie für das Abendessen brauchte. Justus' Anwesenheit in der Küche machte sie zwar nervös, war aber immer noch angenehmer als die Hilfe ihrer Schwester, die sich sicher nur unter Drohungen bereiterklärt hätte, einen Finger zu rühren.

»Was soll ich tun?« Justus lehnte sich mit der Hüfte gegen die Küchenzeile und sah Clara abwartend aus diesen tiefblauen Augen an, die einen daran erinnern konnten ... Sie blinzelte und kehrte in die Gegenwart zurück. In der Küche träumte man nicht, weil man sich sonst den Finger abschnitt oder Verbrennungen dritten Grades zuzog, pflegte Charlotte zu sagen. Clara beruhigte sich etwas. Sie hatte befürchtet, er würde den Kuss ansprechen, sobald sie allein wären. Und das war definitiv nichts, worüber sie im Moment sprechen wollte. Ganz einfach, weil sie nicht wusste, was sie dazu sagen sollte. Da er das offenbar genauso sah, entspannte sie sich. Sie nahm eine Flasche Weißwein aus dem Kühlschrank und reichte sie ihm gemeinsam mit einem Öffner. »Als Erstes brauchen wir den hier.«

»Kochwein?«, fragte er und drehte den Korken aus der Flasche.

Clara lächelte. »Wein für die Köche«, korrigierte sie ihn.

»Das ist eine Einstellung zum Kochen, die mir zusagt.« Er grinste. Während Clara die Zutaten auf dem Küchentresen sortierte, griff Justus über sie hinweg, um drei Weingläser aus dem Küchenschrank zu holen. Er war offenbar schon oft genug in diesem Haus gewesen, um sich auszukennen.

»Ich bringe Charlotte einen Schluck.« Er schenkte ein und brachte ihrer Großmutter ein Glas in den Wintergarten.

Als er zurückkehrte, hatte er zwei frisch geerntete Zucchini in der Hand. »Sophie hat die zwei schönsten rausgesucht.« Er legte sie zu den restlichen Lebensmitteln, hob sein Glas und stieß mit Clara an. Er nippte an seinem Wein, und Clara bemühte sich, nicht auf seinen Mund zu starren. Sie senkte den Blick auf die Arbeitsplatte und atmete durch. Wirklich, sie musste aufhören, über diesen Kuss nachzudenken.

»Was kommt als Nächstes?«, fragte Justus und bot ihr damit einen Ausweg aus ihren Gedanken.

Entschlossen schob sie ihm die Zucchini über die Arbeitsplatte. »Du kannst sie abwaschen, und dann müssen sie gerieben werden.«

Clara selbst schaltete das Radio ein und griff nach der Zwiebel, schälte sie und schnitt sie in kleine Würfel. Sie standen Seite an Seite, werkelten vor sich hin. Hin und wieder berührten sich ihre Hände flüchtig, was jedes Mal ein leises Kribbeln über ihre Haut schickte. Sie plauderten, scherzten und summten einen Refrain der Lieder aus dem Radio mit. »Ich wusste gar nicht, dass du Klavier spielen kannst«, sagte sie.

Justus grinste sie von der Seite an. »Kann ich auch nicht, ehrlich gesagt. Meine Studienkumpels haben immer behauptet, dass man die Frauen um den Finger wickeln kann, wenn man ein Instrument beherrscht. Du weißt schon, Gitarre am Lagerfeuer in einer sternenklaren Nacht am Ostseestrand.« Oh ja, das konnte sich Clara sehr gut vorstellen. Ehe ihre Fantasie abermals mit ihr durchgehen konnte, fuhr er fort. »Wir haben eine Wette abgeschlossen, wer als Erstes ein Lied beherrscht.«

»Nur ein Lied?«, fragte Clara.

»Wir hatten keine Lust, wirklich Unterricht zu nehmen«, gestand er. »Also hat einfach jeder einen Song auswendig gelernt. Meine Freunde meinten, es müsse irgendwas Schwülstiges, Romantisches sein, um die Ladys zu beeindrucken. Aber ich wollte lieber verdammt cool sein und hab mir Lady Gaga ausgesucht.«

»Und damit ganz eindeutig Charlotte und Sophie beeindruckt. Der Plan ist aufgegangen, würde ich sagen.« Clara legte die flache Seite der Messerklinge auf die Knoblauchzehen und drückte kurz zu, um sie besser schälen zu können.

»Und dich?«, fragte er. »Habe ich dich auch beeindruckt?«

»Mit dem Lady-Gaga-Cover? Auf jeden Fall.« Und nicht nur damit. Es war angenehm, mit Justus hier zu stehen, zu plaudern und zu scherzen – und ein klitzekleines bisschen zu flirten. Ihr Blick fiel auf die Pfanne, die über dem Herd hing. Wer hätte gedacht, dass sie ein paar Tage nachdem sie ihn niedergeschlagen hatte, lachend und Wein trinkend mit ihm in der Küche ihrer Großmutter stehen würde.

Sophie schneite herein, um sich eine Dose Red Bull aus dem Kühlschrank zu nehmen. Clara sah auf und fing sich einen herausfordernden Blick ihrer Schwester ein, als diese die Dose aufriss und so den ekligen Geruch nach flüssigen Gummibärchen in die Küche holte, der den Duft nach Kräutern, Knoblauch und frischem Gemüse kurzfristig überdeckte. Clara biss sich auf die Zunge. Sie würde ihrer Schwester keinen Vortrag darüber halten, wie ungesund dieses Zeug war, denn genau das schien sie zu erwarten.

»Vergiss nicht, dass ich Vegetarierin bin«, ätzte ihre kleine

Schwester mit einem Blick auf die Speckscheibe, die Clara gerade auf ihr Schneidebrett gelegt hatte, und verschwand wieder – in einer Wolke aus dunkler Teenagerlaune.

∗ ∗ ∗

Justus beobachtete Clara aus den Augenwinkeln. Es machte Spaß, mit ihr in der Küche zu stehen, sich von ihr herumkommandieren zu lassen und darüber nachzudenken, ob er es heute noch einmal schaffen würde, sie so zu küssen wie am Abend zuvor. Clara war gut gelaunt und fröhlich. Ohne es zu merken, wackelte sie sogar hin und wieder im Takt zu einem der Songs aus dem Radio mit dem Hintern. Was er ziemlich sexy fand. Er genoss die leichte Nervosität, die sie nicht abschalten konnte, wenn sich ihre Hände berührten oder sie sich zu nahe kamen, weil sie sich Messer oder Schneidebrettchen hin und her reichten.

Als Sophie in die Küche stampfte und eine Dose Red Bull aus dem Kühlschrank nahm, gefror die gute Laune im Raum innerhalb von Sekunden zu Eis. Clara presste die Lippen zusammen, vermutlich, weil sie etwas zum Thema Red Bull und gute Ernährung zu sagen hatte, aber zu dem Schluss kam, dass es besser sei zu schweigen. Alles andere hätte sicher einen weiteren Streit provoziert. Das hielt Sophie allerdings nicht davon ab, gemeinsam mit einer Gummibärchenzuckerwasserduftwolke eine verbale Spitze in Richtung ihrer Schwester zu verteilen und sie an ihre vegetarische Lebensweise zu erinnern. Justus konnte geradezu sehen, wie die positive Energie aus Clara entwich. Er verstand Sophie. Er wusste, wie es war, sich einsam und verlassen zu fühlen. Und er war mit Sicherheit als Teenager noch schlimmer gewesen als sie jetzt. Wer wusste schon, was aus ihm geworden wäre, hätte er nicht seine Cousine gehabt, die wie eine Schwester für ihn war? Und doch hatte er längst begriffen, wie sehr sich Clara um ihre Schwester bemühte. Wie sehr sie versuchte, die unkonventionelle Lebensweise ihrer Familie auszugleichen. Wie sehr es sie verletzte, dass sie die Mauern, die Sophie um sich errichtet hatte, nicht durchdringen konnte. Was auch immer Clara tat oder sagte, perlte an Sophie ab wie Wasser an einem Regenmantel, während sie es pausenlos darauf anlegte, ihre ältere Schwester zu piesacken.

Clara sah zu ihm herüber. »Die Tarte schmeckt nur mit Speck, und sie ist eines von Charlottes Lieblingsessen. Also werde ich sie so machen, wie meine Großmutter sie mag.« Ihre Wangen hatten sich in einem tiefen Rot verfärbt, das sich mit der Farbe ihrer Haare biss. »Ich hatte vor, für Sophie eine Extraportion zu machen. Ohne Speck.« Wie um sich zu verteidigen, hielt sie die kleine Blumenbackform hoch, die sie schon bereitgelegt hatte.

Ihre defensive Haltung war sicherlich seinem blöden Vorwurf von vor ein paar Tagen geschuldet. Vielleicht hätte er sich ein wenig zurückhalten und sie nicht so angreifen sollen. Jetzt tat es ihm leid, Clara so angefahren zu haben. Insbesondere, nachdem er herausgefunden hatte, warum die Schwestern Probleme miteinander hatten und was für ein Spielchen Sophie spielte. Justus nahm ihr die Backform ab und schob sie neben sich auf den Tresen. »Ich würde mir nicht allzu viele Gedanken um diese vegetarische Phase deiner Schwester machen.« Er schenkte ihnen Wein nach. »Den Speck verträgt sie schon.«

Clara öffnete den Mund. Wahrscheinlich wollte sie ihm widersprechen. Er ignorierte es und sprach einfach weiter. »Der Döner, den sie vor ein paar Tagen gemeinsam mit Anton in Ludwigshafen verdrückt hat, ist ihr jedenfalls ganz gut bekommen.«

»Sie hat *was* gegessen?« Claras Augen verengten sich zu Schlitzen, und sie legte den Kopf schräg. »Und du meinst damit nicht die vegetarische Version eines Döners?«

»Scheibenfleisch.« Justus trank einen Schluck Wein und sah dabei zu, wie Claras Kampfgeist zurückkehrte. Bis in ihre vibrierenden Haarspitzen. Das war die Clara, die ihm gefiel. Die Amazone, die vermeintliche Einbrecher mit gusseisernen Pfannen niederstreckte, ohne mit der Wimper zu zucken.

»Und das hast du höchstpersönlich gesehen?«, fragte sie noch einmal nach, als könne sie es nicht glauben.

»Mit eigenen Augen«, versicherte er ihr.

»Na warte.« Clara trank einen Schluck Wein. »Danke, dass du mir das erzählt hast.« Sie schnitt ein großzügiges Stück Speck ab und würfelte es. »Dann bekommt Sophie heute eine Extraportion tierisches Protein.«

Mit einem faszinierend entschlossenen Gesichtsausdruck mischte sie die geriebenen Zucchini mit Zwiebeln, Knoblauch, Öl, Mehl und dem Speck, füllte die Masse in eine Form und schob diese in den vorgeheizten Backofen. Anschließend hob sie ihr Weinglas zu einem kleinen Toast. »Auf deine Beobachtungsgabe.« Dann stellte sie den Timer ihres Handys ein und wischte mit schnellen, effizienten Bewegungen den Küchentresen sauber. Die Schneidebretter verschwanden zusammen mit den Messern, die sie benutzt hatten, in der Spülmaschine. Wenn er das Kochen hätte übernehmen müssen, sähe die Küche jetzt wahrscheinlich aus wie ein Schlachtfeld. »Lass uns Charlotte Gesellschaft leisten, bis die Tarte fertig ist«, schlug sie vor, als sie das Geschirrtuch, mit dem sie den Tresen trockengerieben hatte, an seinen Haken hängte.

* * *

Clara hatte das nicht besonders erwachsene Bedürfnis, Gegenstände nach ihrer Schwester zu werfen. Oder sie einfach nur zu schütteln, bis sie wieder zur Vernunft kam. Justus hatte ihr nicht nur beim Kochen geholfen, er hatte auch beim Decken des Tisches auf der Veranda assistiert. Zu dem Windlicht, das Clara im Treibgut gekauft hatte, hatten sich noch einige andere gesellt, die Charlotte bisher im Schuppen verstaut hatte und die Sophie auf ihre Weisung hin am Nachmittag herausgeholt und von Staub und Spinnweben befreit hatte. Sie waren auf dem Verandageländer verteilt, standen zwischen Charlottes Pflanzen, auf den Treppenstufen und der Wiese. Justus hatte sie alle entzündet und damit eine Atmosphäre geschaffen, die an einen Feengarten erinnerte und perfekt zu dieser lauen Sommernacht passte, in der der Mond tief über dem See hing. Und sie passten zur engelsgleichen Unschuld, die Sophie ausstrahlte, als sie sich ihrer Großmutter gegenüber auf einen Stuhl fallen ließ – natürlich erst, nachdem Clara dreimal nach ihr gerufen hatte. Sie hatte Clara vor Justus bloßgestellt, und sie hatte ihr ein schlechtes Gewissen eingeredet, weil sie genau das empfunden hatte, was Justus ihr vor ein paar Tagen an den Kopf geworfen hatte. Nämlich dass sie sich nicht genug um ihre kleine Schwester kümmerte. Auch wenn der rationale Teil ihres Gehirns wusste, dass das nicht stimmte.

Als Clara hinter ihre Schwester trat und einen Teller mit einem Stück Zucchinitarte vor ihr abstellte, verzog sie angeekelt das Gesicht. Mit der Gabel bohrte sie in die weiche, nach Kräutern und Knoblauch duftende Masse und pulte ein Stück Speck heraus. »Wie oft muss ich es dir noch sagen? Ich esse diesen Scheiß nicht!«

»Contenance an meinem Tisch, junges Fräulein.« Charlotte blickte Sophie streng an.

Man musste Sophie zugestehen, dass sie sich in Charlottes Beisein nicht allzu sehr danebenbenahm, weil sie genau wusste, dass ihre Großmutter solches Benehmen nicht duldete. Sophie spannte den Bogen nur bis zum Anschlag – aber sie überspannte ihn nicht. »Entschuldige, Charlotte.« Sie senkte kurz den Blick, hob ihn aber gleich wieder Mitleid heischend. Dieses intrigante Biest.

»Clara rafft es einfach nicht. Ich esse kein Fleisch«, jammerte sie.

Charlotte seufzte und legte die Serviette, die sie gerade auf ihrem Schoß ausbreiten wollte, neben ihren Teller. »Wie wäre es, wenn du dir ein Käsebrot machst?«, schlug sie vor, offenbar ganz darum bemüht, den Frieden, der diesem Abend bis jetzt innegewohnt hatte, beizubehalten.

»Nein.« Clara legte die Hand auf Sophies Schulter und drückte sie auf ihren Stuhl zurück, als sie aufstehen wollte.

»Hey!«, protestierte ihre Schwester.

»Du bleibst sitzen«, sagte Clara bestimmt und erntete einen kurzen, ziemlich entgeisterten Blick von Sophie. Bevor sie blinzeln konnte, hatte er sich in Zorn verwandelt.

Clara war selbst erstaunt über die Strenge in ihrer Stimme. Sie konnte sich nicht erinnern, wann sie das letzte Mal so konsequent mit ihrer Schwester umgegangen war. Doch wenn Sophie sie schon hasste, dann sollte sie wenigstens einen Grund dafür haben. »Du wirst genau das essen, was vor dir steht. Oder du isst gar nichts. Als Lena vor ein paar Wochen einen Zucchinikuchen gebacken hat, hast du ihn noch geliebt. Mit Speck und allem Drum und Dran.«

»Aber *jetzt* bin ich Vegetarierin«, fauchte Sophie mit vor Zorn dunkelrotem Gesicht. »Was vor ein paar Wochen war, zählt nicht mehr.«

»Da hat Sophie recht«, schaltete sich Charlotte abermals ein. »Was ist nur in dich gefahren, Clara? Wir können sie doch nicht zwingen, Fleisch zu essen.«

Clara hob die Hand, um ihre Großmutter zu unterbrechen und warf Justus einen Seitenblick zu. »Was vor ein paar Wochen war, mag keine Rolle mehr spielen. Was vor ein paar Tagen war, aber schon. Solange du in der Dönerbude in Ludwigshafen sitzen und Scheibenfleisch in dich hineinstopfen kannst, ist das, was du hier abziehst, reine Schikane.« Sie sah ihrer Schwester fest in die Augen, damit sie begriff, wie ernst es ihr war. »Du hast genau zwei Möglichkeiten. Du isst. Oder du verschwindest auf dein Zimmer.«

Sophie hielt ihren Blick, versuchte, sie niederzustarren. Clara hielt ihr stand und behauptete sich.

»Na schön, dann verhungere ich eben.« Mit einer heftigen Bewegung schob Sophie ihren Stuhl zurück, sodass Clara die Hand von ihrer Schulter nehmen musste, sprang auf und stampfte wütend ins Haus.

Einen Augenblick lang lag Stille über dem Tisch. Sie hörten das Zirpen der Grillen überlaut. Die Flammen in den Windlichtern flackerten leicht. Dann schüttelte Charlotte den Kopf und griff nach ihrer Gabel. »Sie hat versucht, dich an der Nase herumzuführen. Und mich gleich mit.« Sie grinste und probierte die Tarte. »Clara, das ist himmlisch«, sagte sie mit einem genüsslichen Seufzen, ehe sie wieder ernst wurde. »Es tut mir leid, dass ich versucht habe, mich einzumischen. Mir ist klar, dass wir ihr so ein Verhalten nicht durchgehen lassen dürfen, aber ich muss gestehen: Ein bisschen stolz macht mich ihre Unverfrorenheit schon. Ich glaube, ich war in dem Alter genauso. Und was wir mit Sicherheit festhalten können: Sophie wird sich in ihrem Leben immer behaupten.«

»An ihrer Sozialverträglichkeit müsst ihr noch ein bisschen arbeiten«, warf Justus ein und grinste ebenfalls.

Clara fand den Abgang ihrer Schwester nicht ganz so witzig wie die beiden. »Ich bin dir dankbar, wenn du dich einmischst«, sagte sie zu ihrer Großmutter. »In letzter Zeit habe ich nämlich das Gefühl, überhaupt nichts mehr im Griff zu haben.«

»Papperlapapp.« Charlotte wischte Claras Worte mit einer ungeduldigen Bewegung zur Seite. »Du bist eine fantastische Schwester. Das warst du schon immer«, sagte sie entschieden und hob ihr Weinglas. »Und du bist eine wunderbare Schmuckdesignerin. Lasst uns auf deinen Erfolg anstoßen, und darauf, dass viele Leute deine Schmuckstücke im Treibgut entdecken und es nicht schaffen, ihnen zu widerstehen.«

»Darauf sollten wir auf jeden Fall anstoßen«, stimmte Justus Claras Großmutter zu und hob sein Glas ebenfalls.

Nach dem Essen half Justus Clara, den Tisch abzuräumen. Fast kam es ihr vor, als zögere er den Abschied hinaus. Als sie schließlich den Lappen ordentlich über die Kante des Spülbeckens hängte, lehnte er sich gegen den Küchentresen und lächelte sie mit schief gelegtem Kopf an. »Hast du noch Lust auf einen Absacker am See?«, fragte er.

Claras Herz klopfte laut und schnell. Ja, schrie alles in ihr. Ein Absacker würde mit Sicherheit zu einem weiteren Kuss führen. Und so wie vergangene Nacht wollte sie sich noch einmal von ihm küssen lassen. Aber im Moment schwirrte ihr noch der Kopf von der Auseinandersetzung mit Sophie. Sie musste Charlotte ins Bett helfen. Anschließend wollte sie einfach nur noch unter ihre Decke kriechen und die Augen schließen. Über den letzten Kuss hatte sie viel zu lange nachgedacht – was im Umkehrschluss viel zu wenig Schlaf bedeutet hatte. Sie wollte nicht gerade am Tag, nachdem Kati ihr eine so unglaubliche Chance geboten hatte, übernächtigt und unkonzentriert im Café auftauchen. Deshalb schüttelte sie mit einem bedauernden Lächeln den Kopf. »Tut mir leid. Ich muss Charlotte helfen, und dann will ich selbst so schnell wie möglich ins Bett.«

»Gut.« Justus stieß sich vom Tresen ab und trat auf sie zu. »Der See läuft uns nicht weg«, sagte er mit einem kleinen Lächeln und küsste sie – diesmal auf die Wange. Vielleicht ließ er seine Lippen einen Augenblick zu lange auf ihrer Haut liegen, aber das konnte auch Einbildung sein. »Gute Nacht«, flüsterte er und ließ sie stehen wie am Abend zuvor. Sie hörte, wie er sich auf der Terrasse von Charlotte verabschiedete und die drei Stufen hinunterstieg. Im nächsten Moment sah Clara durch das Fenster der Küchentür, wie er lässig über die Wiese zu seinem Haus lief. Sie tastete über die Stelle, die er geküsst hatte. Die Haut prickelte unter ihren Fingerspitzen.

11

Clara half ihrer Großmutter dabei, sich bettfertig zu machen. Sie schaltete leise klassische Musik ein und schloss die Tür zur Terrasse, kippte sie aber. Dadurch bauschte die leichte Brise, die vom See heraufwehte, die zugezogenen Vorhänge ein wenig. Charlotte versuchte, eine einigermaßen erträgliche Position im Bett zu finden, und nahm eine der Pillen, die sie hoffentlich die Nacht durchschlafen lassen würden. Sie beklagte sich nicht, aber Clara war sich sicher, dass sie Schmerzen hatte. »Sophies Auftritt heute Abend tut mir leid«, sagte sie.

»Du kannst nichts für das Verhalten deiner Schwester, mein Schatz. Ich habe gestern versucht, mit ihr zu sprechen, aber sie ist verschlossen wie eine Auster. Nach allem, was ich aus ihr und Lena bislang herausbekommen habe, ist sie wegen einer Farbschmiererei von der Schule geflogen.«

Clara seufzte. »Wir sollten möglichst bald herausfinden, was wirklich passiert ist. Und vor allem muss ich mich auf die Suche nach einer neuen Schule machen. Das wird sicher nicht einfach.«

»Zusammen schaffen wir das. Ich freue mich jedenfalls wahnsinnig, dass Kati deinen Schmuck ausstellt«, sagte Charlotte noch einmal. »Aber noch mehr freue ich mich darüber, dass Justus und du so gute Freunde geworden seid.« Sie strich mit der Hand über das zarte Blumenmuster ihrer Bettdecke. »Er ist der Typ Mann, den man auf dunklen Wiesen im Mondlicht küssen kann. Vielleicht ist er sogar mehr als das.«

»Charlotte.« Clara stieß ein ungläubiges Lachen aus und ließ sich vorsichtig auf die Bettkante sinken. Das Thema Männer war nicht unbedingt etwas, das sich leicht diskutieren ließ. Sie hatte einen Jugendfreund gehabt und später Olli. Bis er sie ausgetauscht hatte. »Das mit Justus ... der Abend im Gallardo war schön, aber wir sind wirklich nur Freunde. Er hilft mir, meine Homepage zu überarbeiten. Mehr ist da nicht.«

Charlotte lächelte sie verschmitzt an. »Da könnte mehr sein«, sagte sie. »Er sieht dich auf eine Art an, die alles verspricht, was sich eine Frau für einen Sommer wünschen kann. Und wenn ich deine Blicke, von denen du glaubst, dass sie niemand bemerkt, richtig deute ...«

»Aber das ist doch der Punkt, Charlotte. Natürlich sieht er gut aus.« Sie machte sich nichts vor. Allein diese Augen, die sie wie magisch in ihren Bann ziehen konnten ... »Er ist nett. Klug. Aber ich bin nur für diesen Sommer hier. Ich muss mich auf Sophie konzentrieren, auf meine Karriere.«

»Aber wer weiß, ob Justus dir sogar dabei behilflich sein kann, deine Kreativität wiederzufinden«, hielt Charlotte dagegen und strich mit einer eleganten Bewegung glättend über ihre perfekt sitzende Frisur. »Ich habe es immer genossen, mich zwischen meinen Arrangements für ein paar aufregende Wochen auf Händen tragen zu lassen. Von interessanten Männern.« Clara folgte dem Blick ihrer Großmutter zu Signore Albero da Noli. Der Zitronenbaum stammte aus einem heißen italienischen Sommer nach einem Engagement in Venedig. Charlotte hatte damals mehrere Wochen in dem Küstenstädtchen Noli verbracht. Über den Mann, der diese Zeit mit ihr verbracht hatte, hatte sie sich immer ausgeschwiegen, aber sie hatte Signore Albero mit an den Bodensee gebracht. Clara war sich sicher, dass Charlotte in jenem Sommer ihre große Liebe getroffen hatte. Sie wusste nicht, warum aus ihrer Großmutter und diesem Mann nichts geworden war, und manchmal fragte sie sich, ob Charlotte die Entscheidungen von damals bereute.

»Denk darüber nach«, holte Charlotte sie aus ihren Gedanken. »Justus ist mit Sicherheit eine kleine Sünde wert. Und jetzt gute Nacht, mein Kind«, sagte Charlotte und beendete das Gespräch, indem sie Clara die Wange hinhielt.

»Schlaf gut.« Nachdem sie einen Kuss auf die nach Nachtcreme duftende Haut ihrer Großmutter gepresst hatte, löschte Clara das Licht im Wintergarten, schaltete das kleine Nachtlicht ein und zog sich in ihr Zimmer zurück. Sie hatte Justus nicht angelogen. Der Tag hatte sie wirklich erschöpft. Es gab Tage mit emotionalen Hochs. Und es gab Tage, die absolute Tiefpunkte waren. Aber seit Clara ihre Koffer und die Goldschmiedeausrüstung in ihren geliebten Rosti gepackt und sich auf der A 81 in den Stau Richtung Süden gestellt hatte, schien ihr Leben aus einer einzigen Gefühlsachterbahn zu bestehen. Sobald sie oben angekommen war, raste sie wieder nach unten. In einer Geschwindigkeit, die ihr den Atem nahm – auf die unschöne Art. Sie hatte nicht das Gefühl, dass dieses verdammte Ding irgendwann in nächster Zeit anhielt und sie aussteigen ließ. Deshalb war es klug, einfach zu Bett zu gehen. Clara hatte sich entschieden, an diesem Abend ausnahmsweise nicht auf den Dachboden zu steigen und sich vor ihren leeren Arbeitstisch im Atelier zu setzen. Sie wusste, dass sie auch heute Nacht keine Idee für ein neues Schmuckstück haben würde.

Sie ging ins Bad, putzte die Zähne und schlüpfte in ihren Schlafanzug. Dann öffnete sie das Fenster und kroch im Schein der Nachttischlampe mit einem Nora-Roberts-Roman unter die Bettdecke. Ein bisschen heile Welt würde hoffentlich beim Einschlafen helfen – und ihr vielleicht sogar einen schönen Traum bescheren.

Sie hatte drei Seiten gelesen, als Sophie die Tür aufstieß und ins Zimmer stürmte. Anzuklopfen hielt sie natürlich nicht für notwendig. Erschrocken zuckte Clara zusammen. »Was ist los?«

Mit noch immer bockiger Miene hielt Sophie ihr ein zerknittertes Blatt Papier unter die Nase. »Das habe ich wegen der ganzen Geschichte mit der Suspendierung vergessen. Du musst unterschreiben. Das muss noch an die Schule zurückgeschickt werden.«

Clara wollte ihr das Blatt abnehmen, um zu lesen, um was es ging, aber Sophie ließ nicht los und hielt ihr stattdessen einen Stift unter die Nase. »Unterschreib einfach, okay?«, verlangte sie in dem grundgenervten Tonfall, den sie für Clara reserviert hatte. Wahrscheinlich nagte der Hunger an ihr.

Und das ließ Clara hellhörig werden. »Ich will erst wissen, was das ist«, erklärte sie ihrer Schwester ruhig, obwohl sie am liebsten selbst die Augen verdreht hätte.

»Das ist nur eins von diesen Formblättern, die man immer unterschreiben muss. Du weißt schon. Lena hat es vergessen in ihrem Wunsch, so schnell wie möglich die Kurve zu kratzen.«

Nein, Clara wusste es nicht. Aber Sophie hielt das Blatt fest. »Gib her, oder vergiss es.« Die Taktik hatte beim Abendessen ja schon einmal funktioniert.

Und das tat sie auch jetzt. Sophie gab einen ätzenden Ton von sich, ließ los und verschränkte die Arme vor der Brust.

»Hiermit erlaube ich, Clara Ritter, als Erziehungsberechtigte von Sophie Ritter, dass sich meine Schwester ein Zungenpiercing stechen lassen darf«, las Clara. »Was?« Einigermaßen fassungslos starrte sie auf das Blatt, bevor sie den Blick zu ihrer Schwester hob. »Spinnst du?« Am liebsten hätte sie geschrien, aber sie kontrollierte ihre Stimme, um ihre Großmutter nicht zu wecken. Sie faltete das Blatt einmal zusammen und zerriss es dann in kleine Fetzen, die sie mit einer langsamen Bewegung auf den Nachttisch legte. »Du bist vierzehn. Du wirst dich auf gar keinen Fall piercen lassen.«

»Du hast mir überhaupt nichts zu sagen!« Sophies Stimme kletterte um eine Oktave nach oben.

»Ich habe dir alles zu sagen!« Clara beugte sich vor, um ihren Worten Nachdruck zu verleihen. »Wenn dir danach ist, ruf gern Lena an. Ich garantiere dir, dass du von ihr die gleiche Antwort bekommen wirst. Kein. Piercing«, betonte sie die beiden letzten Worte.

»Du bist so eine …« Sophie kniff die Augen zusammen und suchte nach der richtigen Beleidigung. »So eine …«

Bruchteile von Sekunden, die Clara nutzte, um sich gegen das zu wappnen, was kommen würde. »Miese, frustrierte Bitch«, brachte ihre Schwester schließlich heraus. »Nur weil dein Leben scheiße ist, musst du uns nicht alle mit runterziehen«, zischte das kleine Ekel, machte auf dem Absatz kehrt und verschwand in Lichtgeschwindigkeit aus Claras Zimmer. Wenigstens unterließ sie es, mit den Türen zu schlagen und die Musik aufzudrehen, sodass ihre Großmutter nicht aus dem Schlaf gerissen wurde. Sophie war durchaus in der Lage, Rücksicht zu nehmen. Zumindest, wenn es um Charlotte ging. Ihr ganzer Hass richtete sich ausnahmslos gegen Clara.

Claras Herz klopfte wild. Sophies Attacken waren so schmerzhaft. So aufwühlend. Sie wusste, dass sie jetzt keine Ruhe finden würde. So hübsch ihr Zimmer mit den hellgrauen Wänden, dem verschnörkelten Metallbett und dem weißen Kleiderschrank im Vintage-Stil auch war, im Moment fühlte es sich wie ein Gefängnis an. Ihre Hände zitterten, als sie die Strickjacke anzog, die über der Stuhllehne hing, in ihre Flipflops schlüpfte und aus dem Haus schlich. Durch das taufeuchte Gras lief sie zum See hinunter. Das Jäckchen gegen die kühle Nachtluft eng um ihren Oberkörper geschlungen, setzte sie sich auf das Ende des Steges. Sie ließ sich nach hinten fallen und blickte in das endlose Sternenmeer über sich. Ein Bild, das sich in Stuttgart mit all seinen Lichtern selten bot.

Sie lag noch nicht lange auf dem verwitterten Holz, als ihr Körper das leichte Beben spürte. Schritte erschütterten die alten Bohlen unter ihr. Schritte, die zu schwer waren, um von Sophie zu stammen, die sich dafür entschuldigen wollte, dass sie eine zickige Göre war. Clara schloss die Augen und wartete, bis sich Justus neben sie setzte. Sie spürte, wie er sich neben ihr ebenfalls auf den Rücken legte. Spürte die Wärme, die sein Körper ausstrahlte. Spürte seinen Atem auf ihrer Wange, als er ihr den Kopf zuwandte.

»Was ist los«, fragte er leise. »Ich hatte das Gefühl, es war noch alles okay, als ich vorhin gegangen bin.«

»Abgesehen von meiner nervtötenden kleinen Schwester?«

»Ja, abgesehen von ihr.« Justus schwieg einen Moment. »Ihr hattet also wieder einen Streit?«, fragte er, als Clara nichts sagte.

Sie hatte allein sein wollen. Wollte sich ihre dreißig Sekunden Selbstmitleid gönnen, die ihr für den heutigen Tag noch zustanden. Doch mit Justus neben sich sprudelte der Ärger nur so aus ihr heraus. »Diesmal war es ein Piercing, das sie unbedingt haben will. Sie hat versucht, mir die Unterschrift abzuluchsen, indem sie das Erlaubnisformular als wichtiges Schulformular ausgegeben hat. Herrgott! Sie ist gerade mal vierzehn!« Clara öffnete die Augen und wandte Justus den Kopf zu. Sie waren sich nahe.

Seine blauen Augen hielten ihren Blick fest. »Willst du mir erzählen, was das wirkliche Problem zwischen euch ist?«

»Ich dachte, das hätte ich gestern getan.« Das Thema schürte Claras Unbehagen. »Hast du mir nicht zugehört?«, setzte sie unnötigerweise und schärfer als beabsichtigt nach.

»Doch, das habe ich.« Justus drehte sich auf die Seite, stützte seinen Kopf auf den angewinkelten Arm. Mit den

Fingerspitzen strich er über Claras Wange, wickelte sich eine ihrer Locken um den Finger und ließ sie wieder los. Clara wusste, dass sie wahrscheinlich wie eine Feder in ihre ursprüngliche Form zurücksprang. Was sicher lustig aussah. Aber Justus lachte nicht. Er sah sie so ernst an, dass sie schlucken musste. In ihrem Bauch vibrierte es. »Was mir fehlt, ist die Geschichte, die zwischen den Zeilen versteckt ist«, sagte er.

Clara drehte ihr Gesicht wieder den Sternen zu. »Was ist, wenn ich sie dir gar nicht erzählen will?«

»Dann passiert gar nichts. Andererseits, wenn du es mir erzählst, kann ich Sophie und dich vielleicht ein wenig besser verstehen. Und manchmal hilft es einfach, über die Dinge zu reden, die einem auf der Seele liegen.«

»Die Geschichte ist lang und traurig«, warnte sie ihn. Denn erstaunlicherweise hatte sie zum ersten Mal das Bedürfnis, jemandem von ihrer Vergangenheit zu erzählen.

»Ich habe nichts Besseres vor«, sagte Justus. »Traurige Geschichten höre ich außerdem ständig.«

»Ach ja? Wer erzählt dir denn traurige Geschichten?«

»Neulich erst hat Yunus, das ist unser Bootsbaulehrling«, erklärte er, »sich schwer in eine Schülerin aus der Berufsschule verliebt und sich einen Korb geholt. Zum Glück war sein gebrochenes Herz zwei Tage später wieder geheilt, als er dieses Mädchen aus der Bäckerei kennengelernt hat.« Er legte sich auf den Steg zurück, sodass er wie Clara in die Sterne blickte, tastete nach ihrer Hand und verschränkte seine Finger mit ihren. »Fang an«, forderte er sie leise auf.

»Ich hatte eine Beziehung«, sagte sie, nicht sicher, wo sie beginnen sollte. Am besten am Anfang, dachte sie sich.

»Olli. Wir waren ein paar Jahre zusammen. Als ich ihn kennengelernt habe, schienen wir perfekt zueinander zu passen. Er ist Bildhauer. Eine Künstlerseele. Deshalb habe ich geglaubt, dass wir auf einer Wellenlänge liegen. Was ich nicht wusste ...« Clara versuchte, die richtigen Worte zu finden. Worte, die nicht so hart waren, die Olli nicht in so schlechtem Licht dastehen ließen. Doch ihr fiel nichts ein außer: »... wie opportunistisch er ist.«

»Heißt das, er hat sich von dir aushalten lassen?«, fragte Justus nach und strich mit dem Daumen sacht über ihre miteinander verbundenen Finger – und brachte Claras Konzentration so ein wenig aus dem Gleichgewicht.

»Im Nachhinein betrachtet, könnte man das wohl so zusammenfassen. Er wartete auf seinen großen Durchbruch als Künstler. Weil er – wie er selbst sagte – nie wissen konnte, wann ihn die Muse küssen würde, hatte er keinen Job. Ich kam für unser Leben auf. Und ich tat es gern. Schließlich reichte das, was ich beim Juwelier verdiente, für uns beide.«

»Doch dann hast du deinen Job verloren«, überlegte Justus.

»Ja. Olli hat versucht, mich davon abzuhalten, in die Selbständigkeit zu gehen. Nicht weil er sich um mich und meinen Erfolg gesorgt hätte, sondern weil er Angst um seinen Lebensstandard hatte. Ich hatte immer gedacht, als Künstler würde er mein Bedürfnis, mich zu verwirklichen, verstehen. Aber wenn man es genau nimmt, kann Olli nicht über viele Dinge nachdenken, außer über sich selbst.« Clara ließ ihren linken Arm vom Bootssteg hängen. Ihre Fingerspitzen streiften das kühle Wasser, und die eine oder andere Welle tauchte ihre Hand bis zum Gelenk ins Nass. »Dummerweise geschah genau das, was er prophezeit hatte. Ich hatte keinen Erfolg. Meine geringen Geldreserven schwanden. Ich habe angefangen zu kellnern, half hin und wieder bei Volkshochschulkursen für Schmuckdesign aus. Aber es reichte vorn und hinten nicht, und dann dauerte es gar nicht lange, bis Olli mich verließ. Am Ende musste ich unsere Wohnung aufgeben und bin in dieses schäbige WG-Loch gezogen, in dem ich jetzt lebe. Dieses Zimmer ist kein guter Platz für Sophie.«

»Das erklärt, warum es dich so trifft, wenn jemand deine Arbeit kritisiert«, sagte Justus leise. Er zog Clara an sich und bettete ihren Kopf an seine Schulter. Sie konnte seinen ruhigen, steten Herzschlag unter ihrer Wange spüren.

»Aber es erklärt nicht, warum Sophie mich so ablehnt, ich weiß.« Clara war sich sicher, dass Justus nicht aufhören würde zu bohren, bis er nicht die ganze Geschichte gehört hatte. »Von Olli verlassen zu werden hat mich getroffen, keine Frage. Das wirklich Schlimme daran war, dass er einfach zu einer Frau wechselte, die bereit war, ihn zu finanzieren. Mit der er schon seit Monaten eine Affäre hatte. Eine Frau, die deutlich älter ist als er und deutlich mehr Geld hat als ich. Er setzte sich mit einem breiten Grinsen im Gesicht ins gemachte Nest.«

»Was für ein mieser Mistkerl. Es hilft dir wahrscheinlich nicht, das zu hören, aber er wird es bereuen. Und er hat dich nicht verdient.« Justus zog sie noch enger an sich und rieb mit seinen Lippen über ihre Schläfe. So, als spürte er, wie sehr die Erinnerungen sie aufwühlten. Wie viel Trost sie in diesem Moment brauchte.

»Er hat mich nicht nur verlassen. Er hat mich verraten. Meine Ziele. Meine Träume. Vielleicht hätte ich es längst merken müssen. Aber das habe ich nicht. Ich war viel zu sehr damit beschäftigt, unser Leben zu organisieren. Er hat mir den Boden unter den Füßen weggerissen. Sophie, die sich zu diesem Zeitpunkt sowieso schon in einer ziemlichen Trotzphase befand, hat das Ganze dann aber persönlich genommen. Ich konnte sie nicht mehr zu mir einladen, weil die WG wirklich nicht für junge Mädchen geeignet ist. Ich konnte nicht mehr so viel Zeit mit ihr verbringen, weil ich oft kellnern musste, wenn sie aus der Schule kam. Ich habe versucht, es ihr zu erklären, aber sie kam lediglich zu dem Schluss, dass sie niemandem etwas bedeutet, dass ich sie im Stich gelassen habe. Das hat mich zur Zielscheibe ihrer Wut gemacht. Sie hat so oft die Schule geschwänzt und Lenas Unterschrift auf Entschuldigungen gefälscht, dass sie von der ersten Schule geflogen ist. Meine große Schwester hatte die Faxen dicke und steckte sie dann in ein Internat. Keine Frage, dass Sophie damit erst recht in ihrer Meinung bestätigt wurde, dass wir sie loswerden wollten. Und als wäre das nicht schon schlimm genug…« Clara schluckte. Sie war im Begriff, das auszusprechen, was sie bis jetzt nur Charlotte gegenüber zugegeben hatte. »Ich habe meine Kreativität verloren. Egal, was ich auch tue, ich schaffe es nicht, ein neues Schmuckstück zu entwerfen. Da ist nichts«, flüsterte sie in sein Shirt. »Jede Nacht sitze ich oben im Atelier und warte auf die Eingebung. Aber da ist einfach nur blanke Leere. Was soll ich tun, Justus? Was ist, wenn das nie zurückkommt? Wenn ich mich selbständig gemacht habe, nur um jetzt herauszufinden, dass ich kein

Talent habe?« Clara atmete an dem Kloß in ihrem Hals vorbei. Sie würde nicht weinen. Geheult hatte sie in den vergangenen Monaten so viel. Aber die Verzweiflung, die an ihr nagte, konnte sie trotz allem nicht ignorieren. Ebenso wenig wie die Angst und die Hilflosigkeit.

* * *

»Hey.« Justus lehnte sich ein Stück zurück und hob mit dem Zeigefinger ihr Kinn an, bis sich ihre Blicke im schwachen Mondlicht trafen. »Erst einmal Gratulation, dass du dieses Arschloch losgeworden bist. Nein, warte«, sagte er, als sie versuchte, ihren Kopf wegzudrehen. Natürlich wollte sie das, was er zu sagen hatte, nicht hören. Wahrscheinlich hatten es ihr schon jede Menge Leute gesagt. »Er ist ein Vollidiot. Und er hat dich nicht verdient. Kein bisschen. Du bist ohne ihn tausend Mal besser dran.«

Seine Hand war vom Kinn zu Claras Hals geglitten. Er fühlte ihren Puls unter den Fingerspitzen, der ständig an Geschwindigkeit zunahm. »Das mit Sophie wirst du hinbekommen. Charlotte wird dir helfen, da bin ich mir sicher. Ich habe deine kleine Schwester kennengelernt. Unter dem Kostüm der Prinzessin der Finsternis steckt ein süßes Mädchen.«

»Prinzessin der Finsternis?« Claras Lippen verzogen sich zu einem Lächeln.

»Ja. Ich habe euch beiden nach unserer ersten Begegnung Spitznamen gegeben«, sagte er, ohne darüber nachzudenken.

Clara verharrte einen Moment still und sah ihn unverwandt an. »Uns beiden?«, fragte sie dann.

»Ähm … vergiss es. Ich werde dir deinen nicht verraten.«
Das war knapp gewesen. Er konnte ihr unmöglich sagen,
dass er in ihr eine Amazone gesehen hatte. Ihre Nähe ver-
nebelte sein Gehirn, hinderte ihn daran, klar zu denken.
Langsam senkte er die Lippen in Richtung ihres Mundes.

Ihr Puls legte noch einmal an Geschwindigkeit zu, und
ihr entfuhr ein kleiner Seufzer, als sich ihre Lippen trafen.
Nach ihrer ersten Begegnung am Abend zuvor hätte ihm
klar sein müssen, dass die körperliche Nähe schnell die
Luft zwischen ihnen entzünden würde. Wie ein Feuerball
raste Verlangen durch seine Venen, sammelte sich wie ein
heißer Knoten in seinem Bauch. Er rahmte Claras Gesicht
mit den Händen ein und drehte sich, sodass sie unter ihm
lag.

Ihre Finger kämmten durch seine Haare, schlossen sich
um seinen Nacken, um ihn noch näher an sich heranzu-
ziehen.

»Ich bin ziemlich froh, dass du nicht mehr mit diesem
Deppen zusammen bist. Denn dann könnte ich dich nicht
küssen«, flüsterte er, als er sich von ihr löste und seine Lippen über ihren Hals gleiten ließ.

* * *

Clara vergaß die Zeit. Sie versank in Justus' Liebkosungen,
ließ sich auf einer Welle der Sinnlichkeit treiben. Seine Lippen sorgten für eine Gänsehaut auf ihrem gesamten Körper. Ihr Herz galoppierte geradezu.

»Ich bin ziemlich froh, dass du nicht mehr mit diesem
Deppen zusammen bist. Denn dann könnte ich dich nicht
küssen«, flüsterte Justus. Gemeinsam mit den Worten glitt

sein warmer Atem über ihren Hals. Clara öffnete die Augen und blickte in den Sternenhimmel. Sie könnte ewig so liegen bleiben. Unter sich das Wasser, das sanft gegen den Steg schwappte, über sich Justus' angenehm schwerer Körper. Seine Lippen, die am Kragen ihres Schlafanzugoberteils entlangglitten. Seine Hände, die träge über ihren Körper tasteten. Justus löste sich etwas von ihr und sah ihr in die Augen. Seine Fingerspitzen schoben eine Locke hinter ihr Ohr. »Ich hatte das für diesen Sommer nicht geplant, aber es ist schön, mit dir zusammen zu sein. Ich hatte gestern Abend viel Spaß.« Er küsste sie erneut. »Dir beim Kochen zu assistieren hat auch Spaß gemacht. Und das hier …« Noch ein Kuss. »Das ist der Inbegriff einer aufregenden Nacht.« Seine Fingerspitzen glitten unter den Saum ihres Oberteils, strichen federleicht über ihren Bauch, und Clara spürte wieder den Schmetterling, der inzwischen wild mit den Flügeln schlug. »Danke, dass du mir genug vertraust, um mir deine Geschichte zu erzählen.«

Clara erwiderte seine Küsse, fuhr ihrerseits mit den Händen unter sein Poloshirt und an seiner Wirbelsäule hinauf. Sie hatte noch immer nicht ganz verstanden, was an diesem Mann so besonders war, dass sie ihm ihre dunklen Ängste, ihre Sorgen anvertraut hatte, obwohl sie ihn kaum kannte.

»Ich möchte nicht damit aufhören, dich zu küssen«, flüsterte er, während seine Hände unter ihrem Shirt an ihren Seiten hinaufglitten und auf ihren Rippen liegenblieben. Nur Zentimeter von ihren Brüsten entfernt. Ihr Herz hämmerte wie nach einem Hundert-Meter-Sprint. »Komm mit zu mir.« Seine Stimme war die blanke Verführung. Sie wollte nichts mehr, als sich von ihm in sein Schlafzimmer ziehen zu lassen. Was hatte Charlotte angedeutet? Sie solle sich eine heiße Sommeraffäre gönnen? Sie wollte es so sehr, genoss jeden Moment, jede von Justus' Berührungen. Aber was würde Sophie dazu sagen, wenn sie es mitbekam? Sie würde sich noch ungeliebter fühlen, noch weiter aufs Abstellgleis geschoben. Das konnte sie ihrer Schwester nicht antun. »Ich kann nicht«, war alles, was sie herausbrachte. In ihren Worten schwangen all das Bedauern und die Sehnsucht mit, die sie empfand.

»Du willst es nicht, oder du kannst es nicht?« Justus sah ihr in die Augen und strich mit dem Daumen über ihre Wange.

Clara schluckte. »Es geht nicht. Im Moment ist alles so durcheinander. Sophie … und überhaupt.«

»Okay. Damit kann ich leben.« Er lehnte seine Stirn für einen Augenblick gegen ihre. Dann küsste er ihre Nasenspitze. »Du sagst mir Bescheid, wenn es nicht mehr so ein Durcheinander ist.« Seine Lippen glitten über ihre Wange, fuhren über ihren Hals bis zu dem ganz speziellen Punkt hinter ihrem Ohr, der sie erschauern ließ. »Bis dahin werde ich dich auf diesem Steg küssen, streicheln und dir Dinge ins Ohr flüstern, die dir klarmachen, was du verpasst.«

Clara strich durch seine dichten, weichen Haare. »Du willst mich von dir überzeugen, indem du mir zeigst, was mir entgeht?«

»Ich werde alle lauteren und unlauteren Mittel nutzen.« Und genau das tat er, als er sie erneut küsste, als wären sie allein auf der Welt. Claras Probleme, Sorgen und Ängste wurden in dem Strudel aus Emotionen fortgespült, bis sie vergessen hatte, dass sie überhaupt existierten. Justus konnte ihr gefährlich werden, begriff sie. Wenn sie sich auf eine Sommerliebe einließ, lief sie Gefahr, ihr Herz an ihn zu verlieren.

12

Als Clara am nächsten Morgen in die Küche schlich, fühlte sie sich, als hätte sie einen Kater. Die grauen Wolken, die tief und trübe über dem See hingen, taten ihr Übriges zu ihrer Stimmung. Sie war überrascht, Charlotte bereits in ihrem Rollstuhl am Küchentisch sitzen zu sehen. Im Nachthemd, Morgenmantel und Haaren, die noch nichts von Jane Fonda hatten. Clara hob im Vorbeischlurfen die Hand und signalisierte ihrer Großmutter, dass sie noch nicht im Sprachmodus war. Die letzte Nacht hatte sie noch mehr erschöpft als die davor. Erst die Auseinandersetzung mit Sophie, dann ihr Gespräch mit Justus, bei dem sie ihm von Oliver erzählt hatte. Und schließlich die wilde Knutscherei auf dem Bootssteg. Wieder hatte sie viel zu lange mit klopfendem Herzen wach gelegen. Die Gedanken waren in einem unaufhaltsamen Strudel durch ihren Kopf gewirbelt. Die Folge war völlige Übermüdung. Sie steuerte die Kaffeemaschine an und stellte eine Tasse darunter. Dann wartete sie, bis das Licht von Rot auf Grün umsprang und warf eine Kapsel ein. Gierig sog sie die ersten Duftschwaden ein und wartete ungeduldig, bis ihre Tasse vollgelaufen war.

Gnädigerweise hielt sich Charlotte zurück, bis Clare ihren ersten Schluck Kaffee getrunken hatte und das

Koffein begann, in ihren Organismus einzusickern. »Nur weil ich abends diese lustigen Pillen einwerfe, heißt das nicht, dass ich es nicht mitbekomme, wenn Sophie und du streitet.« Sie sah Clara aufmerksam an, ehe sie sich in ihrem Rollstuhl ein wenig zur Seite lehnte, wahrscheinlich um eine etwas bequemere Haltung zu finden. »Also, was war los?«

Clara ließ sich auf den Stuhl ihrer Großmutter gegenüber fallen und stellte die Kaffeetasse auf die weiß lasierte Oberfläche des Tisches. »Sie hat versucht, mir die Erlaubnis für ein Zungenpiercing unterzujubeln.«

Charlotte verzog das Gesicht. »Autsch. Das ist nun wirklich nichts, was wir gutheißen können. Auch wenn ich grundsätzlich dafür bin, Kindern ihre Freiheit zu lassen und ihnen die Chance zu geben, sich zu entwickeln.«

»Das hat mit Freiheit nichts mehr zu tun. Sie will ein Zungenpiercing, weil mich das provozieren würde. Aber dass sie versucht hat, sich meine Unterschrift zu erschwindeln, kann ich ihr wirklich nicht durchgehen lassen.«

»Nein, das kannst du wohl nicht.« Charlotte nippte an ihrem Kaffee. »Vielleicht solltet ihr euch heute Abend ganz in Ruhe zusammensetzen und euch endlich aussprechen. Im Moment komme nicht einmal ich an das Mädchen heran.« Sie stellte ihre Tasse mit Nachdruck auf den Tisch zurück und beugte sich ein wenig vor. »Ihr müsst das hinbekommen, Clara. Ihr seid schließlich Schwestern. Und du, mein liebes Kind, bist in der Verantwortung. Du bist hier die Erwachsene.« In ihren Blick schlich sich Mitgefühl. »Ich weiß, wie hart die ganze Situation für dich ist. Aber Sophie ist ein Teenager, dem das Herz gebrochen wurde.

Sie ist einsam und fühlt sich von der ganzen Welt verraten und im Stich gelassen. Sie wird es nicht schaffen, auf dich zuzugehen.«

»Ich weiß.« Clara zog den Haargummi von ihrem Handgelenk und band ihre Locken zurück. »Ich werde heute Abend versuchen, mit ihr zu reden, in Ordnung? Bis dahin solltest du nichts unterschreiben, was Sophie dir vor die Nase hält.«

Charlotte lächelte, dann schüttelte sie sich leicht und verzog das Gesicht. »Zungenpiercing. Wer kommt denn auf so blöde Ideen?«

»Ich muss gleich zur Arbeit. Kann ich vorher noch etwas für dich tun? Soll ich dir die Haare machen?«, fragte Clara ihre Großmutter.

»Nein. Meine Krankenpflegerin kommt gleich. Und in einer Stunde holen mich meine Freundinnen ab. Wir machen einen Ausflug.« Sie zuckte mit ihrer gesunden Schulter. »Eine Überraschung für mich.«

»Mit dem Rollstuhl?«, fragte Clara alarmiert.

»Sieht ganz so aus.« Ungerührt von der Sorge ihrer Enkelin nippte Charlotte an ihrem Kaffee.

»Findest du das nicht ein bisschen zu früh? Du solltest dich ausruhen. Schonen.« Clara stellte ihre Tasse in die Spülmaschine und drehte sich wieder zu Charlotte um.

»Pah. Ich ruhe mich seit Tagen aus. Ein paar schöne Stunden mit den Mädels lenken mich von den Schmerzen und dem verdammten Rollstuhl ab. Morgen fange ich übrigens wieder an zu laufen. Meine Physiotherapeutin sagt, das Bein muss belastet werden. Also werde ich wahrscheinlich wie eine alte Frau durch die Gegend schleichen.

Aber bis zu dieser Quälerei genieße ich das Leben mit meinen Freundinnen noch ein bisschen. Sie haben offenbar einen sehr attraktiven jungen Mann engagiert, der dafür verantwortlich ist, dass ich gut von A nach B komme«, beruhigte Charlotte sie.

»Na gut. Kneif dem armen Mann nicht in den Hintern.« Sie zwinkerte ihrer Großmutter zu. »Und nimm auf jeden Fall dein Handy mit. Ruf mich an, wenn irgendetwas ist. Jederzeit.«

»Natürlich, mein Schatz. Jetzt schau, dass du zur Arbeit kommst. Ich werfe Sophie erst aus dem Bett, wenn du weg bist. Dann musst du dir die Schnute nicht ansehen, die sie ziehen wird, wenn sie erfährt, dass ich sie heute dazu verdonnere, den Rasen zu mähen.«

Das ließ sich Clara nicht zweimal sagen. Sie holte Charlottes altes Fahrrad aus dem Schuppen und radelte den Uferweg entlang in den Ort. Die dunklen Wolken hingen so tief über ihr, dass sie das Gefühl hatte, sie anfassen zu können, wenn sie die Hand hob. Zusammen mit der drückenden Luft, die sich über dem See zusammenballte, wirkten sie wie Boten, die drohendes Unheil ankündigten.

Diese gedämpfte Stimmung ließ sich auch in den nächsten Tagen nicht vertreiben, obwohl die Stunden verhältnismäßig ruhig vor sich hin tickten. Sophie benahm sich halbwegs erträglich, zumindest solange Charlotte in der Nähe war. Die meiste Zeit hing sie mit Anton auf dem Steg herum. Sie hörten Musik, sahen sich YouTube-Videos auf seinem Handy an, und hin und wieder sah Clara ihre kleine Schwester lachen. Aus vollem Hals und glücklich. Sie war froh, dass Anton sich mit ihr angefreundet hatte. Wenn sie sich nicht täuschte, war er ein kleines bisschen verknallt in ihre Schwester. Wer wusste schon, ob Sophie nicht sogar das Gleiche empfand.

Die Hoffnungen, die Clara darin gesetzt hatte, ihre Schmuckkollektion im Treibgut zu präsentieren, waren hingegen bereits wieder gesunken. Sie schluckte den Kloß in ihrem Hals gemeinsam mit der Enttäuschung hinunter. Keines ihrer Schmuckstücke war bisher verkauft worden. Es nützte nichts, dass sie sich daran erinnerte, dass sie sie erst vor wenigen Tagen in Kommission gegeben hatte. Auf ihre Homepage musste sie erst gar keinen Blick werfen. Auch dort hatte sicher niemand etwas erworben. Verdammt. Clara bemühte sich, nicht sofort wieder in ihre panische Verzweiflung zu verfallen. Sie musste den Leuten eine Chance geben. Die Kunde von ihrer Kollektion musste erst einmal die Runde machen. Immerhin, Kati trug die Ohrringe, in die sie sich verliebt und die sie von ihr gekauft hatte.

Wieder verlief einer der Vormittage im Treibgut zu ruhig für ihren Geschmack und ließ ihr viel zu viel Zeit zum Grübeln. Vermutlich lag es an dem trüben Wetter, das noch immer herrschte und das die Gäste nur tröpfchenweise auftauchen ließ. Die Segelboote der Sommerurlauber legten nur vereinzelt an. Meist holten die Touristen dann nur einen Kaffee und einen Muffin oder ein Sandwich zum Mitnehmen. Claras Gedanken wanderten zu Justus, während sie die Ausstellungsstücke auf der Galerie abstaubte. Sie hatten seit den Küssen auf dem Steg keine Zeit mehr miteinander verbracht. Ein paar Mal war er erst sehr spät nach Hause gekommen. Einmal hatte er von seiner Terrasse herübergewinkt, als sie mit Charlotte einen Kaffee auf der Veranda getrunken hatte. Aber es hatte keine Küsse mehr gegeben. Keine Berührungen, die in der Lage waren, ihre Haut in Flammen zu setzen.

Als jemand das Café betrat, blickte Clara über das Geländer der Galerie nach unten und war erstaunt, Sophie neben dem Tisch stehen zu sehen, der aus einer alten Tür auf zwei Holzböcken bestand. Neugierig blickte ihre Schwester sich um. Sie trug schwarze, an den Oberschenkeln und Knien völlig zerfetzte Jeans und ein schwarzes, bauchfreies Spitzentop, das den Blick auf ihren BH freigab und wunderbar zu ihrem Grufti-Make-up passte. An ihrem Arm hing ein Motorradhelm. Verdammt! Das Mädchen war noch nicht einmal fünfzehn Jahre alt.

Aber etwas war heute anders an ihr. Clara blinzelte, als sie die knarzende Treppe ins Erdgeschoss hinunterstieg. Tatsächlich. Ihre Schwester lächelte und sagte gut gelaunt: »Hey!«

Kati, die beim Klingeln der Türglocke aus dem Hinterzimmer gekommen war, trat hinter dem Tresen hervor und sagte mit einem neugierigen Ausdruck in den Augen »Hallo«.

»Kati, das ist meine Schwester Sophie. Sophie, meine Chefin«, stellte Clara die beiden einander vor.

»Schön, Sie kennenzulernen«, purzelten die Worte in vollendeter Höflichkeit über Sophies Lippen – und Claras Nackenhaare stellten sich auf.

»Was können wir für dich tun, Sophie?«, fragte Kati. »Möchtest du dich mal im Laden umsehen?«

Claras Schwester schüttelte den Kopf. »Nein. Ich bin mit Anton hier. Er fährt mich mit seinem Motorrad nach Ludwigshafen. Ich muss dringend zum Friseur.«

Clara warf einen Blick auf den nicht vorhandenen Farbansatz auf Sophies Kopf. Sie war sich sicher, dass sie ihre Haare bis jetzt immer selbst gefärbt hatte. Zumindest glaubte sie sich daran zu erinnern, wie Lena ihre Schwester verflucht hatte, weil Sophie die cremefarbenen Markenhandtücher dafür missbraucht hatte und das Bad danach aussah, als wäre die Patrone eines Tintenstrahldruckers explodiert. »Solltest du nicht in Charlottes Gemüsegarten das Unkraut jäten?«

Sophie winkte ab. »Längst erledigt. Kannst du mir ein bisschen Geld geben?« Sie blickte fast schüchtern unter ihren langen Wimpern zu Clara auf.

»Wie viel brauchst du denn?«

Sophie zuckte mit den Schultern. »Hundertfünfzig wären schon gut.«

Clara schluckte. Friseurbesuche waren kein Schnäppchen. Aber hundertfünfzig Euro waren ein Haufen Geld für jemanden, der praktisch pleite war. »Was willst du denn machen lassen?«, fragte sie deshalb.

»Ich weiß nicht. Vielleicht mal eine andere Farbe ausprobieren.«

»Warte kurz.« Clara holte ihren Geldbeutel aus ihrer Umhängetasche im Hinterzimmer und gab ihrer Schwester den gewünschten Betrag. Damit blieben fünfzehn einsame Euro in ihrem Portemonnaie. »Falls was übrigbleibt, gib es mir zurück«, sagte sie.

»Danke.« Sophie umarmte Clara, küsste sie auf die

Wange und drehte sich zur Tür um, während sie die Scheine in die Tasche ihrer zerfetzten Jeans stopfte.

»Hey«, rief Kati ihr hinterher, und Sophie wandte sich noch einmal zu ihnen um. »Deine Großmutter hat erzählt, dass du ziemlich gut zeichnen kannst. Wenn du Lust hast, bring mal ein paar Bilder vorbei.«

»Ja, vielleicht mache ich das mal.« Mit einem breiten Grinsen im Gesicht stürmte Sophie aus dem Café. Anton saß auf seinem Motorrad und warf einen Blick in Richtung Treibgut. Als er Clara durch das Fenster entdeckte, senkte er den Kopf. Das Visier seines Helms war hochgeklappt, aber sie konnte seinen Gesichtsausdruck darunter nicht wirklich deuten. Allerdings glaubte sie, einen Hauch von Schuldbewusstsein durch seine Züge huschen zu sehen. Ihre Schwester schob sich den Helm über die schwarzen Strähnen und stieg hinter ihm auf, er trat die Maschine an und gab Gas. Clara sah ihnen nach, bis sie die beiden nicht mehr sehen konnte. Dann rieb sie sich über den Nacken, der noch immer prickelte. Irgendetwas stimmte ganz und gar nicht. Sophie war seit Monaten eine gemeine Hexe. Und kurz nach ihrem heftigen Streit wegen ihres Piercings mutierte sie plötzlich zur perfekten kleinen Schwester.

»Was ist los?«, fragte Kati, als sie neben sie trat und ebenfalls einen Blick nach draußen warf. »Alles in Ordnung?«

»Ich weiß auch nicht. Meine Schwester und ich geraten in letzter Zeit immer wieder ziemlich heftig aneinander. Unser letzter großer Krach ist erst ein paar Tage her. Sie hat geschmollt wie eine Dreijährige. Und heute ist sie plötzlich die Liebenswürdigkeit in Person.«

»Du meinst …« Kati sprach ihren Gedanken nicht aus.

»Sie wollte meine Erlaubnis, um sich ein Piercing stechen zu lassen, und die hat sie nicht bekommen. Und sie hat schon einmal Unterschriften gefälscht, um sich selbst Entschuldigungen für die Schule auszustellen«, überlegte Clara laut.

Ihre Chefin zog die Augenbrauen so hoch, dass sie unter ihren schwarzen Ponyfransen verschwanden. »Das ist für jemanden mit Zeichentalent vermutlich auch kein großes Problem.«

»Verdammt! Du hast recht.«

Kati stieß mit ihrer Schulter kameradschaftlich gegen ihre. »Na los, hau schon ab. Hier ist heute sowieso nicht viel los. Das schaffe ich alleine. Du hast ja doch keine ruhige Minute, solange du nicht weißt, was deine Schwester vorhat.«

»Danke, Kati.« Sie zog die Tür auf, drehte sich dann aber noch einmal um und umarmte ihre Chefin kurz. »Ich hole die Arbeitszeit wieder rein. Versprochen.«

Kati zwinkerte ihr zu. »Das bekommen wir schon hin.«

Clara schnappte sich ihr Fahrrad und raste nach Hause. Einmal mehr ließ sie das Rad vor Charlottes Haus einfach auf die Wiese fallen. Sie würde es später aufräumen. Hektisch fummelte sie ihren Autoschlüssel aus der Umhängetasche. Rosti zierte sich im ersten Moment ein wenig, doch nach einem bittenden »Komm schon, komm schon« erwachte der alte VW-Bus stotternd zum Leben.

Sophie und Anton hatten Vorsprung, aber bis Ludwigshafen waren es nur ein paar Kilometer. Sie bretterte so schnell durch Bodman, wie es ihr Gewissen zuließ, durch die Aach und schließlich auf die Verbindungsstraße zwischen Espasingen und Ludwigshafen. Zunächst konnte sie die beiden nicht entdecken. Sie dachte einen Moment darüber nach, ihrer Schwester doch genug Vertrauen entgegenzubringen, es zunächst in den drei Friseurgeschäften zu probieren, die es hier gab. Doch dann fiel ihr Antons Motorrad auf einmal ins Auge. Es war an der Seite der Metzgerei abgestellt, die gemeinsam mit dem Bäcker und einem Tattoostudio eine Ladenzeile bildete.

Clara stieg auf die Bremse und ließ ihren Bus verkehrswidrig am Straßenrand stehen. Mit wenigen Sätzen hatte sie den Gehweg überquert und stieß die Tür des Tattooshops so heftig auf, dass nicht nur das altmodische Glöckchen über der Tür ganz aufgeregt zu klingeln begann, sondern die Tür auch mit einem saftigen Knall gegen die Wand schlug. Hoffentlich hatte sie nicht gerade einen Tätowierer oder Piercer bei der Arbeit so erschreckt, dass er sich verstochen hatte, ging es ihr durch den Kopf. Als aber Sophie und Anton entsetzt zu ihr herumfuhren, verschwanden die Schuldgefühle auf der Stelle. Ihre Schwester und der Nachbarsjunge standen an einem Tresen, an dem unzählige Fotografien von Körperkunstwerken klebten, die Clara einen kalten Schauer über den Rücken jagten. Hinter dem abgewetzten Stück Holz erhob sich die Gestalt eines sehr – sehr – großen und massigen Mannes. Er hatte eine Glatze und genug Piercings, dass es klapperte, als er aufsah. Allein auf dem Teil seines Körpers, den sie sehen konnte, prangten mehr Tattoos, als auf ihrem Körper je Platz gehabt hätten. Aus zusammengekniffenen Augen musterte er Clara einmal von oben nach unten und wieder zurück. Ihr wurde bewusst, wie sie vermutlich aussehen musste. Ihre Haare vom Fahrradfahren völlig zerstrubbelt. Die Wangen gerötet, was aber eher am Zorn auf ihre kleine Schwester lag. »Gibt's ein Problem, Lady?«, fragte er in einem tiefen, bedrohlichen Tonfall.

Clara konnte er damit nicht beeindrucken. Sie war auf einer Mission. »Und ob es das gibt«, erwiderte sie und zog das Blatt Papier vom Tresen, das Sophie offenbar gerade dort abgelegt hatte. Sie hielt es dem Typen unter die Nase und funkelte ihn wütend an. »Dieses Mädchen hier«, sie zog Sophie neben sich. »Ist vierzehn Jahre alt. Ich bin im Moment ihr Vormund, und die Unterschrift auf der Erlaubnis stammt ganz sicher nicht von mir.«

Für einen Moment schwieg der Tätowierer. Stumm blickte er zwischen Clara und den Teenagern hin und her.

»Ich hab dir gesagt, dass das eine Scheißidee ist«, hörte sie Anton flüstern. Womit er sowas von recht hatte.

»Raus«, sagte der Tätowierer schließlich leise. Seine Lippen bewegten sich kaum, als er sprach. Aber seine Körperhaltung glich einer ernstzunehmenden Drohung. »Raus hier«, wiederholte er. »Lasst euch nie wieder auch nur in der Nähe meines Studios blicken.«

Anton machte einen vorsichtigen Schritt rückwärts, ohne ihn aus den Augen zu lassen. Clara hingegen umfasste Sophies Oberarm und zog sie aus dem schummrig beleuchteten Raum ins Freie. Sie nahm ihrer Schwester den Helm aus der Hand und knallte ihn Anton, der die Tür des Studios so vorsichtig zugezogen hatte, als befände sich dahinter hochexplosives Material, vor die Brust. »Meine Schwester fährt mit mir nach Hause«, informierte Clara ihn und zerrte Sophie zu Rosti. Sie öffnete die Beifahrertür und wartete darauf, dass ihre Schwester einstieg. Was sie mit einem mörderischen Blick auch tat, nachdem sie sich unwirsch aus ihrer Umklammerung befreit hatte.

Sobald sie saß, knallte Clara die Wagentür zu, sprang hinter das Steuer und fuhr nach Bodman zurück.

Ehe sie noch unter den Trauerweiden vor dem Haus ihrer Großmutter den Motor abstellen konnte, war Sophie bereits aus dem Wagen gesprungen und unter den tief hängenden Zweigen der Bäume hindurchgetaucht. Als Clara ihre Autotür zuschlug, polterten die Füße ihrer Schwester bereits über die Bohlen des Stegs. Das süße, freundliche Mädchen, das vor einer Stunde im Treibgut aufgetaucht war, war verschwunden. Der Wind hatte aufgefrischt und wehte ihr die langen schwarzen Strähnen um den Oberkörper. Die Arme hatte sie vor der Brust verschränkt und das Gesicht zu einer wütenden Fratze verzogen. Das Ebenbild eines Monsters.

Aber Clara fühlte sich gerade nicht viel beherrschter und zurückhaltender als Sophie. »Bist du völlig durchgeknallt?«, brüllte sie, als sie ihrer Schwester hinterherstürmte. Sie hielt ihr das Blatt mit ihrer gefälschten Unterschrift vor die Nase und wedelte wütend damit herum. »Hast du es bei unserer letzten Diskussion nicht begriffen? Du. Lässt. Dir. Kein. Piercing. Stechen.«

»Das geht dich überhaupt nichts an.« Sophies Stimme überschlug sich.

»Es geht mich, verdammt noch mal, etwas an, wenn du dazu meine Unterschrift fälschst und mein Geld benutzt. Verdammte Scheiße! Verdammte!« Sie musste dringend an ihrem Schimpfwörtervokabular arbeiten. Sogar ihr Fluchen löste bei ihrer Schwester dieses geringschätzige Hochziehen des rechten Mundwinkels aus.

Mit einer plötzlichen Bewegung riss ihr Sophie die Erlaubnis aus der Hand, zerknüllte sie und warf sie mit aller Kraft auf den See hinaus. Eine Böe erfasste das Papier und katapultierte es zurück in Richtung Land. Es verfing sich in den Halmen des Schilfgrases. »Problem gelöst, oder?« Sie rempelte Clara grob an der Schulter an und versuchte, sich an ihr vorbeizudrängen.

Clara packte ihre Schwester abermals am Arm und versuchte, sie festzuhalten. Offenbar hatten die Umstände das klärende Gespräch, das sie irgendwann mit ihr hatte führen wollen, vorverlegt. Es würde alles andere als entspannt stattfinden. Aber das war Clara egal. Sie hatte die Nase gestrichen voll von den Eskapaden ihrer Schwester.

»Du tust mir weh«, fauchte Sophie und versuchte, sich aus dem Griff zu befreien. Ihre Augen schimmerten wie die einer Mangafigur, kurz bevor die Tränen überliefen. Clara ließ sie los, über sich selbst erschrocken. Sie war noch nie so grob zu ihrer Schwester gewesen, hatte sie noch nie so behandelt. Augenblicklich verpuffte ihre Wut. »Das muss endlich aufhören.« Claras Stimme ähnelte mehr einem Flehen denn einem Befehl. Erneut wünschte sie sich, wenigstens einmal Lenas Durchsetzungskraft zu haben.

»Was muss aufhören?« Sophie schubste Clara so heftig, dass sie das Gleichgewicht verlor. »Ich muss mit gar nichts aufhören. Du kannst mir nichts vorschreiben.« Ihre Stimme überschlug sich. Die Tränen begannen in einem Maskarastreifen über ihr Gesicht zu laufen.

»Ich bin für dich verantwortlich«, versuchte Clara es mit

Vernunft. Langsam hatte sie sich wieder gut genug im Griff, um die Logik und den Verstand ihren Job tun zu lassen.

»Verantwortlich! Alter! Du interessierst dich doch überhaupt nicht für mich. Ich bin nur eine beschissene Last.«

»Was redest du denn da?« Clara wollte Sophie beruhigend über die Schulter streichen, doch sie duckte sich weg und schubste Clara noch einmal. Wutentbrannt und mit mehr Kraft, als man in ihr vermutet hätte. Mit wesentlich mehr Kraft, als Claras bereits aus dem Gleichgewicht gebrachter Körper ausbalancieren konnte. »Gib es doch zu«, schrie Sophie, während Clara mit rudernden Armen noch vergeblich versuchte, stehen zu bleiben. »Du wärst doch froh, wenn es mich überhaupt nicht gäbe.«

Die Worte begleiteten Claras kurze Flugphase und hallten noch in ihrem Kopf wider, als ihr Körper auf die Wasseroberfläche traf. Ihre Kleider zogen sie nach unten. Der See war an dieser Stelle nicht tief. Ihre Füße berührten den Grund, und sie stieß sich ab. Als sie die Wasseroberfläche erneut durchbrach, war Sophie verschwunden. Der Steg lag still und verlassen vor ihr, als hätte es das Drama, das sich gerade darauf abgespielt hatte, überhaupt nicht gegeben. Die Vögel sangen fröhlich in den Bäumen, und ein Sonnenstrahl schaffte es, sich für einen Moment durch die dunklen Wolken zu schieben. Was für ein Hohn, dachte Clara bitter.

Wohin war das kleine Mädchen verschwunden, das sich mit Vorliebe auf ihren Schoß gekuschelt hatte, egal ob sie gerade einen Ring schliff oder ein Märchen vorlas? Sie hatten zusammen gebastelt, gesungen, getanzt. Clara sehnte sich danach, die Zeit zurückdrehen zu können. Ihrer

Schwester war es mit Sicherheit nicht klar, aber auch sie brach ihr das Herz. Bei jedem ihrer fiesen Angriffe von neuem. Clara ließ sich abermals in die Schwerelosigkeit unter der Wasseroberfläche sinken. Ihre Füße hatten den Grund aufgewühlt und ihre Umgebung damit in ein undurchsichtiges Grüngrau verwandelt. Trotzdem blieb sie unter der Oberfläche, bis die Atemnot sie zurück an die Luft zwang. Sie breitete die Arme aus und ließ sich einfach treiben, blickte in den bleigrauen Himmel hinauf. Die Tränen, die an ihren Schläfen hinabtropften, mischten sich mit dem See um sie herum. Clara hatte keine Ahnung, wie lange sie im Wasser lag, aber ihr war klar, dass sie nicht ewig hier bleiben konnte. Mit ein paar müden Schwimmzügen glitt sie ans Ufer. Schließlich wollte sie nicht noch aus Versehen von jemandem für eine Wasserleiche gehalten werden.

Außerdem war ihr inzwischen ziemlich kalt. Mit klappernden Zähnen zog sie sich die Uferböschung hinauf und schleppte sich zu Charlottes Haus. Sie war froh, dass ihre Großmutter einen Termin bei der Physiotherapie hatte und anschließend mit ihren Freundinnen in einem Café verabredet war. Anstatt den Flur mit ihrer tropfenden Kleidung unter Wasser zu setzen, zog sie sich vor der Tür bis auf die Unterwäsche aus und wrang ihre Klamotten ebenso wie ihre Haare aus. Dann hängte sie alles im Bad auf und stellte sich unter den heißen Duschstrahl, bis sie sich wieder einigermaßen aufgewärmt fühlte. Anschließend rieb sie mit einem Frotteetuch über ihre Haut, nicht nur, bis sie trocken war, sondern bis die Durchblutung zurückkehrte. In einen ihrer Lieblingsschlafanzüge gekuschelt, schlüpfte sie in ihr Bett. Kati würde sie heute nicht zurückerwarten, und Charlotte hatte Gesellschaft. Und Sophie. Wer wusste schon, wo Sophie steckte.

Sie starrte blind zur Decke und fühlte einmal mehr die Hilflosigkeit. Was sollte sie nur tun? Lena interessierte sich im Moment nicht für die Probleme anderer. Okay, das tat sie nie, aber jetzt war sie auch noch zigtausende Kilometer entfernt. Sissi würde ihr sicher gern helfen, hatte aber definitiv nicht die richtigen Tipps zum Thema Teenagererziehung parat. Damit blieb nur Charlotte. Sie war Claras letzte Hoffnung. Wenn ihre Großmutter nicht weiterwusste, dann …

* * *

Justus begleitete Dr. Brombach aus der Bootsmanufaktur. Der Herzchirurg, der ihm nicht besonders sympathisch war, schaute in regelmäßigen Abständen vorbei, um sich persönlich von den Fortschritten zu überzeugen, die der Bau seiner Yacht machte. Brombach behandelte ihn, genau wie seine Mitarbeiter, von oben herab, was nicht untypisch war für diese Sorte von Kunden. Viel zu oft war er in seinem Leben auf einen ähnlichen Typ Mensch gestoßen. Immerhin hatte Brombach sich über die Jahrzehnte eine dermaßen goldene Nase verdient, dass er inzwischen nur noch pro bono arbeitete und Hilfsprojekte unterstützte. Ein Pluspunkt, der die Arroganz des Arztes aber auch nicht aufwog. Als sie auf den Hof traten und sich zum Abschied die Hand schüttelten, entdeckte Justus Anton, der am alten Bootsschuppen lehnte. Er wartete, bis sich der Staub legte, den der Arzt und sein Luxusschlitten aufwirbelten. Dann zog er die Augenbrauen nach oben, blieb mit in die Hüften gestützten Händen stehen und wartete. Anton stieß sich von der verwitterten Holzwand ab und schlurfte im Schneckentempo zu ihm herüber.

»Was ist los?«, wollte Justus wissen. »Suchst du einen Job? Ich könnte einen Abschleifer gebrauchen. Stupide Arbeit, schlechte Bezahlung, aber jede Menge Hard Rock und Metal auf die Ohren.«

Anton verzog das Gesicht. Dass ihn Justus' Spruch nicht zum Lachen brachte, war zumindest etwas alarmierend. »Anton, was ist passiert?«, fragte er geradeheraus.

»Ich glaube, wir haben Mist gebaut«, murmelte der Junge. »Ich und … Sophie.«

Justus schob die Hände in die Taschen seiner Jeans und ließ seinen Blick über den See schweifen, der unter der dicken Wolkendecke fahl und grau vor ihnen lag. »Du baust normalerweise keinen Mist. Also unterstelle ich jetzt einfach mal, dass Sophie dich überredet hat, dir zu helfen, bei was auch immer sie ausgefressen hat.«

»Naja.« Anton scharrte mit der Spitze seines verdreckten Chucks Linien in den Kies. »Kann schon sein.« Er hob seine gesenkten Lider ein wenig und sah zu Justus auf. Ein Mitleid erregender Anblick.

Justus unterdrückte ein Seufzen. Er lebte erst seit dreieinhalb Monaten in Bodman. Wann war er zu einer Mischung aus großem Bruder und Freund für diesen Jungen geworden? »Was habt ihr angestellt?«

»Sophie war der Meinung, dass sie unbedingt ein Zungenpiercing braucht.«

Justus' Nackenhaare stellten sich auf. Zu lebendig waren die Bilder von neulich Abend. Clara und er am Steg. Ihr

Ärger über den Versuch ihrer Schwester, ihr das Erlaubnisformular unterzujubeln. Die höllisch heißen Küsse danach hatten sein Denkvermögen zwar beeinflusst, aber trotz allem nicht dafür gesorgt, dass er etwas von ihren Geschichten vergessen hatte. Sophies dreisten Versuch ebenso wenig wie das, was Clara über ihren bescheuerten Exfreund erzählt hatte. »Und du warst der Meinung, dass das eine super Idee wäre?«, wollte er von Anton wissen.

Der Junge lief knallrot an. »Sophie hat mir erzählt ... also sie hat gesagt ... du weißt schon!« Er wedelte mit den Händen.

»Dass das ziemlich heiß ist beim Küssen?«, half Justus ihm auf die Sprünge.

»Ja, Mann.« Anton senkte sein bis zu den Haarwurzeln glühendes Gesicht.

»Und sie hat dir ein paar dieser Küsse versprochen?« Justus war wirklich kein Sadist, aber ein bisschen Spaß machte es schon, Anton zu quälen.

Der zuckte nur die Schultern, was sich durchaus als Ja interpretieren ließ.

»Ich vermute, die Sache ging nicht gut aus. Clara hat mir schon erzählt, dass Sophie versucht hat, sie reinzulegen.«

»Auf dem Bootssteg?« Der Ansatz eines Grinsens schlich sich in Antons Mundwinkel. »Ich habe euch gesehen. Beim *Reden*.« Er betonte das letzte Wort, und Justus musste sich beherrschen, um nicht ebenfalls rot anzulaufen.

»Nicht dass dich das etwas angehen würde«, beendete er jeden Gedanken an ein Gespräch in diese Richtung. »Erzähl mir lieber, was genau passiert ist.«

»Sophie hat versucht, ihre Schwester zu überzeugen. Als

das nicht geklappt hat …« Anton erzählte, wie sie Claras Unterschrift gefälscht hatte, bei ihrer Schwester Geld schnorrte und er sie mit dem Motorrad nach Ludwigshafen gefahren hatte. Sein Bericht endete damit, dass Clara wie eine Furie in das Tattoostudio stürmte. Oh ja, dachte Justus und fuhr ganz automatisch über die Stelle an seiner Stirn, an der die Beule, die sie ihm verpasst hatte, inzwischen abgeschwollen war. Das konnte er sich nur zu gut vorstellen. Clara war also wieder in ihren Amazonen-Modus gewechselt. Der Tätowierer zitterte wahrscheinlich immer noch.

»Sie hat Sophie mitgenommen«, beendete Anton seine Geschichte. »Ich habe mich nicht gleich zurückgetraut. Du kannst es dir nicht vorstellen, Justus, aber Clara war *echt* sauer. Irgendwie hatte ich Schiss, dass sie sich mich auch noch vorknöpft, wenn sie mich zwischen die Finger bekommt. Und darauf hatte ich mal so gar keinen Bock. Clara kann ganz schön …« Er suchte nach dem richtigen Wort. »Furchteinflößend sein«, brachte er es schließlich auf den Punkt.

»Das kann sie«, stimmte Justus ihm zu. »Du weißt nicht, was passiert ist, nachdem sie weggefahren sind?«

»Nicht wirklich. Sie haben sich gefetzt, nehme ich an. Das machen sie ja eh ständig. Claras VW-Bus steht auf dem Parkplatz, und von ihnen ist nichts zu sehen.« Er kratzte sich unbehaglich hinter dem Ohr. »Allerdings fehlt Charlottes Boot.«

»Dann sind sie vielleicht rausgefahren, um miteinander zu reden. Oder eine von ihnen, die ihre Ruhe vor der anderen haben wollte«, überlegte Justus laut.

»Kann sein. Das Problem ist, ich habe mir das Boot neulich ausgeliehen. Hey«, ging Anton auf Justus' hochgezogene Augenbrauen hin sofort in Verteidigungshaltung. »Charlotte hat gesagt, ich kann es jederzeit nehmen.« Er zuckte mit den Schultern. »Ich war auf dem See und habe ein paar Fotos gemacht. Als ich das Boot zurückgebracht habe, war der Tank fast leer. Ich wollte Benzin nachfüllen, habe es aber vergessen. Und wenn sie jetzt rausgefahren sind, sind sie sicher irgendwo liegen geblieben.«

Justus schaute ganz automatisch in den Himmel. Das Wetter war heute kein Traum, aber es war trocken, und ein Unwetter zog auch nicht auf. Solange Clara oder Sophie ruhig im Boot sitzen blieben und keine Panik bekamen, passierte ihnen nichts. »Okay«, sagte er. »Ich kümmere mich darum.«

»Ich komme mit.«

»Du«, Justus bohrte dem Teenager den Finger in den Brustkorb, »gehst nach Hause. Für einen Tag hast du genug ausgefressen.«

Justus kehrte in die Werft zurück und gab Bernhard Bescheid, dass er kurz wegmusste. Dann schnappte er sich einen Kanister Benzin und kehrte zum alten Bootsschuppen zurück. Anton lungerte noch immer hier draußen herum. »Du sollst nach Hause verschwinden, habe ich dir gesagt«, erinnerte Justus ihn und suchte an seinem großen Schlüsselbund den für das Vorhängeschloss heraus. Nachdem er die Tür geöffnet hatte, trat er in das halbdunkle Innere. Seine Augen brauchten einen Moment, sich an das fehlende Licht zu gewöhnen.

Der Schuppen war über dem Wasser gebaut worden und hatte früher als Winterquartier für die Boote der Brandstetters gedient. Inzwischen beherbergte er nur noch ein altes Ruderboot, drei Kajaks und das Lieblingsspielzeug aus den Jugendtagen seines Freundes – einen knallroten Jetski. Justus löste die Vertäuung, schob die Sicherheitsleine über sein Handgelenk und startete den Motor. Er sprang an, ohne zu mucken, und schnurrte wie ein Kätzchen. Justus hob den Benzinkanister vor sich und lenkte den Jetski durch das Bootstor auf den See hinaus.

Er hatte keine Ahnung, wohin Clara und Sophie gefahren sein könnten, also fuhr er ein Stück auf das Wasser hinaus. Die Ufer lagen hier nicht so weit auseinander, sodass er sehen konnte, dass kein Motorboot zwischen Bodman und Ludwigshafen vor sich hindümpelte. Er beschloss, das Seeufer zwischen den beiden Städten systematisch abzufahren. Wenn er die Schwestern so nicht fand, würde er in Richtung Untersee weiterfahren. Mit einem fast leeren Tank konnten sie nicht weit gekommen sein.

Er brauchte nur eine Viertelstunde, bis er Charlottes Motorboot unter einigen Trauerweiden, die ihre Äste über das Wasser schleifen ließen, ausmachte. Auf der gepolsterten Sitzbank hockte nur eine zusammengesunkene Gestalt. Die Prinzessin der Finsternis. Vorsichtig lenkte er den Jetski neben das Mädchen. Ein paar Blesshühner, die sich dem Boot neugierig genähert hatten, stoben bei dem Lärm seines Motors schimpfend davon.

Sophie blickte auf und wischte mit den Handballen über ihr verheultes, von Make-up verschmiertes Gesicht.

»Oh, Entschuldigung«, sagte Justus. »Ich dachte, in dem Boot sitzt eine Freundin von mir. Ich wusste nicht, dass es von einem Waschbären geentert wurde.«

Sie rollte mit den Augen. Ihr Mundwinkel verzog sich allerdings zum Hauch eines Lächelns. »Ich sehe scheiße aus«, sagte sie mit einer Stimme, die so rau war, dass Justus sich sicher war, dass sie eine ganze Weile geweint hatte.

Insgeheim schalt er sich einen Idioten. Er hätte Wasser mitnehmen sollen. Sie hatte bestimmt schrecklichen Durst. »So schlimm ist es nicht«, log er, als Sophie begann, unter ihren Augen herumzureiben. Womit sie das Chaos in ihrem Gesicht nur verschlimmerte.

»Das Boot ist einfach nicht weitergefahren«, brachte sie kleinlaut heraus.

»Was daran liegt, dass der Tank leer ist.« Justus hob den Kanister an. »Darf ich rüberkommen?«

»Na klar.« Sophie rutschte zur Seite und brachte das Boot bedenklich zum Schwanken.

»Bleib ruhig sitzen, okay? Wir wollen die Kiste ja nicht zum Kentern bringen.« Er löste die Sicherheitsleine des Jetski von seinem Handgelenk und reichte ihr das Seil. Dann balancierte er auf das Motorboot hinüber und füllte den Tank auf. Als er fertig war, setzte er sich neben Sophie und blickte durch den Vorhang aus Weidenzweigen auf den See hinaus. Wahrscheinlich war es für sie einfacher zu reden, wenn sie ihn nicht direkt ansehen musste. Und er war sich sicher, reden wollte sie. »Willst du es mir erzählen?«, fragte er schlicht.

»Warum sollte ich? Du hasst mich doch auch«, stellte sie leise fest. Ganz anders als die kleine Rebellin, die sie optisch darzustellen versuchte, klang sie jetzt wie ein kleines, unsicheres und vor allem einsames Mädchen.

»Hassen? Nein, ich finde deinen Musikgeschmack ziemlich daneben. Und bei der der Wahl deiner Klamotten hast du offensichtlich auch kein besonders gutes Händchen.« Er stieß mit seinem Arbeitsschuh gegen ihre klobigen Doc Martens. »Von deiner Vampirschminke und dem ständig schlecht gelaunten Ausdruck im Gesicht ganz zu schweigen«, führte er die Aufzählung fort. Und erntete abermals den Hauch eines Lächelns, das er aus dem Augenwinkel wahrnahm. »Ganz ehrlich. Du kannst echt nervig sein. Aber du bist nicht hassenswert.«

»Meine Schwester hasst mich.«

»Welche?«, wollte Justus wissen.

Sophie gab ein hässliches Schnarren von sich. »Lena wohl kaum. Sie ist viel zu sehr mit sich selbst beschäftigt, als dass sie noch irgendetwas anderes wahrnimmt. Ich meine Clara.« Sie zuckte die Schultern, die auf einmal wahnsinnig schmal und zerbrechlich wirkten. »Clara hasst mich.«

»Sophie.« Justus sah das Mädchen an und wartete, bis es ihm den Kopf zudrehte. Was eine ganze Weile dauerte. »Clara liebt dich. Sie liebt dich so sehr, dass es ihr jedes Mal das Herz zerreißt, wenn du eine deiner bescheuerten Aktionen durchziehst.«

Sie gab dieses wenig damenhafte Schnarren ein zweites Mal von sich. »Du hast überhaupt keine Ahnung«, belehrte sie ihn und sah wieder nach vorn. Eine Weile schwiegen sie, dann schien Sophie die Stille nicht mehr auszuhalten. »Früher hat sie mich vielleicht geliebt. Das glaube ich zumindest.« Die Unsicherheit des kleinen Mädchens war zurück. Sie verschränkte die Arme vor der Brust, als wollte sie sich selbst schützen. »Als meine Mutter gestorben ist, war Clara immer für mich da. Und dann, auf einmal, hatte sie keinen Bock mehr auf mich. Ich sitze bei Lena fest, und Clara hat keine Zeit mehr. Angeblich musste sie ständig arbeiten. Dann ist sie umgezogen, und ich konnte nicht mehr bei ihr übernachten. Schließlich hat sie es nicht einmal mehr fertiggebracht, zu diesen lahmen Sonntagsessen zu kommen. Bei denen alles scheiße schmeckt, wenn Lena es kocht. Immer muss sie angeblich kellnern oder einen Schmuck-Kurs geben. Sie hasst mich. Sie interessiert sich nicht mehr für mich.« Sophie warf Justus einen Seitenblick zu. »Ehrlich!«, bekräftigte sie ihre Worte. »Eine andere Erklärung dafür gibt es nicht.«

Justus ließ Sophies Worte einen Moment auf sich wirken. »Hmm«, sagte er schließlich und hielt seine Hand über die Reling des Bootes in die leichten Wellen. »Ich wäre mir da nicht so sicher. Hat Clara wirklich nie etwas mit dir unternommen? Hat sie sich nie mit dir getroffen? Dir regelmäßig Nachrichten und Fotos geschickt?«

»Wenn sie sich verpflichtet gefühlt hat, wahrscheinlich schon«, gab das Mädchen zu.

»Hast du jemals daran gedacht, dass Clara Geld verdienen muss, um ihre Wohnung bezahlen zu können? Dass sie irgendetwas essen muss? Benzin für ihr Auto braucht?«

Wieder schwieg Sophie eine Weile. »Du nimmst sie in Schutz. Aber du bist auch scharf auf sie, oder?«

Justus biss sich auf die Innenseite seiner Wange, um nicht laut loszulachen. Diese Ritter-Schwestern hatten keine Ahnung, wie ähnlich sie sich waren. Immer geradeheraus und kein Blatt vor den Mund nehmen – außer es ging um die jeweils andere Schwester. Er mochte das. Und er würde

Sophie nicht belügen, nur weil sie das achtzehnte Lebensjahr noch nicht vollendet hatte. »Das stimmt«, sagte er. »Ich bin scharf auf sie.«

»Krass. Ich meine, sie hat dich niedergeschlagen und so.« Jetzt betrachtete sie ihn mit einer Art angewiderter Faszination.

Justus ließ sich davon nicht beeindrucken. »Vielleicht hat die Bratpfanne mein Gehirn zu sehr durcheinandergeschüttelt.« Er grinste, wurde dann aber wieder ernst. »Ich sage dir, woran es liegt. Deine Schwester ist eine sehr faszinierende Frau. Klug und schön. Aber vor allem ist sie loyal. Sie liebt dich, Sophie. Sie kämpft wie eine Löwin um dich und deine Zuneigung. Du hingegen verletzt sie pausenlos. Mit Absicht. Ich nehme Clara nicht in Schutz, weil ich was von ihr will. Ich sage dir nur, was ich zwischen euch beiden beobachte. Und ich verstehe euch beide, das kannst du mir glauben.«

»Was weißt du denn schon?«, unterbrach Sophie seinen Monolog. Sie versuchte, aufbrausend zu klingen, ihre Worte klangen aber eher erschöpft.

»Clara hat mir gestern Abend ein wenig von eurem Leben in Stuttgart erzählt. Ich kann dir also eines versichern: Du bist nicht das Problem.«

»Was ist es denn dann?« Sophie klang, als müsse sie sich überwinden, diese Frage auszusprechen. Die Antwort könnte schließlich ihren kleinen, selbstgerechten Feldzug gegen ihre Schwester in Frage stellen.

»Dieser Exfreund von ihr. Oliver.«

»Pff.« Sophie winkte ab. »Olli ist ein dämlicher Idiot. Den nimmt doch keiner ernst. Naja, außer er sich selbst. Er glaubt, er sei ein zweiter Picasso oder so ein Scheiß. Aber hallo! Er ist abgehauen und mit so einer alten Tussi zusammen, nur weil sie Geld hat. Das sagt doch alles.«

»Aber vor dieser alten Tussi war er Claras Freund«, sagte Justus leise.

»Clara kann froh sein, dass sie ihn los ist. Der war doch nie im Leben gut genug für sie. Das weiß doch jeder.«

»Und du glaubst, das ist so einfach?«, fragte er, anstatt ihre Aussage zu kommentieren.

Sophie biss sich auf die Unterlippe. »Das ist die Wahrheit«, beharrte sie. »Und die sieht ja wohl ein Blinder.«

»Warum, denkst du, war Clara so lange mit diesem Typen zusammen?« Justus sah es wie Sophie, ohne diesen Oliver jemals kennengelernt zu haben. Er war ein Vollidiot.

»Keine Ahnung«, sagte sie leise.

»Dann sag ich es dir. Weil sie ihn geliebt hat. Sie hat eine Beziehung mit ihm geführt, mit ihm zusammengelebt. So was macht man nicht aus Langeweile. Er hat Clara etwas bedeutet.« Justus zog seine Hand aus dem See und ließ das Wasser von seinen Fingern tropfen. »Manchmal sieht man in so einer Situation nicht, dass der andere einen ausnutzt und benutzt«, fuhr er fort. »Man bemüht sich, greift dem anderen unter die Arme. Unterstützt ihn, sowohl emotional als auch finanziell. Deine Schwester hat ihr Leben um diesen Olli herumgebastelt. Sie war immer für ihn da. Ganz einfach, weil sie ihn geliebt hat. Was glaubst du, was passiert, wenn man an einen Punkt kommt wie deine Schwester? Wenn plötzlich der Job weg ist. Wenn man all seinen Mut zusammennimmt und einen Neustart wagt. Und in genau dem Moment, in dem man den Partner, für den man immer da war, wirklich braucht, nimmt der die Beine in die Hand und zieht Leine.«

Wieder herrschte ein langes Schweigen zwischen Sophie und Justus. Nur das Wispern der Wellen, die das Motorboot und den Jetski sacht schaukeln ließen, war zu hören. »Ich weiß«, sagte das Mädchen schließlich. »Er ist ein Vollhonk und so, und er hat ihr das Herz gebrochen. Aber deshalb muss sie mich doch nicht auch gleich abservieren.«

»Clara hat dich nicht fallen gelassen. Sie hat nur versucht, ihr Leben am Laufen zu halten. Sie muss viel arbeiten, um über die Runden zu kommen. Ihre WG ist nicht gerade ein gemütlicher Ort, wenn ich sie richtig verstanden habe. Und seien wir ehrlich: Wenn sie dann noch Zeit hatte, sich mit dir zu treffen, hast du sie abblitzen lassen. Habe ich recht?«

»Naja ... ich dachte ... ich wusste das nicht. Das mit Olli. Ich dachte, sie wäre froh, ihn los zu sein.« Mit einem Seufzen legte sie den Kopf in den Nacken. Neue Tränen quollen aus ihren Augenwinkeln. Justus legte ihr den Arm um die Schultern und drückte sie brüderlich. »Ich habe alles kaputt gemacht«, sagte sie kleinlaut.

»Du warst eine ziemliche Hexe, das stimmt. Aber Clara verzeiht dir alles. Du musst nur zu ihr gehen.«

»Nein.« Sophie lehnte ihren Kopf an Justus' Schulter. »Wenn sie mich bis jetzt nicht gehasst hat, dann tut sie es ab heute.«

»Wegen der Urkundenfälschung?«

Sie sah zu ihm auf, ohne den Kopf zu bewegen. »Muss ich mich wundern, dass du das weißt?« Als er nicht antwortete, fuhr sie fort. »Wir haben uns tierisch gestritten.

Und ich habe …« Sie schluckte. »Ich habe sie vom Steg ge-schubst«, sagte sie so leise, dass Justus sie kaum verstand.

»Autsch«, gab er ebenso leise zurück. »Das ist natürlich eine ziemlich nasskalte Angelegenheit. Aber Sophie«, er drehte sich so, dass er sie wieder ansehen konnte, »Clara verzeiht dir auch das. Sie vergibt dir alles. Sie ist deine gro-ße Schwester und liebt dich. Eine Entschuldigung würde aber auch nicht schaden«, ergänzte er, falls der Teenager nicht von selbst darauf kommen sollte.

»Und was mache ich jetzt?«

»Jetzt bringe ich dich zurück, und du redest mit Clara.«

»Ich könnte noch eine Weile hier sitzen bleiben und nachdenken«, schlug sie vor.

»Könntest du. Aber davon wird es auch nicht besser. Am besten bringst du es hinter dich. So schnell wie möglich.«

Sophie seufzte. »Du kannst nicht zufällig mitkommen, oder? Ich meine, ich habe dir auch geholfen, die Rampe für Charlotte zu bauen. Da könntest du doch …«

Justus schnaubte. »Ich habe dir gerade auf die Sprünge geholfen. Dafür müsstest du als Gegenleistung mindestens vier Boote abschleifen.« Er boxte sie gegen die Schulter, als das freche Grinsen in ihr Gesicht zurückkehrte. »Zungen-piercing, hmm?«, fragte er. »Wolltest du das echt durch-ziehen?«

Sophie verzog das Gesicht. »Ich bin mir nicht sicher. Schiss hatte ich schon.«

»Das glaube ich dir. Also los.«

»Darf ich den fahren?« Sophie nickte zum Jetski hin-über.

»In deinen Träumen vielleicht.« Justus ließ den Motor

an und tuckerte langsam, den Jetski im Schlepptau, zum Steg zurück. Er vertäute das Boot und wartete, bis Sophie sicher an Land stand. Dann kletterte er auf den Jetski, winkte ihr noch einmal zu und gab Gas, um zur Bootsmanufaktur zurückzufahren. Er würde den heutigen Arbeitstag für beendet erklären und seine Mitarbeiter zu einem Feierabendbier einladen. Das hatten sie verdient – und er erst recht.

Als sein Handy klingelte, zog er es aus der Hosentasche und warf einen Blick auf das Display. Sein Vater. Für heute hatte er ganz eindeutig genug Drama gehabt. Und doch konnte er seine Eltern nicht ewig wegdrücken. Er schaltete den Motor des Jetskis ab und drückte auf das grüne Telefon, während er sanft auf der Wasseroberfläche schaukelte. Als er vier Jahre alt gewesen war, hatte sein Vater ihn zum ersten Mal auf seinen Chefsessel gesetzt und ihm erklärt, dass all das, was er sehen konnte, einmal ihm gehören würde. Damals hatte er nicht viel mehr gesehen als die Schreibtischplatte vor ihm und ein Stück Telefonschnur, das an der Seite herunterhing. Für den Blick aus dem Fenster auf die Werkshallen der Werft war er damals noch zu klein gewesen. Aber der Anspruch seines Vaters an ihn hatte sich nicht verändert. Nicht, als er groß genug wurde, einen Blick über den Schreibtisch zu werfen. Nicht, als er sich in einen rebellischen Teenager verwandelte. Und schon gar nicht, als Justus sich für das Bootsbaustudium entschied. Die Forderungen waren auch jetzt noch dieselben. Er würde sie sich anhören, und dann würde er sich endlich dieses Feierabendbier gönnen, das er sich heute wirklich verdient hatte.

13

Sophie hatte gewartet, bis sie Justus auf seinem Jetski nicht mehr sehen konnte, ehe sie sich zum Haus ihrer Großmutter umdrehte. Einen Moment überlegte sie, einfach zu Anton hinüberzugehen, doch dann gestand sie sich ein, dass Justus recht hatte. Es half ihr nichts, das Ganze hinauszuzögern. Entschlossen marschierte sie auf das Haus zu. Im Inneren war es still. Diva, die auf ihrem Platz auf dem Schuhschrank lag, hob ihr Köpfchen für einen Moment, blinzelte kurz und schloss die Augen dann wieder. Sophie ging in die Küche, hielt ein großes Glas unter den Wasserhahn und trank es gierig leer. Sie war froh, dass Charlotte nicht hier war und sie ihr sagen musste, was sie getan hatte. Dann stellte sie das Glas auf den Küchentisch und schlich sie die Treppe hinauf. Vor Claras geschlossener Zimmertür blieb sie stehen. Sie legte die Hand auf die Klinke und zog sich dann mit klopfendem Herzen zurück. Justus hatte behauptet, ihr Schwester hasse sie nicht. Aber Sophie war sich da nicht so sicher. Clara konnte viel vergeben, das stimmte. Aber sah sie es wirklich so locker, dass Sophie sie geschubst hatte? Wenn ihre Schwester wütend wurde, hatte sie zumindest den Beweis, dass Justus falschlag.

Sie atmete tief ein und drückte die Tür mit angehaltenem Atem auf. Ihr Herz klopfte wild, als sie in das sauber aufgeräumte Zimmer trat, das vom Grundriss her ihres spiegelte. Ein walnussfarbener Holzboden, weiße Bodenleisten und grau gestrichene Wände. Das Fenster war ebenfalls ein weißer Rahmen, der den Blick auf den Bodensee freigab. Ein weißer Kleiderschrank, eine Kommode in der gleichen Farbe und ein schwarzes Metallbett waren neben einem gemütlichen Sessel alles, was es hier an Möbeln gab. Viel mehr passte in die kleinen Räume auch nicht hinein. Es war trotzdem erstaunlich, wie viel größer das Zimmer wirkte, wenn man nicht alles, was der Koffer hergab, auf dem Boden und allen sich bietenden Flächen verteilte.

Clara lag im Bett, die Augen geschlossen und die Decke bis zur Nase hochgezogen. Sophie betrachtete ihre Schwester einen Moment, ehe sie, einem Impuls folgend, ihre Stiefel auszog und zu ihr unter die Decke schlüpfte. Alles roch so vertraut. Claras Shampoo, der Weichspüler ihres Pyjamas. Sophie war froh, dass es ihr erst einmal erspart blieb zu reden. Sie kuschelte sich an ihre Schwester, wie sie es bereits als kleines Mädchen getan hatte. Clara wachte nicht auf, aber ihre Arme schlossen sich wie von selbst um Sophie. Sie konnte sich nicht daran erinnern, wann sie sich zum letzten Mal so nahe gewesen waren. Sophie war sich sicher gewesen, nicht mehr weinen zu können, nachdem sie heulend im Motorboot auf den See hinausgefahren war. Doch jetzt schossen ihr neue Tränen in die Augen und begannen, unaufhaltsam zu fließen.

Clara regte sich und wurde langsam wach. Einen Moment lang versteifte sie sich, und Sophie hielt den Atem an. »Sophie?«, flüsterte sie, als ihr bewusst wurde, wer sich da in ihr Bett geschlichen hatte. Claras Arme schlossen sich fester um sie, und wie auf ein Signal hin begannen Sophies Tränen noch heftiger zu fließen. »Es tut mir leid«, stammelte sie. »Es tut mir so leid. Ich wollte das nicht.«

»Schon gut, Schätzchen. Ist gut.« Clara wiegte sie in ihren Armen und ließ sie heulen, bis sich Sophie völlig leer fühlte. Lange schwiegen sie, lagen einfach nur da. Dann lehnte sich Clara ein Stück zurück, um ihr ins Gesicht zu sehen. Sie wischte ihr mit dem Daumen die Tränen von den Wangen. »Ich vermisse dich so«, flüsterte sie – und Sophies Augen flossen abermals über. »Schh, mein Schatz«, beruhigte Clara sie abermals sanft.

»Ich habe dich auch so vermisst«, schluchzte Sophie und wurde sich bewusst, dass das stimmte. Das auszusprechen tat so unendlich gut. Es war, als wäre ihr ein Gewicht von der Brust genommen worden und sie bekäme endlich wieder Luft. Sie wickelte sich eine von Claras wilden Locken um den Finger. »Ich will meine Haare zurück«, flüsterte sie das Nächste, was ihr durch den Kopf schoss.

Clara lächelte und strich ihr die langen, schwarzen Strähnen hinter die Schulter. »Deine Ritter-Haare?«

»Ja. Hexenhaare und Hexenaugen. Ich will wieder so aussehen wie du.«

»Das bekommen wir hin. Und jetzt lass uns in die Küche gehen. Ich habe eine riesige Portion Eis in Charlottes Kühlfach entdeckt. Die vernichten wir jetzt.«

* * *

Clara setzte sich an den Küchentisch, nachdem sie das Eis aus dem Gefrierfach geholt hatte, wo es neben den Erbsen lag, die Justus noch vor ein paar Tagen als Kühlpack missbraucht hatte. So viel war seitdem passiert. Ihr Leben fühlte sich noch immer an wie die Fahrt auf einer Achterbahn. Im Moment schien sie oben zu sein. Aber wer wusste schon, wann der nächste Looping sie nach unten ziehen würde. Sie blickte auf, als ihre Schwester in die Küche trat. Sophie war aus ihren Gruftiklamotten geschlüpft und trug Schlafshorts, ein Top und eine lange Strickjacke von Charlotte, die sie um ihren Körper schlang, als wäre ihr kalt. Ihre Haare hatte sie auf dem Kopf zu einem unordentlichen Knoten zusammengefast. Ohne Make-up im Gesicht sah sie aus wie das, was sie war – ein Mädchen, das noch nicht einmal ganz fünfzehn Jahre alt war. Sophie setzte sich Clara gegenüber und griff nach einem der Löffel. Sie kratzte ein wenig von der gefrorenen Eismasse ab und schob sie sich in den Mund. Es war schön, dass einmal der Genuss und nicht Clara dafür verantwortlich war, dass Sophie die Augen verdrehte. »Salted Caramel«, seufzte sie. »Besser geht es nicht.« Sie schob die Packung mit der Löffelspitze ein Stück in Claras Richtung, und die tat es ihrer Schwester gleich. Stumm kratzte Clara mit ihrem Löffel an der gefrorenen Oberfläche herum. Sophie würde reden, wenn sie so weit war. So war das zumindest früher immer gewesen.

»Ich bin mit Charlottes Motorboot rausgefahren«, begann sie und blickte an Clara vorbei aus dem Fenster. »Es war nicht genug Benzin im Tank, also starb der Motor ziemlich schnell ab, und das Boot dümpelte auf dem See herum. Ich wusste nicht, was ich machen sollte, und dann tauchte Justus auf. Mit einem Jetski, einem echt coolen Teil. Er hatte Benzin dabei und hat mich gerettet.« Sophie tauchte ihren Löffel ein paar Mal in die Eismasse, die am

Rand der Verpackung bereits ein bisschen weicher wurde. »Wir haben geredet, Justus und ich.« Sie wandte den Blick vom Fenster ab und sah auf den Tisch. »Über dich und Olli und so.« Sie blieb für einen weiteren Moment stumm, dann hob sie den Blick und sah Clara direkt an. Offen und ehrlich. Etwas, was sie schon seit – sie wusste es nicht mehr – nicht mehr getan hatte. »Er hat gesagt, Olli sei schuld, dass du nicht mehr so viel Zeit für mich gehabt hast wie früher. Du …« Sie schluckte. »… du hasst mich doch nicht, oder?« Ihre Stimme war nur noch ein leises Flüstern.

»Nein! Sophie.« Clara ließ den Löffel fallen. Mit zwei Sätzen war sie um den Tisch herum und setzte sich neben ihre Schwester, um sie in ihre Arme zu ziehen. »Ich könnte dir manchmal den Hals umdrehen, aber ich hasse dich doch nicht. Du bist meine kleine Schwester. Ich liebe dich über alles und bin immer für dich da.«

Sophie klammerte sich wie eine Ertrinkende an Clara. »Ich dachte, du bist froh, Olli los zu sein. Ich konnte doch nicht ahnen, dass du ihm so hinterhertrauerst oder so ein Mist«, nuschelte sie in Claras Halsbeuge.

»Inzwischen bin ich darüber auch sehr froh«, beruhigte Clara ihre Schwester und stellte fest, dass sie es genau so meinte. Justus' grinsendes Gesicht tauchte vor ihrem inneren Auge auf. Sie hätte ihn nicht küssen können, wenn sie noch immer mit Olli zusammen wäre. Und – verdammt – hätte sie da was verpasst. »Du darfst nie vergessen, dass wir dich alle lieben. Charlotte. Ich. Sogar Lena liebt dich auf ihre etwas verdrehte, nicht ganz nachvollziehbare Art.«

»Das merkt man ja sehr«, fiel Sophie sofort wieder in ihren sarkastischen Tonfall zurück.

»Hey.« Clara schüttelte sie liebevoll. »Reiß dich zusammen.« Einen Moment genoss sie die Nähe zu ihrer Schwester. Dann löste sie sich von ihr und kehrte zu ihrem Platz auf der anderen Seite des Tisches zurück. Sie nahm ihren Löffel wieder auf und schob ihre freie Hand über die weiß lasierte Tischplatte. Sophie verschränkte die Finger mit ihren. Einträchtig machten sie sich über das Eis her.

Schließlich legte Clara ihren Löffel zur Seite. »Wenn wir schon so zusammensitzen, sollten wir noch ein paar Dinge besprechen.«

Sophie brummte und leckte ihren Löffel ab. »Muss das sein?«, fragte sie, allerdings nicht so biestig, wie sie es noch gestern getan hätte.

»Ja, das ist längst überfällig. Wir müssen uns über den Sommer einig werden.«

Sophie lehnte sich ein wenig auf ihrem Platz zurück. »Was gibt es da zu einigen? Wir sind hier, oder? Charlotte braucht uns.«

»Ganz genau. Ich würde Charlotte gern noch ein wenig unter die Arme greifen. Ich möchte sie noch ein bisschen im Auge behalten. Auch wenn ich das Gefühl habe, sie braucht uns nicht wirklich.« Clara zwinkerte ihrer Schwester zu, dann wurde sie ernst. »Ich weiß inzwischen, dass du den Sommer in Stuttgart verbringen wolltest. Vielleicht können wir die Ferien ja halbieren und eher zurückfahren«, schlug sie vor. »Im Moment bin ich allerdings ziemlich froh, hier zu sein. Ich bin wirklich pleite, und mein Schmuck findet nicht gerade reißenden Absatz. Der Job im Treibgut ist das Beste, was mir seit langer Zeit passiert ist.«

»Eigentlich ist es ganz cool hier«, sagte Sophie zu Claras

Erstaunen. »Wenn Charlotte nicht zu oft einen auf Lady Gaga macht.«

Clara grinste. »Das kann ich dir natürlich nicht versprechen.«

»Lass uns hierbleiben. Vielleicht kann ich mich ja in Bodman an die Anlegestelle setzen und Touristen zeichnen. Aber als Erstes möchte ich meine roten Haare zurück«, wiederholte sie noch einmal ihren Wunsch von vorher.

»Das wird das Erste sein, worum wir uns morgen kümmern. Aber eine Sache wäre da noch, die wir klären müssen.«

»Was denn noch?« Sophie verdrehte die Augen, allerdings nicht auf die genervte Art, die Clara so von ihr gewöhnt war.

»Ich möchte wissen, was im Internat passiert ist.«

»Puh.« Sophie stieß die Luft aus. »Ein rechtsradikales Arschloch von Rektor hat mich rausgeschmissen, weil ich seine Einstellung zu Fremdenfeindlichkeit nicht akzeptiert habe«, sagte Sophie.

Als sie nicht weitersprach, zog Clara die Augenbrauen nach oben. »Das ist die Kurzversion, nehme ich an. Die etwas ausführlichere Variante enthält Farbschmierereien. So viel haben Charlotte und ich schon rausgefunden. Also bitte. Ich möchte die ganze Geschichte hören.«

»Ich fand das Internat ziemlich scheiße, ehrlich gesagt. Die meisten Typen und Tussis, die da rumlaufen, sind arrogante Schnösel. Mit denen kann man echt keinen normalen Satz reden. Naja, ein paar Leute waren ganz okay. Eine der wenigen, die ich wirklich cool fand, war Daria. Sie musste ins Internat, weil ihr Vater irgendein wichtiger

Klimaforscher ist und ihre Mutter für eine Hilfsorganisation arbeitet. Die haben nicht viel Zeit und so.«

Claras Herz zog sich zusammen. Sie wusste genau, warum ihre kleine Schwester sich zu dem Mädchen hingezogen gefühlt hatte. Sie teilten eine Geschichte.

»Darias Eltern kommen aus Marokko«, erzählte Sophie weiter. »Sie trägt ein Kopftuch und isst kein Schweinefleisch und so. Aber sie ist in Deutschland geboren. Spricht perfekt Deutsch und ist definitiv schlauer als die meisten Flachpfeifen in meiner Klasse.« Sie stand auf und ging zum Kühlschrank. Statt ihres üblichen Red Bulls nahm sie den Krug Zitronenlimonade heraus, den Clara an diesem Morgen angesetzt hatte und kehrte mit ihm und zwei Gläsern zum Tisch zurück. Das Aroma der Früchte breitete sich in der Küche aus, und Clara konnte die Mischung aus Süße und Säure schon auf ihrer Zunge schmecken, ehe sie den ersten Schluck nahm.

Sophie trank einen großen Schluck. »Ein paar Tage vor den Ferien hatte jemand an die Hauswand des Wohnheims gesprayt: ›Daria, geh heim! Wir brauchen hier keine Kopftuchmädchen.‹ Daneben war ein Schweinekopf gemalt. Wirklich fieser Scheiß, oder?«, fragte sie, ohne wirklich eine Antwort abzuwarten. »Daria hat versucht, diesen Mist wegzulächeln. Aber wenn sie geglaubt hat allein zu sein, konnte man in ihrem Gesicht ganz genau sehen, wie sehr das alles sie verletzt hat. Wie weh ihr das getan hat. Ich hatte eine Ahnung, wer für diese blöde Schmiererei verantwortlich war, aber keine Beweise. Naja, jedenfalls verschwand der Spruch nicht. Wir mussten alle den ganzen Tag über zig Mal daran vorbeilaufen, aber niemand entfernte diese dämlichen Sätze. Immer wieder bildeten sich Grüppchen, die diskutierend vor der Wand stehen blieben, und der eine oder andere Mistkerl sagte echt fieses Zeug über Daria. Als der Spruch am nächsten Morgen noch immer nicht entfernt war, bin ich zu Lugert, das ist der Direktor, gegangen und habe ihn gefragt, was er zu unternehmen gedenkt. Er hat mir erklärt, dass der Hausmeister dafür zuständig ist und sich darum kümmern wird, sobald er dazu in der Lage wäre.«

»Was ist mit ihm?«, fragte Clara. »Warum war er nicht in der Lage, das zu überstreichen?« In ihr regte sich Ärger auf den Schulleiter. Wie konnte man Kinder ständig an so einer Schmiererei vorbeilaufen lassen?

»Er hatte vor ein paar Wochen einen Bandscheibenvorfall. Seitdem bleibt alles liegen, und die Arbeit türmt sich wahrscheinlich bis zur Decke, bis er wieder fit ist. Jedenfalls habe ich Lugert gesagt, dass er die Wand trotzdem neu streichen lassen muss. Aber er meinte, dass es ja nur noch ein paar Tage wären, bis die Ferien beginnen, und dann störe es ja erst einmal niemanden mehr.«

»Was?« Clara war entsetzt. Wie konnte ein Mensch mit einer solchen Einstellung für Kinder verantwortlich sein? Und dafür, sie zu anständigen Menschen zu erziehen?

»Er ist ein Arsch«, beschrieb Sophie seinen Charakter, und Clara verspürte ausnahmsweise kein Bedürfnis, ihre Schwester für die Wortwahl zu maßregeln. »Jedenfalls ist Daria echt nett und so. Und ich fand, dass so was da nicht stehen darf. Also habe ich es übermalt.«

Clara legte den Kopf schief und fragte: »Übermalt im Sinne von ›Ich habe die Wand gestrichen‹ oder …«

»Ein Wandgemälde.« Sophie verschränkte die Hände vor der Brust, so als erwarte sie, noch einmal Ärger zu bekommen.

»Ein Wandgemälde?« Das klang so sehr nach ihrer Schwester. »Du hast doch sicher Fotos davon gemacht. Zeig mal.«

Sophie zog ihr Handy aus der Tasche der Strickjacke und scrollte durch ihre Galerie, bis sie die Bilder fand, die sie von der Schmiererei gemacht hatte. »So sah es vorher aus«, erklärte sie und hielt Clara das Handy hin. Claras Magen zog sich zusammen bei so viel dreister Dummheit, die ihr vom Foto des Wohnheims entgegenschlug.

»Ich musste ein Statement setzen, also habe ich eine Nachtschicht eingelegt«, sagte Sophie, als sie zum nächsten Bild weiterscrollte. »Wenn Lugert es nicht verschwinden lässt, dachte ich mir, dann muss ich zeigen, dass nicht alle so ticken wie die Arschlöcher, die das gesprayt hatten. Ich musste zeigen, dass man aus diesen hässlichen Worten etwas Schönes machen kann. Ich weiß nicht, irgendwie hatte ich schon eine Skizze in mein Buch gezeichnet, so als hätte ich geahnt, dass es darauf hinauslaufen würde.« Ihre Stimme wurde immer leiser. »Ich habe die Wand in einer Nacht- und Nebelaktaktion übermalt. Das halbe Internat hat sich am nächsten Morgen vor der Wand versammelt und herumgerätselt, wer genug Mumm hatte, Lugert so vor den Kopf zu stoßen.«

Clara blickte auf das Bild, das auf dem Handydisplay erschien. »Oh nein … Sophie …« Sie sah auf. Sprachlos. »Du hast … das ist wundervoll.« Sie vergrößerte das Foto mit Daumen und Zeigefinger, betrachtete die Details der Blumen, die in leuchtenden Farben über die Wand wogten, die Ranken, die sich an der Hauswand hinaufschlängelten. So plastisch, dass man fast das Gefühl hatte, sie wären echt.

»Naja.« Sophie zuckte mit den Schultern. »Lugert war nicht gerade begeistert. Diesmal wusste er ja, wer für die Sachbeschädigung verantwortlich war. Schließlich habe ich ihn ja aufgefordert, etwas zu tun. Der blöde Nazi fühlte sich von mir auf den Schlips getreten. Er hat verlangt, dass ich die Wand übermale.« Sie senkte den Blick auf ihre Hände. »Ich habe mich geweigert, also hat er mich rausgeschmissen.«

»Und das …« Clara versuchte, all die neuen Informationen in ihrem Kopf zu sortieren. »Lena wusste das? Und sie hat nichts dagegen unternommen?«

»Sie weiß es bis jetzt noch nicht. Lugert hat ihr erzählt, dass ich eine Farbschmiererei begangen habe und wir Glück haben, dass er mich nicht wegen Sachbeschädigung anzeigt. Sie hat mich nicht nach meiner Version der Geschichte gefragt, warum also hätte ich sie ihr erzählen sollen?«

»Weil wir dagegen vorgehen müssen.« Sie sprang auf und begann hin und her zu laufen. Die wütende Energie, die durch ihren Körper jagte, ließ sie nicht mehr stillsitzen. »Weil wir uns über diesen Rektor beschweren müssen.« Sie stemmte die Hände in die Hüften. Empörung schwemmte über sie hinweg wie eine eiskalte Welle. »Wir müssen dagegen vorgehen, dass sie dich rausgeworfen haben. Was glaubt dieser Lugert, wer er ist?«

»Um ehrlich zu sein, ich will nicht dorthin zurück«, sagte Sophie leise.

»Natürlich gehst du nicht dorthin zurück. Auf keinen

Fall. Aber ich will, dass sie deine Schulakte ändern. Dieser Rausschmiss soll daraus verschwinden.« Clara fuhr zu ihrer Schwester herum, die wie ein Häufchen Elend am Tisch saß, und ihr wurde bewusst, dass sie etwas ganz Wichtiges vergessen hatte. Sie griff nach Sophies Hand und zog sie hoch und in eine feste Umarmung. »Ich bin so stolz auf dich«, flüsterte sie. »Als die Erwachsene hier im Raum ist es vermutlich meine Pflicht, dir zu sagen, dass das Bemalen von Wänden eine Straftat ist und dass du das bitte nie wieder tun sollst. Aber als deine große Schwester bin ich einfach nur stolz auf dich. Du bist für deine Freundin eingestanden und hast aus etwas Abstoßendem, Hässlichem etwas Wunderschönes erschaffen. Und du hast deinen Mitschülern und vor allem deinem Schulleiter damit einen Spiegel vorgehalten.« Clara küsste Sophie auf den Kopf und hielt sie fest. Als sie spürte, wie sich die schmalen Arme ihrer Schwester um ihre Taille schlossen und sie die Umarmung erwiderte, schloss Clara dankbar die Augen. Sie würden es schaffen. Sophie und sie würden wieder zueinanderfinden.

Sie verbrachten einen Frauenabend. Clara konnte es noch gar nicht fassen. Dem absoluten Tiefpunkt am Nachmittag waren wundervolle, offene und ehrliche Stunden gefolgt, wie sie sie schon lange nicht mehr gemeinsam erlebt hatten. Sie berichteten Charlotte von Sophies Schulverweis, als sie nach Hause kam. Sie erzählten ihr, dass sie sich ausgesprochen hatten, ließen aber die dramatischen Details wie gefälschte Unterschriften, Claras unfreiwilliges Bad im See und Sophies Bootsausflug ohne Sprit weg. Sie kochten zusammen Spaghetti und tanzten zu den Felix-Jähn-Hits aus ihrer Playlist.

Sophie ging zeitig zu Bett. Clara war sich sicher, dass das Auf und Ab der Gefühle des heutigen Tages ihre Schwester fertiggemacht hatte. Charlotte ging es ähnlich. Die Physiotherapie erschöpfte sie immer ein wenig. Nachdem sie angefangen hatte, hin und wieder auf den Rollstuhl zu verzichten und stattdessen zu laufen, ermüdete sie noch eher. Clara hingegen konnte nicht einmal daran denken, die Augen zu schließen.

»Ich bin wirklich froh, dass ihr Mädchen es endlich geschafft habt, euch auszusprechen«, sagte Charlotte, als sie bettfertig in den Wintergarten gehumpelt kam. Clara schlug die Bettdecke zurück und wartete, bis sich ihre Großmutter auf die Bettkante setzte. »Und dieses Wandgemälde … wir sollten es ausdrucken und rahmen lassen. Ich würde es gern in den Wintergarten hängen.«

»Eine tolle Idee. Das wird Sophie sicher sehr freuen. Gute Nacht, Charlotte.«

»Das wünsche ich dir auch, mein Herz.«

Nachdem sie ihre Großmutter umarmt und auf die Wange geküsst hatte, verließ sie den Wintergarten. Sie blieb für einen Moment im dunklen Flur stehen. Ihr Herz klopfte wie verrückt. Erst jetzt, wo sich die Aufregung dieses Tages legte, wurde ihr bewusst, wie groß Justus' Anteil an den Ereignissen gewesen war. Justus hatte Sophie auf die Sprünge geholfen. Justus hatte ihr zugehört. Und dann hatte er genau die richtigen Dinge zu ihrer Schwester gesagt. Dinge, die Sophie dazu gebracht hatten nachzudenken. Dazu, auf Clara zuzugehen. Er war dafür verantwortlich, dass sie die

Chance bekommen hatten, sich auszusprechen. Sie presste ihre Hand auf den Brustkorb, atmete tief durch. Ehe sie es sich anders überlegte, schnappte sie sich ihr Handy und verließ das Haus. Charlotte und Sophie schliefen. Sie brauchten sie im Moment nicht. Also konnte sie schnell zu Justus hinüberhuschen und sich bei ihm bedanken. Sie sah das Licht in seinem Haus brennen, als sie über die taufeuchte Wiese rannte. Er lehnte mit der Hüfte am Küchentresen und scrollte durch sein Handy. Hoffentlich störte sie ihn nicht, dachte sie. Doch dann war sie bereits an seiner Haustür angekommen und klopfte.

Justus öffnete nur Sekunden später, das Handy noch immer in der Hand. »Hi«, sagte er. »Ich wollte dir gerade eine Nachricht schicken.« Er hielt das Telefon hoch. »Und fragen, wie es mit Sophie gelaufen ist. Sie ist doch nach Hause gekommen, nachdem ich sie auf dem See aufgegabelt habe?«

»Ja.« Clara nahm seine zerzausten Haare wahr. Wahrscheinlich war er mit den Händen hindurchgefahren. Obwohl es kühler war als an den letzten Tagen, trug er knielange Shorts, ein Polohemd und Flipflops.

»Bist du okay?«, fragte er und legte den Kopf schief.

»Ja«, sagte sie wieder.

»Na gut. Willst du vielleicht reinkommen?«

»Ja.« Sie presste die Hand auf ihren Brustkorb. Versuchte, ihr wild hämmerndes Herz zu beruhigen.

»Ich wollte gerade essen. Wir können gerne teilen«, bot Justus an.

»Nein.« Sie überwand die Treppenstufe, die sie trennte, und presste ihre Lippen auf seine.

Justus erstarrte für einen winzigen Moment, dann reagierte er – schneller, als Clara erwartet hatte. Er zog sie mit der linken Hand an sich und legte die Rechte an ihre Wange, so als wolle er verhindern, dass sie es sich noch einmal anders überlegte. Doch das wollte Clara gar nicht. Sie wollte nicht, dass er aufhörte, sie zu küssen. Sie zu berühren. Clara schlang die Arme um seinen Nacken. Seine Hand glitt in ihre Locken. Er schloss sie zur Faust und zog ihren Kopf mit sanfter Gewalt zurück. Vertiefte den Kuss. Zwischen ihnen summte ein sehnsüchtiger Laut, und Clara wurde bewusst, dass er von ihr stammte. Die Tür fiel mit einem Knall ins Schloss, und im nächsten Augenblick fand sie sich mit dem Rücken an der Wand wieder. Justus vor ihr. So eng an sie gepresst, dass kein Lufthauch Platz zwischen ihnen hatte.

Seine Hände glitten unter ihr Pyjama-Oberteil, strichen mit rauen Fingerspitzen über ihre erhitzte Haut. Erzeugten eine Gänsehaut. »Warum bist du gekommen?«, murmelte er, als er den Kuss schließlich beendete, nur, um mit den Lippen eine heiße Spur über ihre Wange zu ziehen.

»Genau deswegen.« Sie griff nach dem Saum seines Shirts und zerrte so lange daran, bis sie es über seinen Kopf ziehen konnte.

»Komm mit.« Justus bewegte sich rückwärts. Er hakte die Finger in den Ausschnitt ihres Pyjamas und öffnete den obersten Knopf, während er sie mit sich zog und weiter küsste. Ein Knopf nach dem anderen sprang unter seinen Fingern auf. Als sie durch eine Tür in einen halbdunklen Raum taumelten, fiel das Kleidungsstück zu Boden.

»Das dauert zu lange.« Begleitet von Justus' Worten verlor Clara den Boden unter den Füßen, als er sie hochhob und im nächsten Moment auf das Bett sinken ließ. Er folgte ihr und stützte sich mit einer Hand über ihr ab. Die andere glitt liebkosend über ihren Körper.

Seine Lippen folgten seinen Fingern. Neckten sie. Reizten ihre sensiblen Brustspitzen, während er seine Hand unter den Bund ihrer Pyjamahose schob. Er fand den Punkt, der im Moment den Mittelpunkt ihrer Gedanken bildete.

Als er mit einer federleichten Bewegung darüberstrich, entfuhr Clara ein atemloses Stöhnen. »Justus«, flüsterte sie, als seine sanften Bewegungen eine sinnliche Welle über sie hinwegrollen ließen. Ihre Knochen schienen sich in Luft aufgelöst zu haben. Jegliche Spannung hatte ihren Körper verlassen. Sie sank in die Kissen zurück. Justus küsste sie zärtlich. Er streichelte mit den Daumen über ihre Wangenknochen. Langsam beruhigte sich ihr Atem. Ihre Herzfrequenz nahm jedoch kein bisschen ab.

$$* * *$$

Clara schlug die Augen auf und schob ihre Hände in Justus' Locken. Sanft zog sie seinen Kopf zu einem weiteren Kuss zu sich herunter.

»Das muss weg«, entschied er und schob ihre Pyjamahose an ihren Schenkeln hinunter. Sie half ihm, indem sie sie samt Socken abstrampelte, während er sich aus seinen Shorts schälte. Er ließ lange genug von ihr ab, um ein Kondom aus der Nachttischschublade zu nehmen und überzuziehen. Dann drehte er sich zu Clara um, streichelte ihr Gesicht, an ihrem Hals entlang. Über ihre Schulter und an ihrem Arm hinunter. Als er ihre Hand erreichte, verschränkte er seine Finger mit ihren. Mit einer sanften Bewegung seines Knies öffnete er ihre Schenkel und eroberte sie.

Clara drängte sich ihm entgegen. Im Halbdunkel nahm er nur ihre Umrisse wahr, atmete ihren Duft ein. Er spürte ihre glatte Haut unter den Fingerspitzen, das Kitzeln ihrer Locken an seinem Gesicht, als er seine Lippen auf ihre senkte. Sie fanden einen Rhythmus, der die Spirale aus Emotionen in seinem Inneren anstieß. Seine Bewegungen wurden schneller. Er schob die Hand zwischen ihre verbundenen Körper, reizte Clara zusätzlich, bis sie sich mit stockendem Atem um ihn herum zusammenzog. Sie hob die Lider und starrte ihn aus weit offenen Augen an – und Justus ließ sich fallen, ließ sich von der Welle aus Leidenschaft, die sie beide erfasste, davonspülen.

✳ ✳ ✳

Justus löste sich von Clara. »Ich bin gleich wieder da«, flüsterte er und ließ sie allein im Bett zurück. Wo er sich gerade noch an sie geschmiegt hatte, wurde es sofort kühl. Clara tastete nach der Nachttischlampe und schaltete sie ein. Dann wartete sie, bis sich ihre Augen an die sanfte Helligkeit gewöhnt hatten, und sah sich um. Die Wände waren blassgrün gestrichen. Eine Kommode, ein Kleiderschrank, ein Bett und in der Ecke ein Ledersessel. All das wirkte nicht besonders persönlich oder heimelig. Klare Linien, modernes Design.

Clara wurde plötzlich klar, dass sie eigentlich gar nichts über Justus wusste. Ein unangenehmes Kribbeln machte sich in ihrem Bauch breit, verschwand aber sofort wieder, als sie tief durchatmete. Justus war ein wunderbarer Mann. Das stand außer Frage. Nicht nur im Bett. Er hatte sie mit seiner Art eingenommen und es geschafft, Sophie und sie auszusöhnen.

Justus kehrte zurück, in der Hand ein Glas Wasser für sie. Über dem Zeigefinger der anderen baumelte ihr Pyjamaoberteil. »Schafe?«, fragte er grinsend. »Wirklich sehr hübsch.«

O Gott! Clara wurde heiß. »Bin ich ernsthaft im Schlafanzug zu dir gekommen?«

»Ja.« Justus stellte das Glas auf den Nachttisch und beugte sich über sie. Er stützte die Hände links und rechts von ihr auf die Matratze und ließ seine Lippen an ihrem Haaransatz entlang bis zu ihrem Hals hinuntergleiten. »Ich finde, du hast sehr heiß ausgesehen. Außerdem sind wir die Klamotten verdammt schnell losgeworden.« Er setzte sich auf die Bettkante und reichte ihr das Glas. Während Clara einen Schluck trank, wickelte er sich eine ihrer Locken um den Finger. »Willst du mir erzählen, wie es mit Sophie ausgegangen ist?«, fragte er und küsste sie auf die Wange.

14

Clara erwachte im Morgengrauen. Einen Moment wusste sie nicht, wo sie war. Sie spürte, dass sie nicht allein war, und ihr Herz begann zu rasen. Dann schaltete ihr Gehirn von träge auf hellwach um, und sie begriff, dass der Arm, der besitzergreifend auf ihrer Hüfte lag, Justus gehörte. Sie hörte seinen ruhigen Atem, ein Indiz dafür, dass er tief und fest schlief. Einen Moment lang genoss Clara diesen Augenblick der Zweisamkeit, den sie trotz allem ganz für sich allein hatte. Es fühlte sich gut an, hier mit ihm zu liegen. Die Vorhänge bauschten sich leicht im Luftzug der geöffneten Fenster. Sie konnte den See riechen, das leise Plätschern der Wellen hören. Sie hatten nicht viel Schlaf bekommen. Die Versuchung, einfach an Justus' warmen Körper geschmiegt liegen zu bleiben, bis ihre Augen wieder zufielen, war groß. Aber es war besser, vernünftig zu sein. Sie wollte da sein, wenn ihre Großmutter aufwachte. Und den neuen, noch nicht ganz gefestigten Waffenstillstand mit ihrer kleinen Schwester wollte sie auch nicht unbedingt schon am ersten Tag aufs Spiel setzen, indem sie sich dabei erwischen ließ, wie sie aus dem Haus des Nachbarn schlich. Sie war sich nicht sicher, was Sophie davon halten würde.

Vorsichtig schob sie Justus' Arm zur Seite und schlüpfte

aus dem Bett. Er bewegte sich hinter ihr, und Clara hielt den Atem an. Auch wenn sie keine Ahnung hatte, warum es ihr wichtig war, dass er nicht aufwachte. Er tat ihr den Gefallen, drehte sich einfach nur auf den Rücken und schlief weiter. Viel Kleidung einzusammeln gab es nicht. Clara zog im Flur ihren Schlafanzug an und griff nach ihrem Handy. Einen Moment zögerte sie. Ihr Blick fiel auf den Notizblock, der auf Justus' Küchentresen lag. Sollte sie ihm eine Nachricht hinterlassen? Aber was sollte sie schreiben? Danke für die Nacht? Ein Klischee. Bis später? Sie hatte keine Ahnung, wie man sich nach einer solchen Nacht verhielt und war sich nicht sicher, ob Justus sie noch einmal auf diese Weise treffen wollte. Entschlossen schob sie die Gedanken zur Seite. Im Moment zählte nur Sophie. Suchend blickte sie sich um. Ihre Flipflops konnte sie nirgends finden, also zog sie die Tür leise hinter sich ins Schloss und lief barfuß über den nassen Rasen zum Haus ihrer Großmutter hinüber. So früh am Morgen war es kühl. Hinter dem See zog sich ein erster blassblauer Streifen über den Himmel. Die Vögel, die zu den Frühaufstehern gehörten, zwitscherten fröhlich. Und Clara fühlte sich munter. Energiegeladen. Sie betrat das Haus durch den Vordereingang und warf als Erstes einen Blick in den Wintergarten. Charlotte lag in ihrem Krankenhausbett und schlief mindestens so fest wie Justus. Leise schloss Clara die Tür und kochte sich in der Küche einen Kaffee. Diva saß mitten auf dem Tisch und starrte sie mit ihrem gelbgrünen Blick nieder, als wüsste sie genau, was Clara in dieser Nacht getrieben hatte.

»Ich habe nichts Verbotenes getan«, erklärte sie der

Katze. »Wenn du neidisch bist, kann ich es auch nicht ändern.« Die gute Laune machte Clara großzügig. Sie holte ein paar Leckerli aus der Dose und legte sie vor Diva auf den Tisch. Die Katze fuhr auf der Stelle die Krallen aus und versuchte, sie zu erwischen. »Nicht schnell genug, meine Liebe«, ließ Clara sie wissen und brachte ihre Hand vor der Attacke der kleinen Hexe in Sicherheit. Dann griff sie nach ihrer Tasse und setzte sich auf die Treppe vor dem Haus, weil sie befürchtete, auf der Veranda ihre Großmutter zu wecken. Sie nippte an ihrem Kaffee und warf einen Blick zum Nachbarhaus hinüber. Justus und sie hatten sich in der vergangenen Nacht als explosive Mischung entpuppt. Eine andere Bezeichnung fiel ihr dafür nicht ein, auch wenn das reichlich klischeehaft klang. Sie hatten nicht darüber gesprochen, wie es weitergehen würde, aber Clara war sich sicher, dass es nicht bei dieser einen Nacht bleiben würde. Sie wollte das wieder erleben, wollte seine rauen Hände und seine sanften Lippen auf ihrer überhitzten Haut spüren. Was sie allerdings noch viel mehr wollte, war Justus kennenlernen. Ihr fielen die Gedanken beim Aufwachen wieder ein. Sie wusste praktisch nichts über ihn. Abgesehen von der Tatsache, dass er aus dem Ruder gelaufene kleine Schwestern bändigen konnte. Doch wenn sich das, was zwischen ihnen war, über den Sommer fortsetzen sollte, musste sie ihn besser kennenlernen. Sie würde nicht von sich behaupten, sich in Justus verliebt zu haben. Dazu war sie nach dem Desaster mit Olli viel zu vorsichtig. Aber sie fühlte sich zu ihm hingezogen. Das ließ sich nicht leugnen.

Als die Tür hinter ihr geöffnet wurde, warf Clara einen Blick über die Schulter.

»Hier bist du«, murmelte Sophie verschlafen und ließ sich neben sie fallen. Sie legte ihren Kopf auf Claras Schulter und gähnte herzhaft. Der geschwisterliche Frieden, den sie am Vortag beschlossen hatten, bestand also noch. Gut, denn das war etwas, dessen man sich bei einem Teenager nie sicher sein konnte.

»Wieso bist du schon wach?« Clara drehte den Kopf so, dass sie Sophie auf das Haar küssen konnte. »Ist es nicht deine heilige Schülerpflicht, in den Ferien mindestens bis mittags zu schlafen?«

»Ich wollte sichergehen, dass du den Friseurtermin nicht vergisst.« Sophie nahm eine ihrer langen schwarzen Haarsträhnen zwischen die Finger und hielt sie Clara unter die Nase. »Du hast es doch nicht vergessen, oder?«

»Selbstverständlich nicht. Ich informiere mich gleich noch, welche Friseure es hier in der Gegend gibt, und schick dir den Termin.«

Sophie verschränkte ihre Finger mit Claras. »Und du kommst mit, oder?«

Wie eine warme Welle flutete die Liebe zu ihrer kleinen Schwester über Clara hinweg. »Wenn du mich lieber dabeihast als Anton«, frotzelte sie.

»Pff. Sieht der aus, als ob er Ahnung von Haaren hätte?«

»Na komm.« Clara stand auf und zog Sophie neben sich auf die Füße. »Ich muss frühstücken, bevor ich ins Treibgut gehe. Du kannst mir Gesellschaft leisten.«

Sie hatten zusammen Pfannkuchen gebacken, leise kichernd, wie in alten Zeiten – und es tatsächlich geschafft, Charlotte nicht zu wecken. Als Clara wenig später ihr Fahrrad in den Hinterhof des Treibguts schob, blieb sie einen Moment unschlüssig vor dem Laden stehen. Sie hatte ihre Chefin am Vortag nicht mehr angerufen, hatte ihr kein Sterbenswörtchen davon gesagt, dass sie einfach unter ihre Bettdecke gekrochen war, anstatt zur Arbeit zurückzukehren, nachdem Sophie sie in den See geschubst hatte. Jetzt war sie sich nicht sicher, ob sie überhaupt noch einen Job hatte. Sie hatte noch nie die Arbeit geschwänzt. Nicht einmal, als sie herausgefunden hatte, dass Olli sie hintergangen und verlassen hatte. Aber ob Kati als ihre Arbeitgeberin ihr das glauben würde, wusste sie nicht. Sie hatte auf jeden Fall keinen besonders verantwortungsbewussten Eindruck hinterlassen. Clara straffte die Schultern und schob die Tür auf. Kati stand hinter dem Tresen über ein paar Papiere gebeugt und blickte auf, als sie sie sah. »Entschuldige bitte«, begann Clara ohne Umschweife. »Ich hätte mich gestern melden sollen, aber irgendwie … es war alles ein bisschen dramatisch. Und dann …«

»Clara.« Kati kam hinter dem Tresen hervor und umarmte sie kurz. »Wir sind hier kein hochdotiertes Börsenunternehmen. Und gestern stand auch keine megawichtige Vorstandssitzung an, ohne die die Welt zu Grunde gehen würde. Familie geht immer vor. Ich wusste ja, wo ich dich im Notfall hätte finden können.«

Clara schluckte. Kati war wirklich nicht mit Gold aufzuwiegen.

»Kaffee?«, wollte ihre Chefin wissen.

»Ja, gern. Und Kati.« Clara wartete, bis sich ihre Chefin, die bereits wieder auf dem Weg zur Theke war, zu ihr umdrehte. »Danke.«

»Keine Ursache.« Sie nickte mit dem Kinn in Richtung ihrer Treibgut-Konstruktion, die als Dekoration für ihren Schmuck diente. »Wirf lieber mal einen Blick auf den Schmuck. Trotz des miesen Wetters hatte ich noch ein paar Kunden und hab doch tatsächlich einiges an den Mann – oder in diesem Fall besser: an die Frau – gebracht.«

Überrascht ging Clara zu ihrer Auslage hinüber und starrte auf das morsche Holz. Drei Ketten fehlten. Drei? Das war ja der helle Wahnsinn! Dazu kamen zwei Ringe und zwei Paar Ohrringe.

»Eine Kundin hat deine Visitenkarte mitgenommen«, sagte Kati. Sie trat neben Clara und reichte ihr einen Kaffeebecher, ehe sie an ihrem eigenen nippte. »Sie hat bereits angekündigt, noch mehr kaufen zu wollen.«

»Wow«, war alles, was Clara dazu einfiel.

»Hast du eigentlich auch hier die Möglichkeit, Schmuck herzustellen?«, wollte Kati wissen. »Ich meine, noch haben wir einige schöne Stücke, aber es wäre super, wenn du für Nachschub sorgen könntest.«

Clara spürte den Kloß, der sich in ihrer Kehle festsetzte. »Im Haus meiner Großmutter gibt es ein kleines Atelier.«

»Na wunderbar. Ich kann kaum erwarten, was dir als Nächstes einfällt.«

Nichts, dachte Clara. Ihre Kreativität, die in Stuttgart verschüttgegangen war, war nicht wieder aufgetaucht. Die Chancen standen ganz gut, dass sie den Rest ihres Lebens kellnern würde. Nicht dass sie ein Problem mit diesem Job hatte, aber er war eben nicht das, wovon sie so lange geträumt hatte. Aber manche Träume musste man eben begraben. Sie lächelte Kati an. »Ich bin mindestens so gespannt wie du«, log sie. »Aber sag mal, da wäre noch etwas anderes. Kannst du mir einen guten Friseur empfehlen? Sophie will ihre Haarfarbe ändern. Dieses Mal wirklich«, fügte sie vorsichtshalber hinzu.

Sophie folgte Katis Empfehlung und vereinbarte nach ihrem Feierabend einen Termin bei einem der Friseursalons in Ludwigshafen. Sophie saß bereits auf Kohlen, als sie nach Hause kam und ihr Fahrrad in den Schuppen schob. Sie hüpfte wie ein Flummi neben Rosti auf und ab und wedelte mit dem Autoschlüssel.

»Ich wollte erst noch schnell nach Charlotte sehen«, sagte Clara, nachdem sie ihre Schwester erreicht hatte.

»Brauchst du nicht.« Sophie winkte ab. »Die Physiotherapeutin ist bei ihr, und danach kommen zwei ihrer Bridge-Damen. Ich vermute, sie werden jede Menge Prosecco vernichten und über alte Zeiten tratschen, die so lange zurückliegen, dass die Nachrichten noch mit einem Meißel in Stein gehauen wurden.«

»Sophie!« Clara verkniff sich ein Grinsen. Ihre Schwester benahm sich mal wieder unmöglich, aber auf die Art, die sie so mochte und so schmerzlich vermisst hatte. Sophies heutiges Outfit bestand aus einer schwarzen Shorts und einem übergroßen T-Shirt, auf dem ein Totenkopf abgebildet war, dem ein bunter Blumenkranz quer über den Schädel hing. Was irgendwie lustig aussah und nicht so furchtbar gruftimäßig wie davor wirkte. »Na los.« Sie nahm ihrer Schwester den Autoschlüssel aus der Hand und schloss die Fahrertür auf. Dann beugte sie sich über die Mittelkonsole und zog das Knöpfchen an der Beifahrertür nach oben.

»Auf geht's.« Sie fuhren nach Ludwigshafen, stellten Rosti hinter dem Friseurladen ab und lieferten sich einer in die Jahre gekommenen, völlig überschminkten Stylistin namens Madame Elaine aus, wie sie sich selbst betitelte. Was Clara durchaus passend fand. Schließlich hatte sie für ihr Styling an diesem Morgen sehr viel Zeit – und vor allem sehr viel Haarspray – verwendet. Zumindest ließ das die fest auf ihrem Kopf fixierte Turmfrisur vermuten. Sophie warf Clara einen leicht panischen Blick zu, als Madame Elaine ihre knorrigen Hände mit den langen, knallrot lackierten Nägeln in ihre Schultern krallte und sie in einen Friseurstuhl drückte.

Das hast du davon, dass du deinen wunderschönen Haaren so etwas angetan hast, dachte Clara mit einem winzigen Hauch Schadenfreude, die sie sofort beiseiteschob. Wenn ihre kleine Schwester vor der Madame gerettet werden musste, würde sie ruck zuck ihre eigenen, unlackierten Krallen ausfahren.

Sie trat neben den großen Spiegel, vor dem die Stylistin an Sophies Haaren herumzog und sie befühlte. Schließlich packte sie eine der schwarzen Strähnen und hielt sie sich mit einem unwirschen Brummen im Abstand von fünf Zentimetern vor die Augen, was den Anschein erweckte, dass sie blind war wie ein Maulwurf.

Clara wollte gerade Einspruch erheben, Sophies Hand greifen und mit ihr aus dem Salon flüchten, ganz egal, ob Kati ihr den Laden empfohlen hatte, als die Madame sich aufrichtete und den Kopf schüttelte. »Wie kann man seinen Haaren nur so etwas antun?« Sie stemmte die Hände in die Hüften und verzog missmutig den Mund. »Welche Farbe willst du noch mal?«, wollte sie von Sophie wissen, während sie sie im Spiegel fixierte.

»Meine Originalhaarfarbe. So wie meine Schwester.« Sophie wies mit dem Daumen auf Clara.

»Das wird dauern«, ließ die Stylistin sie wissen. »Die Farbe bekommen wir nicht mehr raus. Wir müssen dich komplett blondieren und dann rot färben. Deine Haare werden dir das auf keinen Fall danken«, warnte sie Sophies Spiegelbild. »Aber auf diese Art kann die Farbe rauswachsen, ohne dass man den Ansatz sieht.«

»Genau das will ich«, sagte Sophie.

»Okay.« Die Madame wandte sich Clara zu. »Falls Sie noch was zu erledigen haben, wäre genau jetzt die Zeit dafür.«

»Kein Problem. Ich warte.« *Und beobachte mit Argusaugen, was Sie da anstellen.* Sie schnappte sich ein paar der Zeitschriften von der Auslage und nahm im Wartebereich Platz. Als sie begann, sie durchzublättern, merkte sie schnell, dass sie schon ein paar Jahre alt waren. Was soll's, dachte sie. War doch interessant, noch mal nachzulesen, was Kim Kardashian vor drei Jahren für einen Lippenstift getragen hatte. Das Handy vibrierte in ihrer Tasche mit einer Nachricht, und Clara zog es heraus. Justus hatte ihr eine Whats-App geschrieben. Sie blickte zu Sophie hinüber, die sich ergeben die Farbpaste auf die Haare schmieren ließ. Den effizienten Bewegungen nach wusste Madame Elaine, was sie tat, stellte Clara beruhigt fest. Sie blickte auf ihr Handydisplay. Ihr Daumen schwebte für einen Moment zögerlich über dem grünen Button, dann drückte sie ihn entschlossen und rief die Nachricht auf.

Hey, Clara. Wie geht's dir? Schade, dass du heute Morgen schon weg gewesen bist. Ich würde dich gern heute Abend auf ein Glas Wein treffen. Auf dem Steg?

Nein, tippte sie das erste Wort, das ihr durch den Sinn ging und löschte das Wort wieder. Sie hätte ihm am Morgen eine Nachricht hinterlassen oder von sich aus eine WhatsApp schreiben sollen. Aber sie hatte keine Ahnung gehabt, was sie ihm hätte sagen sollen. Dass die Nacht mit ihm toll war, vielleicht? *Justus, es tut mir leid, aber belassen wir es bei dieser einen Nacht, okay?* »Mist«, murmelte sie und warf Sophie einen Blick zu, ehe sie den Satz wieder löschte. Ihre Schwester hatte eine Unterhaltung mit Madame Elaine begonnen und schien sich entgegen ihrer ersten Skepsis nun köstlich zu amüsieren. Clara hatte keine Ahnung, wohin das Zusammensein mit Justus führen würde. Eine Sommeraffäre, wie ihre Großmutter es vorgeschlagen hatte? Dafür war sie noch nie der Typ gewesen. Ein One-Night-Stand? Das schien wohl nicht infrage zu kommen, wenn Justus sich schon wieder mit ihr verabreden wollte. Sie wusste, wovor sie sich fürchtete: Sie hatte Angst, sich in ihren Nachbarn zu verlieben und am Ende dieses Sommers mit gebrochenem Herzen dazustehen. Clara atmete tief durch und tippte ein ehrliches *Ich weiß es noch nicht. Bin mit Sophie unterwegs und muss nachher erst einmal nach Charlotte schauen. Ich melde mich später.* Sie las ihren Text noch einmal durch und drückte auf Senden. Im Moment hatte sie keine Ahnung, wie sie mit Justus umgehen sollte.

* * *

Justus saß in seinem Büro in der Werft und starrte auf die Nachricht, die Clara ihm geschickt hatte. Versuchte sie gerade, ihn abzuwimmeln? War ihr sinnlicher Überfall eine einmalige Angelegenheit gewesen, die sie inzwischen vielleicht sogar bereute? Er hoffte nicht. Seit wann machte er sich überhaupt so viele Gedanken um eine Frau? Als er am Morgen aufgewacht war, hatte er, ohne die Augen öffnen zu müssen, gewusst, dass Clara nicht mehr da war. Er war sich nicht sicher über ihre Gründe, sich im Morgengrauen aus dem Staub zu machen. Worüber er sich aber völlig im Klaren war, war die Tatsache, dass er ihr Verschwinden bedauerte. Er hätte sie gern noch einmal in seine Arme gezogen, um für eine Weile einfach nur dazuliegen und ihrem Herzschlag und ihrem Atem zu lauschen. Justus rieb sich über das Gesicht. Als Erstes brauchte er eine Tasse Kaffee, die den Schlafmangel der vergangenen Nacht ausglich. Er wollte das Ganze nicht analysieren. Es war normalerweise nicht seine Art, zu viel darüber nachzudenken, wenn er die Nacht mit einer Frau verbracht hatte. Allerdings musste er sich eingestehen, dass ihm lange keine Frau mehr so unter die Haut gegangen war wie Clara. Justus fuhr sich mit der linken Hand durch die Haare. Diese Gedanken machten ihn ein bisschen nervös. Das und die Tatsache, dass er eine weitere Nacht mit Clara in seinen Armen verbringen wollte. Aber erst einmal Kaffee.

Das Klingeln seines Handys ließ in regelrecht zusammenzucken, so sehr war er in seine Erinnerungen an die Stunden mit Clara versunken. Er warf einen Blick auf das Display. Mila. Also ein Anruf, den er bedenkenlos annehmen konnte. Er wischte über den grünen Knopf und stand gleichzeitig auf. »Achtung, es wird laut«, warnte er seine Cousine und öffnete die Tür, die ihn auf den Gittergang hinausführte. Über das Kreischen der Sägen und das Summen der Schleifgeräte in der Werfthalle hinweg hörte er Milas gebrülltes *Moin*.

»Moin«, grüßte er zurück. »Ich brauche nur schnell einen Kaffee«, erklärte er ihr über den Lärm hinweg und goss sich in der kleinen Küche aus der Thermoskanne ein. Mit dem Becher in der einen und dem Handy in der anderen kehrte er in sein Büro zurück. Mit der Schulter schob er die Tür auf und schloss sie hinter sich mit dem Fuß wieder. »Jetzt bin ich ganz für dich da«, sagte er, sobald er den Lärm ausgesperrt hatte. Er ließ sich in seinen Bürosessel fallen und trank einen großen Schluck Kaffee, der das Temperaturlevel »heiß« schon eine Weile hinter sich gelassen hatte.

»Wie geht es dir?«, kam die obligatorische Frage seiner Cousine.

»Gut.« Wieder drifteten seine Gedanken zu der Nacht mit Clara zurück. »Sehr gut«, schob er hinterher, ehe er sich bremsen konnte.

Mila stutzte einen Moment. Justus war sich sicher, sie kniff gerade nachdenklich die Augen zusammen und schürzte die Lippen. »Hast du jemanden kennengelernt?«

»Nein.«

»Dann frage ich anders. Hast du jemanden *besser* kennengelernt? Die schöne Nachbarin mit den Amazonenhaaren zum Beispiel?«

»Ich habe doch Nein gesagt.«

»Und ich glaube dir nicht.«

Justus musste grinsen. Mila war … eben Mila. »Ich bin

total in Charlotte verliebt«, versuchte er es mit Humor. »Aber sie ist achtundsiebzig und weigert sich, mit mir durchzubrennen und noch einmal von vorn anzufangen.«

Doch Mila hatte manchmal Anwandlungen eines Kampfhundes. Wenn sie sich in ein Thema verbiss, ließ sie so schnell nicht wieder los. »Das kann ich natürlich verstehen«, konterte sie. »Wenn Charlotte dir einen Korb gibt, könntest du immer noch mit der hübschen Goldschmiedin durchbrennen.«

»Du wirst mir sicher gleich erklären, warum du so besessen von meinem Liebesleben bist«, sagte Justus auf die leicht ironische Art, die sie beide so mochten und die oft ihre Gespräche bestimmte.

»Weil dein Liebesleben auch für mein Leben nicht ganz unbedeutend ist«, sagte Mila mit nicht ganz so viel Humor in der Stimme, wie Justus sich das gewünscht hätte.

Und natürlich hatte sie recht damit. Abgesehen davon, dass Mila für ihn wie eine Schwester war – sie hatten noch nie Geheimnisse voreinander gehabt. »Du hast ja recht.« Er rieb sich etwas unbehaglich über den Nacken und legte dann die Füße auf den Schreibtisch. Das Gespräch würde mit Sicherheit länger dauern. »Ich habe mit ihr geschlafen. Mit Clara«, fügte er vorsichtshalber hinzu, bevor seine Cousine auf die Idee kam, er hätte wirklich ein Verhältnis mit Charlotte begonnen. »Es ist erst letzte Nacht passiert, also noch zu früh, um es in irgendwelche Schubladen zu stecken, wie du es so gerne tust.«

»Wow! Dann habe ich ja den richtigen Moment erwischt.«

»Oder den falschen«, widersprach Justus ihr.

»Siehst du sie wieder?«, ignorierte seine Cousine ihn.

»Ich weiß es noch nicht. Das Ganze ist kompliziert, Mila. In Claras Familie herrscht ziemliches Chaos. Sie muss sich um ihre Großmutter kümmern.«

»Und nachts kann sie sich über den Rasen in dein Haus schleichen«, ergänzte sie.

»Ja. Das ist genau das, was sie gestern getan hat«, gab Justus zu. »Aber heute Morgen war sie verschwunden, und ich weiß nicht, ob sie noch einmal wiederkommt.«

»Willst du das denn?« Milas Stimme klang jetzt leiser, sanfter.

Justus blickte auf den See hinaus, auf dem sich zwei kleine Motorboote ein Rennen lieferten. Das aufspritzende Wasser glitzerte in der Sonne wie Diamanten, ehe es auf die Oberfläche des Sees zurückfiel. Ihm wurde bewusst, dass Mila auf eine Antwort wartete. »Ja«, sagte er. »Ich will sie unbedingt wiedersehen. Ich mag sie wirklich.«

Seine Cousine seufzte ein klein wenig theatralisch. »Hat sie die Macht, dich am Bodensee zu halten?«, wollte sie wissen.

»Mila, nichts hat die Macht, um mich etwas tun zu lassen.« Er betonte die beiden letzten Worte. »Was ich tue und wo, entscheide ich immer noch selbst.« Er merkte, dass seine Stimme einen harten Ton angenommen hatte, und schloss für einen Moment die Augen, um sich wieder in den Griff zu bekommen. Mila war nicht sein Vater. »Entschuldige bitte. So wollte ich das nicht sagen. Clara und ich haben bis jetzt nicht viel Zeit allein miteinander verbracht. Ich möchte sie gern besser kennenlernen. Aber ich weiß nicht, was sich daraus entwickelt. Sie lebt in Stuttgart und hat die Verantwortung für ihre Teenagerschwester, die, vorsichtig formuliert, nicht ganz einfach ist.« Er kratzte mit dem Daumennagel über einen Farbfleck auf seiner Arbeitshose. »Vielleicht wird es ein Sommerflirt«, fuhr er fort. »Vielleicht ist es heute schon vorbei. Wer weiß das schon?«

»Du solltest es in vollen Zügen genießen«, sagte Mila. »Das hast du wirklich verdient. Naja, zumindest solange ich nicht diejenige bin, die deinen Eltern davon berichten muss.« Sie sagte es leichthin, aber Justus konnte die Anspannung in ihrer Stimme hören. Wieder einmal wurde ihm bewusst, dass die Zukunft und die Idee, die sie gemeinsam ausgetüftelt hatten, noch viele Kämpfe erfordern würde.

»Wie geht es dir überhaupt?«, fragte er, als ihm klar wurde, dass sie bis jetzt nur über ihn geredet hatten.

Mila ließ einen weiteren dramatischen Seufzer hören. »Ich habe den Laden im Griff. Nicht dass deine Eltern das auch nur auf irgendeine Art und Weise bemerken oder erwähnen würden. Sie reden ausschließlich über deine Rückkehr – und darüber, wie man dich doch noch dazu bekommen kann, Eva zu heiraten. Aber«, er hörte das Lächeln, das sich in ihre Stimme schlich, »zurück zu deiner Amazonenprinzessin. Und verdreh nicht die Augen«, ergänzte sie, als er genau das tat. Sie kannte ihn einfach viel zu gut. »Ich habe mir die Homepage angesehen und dir ein paar Ideen geschickt. Ruf mal deine Mails ab, dann können wir das Ganze in Ruhe durchgehen.«

Justus klemmte sich das Handy zwischen Ohr und Schulter und nahm die Füße vom Tisch. Dann drehte er den Schreibtischsessel zum Monitor seines PCs. Mit einem Mausklick erschien der Bildschirmschoner der Bootsmanufaktur. Er drückte ihn weg und gab sein Passwort ein. »Schieß los«, sagte er gespannt.

15

»Warte«, sagte Sophie, als Clara und sie nach ihrem Friseur-
besuch nach Hause kamen. Sie hielt Clara am Arm zurück,
hinderte sie so daran, die Haustür zu öffnen, und zückte
ihr Handy. »Hexenselfie mit Bodensee«, sagte sie und grinste ihr Spiegelbild auf dem Display an.

Claras Herz setzte einen Schlag aus, als sie ihr Gesicht an
das ihrer kleinen Schwester presste. Sie roch das Friseur-
shampoo und spürte die seidigen, rostroten Haarsträhnen
an ihrer Wange. »Stell ein Bild gleich noch in die Familien-
gruppe«, sagte sie, nachdem Sophie in rasender Geschwindigkeit ungefähr zehn Fotos geschossen hatte. »Dann weiß
Lena, dass bei uns alles okay ist.«

Sophie scrollte mit dem Daumen durch die Bilder und
gab eines dieser abfälligen Geräusche von sich, die sie so
gut draufhatte. Clara sagte nichts. Sie wartete, bis ihre
Schwester aufsah, und zog dann die Augenbrauen nach
oben.

»Schon gut«, brummte Sophie. »Wenn Lena das sieht,
kriegt sie einen Vollfön, weil du es geschafft hast, mich dazu zu bekommen, die Haarfarbe zu wechseln. Wo sie doch
alles versucht hat. Hmm, aus diesem Blickwinkel gefällt
mir die Idee sogar.«

»Komm schon.« Clara seufzte und zog Sophie mit sich

ins Haus. »Lass uns Charlotte suchen und deinen neuen Look präsentieren.«

Ihre Großmutter saß auf der Veranda und blätterte durch eine Zeitschrift. Leise klassische Musik klang aus einem Bluetooth-Lautsprecher, und auf dem Tisch stand eine halbvolle Tasse Kaffee. Als sie Clara und Sophie hörte, hob sie den Kopf. Für den Bruchteil einer Sekunde weiteten sich ihre Augen überrascht. Dann zog ein breites Lächeln über ihr Gesicht. »Die beiden schönsten Mädchen vom Bodensee«, sagte sie, und der Stolz in ihrer Stimme war nicht zu überhören. »Du siehst wundervoll aus, Sophie. Dreh dich mal.«

Sophie tat Charlotte den Gefallen und präsentierte ihre neue alte Haarfarbe von allen Seiten. Grinsend und mit strahlenden Augen. Clara rieb sich über den Brustkorb, über die Stelle, an der sie in den vergangenen Monaten oft dieses Stechen verspürt hatte, wenn ihre kleine Schwester sie abgelehnt oder ihr ihre Abneigung entgegengeschleudert hatte. Sie waren sicher noch nicht über den Berg, aber einen ersten Schritt hatten sie getan.

»Wenn ihr nichts dagegen habt, gehe ich zum Steg runter und hänge ein bisschen mit Anton ab«, holte Sophie Clara aus ihren Gedanken.

»Mach das.« Charlotte wartete, bis ihre Enkelin von der Veranda gesprungen und um die Hausecke verschwunden war, ehe sie murmelte: »Armer Anton.«

»Hmm?« Clara ließ sich neben ihrer Großmutter in einen Stuhl fallen.

»Sie wird ihm das Herz brechen«, erklärte Charlotte und seufzte leise, ehe sie den Kopf schräg legte und Clara einen abschätzenden Blick zuwarf. »Willst du mir erzählen, was gestern passiert ist?« Clara wand sich unbehaglich auf ihrem Stuhl und war dankbar, als ihre Großmutter ihren scharfen Blick endlich Richtung See wandte. Ehe sie nachsetzte: »Ich würde gern wissen, was es mit dem Glänzen in deinen Augen auf sich hat. Das habe ich schon eine ganze Weile nicht mehr gesehen.«

Clara spürte, wie ihr die Hitze in die Wangen stieg. Ihre Großmutter hatte schon immer eine außergewöhnliche Auffassungsgabe gehabt. Sie überlegte, ob es sich lohnte, ihr auszuweichen oder sich mit einer kleinen Notlüge zu behelfen. »Ich war bei Justus, gestern Abend«, sagte sie stattdessen. »Ich wollte mich bei ihm bedanken. Er war schließlich derjenige, der Sophie zur Vernunft gebracht hat. Ohne ihn …«

»Du hast die Nacht mit ihm verbracht«, fasste Charlotte Claras Gestammel zusammen und lehnte sich mit einem zufriedenen Ausdruck im Gesicht in ihrem Stuhl zurück.

»Ja, habe ich«, gab Clara zu. Gott, war das peinlich, mit ihrer Großmutter über ihr Sexleben zu sprechen.

»Wenn die Folge davon ist, dass du am nächsten Tag dermaßen strahlst, solltest du das unbedingt wiederholen.«

»Charlotte!« Clara verschränkte die Arme vor der Brust. Dieses Gespräch fand gerade nicht wirklich statt, oder? Sie räusperte sich. »Ich weiß gar nicht, ob das noch einmal passiert. Das … ähm …« Sie fühlte sich etwas hilflos und wedelte zur Unterstreichung ihrer Worte mit den Händen. »So eine … du weißt schon … einmalige Sache.« So, jetzt war es raus. Sie hatte ihrer Großmutter von ihrem One-Night-Stand erzählt.

Für einen Moment schwieg Charlotte, dann sah sie Clara

an, und ihr Mundwinkel zuckte amüsiert. »Tatsächlich? Das glaubst du wirklich, oder?«

»Was soll das denn bedeuten?« Clara fuhr mit den Fingerspitzen die Konturen des Windlichts nach, das auf dem Tisch stand.

»Dass du die Augen aufmachen sollst, mein Kind. Justus ist verrückt nach dir. Die Blicke, mit denen er dir folgt, wann immer du in seiner Nähe bist, lassen daran keinen Zweifel.« Sie lachte hell und fröhlich. Dann rückte sie die Zeitschrift auf dem Tisch zur Seite und schob Sophies Skizzenbuch zu Clara hinüber. Das Thema war offenbar abgehakt. »Das hat deine Schwester übrigens heute Morgen auf dem Küchentresen liegen lassen. Ich habe ihr hinterhergerufen, dass sie es vergessen hat, daraufhin kam sie noch einmal zurück und hat es ein Stück in meine Richtung geschoben. Sie meinte, wir könnten ihr bei Gelegenheit sagen, was wir davon halten. Offenbar teilt sie ihre Ideen wieder mit uns.«

Clara blinzelte über den plötzlichen Themenwechsel. »Ihr Skizzenbuch …« Sie starrte das Buch an, während sich ihre Großmutter mit dem gesunden Arm aus dem Stuhl hochstemmte und in Richtung ihres Wintergartens wandte. »Sieh es dir an. Ich mache ein Nickerchen.«

Clara wartete, bis ihre Großmutter in den Wintergarten gehumpelt war, ehe sie das Buch ihrer Schwester über den Tisch zog. Seit Sophie beschlossen hatte, Clara aus ihrem Leben auszuschließen, hatte sie ihr keinen Blick mehr auf ihre Zeichnungen erlaubt. Dass sie Charlotte und sie jetzt wieder einen Blick in ihr Buch werfen ließ, war der größte Vertrauensbeweis, den sie ihnen entgegenbringen konnte.

Die Art ihrer Schwester zu sagen, dass zwischen ihnen alles ins Lot kam. Clara strich mit den Fingerspitzen über den glatten, schwarzen Einband. Dann klappte sie das Buch entschlossen auf – und stieß überrascht die Luft aus. Dass ihre kleine Schwester Talent hatte, wusste sie natürlich. Sie hatte es erst gestern gesehen, als sie die Fotos von ihrem Wandgemälde bewundert hatte. Aber alles, was sie in den vergangenen Monaten zu Gesicht bekommen hatte – wenn sie zufällig mal einen Blick auf die Zeichnungen erhascht hatte –, waren dunkle Szenerien mit gruseligen, oft entstellten Menschen. Hin und wieder mischte sich sogar ein Zombie in die Bilder. Die ersten Seiten des Skizzenbuches erinnerten noch ein wenig an die Dystopie-Themen, aber dann wurden sie abgelöst von atemberaubend schönen Skizzen und Zeichnungen. Clara fand die Zeichnung, die als Vorlage für das Wandgemälde gedient hatte. Dann fuhr sie die Linien nach, die eine Studie von Charlottes Gesicht darstellten. Sophie hatte es nicht nur geschafft, ihre Großmutter zu zeichnen, sie hatte ihren Charakter eingefangen. Die Weisheit des Alters ebenso wie das auffällige Funkeln in den Augen.

Auf den nächsten Seiten fand sich der Bodensee. Aus allen möglichen Perspektiven. Von ganz unterschiedlichen Stellen aus festgehalten. Immer anders. Immer einmalig. Immer überwältigend schön. Schließlich wurde das Wasser abgelöst von Naturskizzen. Blätter, Bäume. Die Rosen aus Charlottes Garten. Und sogar ein Grashalm, der sich unter der Last eines Marienkäfers bog. Sie hatte Justus gezeichnet, wie er die Rampe für Charlottes Rollstuhl baute. Anton, wie er, die Daumen lässig in die Taschen seiner Jeans gehakt, an seinem Motorrad lehnte. Und eine wunderschöne Zeichnung, die den Jungen zeigte, wie er mit angezogenen Knien auf dem Steg saß und auf den See hinausstarrte.

Clara blätterte abermals um – und erstarrte. Sie konnte den Blick nicht von dem Anblick lösen, den ihre Schwester aufs Papier gebannt hatte. In ihrem Inneren begann es zu summen, ihre Herzfrequenz beschleunigte sich. Dabei war das Bild an sich kein außergewöhnliches Motiv. Ein Spinnennetz, gewebt zwischen zwei knorrigen Ästen. Zwischen den hauchdünnen Fäden glänzten die ersten Tautropfen des Tages. Clara strich über die zarten Linien, die vor ihren Augen verschwammen. Ihr Brustkorb zog sich zusammen – und für einen Moment fürchtete sie, eine Panikattacke zu bekommen. Oder sogar einen Herzanfall. Dann klärte sich ihr Blick wieder. Clara holte tief Luft und erkannte, was sie gerade so aus der Bahn geworfen hatte: Sie hatte eine Eingebung. Sie presste die Hand auf ihr dahinrasendes Herz. Das Spinnennetz formte sich in ihrer Fantasie zu einem filigranen Collier. Sie konnte die Linie aus zartem Metall sehen, spürte das Material eines dünnen Silberdrahtes bereits unter ihren Fingern. Das Fauchen des Lötkolbens, das Zischen des Säurebades. Seit Monaten hatte sie zum ersten Mal eine Idee. Die Vorstellung von einem neuen Schmuckstück. »O mein Gott«, flüsterte sie und wischte die Träne weg, die sich in ihren Augenwinkel stahl. Ihre Kreativität war zurückgekehrt. Mit der Heftigkeit eines Paukenschlages. Sie hatte sie sich nicht langsam und mühsam zurückerkämpft. Clara hatte nur eine Seite im Heft ihrer kleinen Schwester umgeschlagen, und da war sie gewesen, versteckt in einer wunderschönen Zeichnung.

Clara hob den Blick von dem Buch und sah auf den See hinaus. In einer Woche wurde Sophie fünfzehn. Ein Schmuckstück nach einer Vorlage zu fertigen, die das Geburtstagskind selbst gefertigt hatte, war das perfekte Geschenk. Sie zog ihr Handy aus der Tasche und fotografierte die Skizze ab. Dann stand sie auf, legte das Buch zurück auf den Küchentresen und stieg die Treppe zum Atelier hinauf.

»Clara?«

»Hmm.« Sie beugte sich über ihren Lötkolben und fügte zwei weitere filigrane Silberdrähte aneinander.

»Clara!«

Sie sah auf und blinzelte. Ein Blick aus dem Fenster verriet ihr, dass die Sonne bereits weit nach Westen gewandert war. Auf der Treppe hörte sie das Trampeln von Sophies Stiefeln. Gemeinsam mit ihrer genervten Stimme. »Clara! Verdammt noch mal! Was treibst du da oben?«

»Nichts, was dich etwas angeht«, murmelte sie, erhob sich und trat in den Flur. Sie zog die Tür genau in dem Moment hinter sich zu, in dem der Kopf ihrer Schwester am Treppenabsatz auftauchte.

»Bist du inzwischen alt und taub?«, wollte ihre Schwester mit vor der Brust verschränkten Armen wissen. Ein empörter Teenager, der gezwungen worden war, zwei Stockwerke hinaufzusteigen. Clara musste sich erst an den neuen Anblick gewöhnen. Die roten Haare, das hübsche Gesicht frei von Make-up – ihre Schwester war wunderschön.

Clara biss sich auf die Lippe, um ihr Schmunzeln zu unterdrücken. »Entschuldige. Ich habe dich nicht gehört. Was gibt es denn?«

»Justus steht vor der Tür. Er will irgendetwas von dir.« Sophie drehte sich auf dem Absatz um und stürmte ins Erdgeschoss zurück. Clara folgte ihr etwas langsamer.

Als sie unten ankam, lehnte Sophie im Flur an der Wand, Justus stand in der geöffneten Haustür, die Hände in die Gürtelschlaufen seiner Jeans gehakt. Er blickte Clara entgegen und schenkte ihr ein schiefes Grinsen, als sie den Fuß der Treppe erreichte.

»Justus.« Sie war tatsächlich überrascht, ihn zu sehen. Die Aufregung um ihre zurückgewonnene Kreativität hatte sie so überwältigt, dass sie die vergangene Nacht für einige Stunden völlig aus ihren Gedanken gestrichen hatte. Aber jetzt, wo er vor ihr stand, die Haare zerzaust, als wäre er gerade noch mit den Händen hindurchgefahren, die unrasierten Wangen und dieser intensive Blick, jetzt konnte sie sich an jeden sinnlichen Sekundenbruchteil der gemeinsamen Nacht erinnern. »Was treibt dich her?« Charlotte hatte ihr ans Herz gelegt, eine weitere Nacht mit ihm zu verbringen. Aber sie kannte den Grund seines unangemeldeten Auftauchens nicht, also zog sie es vor, vorsichtig zu sein.

»Du hast nicht auf meine Nachrichten oder Anrufe reagiert. Also dachte ich, ich komme einfach persönlich vorbei«, erklärte er.

»Oh.« Clara drehte sich einmal um die eigene Achse. »Wo ist mein Handy?«

»Hier.« Sophie tänzelte zwei Schritte in die Küche und kehrte mit dem Telefon zurück.

Clara warf einen Blick auf das Display. Zwei Anrufe von Justus. Drei Nachrichten. »Tut mir leid, ich …«, begann sie.

»Sie hatte sich in ihrem Atelier eingeschlossen«, fuhr Sophie ungefragt dazwischen. »Keine Ahnung, was sie da oben treibt.«

»Tatsächlich?« Justus sah Clara überrascht an. »Dann wirst du dich in jedem Fall freuen, mich zu sehen. Ich habe nämlich Neuigkeiten zu deiner Homepage. Und einen Picknickkorb. Kommst du mit?«

Erst jetzt bemerkte Clara den Weidenkorb, der auf dem Treppenabsatz vor der Haustür stand. Sie sah zu ihrer Schwester hinüber, die mit großen Augen zwischen Justus und ihr hin und her sah.

»Habe ich irgendwas nicht mitgekriegt?«, wollte Sophie wissen.

»Ähm …« Clara spürte die Hitze, die an ihrem Hals nach oben kroch. »Justus hat mir nur versprochen, mir bei meiner Homepage zu helfen.«

»Nennt man das jetzt so?« Sophie zog auf unnachahmliche Art die Augenbrauen nach oben.

»Sophie!« Clara wäre am liebsten im Erdboden versunken. »Es geht hier um mein Geschäft«, verteidigte sie sich.

»Schon gut, schon gut.« Sophie grinste. »Na los.« Sie nickte zum Picknickkorb. »Habt Spaß, Kinder.«

Clara verdrehte die Augen, während Justus geduldig abwartete. »Ich sollte wenigstens noch nach Charlotte schauen.«

»Brauchst du nicht.« Sophie wies mit dem Zeigefinger in Richtung Haustür. »Charlotte und ich haben Pläne. Wir wollen es uns gemütlich machen und uns einen *Shopping-Queen*-Marathon reinziehen.«

»Also gut.« Clara schenkte Justus ein Lächeln, das sich

in den Mundwinkeln ein wenig zittrig anfühlte. Sie war aufgeregt, stellte sie fest. »Vielleicht solltest du daran denken, dass du erwachsen bist und es keinen Grund zur Aufregung gibt«, murmelte sie sich selbst zu, als sie über die Schwelle trat.

»Hast du was gesagt?«, wollte Justus wissen.

»Sie führt manchmal Selbstgespräche«, kam Sophie ihr abermals zuvor. »Ignorier das einfach.«

»Hey!« Clara warf ihrer Schwester einen Blick zu. »*Shopping Queen*! Schon vergessen? Charlotte wartet sicher bereits auf dich.«

»Bin ja schon weg.«

Clara wartete, bis Sophie wirklich gegangen war und nicht nur hinter der Ecke stand und sie weiter belauschte.

»Ihr versteht euch wirklich gut«, stellte Justus fest und griff nach dem Korb. »Sie wirkt wie ein ganz normaler Teenager. Und sieht vor allem auch so aus. Die neue Haarfarbe steht ihr.«

Diesmal kam Claras Lächeln aus tiefstem Herzen. »Das verdanken wir alles dir.«

»Ach was.« Er griff nach ihrer Hand und zog sie über die Wiese zum See. »Ihr hättet das auch ohne mich hinbekommen. Du siehst natürlich auch gut aus«, sagte er, als er den Picknickkorb auf das alte knarzende Holz stellte und sich zu Clara umdrehte. An ihrer Hand, die er noch immer hielt, zog er sie in seine Arme. »Auch wenn ich gestehen muss, dass ich ein wenig enttäuscht bin, dass du keinen Pyjama trägst.« Er küsste ihren Mundwinkel, und ein aufgeregtes Prickeln rieselte durch ihren Körper. »Ich scheine eine kleine Schwäche für diese Dinger entwickelt zu haben«, flüsterte er an ihren Lippen, bevor er sie küsste. Richtig küsste. Wie in der vergangenen Nacht. Voller Leidenschaft und Versprechen.

Clara konnte nicht anders, als den Kuss zu erwidern. Dann schlang sie ihre Arme um seinen Hals, um ihm noch näher zu sein. Sie wusste nicht, wie lange sie so eng umschlungen auf dem Steg standen, als ihr bewusst wurde, dass jeder sie sehen konnte. Also zumindest jeder, der seinen Weg durch die Trauerweiden fand. Clara und Charlotte zum Beispiel. Sie wich zurück, und Justus öffnete ein wenig verdattert die Augen, als sie sich von ihm löste.

»Clara?«, fragte er leise.

Sie verschränkte die Arme vor der Brust. »Jeder kann uns sehen«, erklärte sie ihren Rückzug.

Er antwortete nicht sofort, sondern nahm die Picknickdecke aus dem Korb und breitete sie auf dem Steg aus. Dann setzte er sich mit überkreuzten Beinen und sah mit einem fragenden Blick zu ihr auf. »Möchtest du darüber reden?«

Mit einem Seufzer ließ sich Clara neben ihn sinken. »Worüber?« Statt ihn anzusehen, betrachtete sie interessiert den Inhalt des Korbes.

Justus legte den Arm über den Korb, damit sie sich nicht mit dem Essen ablenken konnte. »Über dich und mich. Über gestern Nacht.« Sein Daumen strich sanft über ihre Wange. »Du hast dich heute Morgen davongeschlichen.«

»Ja … hmm … ich hatte zu tun. Ich habe keinen Grund gesehen, dich zu wecken.«

Seine Fingerspitzen glitten über ihre Wangenknochen, schoben einige wilde Locken hinter ihr Ohr. »Ich fand die

Nacht mit dir sehr schön. Und ich hätte überhaupt nichts dagegen gehabt, von dir geweckt zu werden«, sagte er schlicht. Wirklich toll, wie andere es fertigbrachten, die Dinge einfach beim Namen zu nennen. Nicht um den heißen Brei herumzureden.

Clara hingegen ... spürte, wie sie rot wurde. »Ja ... hmm.« Sie zerbrach sich den Kopf, was sie darauf antworten sollte. Charlotte hatte gesagt, sie solle sich weiter mit Justus treffen, aber sie konnte ihn ja schlecht bitten, noch einmal mit ihr zu schlafen. »Ehrlich gesagt, fällt es mir nicht leicht, darüber zu reden«, gab sie leise zu.

Justus zog die Augenbrauen leicht nach oben und nahm ihr die Plastikdose aus der Hand, die sie aus dem Korb genommen hatte, um ihre Finger zu beschäftigen. »Okay«, sagte er. »Dann lass uns einfach über etwas anderes reden. Wie war dein Tag?«

»Aufregend!« Das war das Wort, das die Stunden, seit sie sich aus seinem Bett gestohlen hatte, am besten beschrieb. Sie erzählte Justus von den überraschend guten Schmuckverkäufen. Von Sophies Zeichnungen und dem Collier, das sie ihrer kleinen Schwester zum Geburtstag schenken wollte.

»Du hast deine Kreativität wiedergefunden.« Justus grinste sie an. »Das ist fantastisch. Ich bin schon sehr gespannt, was du da entstehen lässt.« Er breitete Sandwiches, in Streifen geschnittene Gurke und Paprika aus. Kirschtomaten und Radieschen vervollständigten das Essen. Er öffnete eine Flasche Rotwein und goss ihr ein Glas ein. »Auf dich. Und auf deine Kreativität.«

Sie stießen an, und Clara nippte an ihrem Wein, ehe sie

nach einer Tomate griff. »Wie war dein Tag?«, stellte sie Justus die Gegenfrage.

Sie plauderten entspannt, aßen, und Justus schenkte ihnen Wein nach. Er erzählte ein paar lustige Episoden aus der Bootswerft, und später sahen sie still einem alten Ehepaar zu, das in einem Holzboot vorbeipaddelte.

Als die Sonne über dem See gesunken und die Flasche geleert war, richtete sich Justus auf und begann, die Reste in den Korb zurückzupacken. »Das war übrigens vorhin mein Ernst. Ich habe tatsächlich ein paar Vorschläge für deine Homepage, die ich dir gern zeigen würde.«

Sie zögerte, nannte sich dann aber selbst albern. Im Laufe des Abends war ihr klar geworden, warum sie nicht noch einmal mit Justus im Bett landen wollte. Die vergangene Nacht war eine reichlich überstürzte Aktion gewesen. Es war nicht ihre Art, sich einem Mann einfach an den Hals zu werfen. Den Tag über hatten sich die Ereignisse so überschlagen, dass sie keine Zeit gefunden hatte, über Justus nachzudenken, oder darüber, was zwischen ihnen sein konnte. Ehe sie sich darüber nicht im Klaren war, würde sie kein weiteres Mal mit ihm schlafen. Das hieß aber nicht, dass sie Angst haben musste, ihn in sein Haus zu begleiten, um sich die Veränderungen für ihre Webseite anzusehen. Sie waren erwachsen. Sie wussten beide, wie man sich im Griff hatte. Also folgte sie Justus durch die Terrassentür in seinen Bungalow. Im Gegensatz zu ihrem letzten Besuch in diesem Haus hatte sie die Möglichkeit, sich umzusehen. Der große offene Raum, der sowohl Küche als auch Ess- und Wohnbereich war, war genauso nüchtern und klar eingerichtet wie das Schlafzimmer. Unpersönlich war abermals das Wort, das Clara als Erstes durch den Sinn ging. Andererseits spürte sie Justus' Präsenz neben sich so deutlich, dass das Haus vielleicht gar nicht mehr Persönlichkeit benötigte.

Er stellte den Korb neben dem Kühlschrank ab und schob seinen Laptop auf den Küchentresen. Clara setzte sich auf einen der hohen Küchenhocker und wartete, bis der Rechner hochgefahren war. Justus nahm neben ihr Platz und hackte mit geübten Fingern ein paar Befehle in die Tasten. Dass er besser als Clara mit einem PC umgehen konnte, war unbestritten. Sein nackter Unterarm streifte ihren und hinterließ einen Streifen brennender Haut, der Rest ihres Körpers überzog sich mit einer Gänsehaut. Vorsichtig, um nicht unhöflich zu wirken, rückte sie ein Stück von ihm ab. Wenn sie schon so auf die Berührung seines Armes reagierte, wollte sie über andere Dinge gar nicht nachdenken.

Justus schien das nicht mitzubekommen. Er drückte noch ein paar Tasten und schob den Laptop dann zu ihr hinüber. »Das wäre eine Idee, die meine Cousine für deine Homepage hatte. Du musst sie nicht mögen. Ist nur ein Vorschlag.«

Er klang irgendwie – unsicher. Was Clara ein wenig Angst machte, auf das Display zu schauen. Als sie den Blick aber schließlich auf den Monitor senkte, entfuhr ihr ein atemloses »Wow!«

»Gefällt es dir?«, fragte Justus.

»Das ist … umwerfend.« Der Hintergrund der Homepage bestand aus einer Holzwand im Shabby-Chic-Stil. Weiß gestrichene Holzbretter, von denen die Farbe abblätterte. Die Ketten waren in Vintage-Bilderrahmen platziert worden, die Ohrringe hingen an nostalgischen Haken, und die Ringe sahen aus, als wären sie einfach in die Ritzen im Holz gesteckt worden. »Wahnsinn.« Clara beugte sich nach vorn, um jedes Detail in sich aufnehmen zu können.

»Wenn du hier klickst«, Justus' Arm tauchte in ihrem Blickfeld auf, und er demonstrierte, was er meinte. »Dann kommt man direkt zur Bestellfunktion.«

Einen langen Moment starrte Clara auf das, was Justus' Cousine da erschaffen hatte, dann lehnte sie sich leicht zurück. Bedauern rieselte durch ihren Körper wie eine kalte Dusche. »Das ist wirklich wunderschön. Es ist ein Traum, seinen Schmuck so präsentieren zu können.«

»Aber?«, fragte er, als sie nicht weitersprach.

Clara straffte die Schultern und drehte sich zu ihm um. Sie saßen viel zu dicht nebeneinander. »Du hast gesagt, die Idee wird mich nichts kosten. Das ist ein sehr großzügiges Angebot, das ich zu schätzen weiß.« Sie schluckte. »Aber ich kenne mich mit Computern wirklich nicht gut aus. Ich werde so eine komplexe Homepage auf keinen Fall allein bedienen können. Und damit wird sie zum Problem.«

Justus stieß mit seiner Schulter gegen ihre. Freundschaftlich. Auch wenn das in ihr ein so gar nicht kameradschaftliches Gefühl auslöste. »Das ist der Trick an einer guten Homepage. Sie muss professionell aussehen und ganz einfach zu bedienen sein. Warte, ich zeige es dir.« Er sprang von seinem Hocker und trat hinter Clara. Seine Hände links und rechts von ihren, seine Wange an ihrer, begann er, abermals zu tippen. »Siehst du? Hier …«, sagte er.

»Hmm.« Clara sah gar nichts. Sie roch nur seinen Duft, den sie inzwischen wahrscheinlich überall wiedererkennen würde. See, Holz und Waschmittel. Und sie spürte ihr Herz, das in einem hektischen Rhythmus vor sich hin klopfte.

»Wenn du dich in die Seite einloggst, das Passwort kannst du natürlich jederzeit ändern, dann kommst du auf diese Benutzeroberfläche …«

»Hmm.« Claras Blick schärfte sich wieder. Doch sie sah nicht, was Justus da am PC trieb. Sie sah nur die dunkle Locke, die ihm in die Stirn gefallen war und die sie gern zur Seite streichen wollte. Die Bartstoppeln seines unrasierten Kinns, über die sie gern mit den Fingerspitzen gleiten wollte. Und dann mit den Lippen. Seine Wärme hüllte sie ein. Sein Oberkörper an ihrem Rücken schickte kleine Schauer durch ihren Körper.

»Hörst du mir zu?« Justus hielt einen Moment inne. »Clara?«

»Hmm?«

Er drehte seinen Kopf, um sie anzusehen, was sie einander noch näher brachte. Ihre Lippen waren nur einen Hauch voneinander entfernt. »Vielleicht sollten wir die Hände doch nicht voneinander lassen«, flüsterte er. Und überwand die Millimeter, die sie noch trennten.

Am nächsten Morgen hatte Clara nicht so viel Glück wie am Tag zuvor. Justus war bereits wach und sah ihr beim Aufwachen zu. Sie würde diesmal also keine Chance bekommen, sich davonzustehlen. »Hey«, flüsterte er und küsste sie auf die Schläfe.

»Hey.« Clara drehte sich in seinen Armen, bis sie ihre Wange an seinen Brustkorb pressen und mit geschlossenen

Augen dem Schlagen seines Herzens lauschen konnte. Reden war das Letzte, was sie im Moment wollte. Viel lieber genoss sie noch eine Weile Justus' träge kreisende Fingerspitzen auf ihrem Rücken, wenn sie es schon nicht geschafft hatte, sich davonzustehlen.

»Kaffee?«, fragte Justus schließlich.

»Unbedingt.«

»Können wir uns vorher noch darauf einigen, dass wir diesen Sommer zusammen genießen?« Er lehnte sich ein wenig zurück, um sie ansehen zu können. Mit einer sanften Bewegung strich er ihr die Locken aus dem Gesicht.

»Bevor ich Kaffee hatte?« Clara wollte sich überhaupt nicht auf dieses Gespräch einlassen, solange sie so eng an ihn geschmiegt in seinem Bett lag. Das schien ihm einen unfairen Vorteil zu verschaffen.

»Bevor du Kaffee hattest und wieder in deine rationale Hülle zurückschlüpfst. Das scheint meine einzige Chance zu sein, dich rumzubekommen.« Er küsste sie. »Sag, dass du mir eine Chance gibst«, flüsterte er an ihren Lippen.

»Das sind unlautere Mittel.« Sie erwiderte den Kuss. Wie sollte sie ihm auch widerstehen?

»Absolut. Aber ich kämpfe nicht sauber.« Seine Lippen glitten zu ihrem Hals, fuhren über den Puls, der sich beschleunigte. »Gib mir eine Chance, dich kennenzulernen. Lerne mich kennen.«

Clara ließ sich in die Kissen zurücksinken und zog Justus mit sich. »Okay«, flüsterte sie, bevor ihre Lippen wieder zueinanderfanden.

16

Justus hatte Clara den Kaffee gekocht, nach dem sie so sehr verlangt hatte. Nachdem sie es, viel später als geplant, aus dem Bett geschafft hatten. Was im Übrigen ihre Schuld war. Sie hätte ihn nicht einfach noch einmal in die Kissen zurückziehen dürfen. Zufrieden, sie davon überzeugt zu haben, den Sommer gemeinsam zu genießen, lehnte er sich an die Küchenzeile und nippte an seinem eigenen Kaffee. Sie hatte das Koffein förmlich aufgesogen, ihn ein letztes Mal geküsst, und weg war sie. Ihr Aufbruch hatte etwas von einem Wirbelwind, der durch das Haus fegte. Sie wollte zu Hause sein, ehe ihre Schwester und ihre Großmutter wach waren. Das konnte er verstehen, schließlich näherten Sophie und sie sich einander gerade erst wieder an, und sie wollte diese zerbrechliche Situation nicht gleich wieder ins Wackeln bringen. Ihre Schwester sollte schonend erfahren, was sich zwischen Justus und ihr entwickelte. Er hörte Clara die Haustür öffnen und hinter sich ins Schloss ziehen. Im nächsten Augenblick tauchte sie im Ausschnitt der bodentiefen Terrassenfenster auf. Mit schnellen Schritten lief sie über den taufeuchten Rasen. Sie fuhr sich mit der Hand durch die Haare und strich sie mit einer Bewegung hinter das Ohr, die unbewusst wirkte. Ohne sich noch einmal umzudrehen, verschwand sie hinter der Ecke von

Charlottes Haus und aus seinem Blickfeld. Justus ließ den Blick zum See hinüberwandern und trank noch einen Schluck Kaffee. Clara ging ihm unter die Haut. Das war nichts, was er erwartet hatte, als er sich entschieden hatte, nach Bodman zu ziehen. Eine Frau stand im Moment nicht in den Plänen, die er für seine Zukunft geschmiedet hatte. Auch wenn Clara unglaublich faszinierend war und seine Gedanken beherrschte. Sicher, irgendwann wollte auch er eine Familie, Kinder. Nach den Dramen der letzten Monate, die mit einer geplatzten Hochzeit geendet hatten, wäre es nur konsequent, sich wenigstens für eine Weile von den Frauen fernzuhalten. Wenn er Clara widerstehen könnte. Was er offenbar nicht schaffte. Als hätten seine Gedanken die Vergangenheit heraufbeschworen, begann sein Handy auf dem Küchentresen zu brummen, und die Nummer seiner Mutter erschien auf dem Display. Justus seufzte und leerte seine Tasse mit einem großen Schluck. Er hatte es in den letzten Tagen ganz gut hinbekommen, sie zu ignorieren. Aber er wusste, dass das nicht so weitergehen konnte. Und heute kam er dank Clara sowieso schon später als geplant zur Arbeit. Er konnte es genauso gut jetzt sofort hinter sich bringen. Mit der rechten Hand schob er seine Tasse für eine weitere Dosis Koffein unter die Kaffeemaschine, mit der linken griff er nach dem Handy und wischte über das Display. »Hallo Mutter. Was kann ich für dich tun?«

»Justus, mein Schatz. Ich wollte mich einfach mal bei dir melden und fragen, wie es dir geht.« Was so was von gelogen war.

»Mir geht es sehr gut«, entgegnete er. Und was er sagte, entsprach der Wahrheit. »Die Bootsmanufaktur ist genau das, was ich gesucht habe.« Und ich habe gerade eine atemberaubende Frau erobert, fügte er in Gedanken hinzu.

Seine Mutter schwieg einen Moment, während er nach seiner Tasse griff und zum Sofa hinüberging. Mit Blick auf den Steg ließ er sich auf die Polster fallen und legte die Füße auf den Couchtisch. Er konnte sich bildlich vorstellen, wie seine Mutter missbilligend das Gesicht verzog und mit der Perlenkette spielte. Ein Erbstück, das sie immer trug.

»Es ist schön zu hören, dass es dir gut geht«, sagte sie schließlich. »Wir sind ein bisschen im Stress. Das kannst du dir ja sicher denken. So kurz vor den wichtigen Bootsschauen und Regatten«, holte sie verbal aus.

Für einen Moment packte Justus das schlechte Gewissen, doch dann atmete er tief durch. »Ich bin mir sicher, Mila macht einen fantastischen Job.« Er musste nicht nur seine Mutter, sondern auch sich selbst daran erinnern, dass er nicht der Mittelpunkt der Reederei seiner Eltern war, auch wenn sie sich nichts sehnlicher wünschten, als ihrem Kronprinzen irgendwann die Firma zu übergeben. Sie glaubten noch immer, er stieße sich nur die Hörner ab, ehe er zurückkehren und auf dem für ihn vorgewärmten Stuhl Platz nehmen würde. In ihrem starrsinnigen Wunsch, ihn so weit zu bekommen, nach ihrer Pfeife zu tanzen, übersahen sie vollständig, wie gern seine Cousine ihn ersetzen wollte, wie gut sein Job zu ihr passen würde – und wie perfekt sie für die Nachfolge seiner Eltern war. Im Gegensatz zu ihm. Er würde nicht ins Familienunternehmen zurückkehren. Nicht einmal wenn Simon von seiner Weltumsegelung zurück war und Justus keinen Job mehr haben würde, weil sie sich nicht auf eine Partnerschaft einigen könnten. Eher würde er sich mit einer kleinen Bootswerkstatt selbständig machen, als in die Tretmühle und unter die Fuchtel seiner Eltern zurückzukehren, die in ihrem gläsernen Palast die Strippen zogen, aber schon seit Jahren keine Hand mehr an eine Schiffsplanke gelegt hatten.

»Natürlich«, holte seine Mutter ihn aus seinen Gedanken. »Mila ist uns eine große Hilfe, solange du weg bist.« Es entstand ein unangenehmes Schweigen, bis sich seine Mutter räusperte und fortfuhr. »Ich habe gestern Evas Eltern getroffen. Hast du in letzter Zeit mal etwas von ihr gehört?«

»Das habe ich, Mutter. Sie genießt unsere Flitterwochen in vollen Zügen.«

»Laut Paul und Evelyn leidet sie furchtbar.« Noch ein Versuch, Justus ein schlechtes Gewissen einzureden.

Er dachte an die Bilder, die seine Ex-Verlobte ihm geschickt hatte. Und auf denen sie lachend die Nächte durchtanzte oder faul auf ihrer Strandliege rumhing. Sie lebte ihre plötzlich zurückgewonnene Freiheit genauso aus wie er. »Ihr geht es gut«, erklärte er seiner Mutter zum gefühlt tausendsten Mal. »Wir haben euch das erklärt. Genau wie Paul und Evelyn. Seht es doch endlich ein. Wir haben kein bisschen zueinander gepasst.«

»Ihr seid ein perfektes Paar gewesen«, widersprach seine Mutter. »Eine Frau kann sich gar nicht gut fühlen, wenn sie von ihrem zukünftigen Mann vor dem Altar stehen gelassen wird. Sie lächelt vielleicht, aber ihr Herz ist gebrochen.«

»Mutter, noch einmal! Ich habe Eva nicht das Herz gebrochen. Genauso wenig wie ich sie vor dem Altar stehen gelassen habe.« Seine Mutter brachte es fertig, es so aussehen zu lassen, als hätte die arme Braut in einem wunderschönen weißen Kleid vor dreihundert Gästen in einer festlich geschmückten Kirche gestanden, und unter ihrem Schleier wären die Tränen herausgetropft, weil er noch schnell die Beine in die Hand genommen hatte. »Ja, ich war derjenige, der die Beziehung beendet hat«, gab er zu. »Und ja, vielleicht hätte ich mir das nicht erst ein paar Wochen vor der Hochzeit überlegen sollen. Aber bringen wir es auf den Punkt: Eva wollte mich genauso wenig heiraten wie ich sie. Sie hat nur im Gegensatz zu mir nie den Mut aufgebracht, sich gegen euch alle aufzulehnen. Was ich ihr nicht verübeln kann.« Seine und ihre Eltern hatten in ihrer Beziehung eine perfekte Verbindung zwei der wirtschaftlich einflussreichsten Familien Kiels gesehen. Eine Ehe zwischen Eva und ihm wäre das Sahnehäubchen gewesen, das auch ihre Unternehmen hätte verknüpfen sollen. Was niemand von ihnen gesehen hatte – und auch nicht sehen wollte –, war die Beziehung an sich. Er und Eva hatten schon lange nur noch zusammengelebt wie Geschwister. Sie mochten sich sehr, und auf eine gewisse Art liebten sie sich auch. Aber die Art von glühender, Herzklopfen auslösender Liebe, die notwendig war, um sein Leben mit dem Partner zu verbringen, war zwischen ihnen schon vor langer Zeit erloschen. Im Nachhinein fragte sich Justus, warum sie es so weit hatten kommen lassen, warum sie nicht viel früher einen Schlussstrich gezogen hatten. Stattdessen hatten sie dem Druck ihrer Eltern nachgegeben und waren nach und nach in eine Spirale aus Hochzeits- und Lebensplanung gerutscht, aus der sie nicht mehr herausgekommen waren. Seine Cousine Mila war die Einzige gewesen, die skeptisch die Augenbrauen hochgezogen hatte. Alle anderen hatten auf sie eingeredet, und besonders ihre Mütter hatten sich in jedes Detail eingemischt und jede Entscheidung an sich gerissen. Die Hochzeit hätte das Event des Jahres in Kiel werden sollen.

Erst Simons Angebot hatte Justus die Augen geöffnet. Er hatte all das nicht gewollt. Weder wollte er Eva heiraten noch nach der Eheschließung auf der Karriereleiter der Reederei den nächsten Schritt nach oben klettern. Er hatte mit Eva gesprochen, und sie hatte geweint. Vor Erleichterung. Sie war ihm um den Hals gefallen und hatte ihn gar nicht mehr losgelassen. Denn ihr war es wie ihm ergangen. Aber auch sie hatte es nicht geschafft, sich gegen die Wünsche ihrer Mutter aufzulehnen. Sie beschlossen, es ihren Eltern gemeinsam zu sagen. Also luden sie sie zum Essen ein und brachten es einfach hinter sich. Kurz und schmerzlos. Die Hände ineinander verschlungen, um sich gegenseitig Mut zuzusprechen. Ihnen war klar, es würde nicht einfach werden, und wirklich gut würde die Neuigkeiten niemand aufnehmen. Mit dem Wutausbruch von Evas Mutter hatten sie allerdings beim besten Willen nicht rechnen können. Sie hatte das Kriegsbeil ausgegraben und Justus die Schuld gegeben. Eine andere Erklärung ließ sie schlicht und einfach nicht gelten. An ihrer Entscheidung hatte das nichts geändert. Eva und er hatten das Aufgebot abbestellt und die Gäste ausgeladen. Justus hatte seine Klamotten gepackt und war ohne großes Aufheben aus ihrem gemeinsamen Apartment ausgezogen. Eva hatte die Möbel behalten und war schließlich sogar auf Hochzeitsreise gegangen. In erster Linie um ihren Eltern zu entkommen. Inzwischen schien sie die Zeit in Asien in vollen Zügen zu genießen. Und das gönnte er ihr von ganzem Herzen – sie hatte es verdient. Eva und er waren nicht die Marionetten ihrer Eltern. Was ihn dazu brachte, dass seine Mutter noch immer in der Leitung hing und nach wie vor versuchte, die Fäden so zu ziehen, dass er nach ihrer und der Pfeife seines Vaters tanzte. »War noch irgendetwas Wichtiges?«, fragte er sie. »Ich muss langsam los, zur Arbeit.«

»Nein. Ich wollte einfach nur mal hören, wie es dir geht. Wir haben schließlich schon so lange nicht mehr in Ruhe miteinander gesprochen. Vielleicht komme ich dich ja in den nächsten Wochen mal besuchen. Wenn es hier etwas ruhiger ist«, konnte sie sich den letzten Satz nicht verkneifen.

Justus seufzte innerlich. »Mach das. Ich würde mich freuen, dich zu sehen. Aber nur, wenn der Zweck des Besuches nicht ist, mich zur Rückkehr nach Kiel zu überreden.«

Seine Mutter zögerte einen Moment. Ein deutliches Zeichen dafür, dass der nächste Satz eine Lüge sein würde. »Nein, natürlich nicht«, sagte sie. »Ich möchte dich einfach nur sehen.«

* * *

Clara schwebte auf Wolken über den Rasen. Sie konnte sich nicht erinnern, wann sie sich zum letzten Mal so leicht gefühlt hatte. So sorglos. Im Moment hatte sie das Gefühl, alles in ihrem Leben konnte sich zum Guten wenden – oder hatte sich bereits in etwas Positives verwandelt. Dann schlich sie die Stufen zur Haustür hinauf, holte den Schlüssel aus seinem Versteck und öffnete die Tür. Sie zuckte zusammen, als sie in ihren Angeln knarzte, und legte den Schlüssel zurück. Vorsichtig trat sie ins Haus. Sie wollte ihre Großmutter und ihre Schwester nicht wecken. Im Moment wusste sie selbst noch nicht, wie sie mit Justus' Bitte umgehen sollte, den Sommer gemeinsam zu verbringen. Ehe sie die Situation nicht erklären konnte, wollte sie nicht darüber sprechen. Sie zog ihre Schuhe aus und schlich auf Zehenspitzen zur Treppe.

»Guten Morgen«, erklang Charlottes Stimme, als Clara auf Höhe der Küchentür war. Erschrocken fuhr sie herum und presste ihre Hand auf das Herz. Ein Ton, irgendwo zwischen Schreck und Lachen, entfuhr ihr, als sie ihre Großmutter und Sophie am Küchentisch sitzen sah. Mit gespannten Gesichtern sahen sie ihr entgegen.

»Was macht ihr denn schon so früh?«, fragte Clara. Etwas Besseres fiel ihr nicht ein. Charlottes Haare lagen in einer perfekten Jane-Fonda-Frisur um ihr Gesicht. Außerdem trug sie bereits ein leichtes Sommerkleid, der Arm lag in seiner Trageschlinge. Offenbar hatte Sophie trotz der frühen Stunde ganze Arbeit geleistet.

»Wir haben auf dich gewartet«, ließ Sophie sie wissen und lehnte sich auf ihrem Stuhl zurück. Diva sprang auf ihren Schoß, und ihre kleine Schwester ließ die Finger mit dem abgeblätterten schwarzen Nagellack über Divas Rücken gleiten. »Wird Zeit, dass du mal nach Hause kommst.«

»Entschuldigt, ich war … ich bin …« Clara spürte, wie ihr die Röte in die Wangen kroch.

Sophie winkte ab. »Wir wissen, wo du heute Nacht gewesen bist. Und wir wissen, was du getan hast.« Abwehrend hob sie die Hände und kniff die Augen zusammen. »Wobei wir definitiv nicht an Details interessiert sind«, warnte sie Clara.

»Och, ich wäre es schon«, murmelte Charlotte und zwinkerte Clara zu.

»Also?« Sophie legte den Kopf ein wenig schräg, ohne ihre Musterung zu unterbrechen. »Was läuft da zwischen Justus und dir?«

Mittlerweile hatte Clara das Gefühl, dass ihr Gesicht brannte, so unangenehm war ihr die Situation. Offenbar schien sie keine Chance zu bekommen, sich das, was zwischen Justus und ihr geschah, in Ruhe durch den Kopf gehen zu lassen. Sie würde ihrer Familie Rede und Antwort stehen müssen. So wie es aussah, sogar jetzt gleich. Sie seufzte, goss sich ihre zweite Tasse Kaffee dieses Morgens ein, um etwas Zeit zu schinden, und setzte sich zu den beiden an den Tisch. »Justus hat mich gebeten, Zeit mit ihm zu verbringen. Den Sommer mit ihm zu genießen«, sagte sie leise und hoffte, Sophie würde nicht ausflippen. Mit Lenas Freund Benedikt war sie nie besonders gut ausgekommen. Wenn sie Justus als Bedrohung für ihre Familie sah ...

»Das ist fantastisch.« Charlotte legte ihre Hand über Claras und drückte sie liebevoll. »Du solltest dieser Bitte nachkommen. Justus scheint mir ein kluger Mann zu sein.«

»Und ganz sicher nicht so ein Arsch wie Olli«, brachte ihre Schwester es auf ihre unnachahmliche Art auf den Punkt.

»Sophie!«

»Ist doch so.« Sie zuckte mit den Schultern, und Clara wurde bewusst, wie glücklich sie der Umstand machte, dass Sophie ein türkisfarbenes Tanktop trug, das sie gemeinsam mit ihrer roten Haarmähne zu einem sehr hübschen Teenagermädchen machte. Auch wenn sie sich sicher war, dass sie das Kleidungsstück aus Claras Schrank stibitzt hatte.

Clara wollte die Rückkehr zum Schwarz auf jeden Fall verhindern. Sie fuhr mit dem Finger ihrer freien Hand den Rand ihrer Tasse nach und sprach aus, was ihr durch den Kopf ging. »Ich fühle mich wirklich zu Justus hingezogen. Er ist großartig. Aber Sophie«, sie sah ihre Schwester fest an. »Wir sind zusammen hergekommen. Wir haben endlich das Kriegsbeil begraben und uns ausgesprochen. Ich möchte diesen Sommer mit dir verbringen. Und vor allem möchte ich dir das Gefühl geben, dass du die Ferien mit mir verbringen kannst.«

»Pff.« Ihre Schwester verdrehte die Augen, was auch ohne dicke Kajalumrandung noch immer sehr dramatisch wirkte. »Denkst du etwa, ich will die ganze Zeit mit meiner großen Schwester rumhängen? Das ist ja wohl lahm.« Entgegen den Worten, die so rotzig klangen, wie Clara es von Sophie inzwischen gewohnt war, stahl sich ein breites Grinsen in das Gesicht ihrer Schwester, das ihr sagte, dass sie sie auf den Arm nahm. »Ich meine, du könntest uns Pfannkuchen zum Frühstück machen. Damit könntest du bei mir genug punkten, um dir die Zeit mit dem heißen Nachbar vertreiben zu können.«

»Pfannkuchen, hmm? Das lässt sich einrichten.« Clara erhob sich. »Aber nur, wenn du mir hilfst.« Sie wartete, bis Sophie Diva von ihrem Schoß geschoben hatte und neben sie trat. Gemeinsam begannen sie, die Zutaten herauszusuchen. Und während Charlotte an ihrem Kaffee nippte und die Sonne durch die offenstehende Hintertür fiel und den Fliesenboden wärmte, erzählte Clara ihnen von der neuen Homepage, die Justus' Cousine für sie kreiert hatte.

Eine Stunde später fiel die Haustür zusammen mit einem von Sophie gebrüllten »Tschüss« ins Schloss. Clara trat ans Fenster und sah sie über die Wiese rennen. Ihre leuchtend roten Haare glänzten in der Sonne. Wie hatte ihre Schwester nur innerhalb so kurzer Zeit eine solche Kehrtwende hinlegen können?

»Ich weiß, was du denkst«, sagte Charlotte. Sie war neben Clara gehumpelt und sah ebenfalls dabei zu, wie Sophie am Steg lachend vor Anton zum Stehen kam.

»Ach ja?« Clara warf ihrer Großmutter einen Seitenblick zu.

»Ja. Du hast Angst.« Charlotte legte ihre gesunde Hand sanft auf Claras Schulter. »Du hast Angst, sie könnte sich so schnell in das kleine Monster zurückverwandeln, wie sie diese Hülle abgestreift hat. Du fürchtest dich davor, was passiert, wenn die Ferien vorbei sind. Wenn Lena wieder das Sagen hat, und wenn du wieder in deinem grauenvollen WG-Loch lebst.«

»Ich …« Clara wollte angesichts dieser düsteren Zukunftsvision widersprechen, als ihr bewusst wurde, dass ihre Großmutter den Nagel auf den Kopf getroffen hatte. »Ja, du hast recht. Gerade läuft alles so wundervoll. Ich habe ein paar Schmuckstücke verkauft. Und ich habe wieder Ideen. Sophie ist endlich aus ihrem Schneckenhaus gekrochen. Dann gibt es da noch Justus, und dir geht es, Gott sei Dank, auch wieder besser. Da könnte man leicht auf den Gedanken kommen, die Welt sei in Ordnung und es gäbe keine Probleme.« Clara sah dabei zu, wie ihre Schwester und Anton die Köpfe zusammensteckten und irgendetwas auf ihrem Handy betrachteten. Dann warf Sophie den Kopf in den Nacken und lachte. Anton nahm ihre Hand und zog sie mit sich in Richtung des wundervollen, restaurierten Fachwerkhauses, in dem er wohnte. Sie hatte erzählt, dass sie irgendetwas am Computer machen wollten, was Clara nicht so ganz verstanden hatte. »Die Bäume schirmen uns ab. Die Wiese, der Steg und der See, zusammen mit dem strahlend blauen Sommerhimmel fühlt es sich an, als wären wir auf einer Insel gestrandet. Aber wir müssen nur an den Weiden vorbeigehen und befinden uns wieder mitten in der Wirklichkeit.«

Für einen Augenblick erfüllte Stille die Küche. Nur Divas leises Schnarchen, die sich in das Sonnenlicht an der Küchentür zurückgezogen hatte, war zu hören. »Ich verstehe deine Angst«, sagte Charlotte schließlich leise und sah Clara ernst an. »Und es gibt einiges, worüber du dir Gedanken machen musst. Heute ist dein freier Tag, und Sophie ist beschäftigt. Wie wäre es, wenn wir uns auf die Veranda setzen und darüber reden?« Ehe Clara etwas erwidern konnte, fuhr Charlotte fort: »Lena hat gestern Abend angerufen.«

Daher wehte der Wind also. Claras Magen zog sich zusammen. »Also gut, ein ernstes Gespräch auf der Veranda.« Sie zwang sich zu einem Lächeln und ging durch den Wintergarten voraus. Dann wartete sie, bis ihre Großmutter es sich einigermaßen bequem gemacht hatte, und zog einen Stuhl heraus, damit sie ihren noch immer geschwollenen

Knöchel hochlegen konnte. Anschließend schob sie ihr ein Kissen in den Rücken. »Geht es so?«, wollte sie wissen.

Charlotte winkte ab. »Jetzt hör auf, mich zu bemuttern, und setz dich hin.«

Clara gehorchte. Sie setzte sich ihrer Großmutter gegenüber und verschränkte abwartend die Hände in ihrem Schoß. »Also?«, fragte sie. »Was wollte Lena?«

»Sie ist aus dem Liebesurlaub zurück«, sagte Charlotte schlicht. »Und jetzt findet sie, es sei an der Zeit, Sophie nach Stuttgart zurückzuschicken. Sie hat ein gutes Ferienprogramm für aufmüpfige Teenager gefunden.«

»Was?« Clara legte die Unterarme auf den Tisch und beugte sich vor. »Was soll das bedeuten?« Aufmüpfige Teenager? Die Alarmglocken in ihrem Kopf begannen zu schrillen.

»Ich würde es Boot Camp nennen. Eine Art Zeltlager, bei dem einem die Flausen ausgetrieben werden sollen.« Charlotte verzog missbilligend den Mund. »Sie wollte Sophie sprechen, aber die hat sich geweigert. Sie ist noch immer sauer auf Lena. Zu Recht, wenn du mich fragst. Für deine große Schwester war das natürlich nur ein Argument mehr, sie in dieses Camp zu schicken.«

Clara rieb sich über das Gesicht und versuchte, ihre Gedanken zu sortieren. »Ich weiß gar nicht, was ich dazu sagen soll. Einerseits war es furchtbar für Sophie, dass Lena sie einfach bei mir abgesetzt hat und in den Urlaub verschwunden ist. Ich finde es schrecklich, wie wenig sie sich für unsere kleine Schwester interessiert hat. Sie wusste nicht einmal, warum Sophie diese Wand beschmiert hat. Sie hätte für sie kämpfen müssen. Sie hätte dem Rektor ... ich weiß auch nicht, was sie hätte tun müssen. Aber sie hätte es tun müssen.« Sie holte tief Luft, ehe sie weitersprach. »Sophie hätte gar nicht hier sein dürfen, wenn Lena sich mehr wie ein Familienmitglied als wie ein Diktator verhalten hätte. Aber auf der anderen Seite hat das dazu geführt, dass Sophie und ich endlich über den blöden Graben gesprungen sind, der uns getrennt hat. Ich bin so glücklich, dass uns das gelungen ist. Also bin ich Lena auch irgendwie – dankbar.«

»Du hast recht. Und das ist sehr viel wert. Ihr blüht beide auf, seit ihr hier seid.« Charlotte zupfte mit ihrer gesunden Hand ein paar welke Blätter aus ihren Kräutertöpfen, die sie erreichen konnte, ohne sich großartig bewegen zu müssen, und hüllte sie damit in einen aromatischen Duft. »Ich habe es jedenfalls abgelehnt. Sophie bleibt hier.«

»Charlotte!« Clara richtete sich erschrocken auf. Sie konnte sich bildlich vorstellen, wie ihre Schwester am Telefon Feuer gespuckt hatte. »Das kannst du nicht machen. Lena hat das Sorgerecht für Sophie. Wenn du …«

»Genau da liegt das Problem, mein Schatz. Lena hat vielleicht das Sorgerecht für deine Schwester. Aber ich bin hier immer noch das Familienoberhaupt. Und wenn ich sehe, wie jemand einen Fehler macht, dann greife ich ein. Um ehrlich zu sein, habe ich euch schon viel zu lange nur dabei zugesehen, was ihr da in Stuttgart treibt.«

»Wir können nicht einfach …«, begann Clara erneut, aber Charlotte hob die Hand, um sie zum Schweigen zu bringen.

»Du kannst all das sehr wohl einfach ändern. Sophie muss nicht bei Lena leben. Du musst nicht in dieser grauenvollen WG hausen. Es geht aufwärts. Du verkaufst wieder Schmuck. Deine Homepage wird ein Hingucker. Und Sophie und du seid zum ersten Mal seit einer Ewigkeit zusammen glücklich.« Charlotte zog die Augenbrauen wie zu einer Herausforderung nach oben. »All dies ist hier in Bodman passiert. Justus habe ich noch nicht einmal erwähnt. Ich hoffe, du kannst das Muster erkennen.«

Clara schluckte, als sie begriff, was ihre Großmutter meinte. »Du willst, dass wir hierbleiben? Hier leben?« Es klang so einfach – und war doch so unendlich kompliziert.

»Ihr könnt auch in Stuttgart leben. Aber was hält euch dort? Sophie braucht eine neue Schule und hat hier ja ganz offensichtlich schon einen Freund gefunden. Sie kann hier einen Neuanfang wagen. Du kannst überall arbeiten. Das Atelier im Dach genügt vielleicht für den Anfang. Wenn du mehr Platz brauchst, findest du sicher etwas Passendes.«

»Lena wird da auf keinen Fall mitspielen«, gab Clara zu bedenken. »Sie wird das mit einer Handbewegung zur Seite wischen, mir erklären, wer das Sorgerecht hat und deshalb bestimmen kann, was mit Sophie passiert. Wir haben gar keine Chance.«

»Es gibt immer eine Chance, Clara. Immer. Unter Umständen bedeutet sie, dass man kämpfen muss, dass man die Arschbacken zusammenkneifen, den Rücken durchbiegen und jemand die Stirn bieten muss. Denkst du, ich wäre eine der meistgefeierten Opernsopranistinnen der Welt geworden, wenn ich einfach immer nur darauf gewartet hätte, ob das Karma gerade Mitleid mit mir hat? Nein, ich habe mich auf die Hinterbeine gestellt und gekämpft. Und eines garantiere ich dir. Ein Sieg, für den man so richtig die Krallen ausfahren muss, ist der beste überhaupt. Denk darüber nach. Ich würde mich wahnsinnig glücklich schätzen, euch hier zu haben.«

»Das freut mich. Und im Moment fällt es mir sehr leicht, Ja zu sagen. Aber ich muss über den Tellerrand hinausschauen, all das durchdenken …«

»Wie wäre es, wenn du eine Liste machst und alle Argumente sammelst«, schlug Charlotte mit einem sanften Lächeln vor.

»Ja, das könnte ich probieren. Pro und Kontra abwägen. Und wahrscheinlich einen Krieg mit meiner großen Schwester anzetteln.« Clara stützte die Ellenbogen auf den Tisch und legte den Kopf in die Hände. »Was man halt so macht an seinem freien Tag.« Doch bevor sie sich eine unschöne Schlacht mit Lena lieferte, würde sie an Sophies Schmuckstück weiterarbeiten, weil das etwas war, das sie glücklich machte.

17

Zwei Stunden später setzte sich Clara mit ihrem Laptop und einem Notizblock bewaffnet auf den Bootssteg. Die alten, ausgeblichenen Holzbohlen hatten sich in der Sonne aufgeheizt und wärmten ihre nackten Beine. Sie begann, sich mit dem Thema Schule, Sorgerecht und der Idee vom Leben am Bodensee zu beschäftigen. Während sie sich einlas, stieg Ärger in ihr auf. Auf ihre Schwester Lena. Aber noch viel mehr auf sich selbst. Wieso hatte sie Lena immer blind vertraut? Nie etwas hinterfragt? Klar, sie hatten ihre Rollen schon vor vielen Jahren klar festgelegt, aber sie hätte längst merken müssen, dass sie Sophie verlieren würden, wenn sie so weitermachten. Als sie genug Informationen für ein Gespräch mit Lena zusammengetragen hatte, klappte sie den Laptop zu und legte den Oberkörper zurück auf das warme Holz. Jetzt musste sie nur noch mit Sophie reden, und dann konnte sie in die Offensive gehen. Mit geschlossenen Augen genoss sie die Sonne und das Plätschern des Wassers. Der Wind rauschte durch das Schilf, und sie fühlte sich ganz leicht und entspannt. Charlottes Unfall war ein Schock gewesen, aber sie war dankbar, dass er Sophie und sie hierhergeführt hatte.

Wenn man vom Teufel sprach – oder an ihn dachte. Sie spürte die leichten Erschütterungen, die den hüpfenden Gang ihrer Schwester ankündigten. Sophie ließ sich neben sie plumpsen. Ihr Schatten fiel auf Claras Gesicht. »Schon die Nase voll von Anton?«, neckte Clara sie, ohne die Augen zu öffnen.

Sophie ließ sich nach hinten fallen. »Er ist mit seiner Mutter zum Mittagessen in Konstanz verabredet. Aber wir können doch auch was unternehmen, oder?«

»Worauf hast du denn Lust?« Clara wandte den Kopf und sah ihre Schwester von der Seite an.

»Stand-up-Paddling«, antwortete sie wie aus der Pistole geschossen.

»Wir haben keine …«, begann Clara.

»Aber Justus!« Sophie grinste sie an. »Er hat es mir angeboten. Da lehnen ein paar Boards an seinem Schuppen, die wir uns jederzeit ausleihen können.«

»Ich weiß nicht.« Clara richtete sich auf und hängte ihre Füße über dem Rand des Stegs ins Wasser. »Ist das nicht gefährlich? Braucht man dazu nicht einen Kurs oder so was?«

»Ach was.« Sophie winkte ab. »Das ist megaeinfach. Draufstellen und lospaddeln. Also, machen wir das? Bitte! Bitte!« Sie vibrierte geradezu vor Energie.

»Also gut«, gab Clara nach, auch wenn ihr eine Fahrradtour deutlich lieber gewesen wäre. »Probieren können wir es. Aber ich frage Justus, ob das mit den Brettern wirklich okay ist.« Mehrere Boards! Wer brauchte denn mehrere Paddleboards? Man konnte doch seine Füße nur auf eines stellen, oder? Aber da sie sowieso keine große Sportskanone war, verstand sie Leidenschaften wie im Stehen über den Bodensee zu gondeln wahrscheinlich nicht gut genug. Während sie ihren Bikini aus der Schublade zog, schickte sie

Justus eine WhatsApp und fragte nach, ob Sophie und sie die Bretter wirklich ausleihen durften. Am Ende verlor sie sein Lieblingssportgerät, und es trieb nach Überlingen ab. Oder sogar bis nach Bregenz.

Drei Sekunden nachdem sie die Nachricht abgeschickt hatte, rief er sie an. Sie wischte über den grünen Hörer auf ihrem Display. »Hey«, sagte sie.

»Hey. Ihr wollt auf den See?«, fragte er mit einem Lächeln in der Stimme.

Hoffentlich riet er ihr von diesem Unterfangen ab. »Sophie will das. Mein Ziel ist es einfach nur, nicht zu ertrinken«, fasste sie ihr Vorhaben zusammen.

Justus lachte. »Paddle Boarding ist megaeinfach«, benutzte er die gleichen Worte wie ihre Schwester. »Einfach draufstellen und lospaddeln.«

Clara seufzte und zog ihrem Spiegelbild im Bad eine Grimasse.

»Ich habe Sophie gesagt, dass sie sich die Bretter jederzeit ausleihen kann. Auch wenn ich gestehen muss, ich wäre verdammt gern dabei.«

»Es ist wirklich nicht gefährlich?«, fragte Clara vorsichtshalber noch einmal nach.

»Nicht, wenn du schwimmen kannst. Die Chancen stehen ganz gut, dass du am Anfang ein paar Mal im Wasser landest. Aber das macht bei diesem Wetter doch richtig Spaß.«

Was für unterschiedliche Vorstellungen von Spaß die Menschen haben konnten.

»Im Ernst, Clara. Das ist wirklich völlig ungefährlich. Vergiss nicht, ich würde gern heute Abend noch ein bisschen mit dir auf der Terrasse sitzen, und wenn es dunkel wird, ein bisschen rummachen. Ich würde dir also zu nichts raten, was kontraproduktiv wäre.« Seine Stimme wurde tiefer und leiser, was den Schmetterling in ihrem Magen weckte und aufgeregt mit den Flügeln schlagen ließ. »Du kannst mir vertrauen. Bis heute Abend?«, fragte er.

Wie sollte sie da widerstehen können? »Bis heute Abend.«

Bis Clara sich umgezogen und ihre blasse Haut mit Sonnencreme geschützt hatte, hatte ihre Schwester bereits zwei Bretter zum See gezogen und an der Böschung abgelegt. Sophies Bikini war mit großen Monsterablättern auf hellgrünem Untergrund bedruckt. Also ganz sicher nichts, was sie sich in letzter Zeit selbst ausgesucht hatte. Aber er stand ihr verdammt gut, und Sophie hatte bereits ein wenig Farbe bekommen. Und sie war nicht zu bremsen. Während Clara misstrauisch ihr Paddel in der Hand wog, schob Sophie ihr Brett ins Wasser und kletterte drauf. Sie balancierte einen kleinen Wackler aus und entfernte sich mit den ersten drei Paddelschlägen vom Ufer. Clara tat es ihr gleich. Und hatte es noch nicht einmal geschafft, sich ganz aufzurichten, als sie das erste Mal, Hintern voran, in den See fiel. Wie eine kalte Decke schlug das Wasser über ihr zusammen. Das Sonnenlicht ließ alles um sie herum grünblau schimmern. Justus hatte recht. Es war fantastisch, das Wasser und die Sonne zu genießen. Sie durchbrach die Oberfläche und spürte sofort die Sommerwärme auf der Haut. Entschlossen griff sie nach ihrem Board und versuchte ihr Glück noch einmal. Diesmal kippte sie mit dem gesamten Brett um und verschwand abermals unter der Wasseroberfläche. Sophie hatte sich inzwischen so positioniert, dass sie Clara bei ihren kläglichen Versuchen zusehen konnte. Sie war kurz davor, vor Lachen Schnappatmung zu bekommen. Clara beschloss, das nicht auf sich sitzen zu lassen. Sie musste selbst lachen, als sie sich mit dem Oberkörper quer über das Brett hängte und mit den Füßen paddelte, bis sie ihre Schwester erreicht hatte. Dabei stieß sie gegen ihr Brett, was Sophie wenigstens etwas aus dem Gleichgewicht brachte – sie aber problemlos ausbalancierte.

»Ich hoffe für dich, dass Anton wirklich mit seiner Mutter beim Essen ist und nicht zufällig am Fenster steht und dieses Debakel filmt«, warnte Clara sie.

Sophie hob gut gelaunt die Schultern und grinste. »Vertraust du mir etwa nicht, Schwesterchen? Wer weiß das schon? Vielleicht hast du Glück, und nur ich werde Zeugin deines kläglichen Versagens. Oder morgen kann jeder deinen Hintern auf YouTube bewundern.«

Clara griff abermals nach Sophies Brett und gab ihm einen Schubs. Er brachte Sophie nicht aus dem Gleichgewicht – ihr haltloses Lachen, das sie nicht mehr kontrollieren konnte, dagegen schon. Sophie fiel rücklings vom Brett und tauchte einen Moment später prustend aus dem See auf. Sie schüttelte sich wie ein junger Hund. Die Sonne ließ die Wassertropfen wie Diamanten funkeln, die um sie herumstiebten. Breit grinsend, hievte sie sich wieder auf das Brett. »Los geht's!«, rief sie. »Wer als Erster in der Mitte des Sees ist.«

In der Mitte? Clara blinzelte Wasser aus ihren Augen und versuchte, die Entfernung auszumachen. Sophie war ihr voraus und offenbar fest entschlossen, das selbst gesteckte Ziel zu erreichen. Clara fiel noch zweimal vom Brett. Einmal, als eine kleine Welle sie traf, und einmal, als eine Wildente im Tiefflug über sie hinwegschoss und sie erschreckte. Sie gab schließlich auf, streckte sich auf dem Board aus und ließ sich die Sonne auf den Bauch scheinen, bis ihre Schwester zu ihr zurückkehrte.

»Du bist echt lahm.« Sophie sprang von ihrem Brett und tauchte darunter hindurch, nur um auf der anderen Seite wieder hinaufzuklettern und sich bäuchlings hinzulegen. Sie winkelte die Beine an und ließ sie in dem Takt einer Melodie schwingen, die sie leise vor sich hin summte. Ihre Hand glitt träge durch das Wasser.

»Es war eine gute Idee, Zeit auf dem See zu verbringen«, sagte Clara. Sie hatte überlegt, wie sie am geschicktesten ein Gespräch in Gang bringen könnte, ohne Sophie sofort wieder in eine Abwehrhaltung zu treiben. Ehrlichkeit war die beste Option. »Ich will dir diesen schönen Tag nicht verderben, aber es gibt da noch ein paar Dinge, über die wir reden müssen.«

»Oh Mann! Das klingt nicht gut, Alter.«

»Du sollst nicht Alter zu mir sagen«, rügte Clara sie ganz automatisch.

»Sorry.« Sophie malte Kreise ins Wasser, legte den Kopf auf die flache Hand und blinzelte zu Clara hinüber. In ihre Augen hatte sich bereits wieder dieser wachsame Ausdruck geschlichen. »Hast du dir das mit dem Sommer bei Charlotte doch anders überlegt?«

»Nein. Natürlich nicht. Wir waren uns einig, dass wir hierbleiben wollen. Und wenn es nach Charlotte und mir geht, machen wir das genau so. Allerdings hat Lena inzwischen Charlotte angerufen.«

»Ah, ich verstehe.« Sophies Ton färbte sich wieder in ihrer Abneigung. »Lena spielt wieder den Boss, und du gibst klein bei. Ist ja nichts Neues.« Sie drehte den Kopf auf die andere Seite und starrte zur Bucht hinüber, in der das Haus ihrer Großmutter stand. So wirklich lange hatte ihr Waffenstillstand also nicht gehalten.

»Sophie, sieh mich an«, bat Clara. Ihre Schwester reagierte nicht. »Sophie, bitte. Lass mich erst einmal zu Ende erzählen, ehe du voreilige Schlüsse ziehst.«

»Pff. Als ob Lena nicht sowieso macht, was sie will. Oder hast du Lena etwa angerufen und ihr gesagt, dass wir den Sommer über am Bodensee bleiben?«

»Nein, ich …«

»Siehst du!«, schnitt Sophie ihr das Wort ab und fuhr zu ihr herum. Zorn blitzte in ihren Augen.

»Ich habe Lena nur deshalb noch nicht angerufen, weil ich mich über ein paar Dinge schlaumachen und vor allem mit dir reden wollte, ehe ich mich mit ihr auseinandersetze. Ich möchte deine Meinung hören. Du wirst bald fünfzehn, und wir sollten unsere Entscheidungen gemeinsam treffen, findest du nicht auch?« Clara griff nach Sophies Hand, die noch zwischen ihnen im Wasser baumelte, und verschränkte ihre Finger mit denen ihrer Schwester. Um zu verhindern, dass sie abtrieb. Mit dem Board. Und mit ihrer Seele. Sie wartete nicht ab, bis Sophie, die die Lippen noch immer wütend zusammengepresst hatte, ihre Frage beantwortete, sondern redete einfach weiter. »Wie gesagt: Lena hat mit Charlotte telefoniert. Sie ist aus dem Urlaub zurück und will wieder die Verantwortung für dich übernehmen. Ihrer Meinung nach solltest du für deinen Rauswurf aus dem Internat nicht auch noch belohnt werden. Sie hat eine Art Besserungsanstalt in Form eines Ferienlagers aufgetan.«

»Ein Boot Camp, oder was?«, brachte Sophie zwischen zusammengepressten Zähnen hervor.

»Ja.« Clara nickte. »So in etwa stelle ich mir das vor. Aber keine Sorge. Charlotte hat ein Machtwort gesprochen und Lena die Leviten gelesen. Du gehst selbstverständlich nicht in so ein Ferienlager. Wir bleiben hier, wie wir es besprochen haben. Allerdings sind mir in dem Zusammenhang noch ein paar andere Dinge durch den Kopf gegangen.«

»Zum Beispiel?«, brummte Sophie, offenbar wieder ein wenig beruhigt.

»Ich habe mir Gedanken gemacht, wie es nach den Ferien weitergeht«, erklärte Clara.

»In das beschissene Internat muss ich ja zum Glück nicht zurück.«

»Das stimmt. Aber zur Schule musst du gehen. Ob du willst oder nicht. Ich habe eine tolle Schule hier in der Gegend gefunden.« Clara zog ihre Schwester samt ihrem Brett ein Stück zu sich heran. »Die fördern sogar junge Künstler wie dich.«

»Ach ja? Was für eine Schule soll das denn sein?«

»Schloss Sommerberg. Das ist eine Privatschule. Wunderschön und sogar direkt am Bodensee …«

»Was?« Sophie riss so fest an ihrer Hand, um sich aus Claras Griff zu lösen, dass sie mit ihrem kompletten Board umkippte, was allerdings nicht mal ansatzweise so lustig war wie Claras Stürze. Sophie verschwand unter der Wasseroberfläche, und die Sekunden schlichen vorbei. Das leere Brett trieb neben Clara auf dem Wasser wie ein übergroßes Blatt. Ihre Schwester tauchte erst wieder auf, als sie keuchend um Luft ringen musste. »Du bist so eine… miese…«, japste sie. »So… so… hinterhältig… denkst du, in einem Scheißinternat wird nicht über andere Scheißinternate gelabert? Glaubst du etwa, ich weiß nicht, dass das wieder ein genauso abgefuckter Kinderknast ist?«

Clara hatte natürlich nicht gedacht, dass Sophie schon von der Schule gehört hatte, sonst wäre sie die Sache völlig anders angegangen. Sie atmete tief ein und aus. »Als Erstes hörst du auf, mich so anzuschreien. Das Wasser trägt nämlich den Schall so wunderbar. Wahrscheinlich kann man dich bis Überlingen hören«, sagte sie fest. »Und zweitens ist es ausgeschlossen, dass ich dich in ein Internat schicke. Ich dachte, das ist dir klar. Das Schloss ist nicht nur ein Internat, es wird auch von Tagesschülern aus der Region besucht.«

»Wovon redest du?« Clara sah einen Funken Interesse in den Augen ihrer Schwester aufglimmen.

»Ich rede davon, dass du darüber nachdenken sollst, ob wir in Zukunft hier leben wollen, oder ob du nach den Ferien lieber nach Stuttgart zurück möchtest. Charlotte hat uns eingeladen, hierzubleiben. Aber wir können uns selbstverständlich auch etwas Eigenes suchen. Die Entscheidung liegt ganz bei dir.«

Sophie zog eine Grimasse. »Ich glaube nicht, dass du das entscheiden kannst. Da wird Lena auch noch ein Wörtchen mitzureden haben.«

»Das lass mal meine Sorge sein«, beruhigte Clara sie. »Du musst mir nur erzählen, wie du dir deine Zukunft vorstellst.«

Der Abend bot sich perfekt für ein Gespräch mit Lena an. Sophie war, nachdem Clara sichergehen konnte, dass sie sich wieder beruhigt hatte, zu Anton hinübergegangen, und Charlotte war bei ihrer wöchentlichen Bridgerunde. Clara hatte das Haus also für sich. Sie breitete ihre Notizen und die Unterlagen, die sie zusammengetragen hatte, auf dem Terrassentisch aus. Mit einem Glas von Charlottes Zitronenlimonade setzte sie sich und zückte ihr Handy. Ein Glas Wein wäre ihr definitiv lieber gewesen, aber ein Gespräch mit Lena forderte einen klaren Kopf. Entschlossen drückte sie die Kurzwahltaste, auf der ihre große Schwester abgespeichert war.

»Rufst du an, weil ihr zur Vernunft gekommen seid?«, meldete sich Lena statt einer Begrüßung.

»Dir auch ein fröhliches Hallo«, konterte Clara. »Wie war dein Urlaub?«

»Traumhaft. Wie sollen die Malediven auch sonst sein?« Lena schien es nicht für nötig zu halten nachzufragen, wie es ihnen am Bodensee gefiel. Stattdessen fragte sie: »Wann kommt ihr zurück? Ich will Sophie unbedingt in diesem Camp anmelden. So kann es schließlich nicht weitergehen. Irgendjemand muss ihr Disziplin beibringen.«

»Ich habe keine Ahnung, wovon du sprichst. Bei Charlotte und mir verhält sich Sophie wie ein Engel.« Clara kniff die Augen zusammen, weil das zumindest für die ersten Tage gelogen war. Und weil es ihrer Schwester gegenüber nicht wirklich fair war. Lenas Leben funktionierte nur, wenn alles nach Plan lief und sie alles und jeden um sich herum unter Kontrolle hatte. Das machte sie zu einer erfolgreichen Geschäftsfrau. Den Umgang mit ihrer pubertierenden Schwester machte es allerdings nahezu unmöglich. Aber auch wenn Lena hart und kalt wirkte, auf ihre Art versuchte sie, alles richtig zu machen. »Sophie hat sogar ihre Haarfarbe wieder zu Ritter-Rot geändert und trägt Klamotten in hellen Farben«, konnte sie sich trotzdem nicht verkneifen.

»Sicher, das funktioniert genauso lange, bis sie wieder in Stuttgart ist und ihre alten Freunde – falls man die so nennen möchte – wieder um sich hat«, widersprach Lena.

»Kennst du sie denn?«, wollte Clara wissen.

»Wen? Diese Freunde? Ich gebe mich doch nicht mit diesen Nachwuchsgruftis ab.«

»Aber als verantwortungsbewusste Schwester solltest du das vielleicht tun.« Clara bereute es zumindest, dass sie sich darum in den letzten Monaten keine Gedanken gemacht hatte. Sie nahm eine Bewegung wahr und blickte auf. Justus tauchte an der Hausecke auf und schlenderte über die Wiese. Er blickte zu ihr herüber und winkte. Sie deutete bedauernd auf das Handy an ihrem Ohr und winkte zurück.

»Hörst du mir zu?«, fragte Lena und stieß einen der abgrundtiefen Seufzer der Art aus, die Clara nur zu gut kannte. Ihre arme große Schwester trug die Last der ganzen Welt auf ihren Schultern.

Ihr war klar, dass Lena weder sie noch Sophie wirklich ernst nahm. »Natürlich höre ich dir zu«, sagte Clara, konnte sich aber einen letzten Blick auf Justus nicht verkneifen, der gerade seine Haustür öffnete.

»Ich bin für unsere Schwester verantwortlich, seit das Gericht mir das Sorgerecht übertragen hat. Und das habe ich bekommen, weil ich schon damals am besten als Vormund geeignet war. Wenn hier also jemand Ahnung von Kindererziehung hat, dann bin ich das. Und ich lasse mir ganz sicher nicht von jemandem reinreden, der sein Leben auch mit über dreißig noch nicht im Griff hat.«

Clara nahm sich die Zeit, einen Schluck Limonade zu trinken und tief durchzuatmen. Ihre Augen brannten, und sie zwang sich, die Feuchtigkeit wegzublinzeln, während Justus die Terrassentür seines Bungalows aufschob und sich mit einem Bier in einen der Loungesessel fläzte. Ihre Schwester benahm sich nicht so herabwürdigend und verletzend, weil sie von Natur aus ein Miststück war, erinnerte Clara sich selbst. Es lag einfach nur daran, dass sie zu den Menschen gehörte, die immer die Kontrolle über alles – und jeden – haben mussten. »Pass auf, Lena«, sagte sie bemüht ruhig. »Die Dinge haben sich geändert. Ich bin der Meinung, dass du dich viele Jahre sehr gut um Sophie gekümmert hast. Aber in der letzten Zeit hast du dir nicht die Zeit für sie genommen, die notwendig gewesen wäre. Ich übrigens auch nicht«, räumte sie ein. »Das bedaure ich zutiefst.«

»Nicht gekümmert?« Lenas Stimme stand kurz davor, sich zu überschlagen. »Ich reiße mir den Arsch im Büro auf, kämpfe um jede Beförderung, um Sophie alle Wünsche erfüllen zu können.«

Clara unterdrückte das entrüstete Schnauben, dass hinter ihren Lippen saß. Stattdessen bemühte sie sich, sich reif und erwachsen zu verhalten. Nüchtern und sachlich. »Du arbeitest wie eine Verrückte, weil du selbst viel zu ehrgeizig bist, um dich auch nur mit irgendetwas im Leben zufriedenzugeben. Das hat mit Sophie überhaupt nichts zu tun.«

»Ach nein?«, zischte Lena. »Wer hat denn das teure Internat bezahlt, aus dem sie nach nicht einmal einem Jahr rausgeflogen ist? Lass es mich auf den Punkt bringen: Sophie ist eine undankbare, rücksichtslose, pubertierende Göre. Ich habe die Nase voll von ihren Allüren. Disziplin ist das Einzige, was da noch helfen kann.«

»Genau da irrst du dich.« Clara drückte ihren Rücken durch und zog die Schultern zurück, als stünde ihr Lena gegenüber und sie müsse sich persönlich behaupten. »Du gibst einfach unserer Schwester die Schuld. Du hast ihren Rausschmiss nicht ein einziges Mal hinterfragt. Der war nämlich überhaupt nicht rechtens. Und ich werde dagegen vorgehen.«

»Wozu?«, hielt Lena dagegen. Clara hörte sie mit Geschirr klappern und das Mahlen von Bohnen. Kaffee war eine gute Idee. Sie stand auf und ging in die Küche, während Lena weitersprach. »Sophie wird doch sowieso nicht dorthin zurückgehen. Ob sie rausgeflogen ist oder nicht.«

Clara schaltete die Kaffeemaschine ein, warf eine Kapsel ein und stellte eine Tasse unter den Auslauf. »Du hast recht. Sie wird auf keinen Fall auf diese unsägliche Schule zurückkehren. Weil ich sie dort nicht noch einmal hinschicken werde. Weißt du, wofür sie den Schulverweis bekommen hat?«, stellte sie die rhetorische Frage. Sie erzählte es Lena, während ihr Kaffee durchlief. Diva kam währenddessen in die Küche stolziert, blieb neben ihrem Futternapf stehen und warf Clara einen vorwurfsvollen Blick zu. Clara beschloss, sie zu ignorieren, und konzentrierte sich auf ihre

Schwester. »Ich habe mich informiert. Dafür hätten sie sie niemals rauswerfen dürfen. Ein Verweis wäre das Höchste der Gefühle gewesen. Wobei sie meiner Meinung nach eher eine Belobigung verdient hätte. Der Rektor konnte nur deshalb überhaupt so agieren, weil ihre Probezeit viel länger war, als die Schule sie hätte ansetzen dürfen. Ich will, dass sie diesen Fehler berichtigen und das in Sophies Schulakte vermerken. Und dann werde ich sie hier, am Bodensee, auf eine Schule schicken.« Clara merkte, dass sie sich in Rage geredet hatte. Sie trank einen Schluck Kaffee und kehrte mit ihrer Tasse in der Hand auf die Terrasse zurück.

Lenas Antwort auf ihren Ausbruch war ein raues Lachen. Ein trockener Laut, der ihr wahrscheinlich fast im Hals stecken blieb. »Falsch«, korrigierte sie. »Sophie wird auf genau die Schule gehen, die ich aussuche, während sie in diesem Feriencamp ist. Denn. Ich. Habe. Das. Sorgerecht«, betonte sie jedes Wort, als wäre Clara drei Jahre alt – oder zumindest schwer von Begriff.

Clara schluckte. »Genau darüber möchte ich mit dir reden.« Sie trank einen Schluck Kaffee und verbrannte sich vor Aufregung die Zunge. Sich gegen den eisernen Willen ihrer Schwester aufzulehnen war kein einfaches Unterfangen. »Du hattest jetzt acht Jahre lang die Verantwortung für Sophie. Ab jetzt möchte ich das übernehmen.«

»Das ist lächerlich, Clara«, tat Lena ihre Worte ab. »Du kannst dich doch nicht einmal selbst versorgen. Wie willst du dich denn um einen Teenager kümmern?«

»Abgesehen davon, dass ich sowohl mich als auch Sophie sehr wohl versorgen kann, selbst wenn ich nicht so reich bin wie du« – und der Silberstreif am Horizont gerade erst aufgetaucht war, fügte sie in Gedanken hinzu –, »möchte ich, dass Sophie bei mir lebt. Ich möchte mit ihr zusammen die Entscheidungen für ihr Leben treffen.«

»Man lässt ein vierzehnjähriges Mädchen keine Entscheidungen für sein Leben treffen.«

»Sie ist fast fünfzehn, und sie weiß, was sie will. Außerdem hat sie ein unglaubliches künstlerisches Talent, das unbedingt gefördert werden muss.«

Lena stöhnte genervt. Clara war sich sicher, sie verdrehte gerade die Augen. »Kommst du mir jetzt mit der Künstlernummer? Dass nur du sie verstehen kannst, weil du auch eine kreative Seele bist? Oder was? Ja, verdammt, Schatz. Ich komme gleich. Du siehst doch, dass ich telefoniere.« Clara zuckte zusammen bei der Art, wie ihre Schwester mit ihrem Lebensgefährten sprach, der sie offenbar etwas gefragt hatte. »Sei realistisch, kleine Schwester«, fuhr sie an Clara gewandt fort. »Mit dieser Masche kommst du vor Gericht niemals gegen mich durch.«

»Das ist genau der Punkt. Ich möchte mich nicht mit dir vor Gericht streiten. Ich möchte, dass wir das zivilisiert über die Bühne bringen. Wenn ich das Sorgerecht habe, bedeutet das ja nicht, dass du Sophie nie mehr siehst oder den Kontakt verlierst. Aber wir möchten gern am Bodensee leben, und ich hoffe wirklich sehr, dass wir alle drei auf der gleichen Seite stehen. Wenn wir uns bekriegen, wird Sophie vor das Familiengericht gezerrt werden, um sich für eine von uns zu entscheiden. Inzwischen ist sie schließlich alt genug, gefragt zu werden, bei wem von uns sie leben will. Darauf wird das Jugendamt mit Sicherheit Rücksicht nehmen. Ich finde nicht, dass wir es so weit kommen lassen müssen. Denk darüber nach.«

»Bist du jetzt fertig?«, wollte Lena wissen, als Clara Luft holte.

»Nein. Eins noch: Vergiss Sophies Geburtstag nicht. Wir feiern hier. Also komm vorbei. Bis dann, Lena.« Sie legte auf, ehe ihre Schwester ihr widersprechen oder irgendwelche Gemeinheiten – oder sogar Wahrheiten – an den Kopf werfen konnte. Erschöpft legte sie das Handy zur Seite und ließ den Kopf auf den Tisch fallen. So hatte sie sich noch nie gegen ihre Schwester behauptet. Eine zarte Windböe wehte vom See herüber und strich über ihren erhitzten Nacken. *Wie passend*, dachte sie. *Der Wind hatte sich gedreht.*

Sie hob den Kopf wieder, als ihr Handy den Eingang einer WhatsApp signalisierte. Justus. Er hatte nur ein Wort geschrieben. *Bier?* Sie blickte zu seinem Bungalow hinüber. Er lehnte in dunklen, knielangen Shorts und einem hellblauen T-Shirt in der Terrassentür und ließ zwischen zwei Fingern die Bierflasche baumeln, die für sie bestimmt war. *Gib mir zwei Minuten*, tippte sie und schob ihre Unterlagen zusammen.

* * *

Sophie saß unter dem geöffneten Fenster in ihrem Zimmer, das genau über der Veranda lag. Ihr Kopf lehnte an der Wand, und ihr Körper wurde von lautlosen Schluchzern erschüttert. Tränen rannen unaufhaltsam über ihre Wangen. Und ihr Herz war so leicht, dass ihr fast schwindlig wurde. Sie schämte sich dafür, dass sie es nicht geschafft hatte, Clara zu trauen. Nach dem Gespräch auf dem See war sie sich nicht sicher gewesen, ob ihre Schwester nicht doch versuchen würde, sie in ein Internat abzuschieben. Denn selbst wenn es am Bodensee liegen würde, wäre es ein verdammtes Gefängnis. Also hatte sie Clara erzählt, sie wäre mit Anton verabredet, war zum Haus seiner Eltern gegangen und hatte sich von dort, an den Trauerweiden vorbei, wieder nach Hause geschlichen. Von ihrem Platz am Fenster hatte sie das Gespräch zwischen ihren Schwestern mitgehört – zumindest den Teil, den Clara sagte. Clara hatte sie nicht angelogen. Sie würde um sie kämpfen. Und sie plante wirklich, gemeinsam mit ihr ein neues Leben am Bodensee zu beginnen.

Sophie wischte die Tränen von ihren Wangen und richtete sich vorsichtig auf, um aus dem Fenster zu blicken. Clara trat gerade auf die Terrasse von Justus' Bungalow. Sie nahm das Bier entgegen, das er ihr reichte, und ließ sich von ihm für einen Kuss an sich ziehen. Als die beiden sich Händchen haltend in die Loungesessel setzten, griff Sophie nach ihrem Skizzenbuch und zeichnete die beiden. Ihre Schwester hatte zwar noch nichts in die Richtung gesagt, aber sie war echt verknallt in Justus. Und das war okay. Justus war ein megacooler Typ, der sogar einen Jetski besaß. Eine Million Mal cooler als dieser Loser Olli.

18

Clara blieb nur noch eine knappe Woche bis zu Sophies Geburtstag. Und die verging wie im Flug. Justus' Cousine – eine wundervolle Frau namens Mila, der Clara nie im Leben würde genug danken können für das, was sie für sie getan hatte – hatte die neue Homepage für sie online gestellt. Clara musste neidlos anerkennen, dass nicht nur sie sich in den Internetauftritt verliebt hatte. Er fiel auch anderen Leuten auf, und sie verkaufte auf einmal ein paar Schmuckstücke online. Kati verkaufte im Treibgut zusätzlich noch einiges mehr. Die Kreativität hatte zu ihr zurückgefunden. Sie hatte bereits Ideen für neue Unikate – Sophies Geburtstagsgeschenk hatte allerdings Vorrang. Jeden Abend saß Clara über ihren Arbeitsplatz in Charlottes Dachgeschoss gebeugt, verlötete Silberdrähte und passte kleine Swarovski-Steine ein, ehe sie über die Wiese huschte und sich in Justus' Bett stahl. Er hatte eine echte Schwäche für ihre Pyjamas entwickelt.

Das Thema Schule hingegen gestaltete sich nicht ganz so einfach, wenn man sich während der Ferien auf die Suche machte. Clara hatte ewig herumtelefoniert, um einen Besichtigungstermin im Schloss Sommerberg zu ergattern. Spätestens nachdem sie mit Sophie das Schlossgelände besichtigt hatte, war ihre Schwester Feuer und Flamme gewesen. Wie sollte es auch anders sein? Die Schule verfügte über ein Kunstatelier, das von einem Ehemaligen gespendet worden war. Es gab sogar einen Bootssteg. Einen deutlich längeren und vor allem stabileren als den vor Charlottes Haus. Von diesem Nachmittag an war es beschlossene Sache: Sie würden dafür kämpfen, am Bodensee zu bleiben. Und sie würde dafür kämpfen, Sophie auf dem Sommerberg in die Schule zu schicken.

Lena hatte sich noch nicht bei ihr zurückgemeldet, was ein unangenehmes Kribbeln in Claras Nacken verursachte. Sie konnte nur hoffen, ihre Schwester führte nicht irgendetwas im Schilde, nur um zu zeigen, dass sie am längeren Hebel saß. Clara wusste zudem nicht, ob Lena zu Sophies Geburtstag nach Bodman kommen würde. Aber sie hoffte, noch einmal persönlich mit ihr zu sprechen, als sie zwei Tage vor Sophies großem Tag nach Stuttgart fuhr, um mehr Kleidung und persönliche Gegenstände aus ihrem WG-Zimmer zu holen. Sie hatte Sophie angeboten mitzukommen und ein paar ihrer Stuttgarter Freunde zu treffen. Aber ihre kleine Schwester zog es vor, jede mögliche Sekunde mit Anton zu verbringen. Clara hatte darüber nachgedacht, ihre Unterkunft in Stuttgart aufzugeben. Schließlich ließ sich so einiges an Geld sparen. Aber noch hatte Sophie keinen Schulplatz. Noch gab es kein grünes Licht von Lena. Und so lange würde sie sich ein Hintertürchen offen lassen. Eine Reißleine, die sie im größten Notfall ziehen konnte.

In ihrem alten Leben hatte sich nichts verändert, stellte sie fest, als sie vor der Wohnungstür mit der abblätternden Farbe und dem S-21-Aufkleber stand. Sie konnte den Deep-House-Sound bis in den Hausflur hören. Als sie aufschloss, schlug ihr eine Duftwolke aus ungewaschenen Socken, Wir-haben-drei-Wochen-lang-vergessen-zu-Lüften und einer frischen Marihuana-Note entgegen. Das Garderobenbrett hing noch immer schief. In der Küche stapelten sich Fast-food-Verpackungen neben der Spüle, was beim Reinheits-status des Herdes kein Wunder war. Es fühlte sich an, als wäre sie eine Ewigkeit weg gewesen, dabei hatte sie ihre Koffer vor nicht einmal ganz drei Wochen gepackt. Nach dem luftigen, offenen Haus ihrer Großmutter, der Wiese und dem Strand in ihrer kleinen, abgeschlossenen Welt hinter den Trauerweiden fühlte sich die WG inzwischen noch mehr wie Claras persönliche Vorstellung von der Hölle an. Sie war dankbar, keinen ihrer Mitbewohner zu treffen, zog sich in ihr Zimmer zurück und packte Kleider und weitere Goldschmiedematerialien und Werkzeuge ein, die sie in den nächsten Wochen brauchen würde. Erleich-tert ließ sie die Wohnungstür kurz darauf wieder hinter sich zufallen. Dieses Loch war das Erste, was sie kündigen würde. Sobald Lena eine Entscheidung getroffen hatte. Sie schulterte ihre Taschen und stapfte die Treppe hinunter. Heute hatte sie so viel Glück, sogar unbemerkt an der Wohnung der Kehrwochenhexe vorbeizukommen. Wenn Frau Hallhuber sie erwischt hätte, hätte sie Clara mit Sicher-heit mit einem Fluch belegt, denn so wie das Treppenhaus aussah, hatte keiner ihrer Mitbewohner Lust gehabt, sich um seine Pflichten zu kümmern.

Sie packte ihre Habseligkeiten in den VW-Bus und zuckelte in den Autoschlangen, die auch in den Ferien nicht aus der Stadt wegzudenken waren, über den damp-fend heißen Asphalt zu Lenas Wohnung, um auch für Sophie ein paar Sachen zu holen, die sie in den nächsten Wochen brauchen würde. Ihre kleine Schwester hatte ihr eine detaillierte – und ziemlich lange – Liste über Whats-App geschickt. Clara hatte Lena Bescheid gegeben, dass sie vorbeikommen würde, aber zu ihrer Enttäuschung öffnete der Lebensgefährte ihrer Schwester die Tür. Lena ging ihr also absichtlich aus dem Weg. Benedikt überwachte ihre Packaktion mit Argusaugen, half ihr dann aber zumindest, die Sachen zum Auto zu tragen. Geschafft wischte sich Clara den Schweiß von der Stirn. Sie trank einen Schluck aus ihrer inzwischen lauwarmen Wasserflasche, die sie auf den Beifahrersitz geworfen hatte. Jetzt musste sie sich nur noch einmal durch Stuttgart kämpfen, um Sissi am Stadtstrand zu treffen. Sie sahen sich viel zu selten, seit ihre Freundin mit ihrem Theaterprogramm durch Deutschland tourte. Aber gerade war sie für zwei Nächte in Stuttgart, also hatten sie die Möglichkeit am Schopf gepackt und sich am Neckar verabredet.

Angesichts der Hitze, die in der Stadt hing wie in einem Dampfkochtopf, glich es einem Wunder, dass ihre Freundin es geschafft hatte, zwei Sitzplätze unter einem Sonnenschirm zu ergattern, von denen aus sie ihr schon von weitem zuwinkte. Es hatte den Anschein, als sei ganz Stuttgart auf der Suche nach einem kühlen Fleckchen oder zumindest einem Ort, an dem man die Füße in den Fluss hängen konnte. In diesem Moment packte Clara das Heimweh nach dem Bodensee wie eine eiserne Faust. Sie umarmte Sissi und stellte sich dann an der Schlange am Kiosk an, während ihre Freundin ihre Plätze verteidigte. Die nächsten zwei Stunden verbrachten sie damit, sich gegenseitig auf den neuesten Stand zu bringen. Wobei Sissi gar nicht aufhören konnte, Clara mit Fragen über Justus zu bombardieren – der ihr zwischenzeitlich ein Selfie von Charlotte, Sophie und sich bei einem Glas Zitronenlimonade auf der Terrasse schickte. Was ihre Sehnsucht nach dem Bodensee noch ein bisschen steigen ließ. Die Sonne begann bereits, in Richtung der Bergrücken, die die Stadt einkesselten, zu sinken, und langsam stieg eine leichte Kühle vom Fluss auf, als sie ihren letzten Schluck Radler tranken.

Der Schatten eines Mannes fiel auf einmal über ihren Tisch, und Clara sah blinzelnd auf. Im ersten Moment erkannte sie ihn nicht, doch dann gab sie einen erstaunten Laut von sich. »Olli! Was machst du denn hier?«

Ihr Exfreund, lässig in einer zerrissenen Jeans, einem T-Shirt mit einem Loch am Halsausschnitt und Flipflops, zog sich einen Stuhl vom Nachbartisch heran und setzte sich ungefragt zu ihnen. Sissi bedachte ihn mit einem mörderischen Blick und stieß einen leisen Ton aus, der an ein Knurren erinnerte. Olli schien das nicht zu stören. Er ignorierte ihre Freundin einfach. »Verdammt, bin ich froh, dich zu sehen.« Er fuhr sich durch die dunkelblonden Haare, die ihm früher bis auf die Schultern gefallen waren und jetzt einen klassischen Kurzhaarschnitt hatten.

Clara betrachtete ihn. Das Grübchen in seinem Kinn, das sie früher so gemocht hatte. Die grauen Augen, die immer ein wenig verträumt blickten. Doch da war nichts. Kein brennendes Herz. Ihr Brustkorb zog sich nicht schmerzlich zusammen, bis ihr die Luft wegblieb. Sie war einfach nur – erstaunt, ihn vor sich sitzen zu sehen. Ihre Gedanken machten sich selbständig und wanderten zu Justus, der in den vergangenen Wochen nichts anderes getan hatte, als sie zu motivieren. Sie solle zu sich selbst stehen, hatte er gesagt. Sie solle ihren eigenen Weg gehen. Und er hatte Sophie und ihr geholfen, zueinander zurückzufinden.

»Hörst du mir zu?« Olli wedelte vor ihren Augen herum, und mit einem Blinzeln kehrte sie ins stickige Stuttgart zurück. »Ich habe gesagt, ich war bei dir zu Hause. Wollte nur mal Hallo sagen, aber du bist umgezogen.« In seiner Stimme klang der Hauch eines Vorwurfes mit.

Was erwartete er von ihr? »Ja, bin ich.« Dieser Vollidiot! Er war der Grund, aus dem sie ihre Wohnung hatte aufgeben müssen.

»Und wo wohnst du jetzt?«, bohrte er nach.

»Hör mal«, mischte sich Sissi ein. »Wir waren gerade am Gehen. Im Moment ist Clara sowieso bei ihrer Großmutter zu Besuch. Und dahin muss sie jetzt auch zurückfahren. Es wird spät.« Sie erhob sich und zog Clara von ihrem Platz. »Es war so unglaublich schön, dich zu sehen«, brachte sie auf so sarkastische Weise raus, dass sie das Wort Arschloch gar nicht aussprechen musste. Es war zwischen ihren Worten deutlich zu vernehmen. Mit einer entschlossenen Geste hakte sie sich bei Clara unter und zog sie auf den Weg, der am Neckar entlangführte.

Clara warf einen Blick über ihre Schulter zurück und winkte, um Sissis rüdes Verhalten wenigstens etwas wettzumachen. »Wir haben unsere Gläser nicht zum Kiosk zurückgebracht«, flüsterte sie.

»Überlass das Pfand dem Blödmann. Er kann die fünf Euro vermutlich dringender brauchen.«

»Hey«, rief Olli ihnen hinterher. »Wir können doch mal

was trinken gehen, oder? So als alte Freunde. Ich ruf dich einfach mal an.« Er hatte sich halb von seinem Sitz erhoben und winkte ihnen nach.

Sissi zog die Augenbrauen nach oben. »Die Einladung war mit Sicherheit nicht für mich gedacht«, murmelte Sissi und kicherte.

»Das war doch irgendwie schräg, oder?« Clara blickte über die Schulter zurück und sah, wie Olli tatsächlich ihre Biergläser einsammelte und sich am Kiosk anstellte.

Sissi drehte sich ebenfalls um und schnaubte wenig damenhaft. »Ich kann dir ganz genau sagen, was das war. Die Hexe vom Killesberg« – so hatte ihre Freundin Ollis neue Muse von Beginn an genannt – »hat ihn rausgeschmissen.«

»Denkst du wirklich?«

»Klar. Er kommt dahergekrochen, weil er sich wieder bei dir einnisten will.«

»Das glaub ich jetzt nicht. Das wäre ja …« Clara fiel kein Vergleich ein.

Sissi natürlich schon. »Genau«, sagte sie. »Er ist ein blöder Arsch.« Sie legte Clara den Arm um die Schulter. »Kein besonders schöner Abschluss unseres Abends. Wie geht es dir damit?«

»Ehrlich gesagt.« Sie wichen einem Jogger aus und schlenderten in Richtung Bad Cannstatt. »Ich war im ersten Moment ziemlich perplex, ihn vor uns stehen zu sehen. Aber er hat mich nicht berührt. Er war für mich wie jeder x-beliebige Bekannte, der mir zufällig über den Weg gelaufen ist.« Sie legte ihren Kopf an Sissis Schulter. »Ich bin über ihn hinweg.«

»Was höchste Zeit wurde, weil er dein gebrochenes Herz

überhaupt nicht verdient hatte.« Sissi grinste. »Hat das etwas mit einem gewissen, gutaussehenden Bootsbauer zu tun?«

»Wahrscheinlich schon.« Clara blieb stehen und zwang Sissi damit, ebenfalls anzuhalten. »Mir ist es gerade erst klar geworden. Ich glaube, ich habe mich in Justus verliebt. Und das fühlt sich einfach … richtig an.«

»Aber?«, fragte Sissi. Claras winziges Zögern war ihr nicht entgangen.

»Ich weiß auch nicht wirklich, was es ist. Ich habe das Gefühl, mir seiner nie ganz sicher zu sein. Ich weiß, woher er kommt und wo er arbeitet. Er hat eine Cousine, die aus dem Stegreif eine Homepage kreieren kann. Er liebt das Wasser, und Charlotte. Er kommt gut mit Sophie aus und ist …« Sie räusperte sich. »Mit ihm zusammen zu sein ist wirklich schön. Aber das ist auch schon alles, was ich über ihn weiß. Verstehst du, was ich meine?« Sie sah Sissi von der Seite an. »Ich weiß also quasi nichts über ihn.«

»Oh Süße.« Sissi zog sie mitten auf dem Weg in eine feste Umarmung und setzte sie damit dem Zorn zweier Inlineskater und eines Radfahrers aus. »Du machst dich verrückt. Und daran ist nur dieser dämliche Olli schuld. Nicht alle Männer sind so verlogene Mistkerle wie dein Ex. Vertrau Justus! Ich bin mir sicher, er wird sich dir öffnen. Früher oder später. Er klingt wirklich nach einem tollen Mann. Ich kann es gar nicht abwarten, ihn kennenzulernen. Versprich mir, dass du es nicht vermasselst, indem du ihm misstraust.«

»Ich verspreche es«, sagte Clara und atmete erleichtert aus. Sie hatte Sissis Meinung hören müssen, sonst hätte sie sich wahrscheinlich selbst völlig verrückt gemacht. Ihre Freundin hatte natürlich recht: Justus hatte es verdient, dass sie ihm vertraute.

Sie schlenderten zu dem Parkhaus, in dem Clara Rosti abgestellt hatte, und verabschiedeten sich. Als Clara hinter das Steuer kletterte, warf sie einen Blick auf ihr Handy. Justus hatte ihr eine WhatsApp mit der Frage *Hast du noch ein paar dieser spektakulären Pyjamas eingepackt?* geschickt und brachte sie damit zum Lachen. Plötzlich hatte sie eine Idee. Sie blickte auf die Uhr am Armaturenbrett. Eine Dreiviertelstunde blieb ihr noch, bis das nächste Einkaufszentrum schloss. Zeit genug, eine kleine Überraschung zu besorgen.

Es war bereits nach zwölf, als Clara ihren VW-Bus unter der Trauerweide abstellte. Als sie die Tür öffnete, atmete sie die kühle Nachtluft und den unverkennbaren Geruch des Sees ein. Die Grillen zirpten, ein paar nachtaktive Tiere raschelten im Gebüsch. Sie schloss für einen Moment die Augen und ließ all das auf sich wirken. Alles um sie herum fühlte sich so nach Zuhause an. Warum hatte sie früher nie gespürt, wie glücklich sie hier war? Sie lugte durch die tief hängenden Äste. Im Haus von Antons Familie brannte im Dachgeschoss noch Licht. Charlottes und Justus' Häuser hingegen lagen still und dunkel auf der Wiese. Clara beschloss, das Gepäck erst am nächsten Morgen auszuladen. Sie schnappte sich nur die glänzende kleine Papiertüte, in der leise das Seidenpapier raschelte. Sophie und ihre Großmutter hatten ihr bereits vor über einer Stunde eine Gute-Nacht-Nachricht geschickt. Wenn die beiden sie brauchen würden, hätten sie sich bei ihr gemeldet. Also überquerte sie, statt nach Hause zu gehen, den Rasen. Justus hatte ihr ebenfalls schon eine gute Nacht gewünscht, aber sie hatte beschlossen, ihn noch einmal aus dem Schlaf zu reißen. Der Abend mit Sissi und Ollis überraschender Auftritt hatten ihr gezeigt, wie sehr sie Justus vermisste. Sie ging neben seiner Haustür in die Knie. Er hatte einen Blumentopf mit einem orangeroten Teeröschen auf den Treppenabsatz gestellt. Weil es ihn an Clara erinnerte, hatte er behauptet. Er handhabe es genau wie Charlotte und versteckte unter Pflanze einen Schlüssel, der es Clara ermöglichte, das Haus jederzeit zu betreten. So wie jetzt. Sie öffnete die Tür, legte den Schlüssel zurück in sein Versteck und schlich ins Haus.

* * *

Justus träumte von Clara. Ihrem warmen Körper, ihrem Duft nach Sommerblumen und wie sie sich an ihn schmiegte. Er mochte es, wenn seine Träume so plastisch waren.

»Ich habe dich vermisst«, flüsterte die Traum-Clara und küsste seinen Hals. Ihre Finger strichen über seinen Bauch und brachten ihn dazu, langsam aus dem Schlaf aufzutauchen. Die Traum-Clara verschwand und wurde von der echten ersetzt, die sich offenbar in sein Bett geschlichen hatte. Sein Gehirn erwachte viel langsamer als sein Körper, denn seine Hände glitten bereits über… er hielt inne, fühlte die glatte weiche Textur des Stoffes, der sich kühl an Claras Kurven schmiegte.

Plötzlich war er hellwach. »Clara?« Er tastete nach der Nachttischlampe und tauchte das Bett in einen warmen Kreis aus gelbem Licht. Während seine Augen sich blinzelnd an die Helligkeit gewöhnten, schlug er die Bettdecke zurück und betrachtete den eisblauen Hauch von Nichts, der Claras Oberkörper bis zum Ansatz ihrer Schenkel bedeckte. Seide und Spitze. »Wow! Du siehst …« Sein Sprachzentrum schien nicht mehr richtig zu funktionieren. »Bist du so über die Wiese gelaufen?«

»Das würde dir gefallen, nicht wahr?«, sie lachte ihr heiseres Lachen und schmiegte sich an ihn. Ihre Fingerspitzen glitten am Bund seiner Boxershorts entlang. »Ich muss dich enttäuschen«, hauchte sie ihm ins Ohr, ehe sie sich an seinem Hals nach unten küsste. »Ich habe mich in deinem Flur umgezogen.« Ihre Lippen wanderten weiter über sein Schlüsselbein.

»Warte.« Er umfasste Claras Oberarme und schob sie ein Stück zurück. »Warte«, wiederholte er. »Ich will mir das ansehen.« Er fuhr mit den Fingerspitzen über den hauchdünnen Träger des Hemdchens. »Ich dachte, auf deinen Pyjamas sind immer Kätzchen oder Einhörner. Oder Schafe.« Sein Zeigefinger zeichnete die Spitzenkante an ihrem Dekolletee nach. »Versteh mich nicht falsch«, ergänzte er zwischen den zarten Küssen, die er auf ihrer Schulter verteilte. »Ich steh auf deine Schlafanzüge. Aber das hier ist wirklich heiß.« Er stand auf und zog Clara mit sich. »Ich will mir das mal etwas genauer ansehen.« Er hob seine Hand über ihren Kopf und wirbelte sie einmal um ihre eigene Achse. Dann zog er sie an sich und küsste sie. »Du bist wunderschön.«

∗ ∗ ∗

Die Überraschung war Clara gelungen. Justus verschränkte seine Finger mit ihren, und im nächsten Moment fand sie sich mit dem Rücken an der Wand wieder. Die kühle Fläche hinter ihr bildete einen harten Kontrast zu ihrem überhitzten Körper. Justus begann, ihre verbundenen Hände an der Wand nach oben zu schieben, unendlich langsam, bis er sie über ihrem Kopf festhalten konnte. »So wunderschön«, flüsterte er noch einmal und blies ihr eine ihrer widerspenstigen Locken aus der Stirn, ehe er sie abermals mit einem leidenschaftlichen Kuss eroberte. Er umfasste ihre Handgelenke mit der Linken und ließ seine Rechte an ihrem Körper hinuntergleiten, fuhr über die Seide und schob seine Finger unter den Spitzensaum, um sie auf ihrer Haut wieder nach oben wandern zu lassen. Über ihren Schenkel, die Hüfte, bis er sie auf ihren Rippenbogen legen konnte. Die Schmetterlinge, die Clara vorhin noch in ihrem Magen gespürt hatte, waren verschwunden. Das hier war anders. Bedeutender. Aufgeregte Freude war nicht mehr die Bezeichnung, die umschrieb, was sie fühlte. Ihr Herz schlug in einem harten, schnellen Rhythmus. Die Gefühle, die sie einhüllten, ließen sie ebenso schwindlig werden wie Justus, der sie, ohne den Kuss zu unterbrechen, abermals herumwirbelte, bis sie wieder die Matratze seines Bettes unter sich spürte. »Zieh es nicht aus«, bat er mit diesem halben Lächeln, das Clara so gern sah, und strich abermals die Spitze in ihrem Dekolletee nach. Er entledigte sich seiner Boxershorts und ließ seine Finger diese magischen Dinge an ihrer weiblichsten Stelle wirken. Als er sie langsam in Besitz nahm, kam sie ihm entgegen. Das Negligé rieb über ihre sensible Haut. Justus trieb sie unaufhaltsam auf die Klippe ihrer Emotionen zu, und als sie sprang, biss sie sich auf die Lippe, um das, was sie für ihn empfand, nicht auszusprechen. *Ich liebe dich*, hallte es durch ihren Kopf. Immer wieder. *Ich liebe dich. Ich liebe dich.*

* * *

Justus ließ sich in den Strudel aus Gefühlen und Leidenschaft fallen. Er vergrub sein Gesicht in Claras Locken und versuchte, zu Atem zu kommen. Sein Herz schlug wie verrückt, und er verstand nicht ganz warum. »Ich bin froh, dass du mir noch gute Nacht sagen wolltest«, murmelte er.

»Ich bin berühmt für meine Spontaneität«, gab sie mit einem leisen Lachen zurück und ließ ihre Fingerspitzen träge über seine Wirbelsäule gleiten, was sich anfühlte, als würden kleine Lichtblitze auf seiner Haut explodieren.

Er drehte sich auf die Seite und zog Clara mit sich. Mit einem Lächeln, das er sich nicht verkneifen konnte, küsste er sie zärtlich. Sie hatte keine Ahnung, wie sehr sie sich in den letzten Wochen verändert hatte. Als sie ihn niedergeschlagen hatte, hatte er die wahre Clara gesehen. Die etwas zu kurz geratene Amazone, die kämpfte. Für die, die ihr am Herzen lagen und für sich selbst. Dieser Moment war ihm in den nächsten Tagen wie eine Illusion erschienen. Denn Clara zeigte ihm ihre unsichere Seite. Sie litt unter dem Schmerz, den ihre Schwester ihr zufügte. Unter ihrer fehlenden Kreativität. Sie schien Angst zu haben. Angst vor dem Jetzt. Vor der Zukunft. Und vor dem Leben im Allgemeinen. Doch dann hatte sie sich Schritt für Schritt aus diesem Loch herausgekämpft, hatte die Ärmel hochgekrempelt und war die Probleme, die ihr Leben belagerten, angegangen. Stück für Stück war seine Amazone zurückgekehrt. Und das war etwas, was er an ihr liebte. Er – liebte

Clara, wurde ihm klar, während sie in seinen Armen lag und schläfrig seufzte. Wow. Das erklärte seinen rasenden Herzschlag. Aber das war definitiv nichts, womit man Clara einfach so überfallen konnte, ohne dass sie sich in die Enge getrieben fühlte. Aber die Vorstellung, verliebt in sie zu sein, gefiel ihm. Darüber, was das für sie beide bedeutete, würde er sich später Gedanken machen. Jetzt wollte er erst einmal mit Clara in seinen Armen einschlafen. Er griff über sie hinweg, um das Licht auszuschalten, und zog die Decke über sie beide. Clara murmelte etwas, das er nicht verstand. Er küsste sie auf die Stirn, die einzige Körperstelle, die er erreichen konnte, ohne sich bewegen zu müssen. *Verliebt in Clara Ritter*, ging es ihm noch einmal durch den Kopf, als er die Augen schloss. Seine Hände strichen über die glatte Seide, als er sie noch enger an sich zog. Was für eine Nacht.

19

Sophie wurde an ihrem Geburtstag von einem Sonnenstrahl geweckt, der sie an der Nase kitzelte. Blinzelnd blickte sie aus dem Fenster und sah nichts als leuchtend blauen Sommerhimmel. Ein Blick auf ihr Handy verriet ihr neben jeder Menge neuer Nachrichten, dass es bereits später Vormittag war. Sie streckte sich gähnend und stand auf. Dann schlüpfte sie in dunkelgrüne Shorts und ein schwarzes Top. Sie flitzte ins Bad, um sich die Zähne zu putzen, und rannte dann barfuß die Treppe hinunter. Clara und Charlotte saßen bei einer Tasse Kaffee am Küchentisch, auf dem ein großer Strauß pinkfarbener Rosen stand und megamäßig duftete.

»Da ist sie ja endlich. Guten Morgen, Schlafmütze.« Charlotte erhob sich und legte ihren gesunden Arm um Sophies Schulter. Vorsichtig lehnte Sophie sich an ihre Großmutter und umarmte sie. Sie atmete den beruhigenden Duft von Chanel No. 5 ein. Das glückliche, breite Grinsen ließ sich einfach nicht aus ihrem Gesicht vertreiben. »Herzlichen Glückwunsch«, flüsterte Charlotte an ihrer Schläfe.

Sobald ihre Großmutter sie wieder freigab, zog Clara sie in eine feste, lange Umarmung. »Alles Liebe zum Geburtstag.«

Als ihre Schwester sich von ihr löste, hatte Charlotte bereits einen Cupcake mit einer Kerze in ihre Richtung geschoben. »Wünsch dir was«, forderte sie Sophie auf.

Das war leicht. Sophie wusste genau, was sie wollte. Hierbleiben. Gemeinsam mit Clara. Sie schloss die Augen und blies die Kerze aus. Früher hatte ihre Schwester fantasievolle, verzierte Kuchen für sie gebacken. Aber sie war auch mit dem Cupcake zufrieden, schließlich war sie auch kein kleines Mädchen mehr. Solche Torten waren für eine Fünfzehnjährige sowieso total uncool. Sie zerbrach den Cupcake in drei mehr oder weniger gleich große Teile und ließ Diva, nachdem sie ihren Anteil in den Mund gestopft hatte, ein bisschen Sahne von ihrem Finger schlecken.

»Mein Geschenk bekommst du später«, kündigte Charlotte an.

»Aber meins kannst du schon aufmachen.« Claras Wangen schimmerten rosa, als sie ihr ein flaches Päckchen hinschob, das unter dem Rosenstrauß gelegen hatte. Sie biss sich auf die Unterlippe, was bedeutete, dass sie irgendwie – unsicher war.

»Danke.« Sophie zog die große, pinkfarbene Schleife auf und riss ungeduldig an dem silbernen Glitzerpapier, bis sie eine schlichte, schwarze Schmuckschatulle freilegte. Sie sah zu Clara hinüber, die nervös ihre Finger knetete. »Du bist ja aufgeregter als ich«, stellte sie grinsend fest.

»Nun mach schon auf«, brummte ihre Schwester und wippte auf den Fußballen.

Sophie legte den Kopf schief. Am liebsten hätte sie noch ein bisschen gewartet, einfach nur, um Clara ein wenig zu ärgern. Aber sie war selbst viel zu neugierig. Also löste sie den Verschluss und hob den Deckel an. Langsam stieß sie die Luft aus und konnte das »Alter!« nicht zurückhalten, das ihre Schwester nicht ausstehen konnte, das ihr aber als einziges Wort einfiel, um den Inhalt der Schatulle zu beschreiben. Ihr Blick huschte zu Clara. »Sorry. Das war ein gut gemeintes ›Alter‹«. Sie senkte den Blick wieder auf den dunkelroten Samt vor sich und strich ehrfürchtig über das hauchzarte Spinnennetz aus Silber, in dem kleine Swarovski-Kristalle wie Wassertropfen hingen. »Clara, das ist so hammerschön. Einfach mega!« Vorsichtig hob sie das Collier aus der Schachtel und legte es sich um den Hals, ehe sie in den Flur trat und sich im Spiegel neben der Haustür betrachtete. Sie fuhr mit den Fingern über das kühle Metall, das sich auf ihrer Haut erwärmte. »Genau so ein Spinnennetz habe ich neulich gezeichnet«, sagte sie über die Schulter, weil Clara und ihre Großmutter ihr gefolgt waren.

»Ich weiß.« Clara lächelte unsicher. »Ich habe bei dir geklaut.«

»Wie meinst du das?« Sophies Blick traf Claras im Spiegel. Sie verstand nicht ganz, was ihre Schwester meinte.

»Ich habe deine Zeichnung gesehen und ein Foto davon gemacht, das ich als Vorlage benutzt habe. Man könnte sagen, das Collier wurde nach einem Entwurf von dir gefertigt«, erklärte Clara.

»Das ist echt – irre! Du bist irre gut!« Sophie wirbelte herum und umarmte Clara stürmisch. Dann drehte sie sich wieder zum Spiegel und beugte sich vor, um das Schmuckstück auf ihrer inzwischen schon ein wenig gebräunten Haut zu bewundern. Noch einmal strich sie über die zarten Linien. »Ich kenne niemanden, der so etwas Cooles hat.«

»Na, das will ich hoffen«, ließ sich Charlotte vernehmen.

Sophie hob den Blick von ihrem Schmuckstück und sah im Spiegel, wie Clara hinter ihr verstohlen einen Blick auf ihr Handy warf. »Was ist los?«, fragte sie.

Ihre Schwester verzog entschuldigend das Gesicht. »Ich muss noch was erledigen.«

»Jetzt?« Sophie fuhr zu ihr herum. »Echt jetzt?«

»Ja. Es tut mir wirklich leid. Aber das lässt sich nicht aufschieben.«

Sophie schnaubte. Enttäuschung kroch in ihrem Hals nach oben. »Aber heute ist mein Geburtstag. Du hast versprochen, ihn mit mir zusammen zu verbringen.«

»Ja, ich weiß. Und das werden wir auch. Ich muss mich nur kurz um diese Angelegenheit kümmern, und dann bin ich den Rest des Tages ausschließlich für dich da. Versprochen. Ich brauch nicht lange«, sagte Clara und hob zwei Finger zum Schwur.

»Und du solltest dich jetzt sowieso in deinen Bikini werfen«, ergänzte Charlotte. »In einer Viertelstunde sind Justus und Anton hier, um dich zu einer Jetski-Tour abzuholen.«

»Echt?« Aufregung kribbelte in Sophies Adern. »Darf ich den Jetski fahren?«

Charlotte lachte. »Das fragst du besser Justus.«

Sophie rannte nach oben, um sich umzuziehen. Sie schmollte nur einen kleinen Moment, weil Clara noch etwas erledigen wollte, obwohl sie sich beide auf diesen Tag gefreut hatten. Vielleicht dauerte es ja wirklich nicht lange. Und ihr Geschenk war auf jeden Fall der Hammer.

Noch einmal betrachtete sie das coole Schmuckstück von allen Seiten, ehe sie es abnahm und vorsichtig in die Schatulle zurücklegte. Sie wollte es nicht bei einer wilden Fahrt über den See kaputtmachen oder gar verlieren. Dann schlüpfte sie in ihren Bikini und zog ein Tanktop darüber, das sie an der Hüfte zusammenknotete. Einmal mehr dachte sie beim Blick in den Spiegel, wie toll ihre Haare in ihrer originalen Haarfarbe aussahen. Mit einer geübten Bewegung fasste sie die roten Strähnen am Hinterkopf zu einem unordentlichen Knoten zusammen. Sie schnappte sich ihre Sonnenbrille und kehrte ins Erdgeschoss zurück. Ihr letztes Jahr war wirklich beschissen gewesen, ging ihr durch den Kopf. Aber heute hatte sie das schönste Schmuckstück ihres Lebens bekommen und würde gleich mit einem Jetski über den Bodensee rasen. Das war schon jetzt der hammermäßigste Geburtstag aller Zeiten! Schnell beantwortete sie noch ein paar Nachrichten, die sie auf Instagram und über WhatsApp erhalten hatte. Eigentlich hätte sie gleich ein Bild ihres Colliers posten sollen. Sie überlegte, noch einmal nach oben zu gehen, ließ es dann aber, weil sie das Brummen zweier Jetskis hörte. Zum Abschied umarmte sie Charlotte vorsichtig. »Es ist so schade, dass du nicht mitkommen kannst.«

»Kein Problem.« Ihre Großmutter winkte mit ihrem gesunden Arm ab. »Genieß diesen wundervollen Tag. Wir haben nachher noch genug Zeit zum Feiern. Und jetzt ab mit dir.«

Sophie gehorchte. Sie küsste Charlotte auf die Wange, rannte zum Steg hinunter und winkte Anton und Justus zu, die an den Steg herantuckerten.

»Hey, Happy Birthday«, sagte Anton und hielt ihr die Ghettofaust entgegen. Sie ließ ihre gegen seine knallen und zog sie dann, eine kleine Explosion simulierend, zurück.

»Ich schließe mich an.« Justus drückte sie freundschaftlich an sich. »Alles Gute. Bist du bereit?«

»So was von!« Sophie vibrierte geradezu vor Vorfreude.

»Dann spring auf.« Justus nickte zu den beiden leuchtend roten Jetskis hinüber.

»Warum darf ich nicht fahren?« Sie verschränkte die Arme vor der Brust und zog einen Schmollmund. Eine Geste, die die meisten Leute dazu brachte nachzugeben und ihr ihren Willen zu lassen. Bei Justus schien sie damit auf Granit zu beißen. Sie konnte nicht leugnen, dass sie das irgendwie mochte. Auch wenn das echt verdreht war.

»Später kannst du es probieren«, erklärte er ihr gelassen. »Da du nicht weißt, wo wir hinwollen, ist dein Platz erst mal hinten.«

»Bei wem soll ich denn mitfahren?«, fragte sie.

»Bei mir«, bot Anton sofort an. Sein Mund war offenbar schneller gewesen als sein Gehirn. Hitze kroch an seinem Hals nach oben und färbte sein Gesicht bis unter die Haarwurzeln rot.

Sophie spürte, wie ihre Wangen ebenfalls anfingen zu brennen. »Okay«, murmelte sie. Mit zwei schnellen Schritten war sie bei Anton und kletterte hinter ihm auf den Jetski. So konnte er wenigstens nicht sehen, dass sie dabei war, genauso tomatenrot anzulaufen wie er. Was im Übrigen völlig lächerlich war. Sie war die gesamte Zeit, die sie bisher am Bodensee verbracht hatte, mit ihm herumgegangen. Deshalb hatte sie keine Ahnung, wieso die Dinge, die vor ein paar Tagen noch völlig normal gewesen waren, jetzt plötzlich peinlich wurden. Sie schlang ihre Arme um seine Mitte, wie sie es auch tat, wenn sie mit dem Motorrad unterwegs waren. Unter ihren nackten Füßen spürte sie das Vibrieren des Jetskis. Anton roch gut. Nach Sonne und dem Waschmittel, mit dem sein T-Shirt gewaschen worden war. Und ein kleines bisschen nach einem würzigen Rasierwasser. Er war nur ein Jahr älter als sie, und doch wirkte er so viel reifer und erwachsener. Aber darüber, dass ihre Gefühle in seiner Gegenwart sie in letzter Zeit immer ein bisschen ins Chaos stürzten, wollte sie sich heute wirklich keine Gedanken machen. »Los geht's!«, rief sie und ließ sich im nächsten Moment den Fahrtwind um die Nase wehen. Sie schaute Anton über die Schulter, der Justus folgte. Ein Stück weiter draußen sah sie ein paar bunte Punkte schweben. Als sie näher kamen, wurde ihr klar, dass das Heliumballons waren, die über einem Boot in der leichten Brise tanzten. Nicht über irgendeinem Boot, sondern dem Motorboot ihrer Großmutter, in dem Clara saß und von einem Ohr bis zum anderen grinste. Was vermutlich daran lag, dass an Antons Hals vorbei ein monströser, pinkfarbener Flamingo in ihr Blickfeld glitt. Er war Teil einer aufblasbaren Badeinsel. Neben ihm wippte eine Palme im Rhythmus der sich hebenden und senkenden Wellen. »Alter!«, rief sie begeistert. Und laut genug, dass Anton sie hören konnte. »Was ist das hier?«

Er wandte den Kopf, und sein Gesicht war ihrem plötzlich ganz nah. »Das ist deine Party«, sagte er. Er hielt ihren Blick einen winzigen Augenblick länger, als nötig gewesen wäre. Dann sah er wieder nach vorn, wurde langsamer und lenkte den Jetski gekonnt hinter Justus neben Charlottes Boot. Sein Gesicht war ihrem wirklich, wirklich nahe gewesen. Sophie hätte gern die Hand von seiner Hüfte gelöst, um sie auf ihren Magen zu pressen, in dem es kribbelte, als hätte sie eine Packung Brausepulver verschluckt.

Claras fröhliches Lachen lenkte Sophies Blick auf das Boot. Ihre Schwester hielt eine Box bunter Cupcakes in die Höhe. »Ich weiß genau, dass du vorhin enttäuscht warst, weil du nur einen Geburtstagscupcake bekommen hast.«

»Nein …« Sophie verdrehte die Augen über sich selbst. »Doch, stimmt. Ein bisschen«, gab sie zu. Sie nahm zwei der kleinen Kuchen aus der Packung und reichte einen an Anton weiter, ehe sie herzhaft in ihren biss. »Die sind wirklich himmlisch«, murmelte sie mit vollem Mund. »Was ist das da für ein Ding?«, fragte sie und nickte zu dem pinkfarbenen Flamingo hinüber.

»Das ist Charlottes Geburtstagsgeschenk«, erklärte Clara. »Sie hat es sich nicht ausreden lassen.«

»Ganz schön cool.« Sophie leckte sich den letzten Rest Sahne vom Finger und stand auf. Sie zog ihr Tanktop aus und reichte es ihrer Schwester gemeinsam mit der Sonnenbrille. Dann stützte sie sich auf Antons Schulter ab, stellte sich auf den Sitz des Jetski und hechtete mit einem Kopfsprung ins Wasser. Sie tauchte durch die prickelnde Kälte, die Luftbläschen, die um sie herum aufstiegen, und stieß an der Badeinsel wieder durch die Wasseroberfläche. Der Gummi hatte sich in der Sonne aufgeheizt. Als sie sich auf die wacklige Plattform hochzog, begannen die Tropfen auf ihrer Haut bereits zu trocknen. Sie erhob sich auf die Knie und balancierte den Wellengang aus. Übermütig streckte sie die Arme in die Luft. »Mein Flamingoland!«, rief sie und stieß mit zurückgelegtem Kopf ein Wolfsheulen aus. »Wer traut sich, meine Insel zu erobern?«

Eine Herausforderung, der Anton offenbar nicht widerstehen konnte. Er warf Clara seine Sonnenbrille zu, die sie nur mit Mühe und Not auffing, bevor sie ins Wasser segelte. Dann stürzte er sich ins Wasser, war mit wenigen Kraulzügen bei Sophie. Ehe sie sich in Sicherheit bringen konnte, griff er nach ihrem Knöchel und zog sie ins Wasser. Lachend klammerte sie sich um den Stamm der Palme, doch Anton war stärker. Im nächsten Moment verlor sie den Halt, und er eroberte ihren Platz auf der Insel. Was den Auftakt einer erbitterten Schlacht um ihren Flamingo – den sie kurzerhand Heinrich taufte – bildete.

∗ ∗ ∗

Clara legte den Kopf in den Nacken und genoss die warmen Sonnenstrahlen, die über ihre Haut glitten. Mit den sich entfernenden Motoren der Jetskis kehrte Ruhe ein. Wobei ihr Sophies wildes Lachen, wenn sie es schaffte, ihre Insel zurückzuerobern, genauso das Herz öffnete wie ihr Kreischen, wenn sie von Anton in den See zurückgeschubst wurde. Irgendwann hatte Justus eingegriffen und sie im Kampf um das Flamingoland unterstützt. Clara hatte beschlossen, auf dem Trockenen zu bleiben, und stattdessen mit dem Handy jede Menge Fotos geschossen. Eine Weile hatten sie sich treiben lassen, dann hatte Justus Sophie seinen Jetski überlassen, und ihre kleine Schwester war mit Anton zu einer Runde über den See aufgebrochen, während Clara, die Badeinsel im Schlepptau, zurücktuckern würde.

Das Boot schwankte, als Justus zurück an Bord kletterte. Wassertropfen trafen auf ihre sonnenwarme Haut, aber sie hielt die Augen geschlossen. Genoss den stillen Moment noch ein wenig.

»Du sitzt da, als wärst du mit dir und der Welt im Reinen«, sagte Justus, und Clara spürte, wie er sich auf den Platz ihr gegenüber fallen ließ.

»Hmm«, brummte sie.

»Dann hast du sicher kein Problem damit, dass ich den letzten Cupcake esse.«

»Was?« Sie schlug die Augen auf und starrte das Küchlein an, das Justus zwischen ihnen in die Höhe hielt. »Kommt überhaupt nicht in Frage.« Sie griff danach, doch Justus nahm einen großen Bissen und hielt den Cupcake mit ausgestrecktem Arm über seinen Kopf. »Hey!« Lachend zog Clara ihn wieder herunter und biss ebenfalls ab.

Justus gönnte sich einen weiteren Happen und überließ ihr dann das letzte Viertel des Gebäcks, während er den Motor anließ. »Ich hatte heute wirklich viel Spaß«, sagte er. »Und ich würde sagen, Sophie hat jede Sekunde genossen.«

»Ja. Und du kannst dir gar nicht vorstellen, wie froh ich darüber bin, sie so glücklich zu sehen.«

»Doch, kann ich.« Justus griff nach ihrer Hand und hob sie an seinen Mund. Er leckte einen Rest Sahne von ihrem Daumen, ehe er ihre Handfläche küsste, was ein Kribbeln durch ihren Bauch jagte. »Genauso froh bin ich darüber, dich glücklich zu sehen.« Er griff nach dem Ruder, ohne Claras Hand loszulassen. »Sollen wir Heinrich sicher in den Hafen bringen?«

Sie blickte zu dem pinkfarbenen Flamingo hinüber. »Unbedingt.« Langsam kehrten sie zum Steg zurück. Sie vertäuten das Boot und die Badeinsel und liefen Hand in Hand über die Wiese zu Charlottes Haus. Als Clara den Blick hob, blieb sie abrupt stehen.

Justus machte noch einen Schritt, wurde dann aber von ihren verschlungenen Fingern gestoppt. Er sah zu Clara und dann in die Richtung, in die sie starrte. »Wer ist das?«, fragte er sie leise.

»Meine Schwester.« Sie stand mit verschränkten Armen auf der Terrasse und blickte ihnen missbilligend entgegen. »Lena«, ergänzte Clara unbehaglich. »Die Älteste. Du weißt schon.«

»Ja. Ich weiß schon.« Justus trat vor Clara und hob mit dem Zeigefinger ihr Kinn, bis sie ihm in die Augen sah. »Du lässt dich von nichts unterkriegen, vergiss das nicht.« Er küsste sie auf eine Art, die sie daran erinnerte, dass er jedes Wort so meinte, wie er es sagte. Er glaubte an sie. Und er hatte recht.

Sie war bereits so weit gegangen. Sie würde es jetzt durchziehen und Lena die Stirn bieten. »Macht es dir etwas aus, mich kurz allein mit ihr reden zu lassen?«

»Kein Problem.« Justus drückte ihr noch einen schnellen Kuss auf die Lippen. »Ich geh mich umziehen und stoße wieder zu euch, wenn Sophie und Anton zurück sind. Gib's ihr, Tiger«, flüsterte er und ging dann über die Wiese zu seinem Bungalow.

Clara atmete tief durch und lief auf ihre Schwester zu. Schon an ihrer Körperhaltung konnte sie erkennen, dass Lena stocksauer war. Sie wippte ungeduldig mit dem Fuß und durchbohrte Clara mit ihrem Blick. »Wo ist Sophie?«, verlangte sie zu wissen, als Clara die Terrasse erreichte.

»Hallo Lena, schön, dass du da bist«, ignorierte sie den unhöflichen Auftritt ihrer Schwester.

»Hör mal, ich bin extra wegen Sophies Geburtstag hier runtergefahren. Also, wo ist sie?«

»Mit einem Freund auf dem See. Sie fahren Jetski«, antwortete Clara, weil sie begriff, dass es schwer werden würde, ihre Schwester zu besänftigen. »Es wird noch ein bisschen dauern, bis sie zurückkommen.«

»Das ist also deine Art von Erziehung?« Lena gab ein undamenhaftes Schnauben von sich. »Dafür willst du das Sorgerecht? Um Sophie unbeaufsichtigt mit einem Jetski fahren zu lassen, während du mit irgendeinem Typen herumknutschst?«

»Justus ist nicht irgendein Typ, sondern ein ausgesprochen wundervoller junger Mann«, ließ sich Charlotte hinter ihnen vernehmen. Sie trat mit einem Krug Limonade zu ihnen. »Und Sophie ist bei Anton in den besten Händen. Also beruhige dich wieder, Lena. Und setz dich. Du machst mich ganz nervös, Mädchen.«

Lena wollte sich weder setzen, noch wollte sie sich Mädchen nennen lassen. Das konnte Clara ganz deutlich in ihrem Gesicht lesen. Trotzdem ließ sie sich in den nächstbesten Stuhl fallen. »Dann warten wir eben, bis Sophie sich wieder blicken lässt.«

Ein Satz von Lena hätte gereicht, und Sophie wäre hier gewesen. Clara unterließ es, ihre Schwester darauf hinzuweisen, dass es nicht viel brachte, sich eine Woche lang in Schweigen zu hüllen, dann überraschend hier aufzutauchen und zu erwarten, dass sich auf ihr Fingerschnippen hin alles um sie drehte. Sophie und sie würden nicht mehr nach ihrer Pfeife tanzen.

Lena gab sich wortkarg. Clara versuchte abermals, das Thema Schulrauswurf, ihren Umzug und die Vormundschaft anzusprechen, aber ihre Schwester mauerte. Hilflos sah sie zu Charlotte hinüber, die sich auffällig zurückhielt. Clara verstand. Sie musste ihre Schlacht selber schlagen. Und das tat sie auch. Ganz gleich, ob Lena etwas sagte, sie würde loswerden, was ihr auf dem Herzen lag. Sie erzählte von ihren Umzugsplänen, der Beschwerde, die sie gegen Sophies Internat und insbesondere den Rektor eingereicht hatte, und der wundervollen neuen Schule, in die sich ihre kleine Schwester auf den ersten Blick verliebt hatte. Es war ihr gleich, wie stoisch Lena sich gab, sie sollte merken, dass Sophie und Clara es verdammt ernst meinten und fest entschlossen waren, hier noch einmal neu durchzustarten.

Eine halbe Stunde später gesellte sich Justus zu ihnen. Er schleppte einen Sack Holzkohle, den er neben Charlottes Grill auf der Wiese abstellte. Dann wischte er sich die Hände an den Jeans ab und kam lächelnd zu ihnen auf die Veranda. »Hallo, du musst Lena sein.« Er reichte ihr die Hand. »Ich bin Justus. Charlottes Nachbar.«

»Offenbar nicht nur das«, gab Lena auf ihre schnippische Art zurück, dass Clara den Drang niederkämpfen musste, die Augen zu verdrehen. Immerhin schüttelte sie die dargebotene Hand.

»Stimmt.« Justus zwinkerte ihrer Großmutter zu, die aus dem Wintergarten trat, und hob ihre gesunde Hand zu einem formvollendeten Handkuss an die Lippen. »Ich beknie Charlotte seit einem Vierteljahr, mit mir durchzubrennen. Aber sie erhört mich einfach nicht.«

Lena schnaubte. Natürlich erlag sie Justus' Charme nicht. Und Smalltalk war auch nicht gerade ihr Ding. »Womit verdienen Sie Ihr Geld?«, fragte sie ganz direkt.

»Verhör Justus doch nicht so, Lena. Das hier ist meine Veranda und kein Polizeirevier«, sagte Charlotte und kehrte ins Haus zurück.

Clara konnte ihrer Großmutter nur recht geben und kniff erschrocken über die Unhöflichkeit ihrer Schwester die Augen zusammen, doch Justus grinste breit. »Ich bin Bootsbauer. Ich arbeite hier in Bodman in der Bootsmanufaktur Brandstetter.« Er stapelte absichtlich tief, begriff Clara. Zwischen seinen Worten war ganz deutlich herauszuhören, dass er Lena für einen Snob hielt.

»Und davon kann man leben?«, verlangte ihre Schwester prompt zu erfahren.

Justus blickte zu seinem schicken, modernen Bungalow hinüber. »Ich kann die Miete zahlen«, sagte er mit einem Zwinkern. »Falls du noch meine Kontoauszüge sehen willst, sehr gerne.« Seine Antwort nahm Lena den Wind aus den Segeln. »Oh, und ehe du fragst«, fuhr er fort, als ihre Schwester gerade ihr Glas zum Trinken hob. »Ich bin polizeibekannt. Neulich wurde ich eines Einbruchs bezichtigt. Die Anzeige wurde allerdings wieder zurückgezogen.«

Lena verschluckte sich an ihrem Wasser und stellte das Glas hustend auf den Tisch zurück. Clara vergrub ihr brennendes Gesicht in den Handflächen. »Das wirst du nie vergessen, oder?«, flüsterte sie.

Lachend legte Justus den Arm um ihre Schultern und küsste sie auf die Schläfe. »Vermutlich wird es hin und wieder zur Sprache kommen, wenn ich dich damit ein bisschen quälen kann«, gab er leise zurück.

Glücklicherweise erlöste Sophie sie und rettete sie vor einer Fortsetzung von Lenas Inquisition, indem sie, Anton auf den Fersen, um die Hausecke sprintete. Bei Lenas Anblick blieb sie abrupt stehen, und Anton lief voll in sie hinein. »Lena«, brachte sie schwach heraus. »Du bist hier.«

»Selbstverständlich bin ich hier. Du hast schließlich Geburtstag.« Lena erhob sich und zog ein gepunktetes Päckchen aus ihrer Handtasche. Sie umarmte Sophie, die das mehr oder weniger steif über sich ergehen ließ. »Herzlichen Glückwunsch. Das habe ich dir von den Malediven mitgebracht.«

Sophie riss das Päckchen auf und zog ein pinkfarbenes T-Shirt mit einer Palme und dem Wort »Malediven« in Glitzerschrift heraus. »Wow! Danke!« Ihre Stimme troff dermaßen vor Sarkasmus, dass Clara schmerzlich das Gesicht verzog. Doch ihre kleine Schwester war noch nicht fertig mit Austeilen. »Ein Touristen-T-Shirt aus dem Urlaub, in den ich nicht mitdurfte. Wie nett, dass du mich daran erinnerst.«

Lena starrte Sophie nieder, doch die ignorierte ihre große Schwester einfach und drehte sich zu Justus um. »Sag mir bitte, dass du den Grill angeschmissen hast.« Sie legte ihre Hand aufs Herz und sah ihn flehend an. »Anton und ich sind am Verhungern.«

Lena blickte zu Clara hinüber und zog die Augenbrauen nach oben. Siehst du, schien sie stumm zu sagen. Du hast überhaupt nichts im Griff. Sophie benimmt sich genauso unmöglich wie immer. Clara entschied, es ihrer kleinen Schwester gleichzutun und Lena einfach zu ignorieren. »Wie war es mit den Jetskis?«, fragte sie und legte Sophie den Arm um die Schultern.

»Hammer!« Sophie lehnte sich strahlend gegen Clara und schlang den Arm um ihre Mitte. »Ich hab Anton voll abgehängt.«

Anton grinste Clara über Sophies Schulter hinweg an. »Sie hat mich echt plattgemacht.« Was vermuten ließ, dass er sie hatte gewinnen lassen. Claras Herz floss über. Dieser Junge war so süß. Er tat Sophie so gut. Und er war offenbar richtig verknallt in ihre kleine Schwester.

Sophie legte ihren Kopf an Claras Schulter. Ihre vom Wasser noch feuchten Haare strichen über Claras Arm. »Wo wir schon von Anton reden: Weißt du, was er mir geschenkt hat?«

Clara sah abermals zu dem Jungen hinüber. Seine Ohren begannen zu glühen. »Ich bin sehr gespannt«, sagte sie.

»Heute Abend gibt es ein Mega-Open-Air-Kino in Bodman. Mit Riesenfeuerwerk und so. Anton lädt mich ein. Wenn Charlotte uns erlaubt, das Boot zu nehmen, können wir den Film sogar vom See aus ansehen. Ist das nicht megakrass?«

»Welcher Film wird denn gezeigt?« Clara fand die Einladung so süß, dass sie gewillt war, sofort Ja zu sagen. Mit Lenas bohrenden Blicken im Rücken besann sie sich aber ihrer erzieherischen Pflichten.

»*Deadpool*«, sagte Anton.

»Oh«, sagte Charlotte, die sich wieder zu ihnen gesellte

und den letzten Teil des Gesprächs offenbar mitbekommen hatte. »Ich finde es wirklich schade, dass Ryan Reynolds so entstellt aussieht. Aber seine Sprüche sind echt klasse.«

Clara hatte weder eine Ahnung, von welchem Film ihre Schwester sprach, noch, wieso ihre Großmutter ihn kannte. Aber Charlotte fand ihn gut, also sah sie keinen Grund, den Kinoabend zu verbieten. »Na klar kannst du gehen«, sagte sie.

Lena, die in Lichtgeschwindigkeit auf ihrem Handy herumgedrückt hatte, sagte im gleichen Moment: »Du siehst diesen Film auf keinen Fall an.«

Über den Tisch senkte sich ein angespanntes Schweigen, als Lena ihr Handy in die Höhe hielt. »Altersfreigabe ab sechzehn.«

»Und ich habe entschieden, dass Sophie den Film sehen darf«, widersprach Clara. »Du bist alt genug«, erklärte sie an Sophie gewandt. Nach der Gruftiphase ihrer kleinen Schwester gab es wahrscheinlich nicht mehr viel, was sie schockte. Hoffte Clara zumindest.

Lena lehnte sich in ihrem Stuhl zurück und presste missbilligend die Lippen zusammen. »Wie du meinst«, brachte sie gepresst hervor.

»Yeah!« Sophie drehte sich zu Anton um und stieß ihre Ghettofaust gegen seine. »Und jetzt müssen wir echt was auf den Grill schmeißen. Ich verhungere.« Theatralisch ließ sie ihren Kopf auf den Tisch fallen und brachte alle – außer Lena – zum Lachen.

20

Sophies Herz klopfte laut. Das hatte es den Tag über immer wieder getan. Als sie hinter Anton auf dem Jetski gesessen hatte. Als sie sich eine Wasserschlacht um die Badeinsel geliefert hatten. Als sie in einem Rennen über den See gejagt waren. Und ganz besonders, als Anton sie gefragt hatte, ob sie am Abend mit ihm zum Kino am See gehen würde. Sie hatte sich bei Clara ein hübsches Trägertop ausgeliehen, das die gleiche dunkelgrüne Farbe wie ihre Augen hatte. Dazu trug sie einen kurzen schwarzen Rock und Flipflops und hatte ihr neues Collier angelegt. Dann hatte sie sich ein bisschen von Clara, Justus und Charlotte bewundern lassen, ehe sie langsam zum Steg hinuntergegangen war.

Anton wartete bereits auf sie. Er trug ein hellblaues T-Shirt und knielange, dunkle Shorts und ließ sie keinen Moment aus den Augen. Als sie bei ihm ankam, schluckte er trocken. »Bereit?«, fragte er.

»Total.« Mehr gab Sophies Sprachzentrum nicht her. Sie versuchte sich an einem unbeschwerten Lächeln, aber das fiel ein wenig wacklig aus. Um Anton nicht länger ansehen zu müssen, warf sie einen Blick in das Boot ihrer Großmutter. Anton hatte ein paar Kissen und eine Decke hineingeworfen. Unter der Sitzbank lagen zwei Colaflaschen und ein Päckchen Gummibärchen.

»Damit wir es uns bei dem Film ein bisschen gemütlich machen können«, erklärte er und hielt Sophie die Hand hin. Sie nahm sie und ließ sich beim Einsteigen helfen. Was natürlich Blödsinn war. Sie konnte schließlich ganz problemlos allein an Bord klettern. Aber es fühlte sich gut an, von ihm festgehalten zu werden. Als sie saß, folgte er ihr und zog den Seilzug des Außenborders. Der Motor erwachte stotternd zum Leben. Clara hatte die Badeinsel abgekoppelt und am Steg vertäut. Die Luftballons hingen noch am Boot und flatterten auf der kurzen Strecke zum Strandbad fröhlich hinter ihnen her. Die Kinoleinwand war so aufgebaut, dass man es sich auf der Liegewiese des Bades gemütlich machen oder, wie sie, mit dem Boot auf dem Wasser treiben konnte. Anton zahlte den Eintritt und tuckerte zu einer etwas abgelegenen Stelle, von der man den Film aber gut würde sehen können. Ohne viel zu reden, machten sie es sich mit der Cola und den Gummibärchen bequem und konzentrierten sich auf die Werbung und die Vorschau vor dem Film.

»Deine Kette ist wirklich der Hammer«, sagte Anton plötzlich. »Irre, wie deine Schwester so etwas hinbekommt.«

»Ja.« Sophie legte für einen Moment die Hand auf ihr Collier. »Ich glaube, ich habe noch nie etwas so Schönes besessen.«

»Darf ich sie mal anfassen?«, fragte Anton.

»Ähm … ja, klar.« Sophie wurde heiß, als Anton sich zu ihr herüberbeugte und über das filigrane Netz strich. Seine Fingerspitzen berührten zwischen den zarten Silberfäden ihre Haut, die Feuer zu fangen schien. Sophie drehte ihm den Kopf zu und betrachtete Anton. Er hatte den Kopf gesenkt und starrte auf ihre Kette. Seine blonden Haare fielen ihm in die Stirn. Und dann hob er den Blick, und sie waren sich plötzlich ganz nah. Ihre Nasen berührten sich fast. Anton schien wie erstarrt. Er müsste sich nur noch ein paar Zentimeter nach vorn beugen und könnte Sophie küssen. Aber er tat es nicht. Enttäuschung machte sich in ihr breit. Sie spürte, wie er sich ganz langsam vor ihr zurückzog. Millimeter für Millimeter wuchs der Abstand zwischen ihnen. So, als ob Anton sich eigentlich nicht von ihr trennen wollte, aber glaubte, sich korrekt verhalten zu müssen. Sophie war nicht dafür bekannt, immer das Richtige zu tun. Sie könnte ... Ehe sie es sich anders überlegen konnte oder der Mut sie verließ, beugte sie sich vor und presste ihre Lippen auf Antons. Er erstarrte. Was sie verstehen konnte, weil sie ihn völlig überrumpelt hatte. Doch dann spürte sie seine warmen Handflächen an ihren Wangen. Er strich ihr, ohne den Kuss zu unterbrechen, die Haare hinter die Ohren und zog sie noch näher an sich heran. Sophie hatte schon den einen oder anderen Jungen geküsst, aber das hier war anders. Anton schmeckte nach Gummibärchen und Cola. Und irgendwie – besonders. Die Schmetterlinge in Sophies Bauch drehten völlig durch und flatterten wild durcheinander. Sie löste sich schließlich von ihm und lachte atemlos. »Wow«, brachte sie heraus.

Anton grinste. »Wow«, gab er zurück. Auf seinem Gesicht tanzten die bunten Schatten, die die Leinwand in die Nacht warf. Sophie fuhr durch seine Haare, die sich weich an ihre Hand schmiegten, und er zog sie für einen weiteren Kuss an sich.

* * *

Als sich die Dunkelheit über den See senkte, verabschiedeten sich Clara und Justus, nachdem sie geholfen hatten, die Spuren von Sophies Geburtstagsparty zu beseitigen. Clara hatte Lena ganz großzügig ihr Bett für die Nacht angeboten. Sie machte kein Hehl daraus, dass sie bei Charlottes Nachbarn schlief. Und mit ihm. Lena sah den beiden nach, wie sie Händchen haltend über die Wiese schlenderten. Auf halbem Weg blieb Justus stehen und zog Clara für einen langen Kuss an sich. Diese Verliebtheit ging Lena auf die Nerven.

»Nun schau doch nicht so missmutig.« Charlotte trat zu ihr auf die Terrasse, in ihrer gesunden Hand eine Flasche Wodka, die sie neben den Krug mit der Zitronenlimonade stellte. »Wir können die Limo ein bisschen aufhübschen«, schlug sie vor.

»Gute Idee.« Lena goss ihnen Limonade ein und kippte einen Schuss Wodka hinterher. Ehe sie den Verschluss zurück auf die Flasche schraubte, überlegte sie es sich anders und schenkte sich noch einmal einen ordentlichen Schluck nach. Sie würde es brauchen. »Ich gucke nicht missmutig«, griff sie den Vorwurf ihrer Großmutter auf. »Ich bin mir nur nicht sicher, wie ich es finde, was da zwischen Clara und diesem Justus läuft.«

Charlotte drehte ihr Glas in der Hand und blickte nachdenklich auf den See hinaus. »Gönnst du deiner Schwester ihr Glück nicht? Sie ist verliebt, und ich finde, nachdem ihr Olli das Herz gebrochen hat, hat sie das mehr als verdient.«

»Natürlich.« Lena unterdrückte ein Seufzen. Schließlich war sie diejenige gewesen, die schon immer gesagt hatte, dass Olli ihre Schwester nur ausnahm. Sie hatte recht behalten, auch wenn es ihr lieber gewesen wäre, dieser Idiot hätte sie eines Besseren belehrt und sich endlich mal wie ein Ehrenmann benommen. »Ich bin mir nur nicht sicher, ob Clara ein gutes Vorbild für Sophie sein kann, wenn sie so öffentlich …« Sie wedelte mit der Hand, weil ihr keine gute Beschreibung einfallen wollte. »… rummacht«, sagte sie schließlich. »Sieh dir unsere kleine Schwester an. Sophie ist allein mit einem Jungen unterwegs. Es ist bereits nach zehn. Sie sieht einen Film, für den sie zu jung ist, und wir haben keine Ahnung, was sie gerade treibt.«

Charlotte hob ihr Glas zu einem Toast. »Auf meine Mädchen. Auf dich, Clara und Sophie. Ihr seid alle drei auf eure eigene Weise wundervoll und einzigartig.«

Lena schnaubte leise. »Fragt sich nur, wie man auf diese Weise durchs Leben kommen will? Wie will man bestehen, wenn man nichts ist außer wundervoll und einzigartig?«

»Du bist so ein Snob, Lena Ritter.« Der Tadel klang milde.

Was ihn irgendwie nur noch schlimmer machte. Verstand ihre Großmutter denn nicht, dass man sein Leben absichern musste? Dass man Entscheidungen für die Zukunft treffen musste? Clara jagte mit ihrer Schnapsidee von der selbständigen Schmuckdesignerin einem Hirngespinst nach, das ganz sicher nicht geeignet war, als Vorbild für Sophie zu dienen.

»Sophie ist in erster Linie ein junges Mädchen, das einen traumhaften Sommer am Bodensee verbringt«, fuhr Charlotte fort. »Ein Teenager, der zum ersten Mal so richtig verknallt ist. Kannst du dich an dieses Gefühl noch erinnern?«, fragte sie mit leuchtenden Augen.

Das stumme Seufzen wurde zu einem qualvollen, innerlichen Stöhnen. »Ich wette, du weißt noch jedes Detail aus der Zeit, in der du zum ersten Mal verliebt warst. Ah«, sagte sie, als ihre Großmutter zu sprechen ansetzte, und hob abwehrend die Hände, ehe sie einen großen Schluck von ihrer Limonade mit Schuss nahm. »Ich will es nicht hören.«

Lena erinnerte sich natürlich ebenfalls an ihre ersten großen Gefühle. Ihre Liebe war damals nicht erwidert worden. Sie hatte sich mit offenen Augen in eine Situation begeben, die sich nicht kontrollieren ließ, und prompt war ihr das Herz gebrochen worden. Damals war sie nicht darauf vorbereitet gewesen, hatte sich nicht wappnen können. Genau wie der Tod ihrer Mutter sie ohne Vorwarnung getroffen und aus der Bahn geworfen hatte. Nur wenn man so viele Unsicherheitsfaktoren wie möglich ausschloss, konnte man sichergehen, aus den Problemen, die das Leben stellte, unbeschadet herauszukommen. Dazu gehörten Disziplin und Fleiß. Und keinesfalls spontane, undurchdachte Aktionen wie die Gründung eines Schmucklabels oder ein Umzug an den Bodensee. Auf diese Weise schaffte man keine Sicherheit. »Ich will nur nicht, dass Sophie verletzt wird.«

»Sie wird nicht darum herumkommen. Früher oder später wird sie verletzt. Das ist Teil des Lebens. Wir verletzen und werden verletzt. Wer weiß schon, ob sie vielleicht Antons Herz bricht? Im Moment bin ich einfach froh, dass sie unbeschadet aus dieser Internatsgeschichte rausgekommen ist und sich uns wieder geöffnet hat.« Sie wies mit dem Zeigefinger auf Lena. »Das ist übrigens eine Sache, bei der du dich wirklich nicht mit Ruhm bekleckert hast.«

Lenas Magen zog sich zusammen. Sie wusste, dass Charlotte recht hatte. Sicher hätte sie auf ihre Schwester und die Probleme, die sie mit sich herumgeschleppt hatte, eingehen müssen. Aber Sophie war einfach nicht mehr kontrollierbar gewesen, also hatte sie den Weg gewählt, der den größten Erfolg versprach: das Internat. Sophie dort unterzubringen war etwas, was sie kontrollieren konnte. Lena seufzte. »Woher hätte ich denn wissen sollen, dass der Rektor dermaßen unfähig ist? Ich muss ja wohl davon ausgehen können, dass sich so eine Schule verhält, wie es sich gehört«, verteidigte sie ihre Entscheidung. »Ich konnte beim besten Willen nicht ahnen, dass sie Sophie aus einem solchen Grund rauswerfen.«

»Es wäre deine Pflicht gewesen, den Grund des Rausschmisses zu hinterfragen und für Sophie zu kämpfen.«

Lena legte den Kopf in den Nacken und blinzelte gegen das Brennen in ihren Augen an. Die Sterne waren hier so viel heller als in Stuttgart. »Ich habe bis zur letzten Minute vor meinem Urlaub gearbeitet. Ich hatte so viel zu tun. Und dann meldete sich die Schule mit dieser Hiobsbotschaft, dass Sophie schon wieder geflogen ist. Ich wollte sie bestrafen.« Sie sah zu ihrer Großmutter hinüber. »Ich wollte sie wirklich bestrafen, und ich wollte, verdammt noch mal, wenigstens für zwei Wochen meine Ruhe vor all diesen Teenagerdramen haben. Ich fand es angemessen, sie hierzulassen, statt sie auch noch mit einem Traumurlaub für ihren Rausschmiss zu belohnen. Jetzt bin ich für alle die egoistische Ziege. Die Böse, die ihr nichts Gutes will.« Sie trank noch einen großen Schluck. »Der Loser der Familie.« Obwohl sie diejenige war, die mit aller Kraft versuchte, die Zügel in der Hand und die Familie zusammenzuhalten.

»Niemand sieht in dir eine Verliererin. Aber wenn du Sophie schon auf diese Art bestrafen willst, dann hättest du ihr das auch klarmachen müssen. Sie hat sich einfach nur verlassen gefühlt. Das Mädchen ist ein Teenager. Für Logik und Realität ist da oft nicht so viel Platz vor lauter pubertären Hormonen«, sagte Charlotte.

»Ich weiß.« Lena rieb sich über das Gesicht. Sie fühlte sich plötzlich so unendlich müde. »Ich war so wütend auf sie. Und jetzt war ich das zu Unrecht, und Clara ist die tolle Retterin, die alles zum Besseren wendet.« Sie konnte die Bitterkeit nicht aus ihrer Stimme verdrängen. Dadurch klang sie, als ob sie Clara hasste und beneidete, dabei wollte sie nur, dass ihre Schwester endlich in der Realität ankam und aufhörte, ihrem Traum nachzujagen. Sie liebte ihre beiden Schwestern.

»Clara hat die zwei Wochen genutzt, die du ihr mit deiner Reise auf die Malediven gegönnt hast«, sagte ihre Großmutter, als könne sie ihre Gedanken lesen. »Sie hat es auch schwer gehabt, zu Sophie durchzudringen. Aber sie hat nicht lockergelassen.«

»Und jetzt will sie mir Sophie wegnehmen.« Verlust brannte immer wie Säure im Herzen.

»Sie nimmt sie dir nicht weg, mein Schatz.« Charlotte legte ihre Hand auf Lenas Unterarm. »Im Moment kommt Clara einfach nur am besten mit ihr zurecht.«

»Womit wir wieder dabei wären, dass alle Mühe, die ich in den letzten Jahren in Sophie gesteckt habe, umsonst war. Immerhin hat sie sich innerhalb von nur ein paar Wochen von dieser grauenvollen schwarzen Haarfarbe verabschiedet und dieses Vampirlehrling-Outfit abgelegt.« Sie hatte sich wirklich zum Positiven verändert. Sie war fröhlich und trug praktisch kein Make-up mehr.

»Du siehst das falsch, Lena. Du hast Sophie in den Jahren, in denen sie das gebraucht hat, Struktur gegeben. Das war nicht nur notwendig, das war vor allem unglaublich wichtig für sie. Jetzt befindet sie sich in einer anderen Lebensphase. Und in dieser ist Clara diejenige, die sie vielleicht besser verstehen kann. Diese Schule, von der die beiden reden, ist wirklich toll. Sieh sie dir doch einfach mal an, bevor du morgen wieder nach Hause fährst.«

»Vielleicht mache ich das tatsächlich.« Lena schenkte sich noch einmal Limonade und Wodka nach.

»Gib den beiden eine Chance. Und vergiss nie, du hast Sophie zu einer wunderbaren jungen Frau erzogen.« Charlotte erhob sich und küsste Lena auf die Wange. »Denk in Ruhe über alles nach. Ich gehe ins Bett.«

»Gute Nacht, Charlotte.«

»Das wünsche ich dir auch.« Lena blieb sitzen und starrte in die Nacht hinaus. Sie nippte an ihrer gepimpten Limonade und fühlte sich einfach nur elend, während über dem See das Feuerwerk begann und die Nacht in einem glitzernden Farbspektakel explodierte.

∗ ∗ ∗

Justus lehnte neben der Terrassentür seines Bungalows an der Wand und hatte Clara an sich gezogen. Sie lehnte ihren Rücken an seine Brust. Gemeinsam sahen sie zu, wie das Feuerwerk über dem See explodierte und sich das Glitzern auf der glatten Wasseroberfläche spiegelte.

»In Momenten wie jetzt wünsche ich mir, dass der Sommer niemals endet«, flüsterte Justus an ihrem Ohr und drückte seine Lippen auf diesen ganz speziellen Punkt an Claras Hals, der eine Gänsehaut über ihren gesamten Körper jagte.

Claras Herz klopfte hart gegen ihren Brustkorb. Sie wusste noch immer viel zu wenig über Justus. Die Ungewissheit war etwas, das sie nicht mehr aushielt. Es war an der Zeit nachzufragen, was nach diesem Sommer geschehen würde. »Du redest nie über deine Pläne«, sagte sie leise.

Justus presste seine Lippen für einen langen Moment auf ihren Hinterkopf. »Das liegt wahrscheinlich daran, dass Simon noch eine ganze Weile unterwegs sein wird«, sagte er dann.

»Aber irgendwann wird er zurückkommen«, hielt sie dagegen.

»Das stimmt. Wenn es so weit ist, planen wir, Partner zu werden. Simon baut für sein Leben gern Boote. Aber das Entwerfen neuer Yachten ist nicht so seins.«

»Aber du liebst es«, ergänzte Clara seinen Gedanken.

»Ich liebe es«, stimmte er ihr zu.

»Dann bleibst du, genau wie Sophie und ich, hier?« Ihr Herz raste inzwischen.

Er legte seine Wange an ihre, während das Feuerwerk seinen Höhepunkt erreichte und riesige Feuerblumen in der Nacht explodierten. »Ich bleibe hier«, flüsterte er.

Am nächsten Morgen stahl sich Clara aus Justus' Haus. Er hatte nur etwas von später arbeiten und ausschlafen gebrummt und sich auf den Rücken gedreht, als ihr Handywecker geklingelt hatte. Sie hatte ihn schlafen lassen, sich leise angezogen, ihm einen Kuss gegeben und sich aus dem Haus geschlichen. Charlottes Küchentür stand offen, also betrat sie das Haus auf diesem Weg und wurde sofort von einer vor Aufregung kreischenden Sophie in Empfang genommen. Ihre Schwester hüpfte mit dem Handy in der Hand ein paar Mal auf und ab und fiel ihr dann um den Hals. Clara hatte keine Ahnung, was der Grund für diesen Freudenausbruch war. Aber zum einen war sie froh, dass Sophie überhaupt so glücklich durch die Gegend sprang, und zum anderen, dass sie ihre Freude mit ihnen teilte. Charlotte saß, perfekt gekleidet und frisiert, am Küchentisch. Sie hatte heute ihren Kontrolltermin beim Chirurgen, fiel Clara ein. Lena hockte neben ihrer Großmutter auf der Kante eines Stuhls und sah erstaunlich unperfekt aus. Sie hatte sich heute Nacht einen von Claras Pyjamas geliehen, den sie entgegen ihrer sonstigen Gepflogenheiten noch immer trug. Ihre Haare waren zerstrubbelt, und sie hatte kein Make-up aufgelegt. Den Kopf stützte sie mit ihren Händen, als bereitete ihr jeder von Sophies lauten Quietschern Schmerzen – oder als hätte sie am Vorabend einen über den Durst getrunken. Vielleicht war es auch eine Mischung aus beidem.

»Du bist der Hit im Internet«, zog Sophie Claras Aufmerksamkeit wieder auf sich. »Du bekommst von Sekunde zu Sekunde mehr Likes.«

»Von was redest du?«, wollte Clara wissen. Sophie hüpfte weiter. Charlotte schmunzelte amüsiert. Und Lena starrte weiter mit zusammengekniffenen Augen in die Tasse vor sich.

»Von meinem Collier.« Sophie schwenkte das Handy vor

Claras Nase herum. Viel zu nah, also hielt sie Sophies Hand fest, damit es nicht mehr so wackelte, und trat einen Schritt zurück.

Vom Display grinste ihr ebenfalls Sophie entgegen. Das Foto musste Anton am vergangenen Abend geschossen haben. Der schwarze Nachthimmel explodierte hinter ihrer Schwester in den leuchtenden Farben des Feuerwerks, und das Collier an ihrem Hals funkelte mit diesem Spektakel um die Wette. »Das Bild ist wunderschön«, sagte Clara. Und das war es wirklich. Das satte Rot der Haare und die großen, tiefgrünen Augen zogen den Betrachter regelrecht in den Bann dieses strahlenden Gesichts und leuchteten vor dem dunklen Nachthimmel.

»Anton hat das Bild gemacht«, bestätigte Sophie ihre Vermutung. »Er hat noch ein paar Filter drübergelegt, aber es ist echt der Hammer. Ich habe es auf Instagram gepostet und deine Homepage verlinkt. Die Leute drehen komplett am Rad. Jeder will wissen, wo man das Collier kaufen kann. Ich meine, Alter, ich habe schon Angebote dafür bekommen.«

Ausnahmsweise korrigierte Clara Sophies Ausdrucksweise nicht. Stattdessen zog sie einen Stuhl unter dem Tisch hervor und ließ sich drauffallen. »Die Leute fragen dich nach dem Schmuckstück?«

»Absolut.« Sophie tanzte durch die Küche. Die Sonnenstrahlen, die durch das Fenster fielen, ließen ihre Haare aufleuchten wie Flammen. Sie stellte eine Tasse unter die Kaffeemaschine und drückte auf den Knopf. »Perlenglück ist jetzt total angesagter Scheiß.«

»Sophie«, übernahm Charlotte Claras Aufgabe, ihre kleine Schwester milde zu tadeln.

»Aber es stimmt.« Sophie stellte die Tasse vor Clara ab und umarmte sie von hinten. Dann tänzelte sie aus der Küche und kehrte im nächsten Moment mit Claras Laptop zurück, den sie im Wohnzimmer hatte liegen lassen. Sie schob ihn auf den Tisch und stieß Clara mit der Hüfte an, sodass sie fast ihren Kaffee verschüttete, von dem sie gerade trinken wollte. »Los! Sieh bei Perlenglück nach, ob es Bestellungen gibt«, drängte sie.

Clara trank einen Schluck Kaffee und stellte die Tasse dann außer Reichweite ihrer hyperaktiven Schwester ab. Sie hatte das Gefühl, noch immer nicht ganz wach zu sein. Oder zumindest zu träumen, auch wenn ihr Herz wie verrückt schlug. Sie hatte Mühe, Sophies Redeschwall zu folgen. Offenbar war Perlenglück also einigen Leuten aufgefallen. Sie rief die Seite auf, loggte sich ein – und wäre vor Schreck fast vom Stuhl gefallen. Clara konnte sich nicht erinnern, jemals so viele Bestellungen gehabt zu haben. Genau genommen blinkten ihr gerade mehr Aufträge entgegen, als sie im letzten halben Jahr insgesamt gehabt hatte. »Wahnsinn!« Sie presste die Hand auf ihr Herz, weil sie befürchtete, es würde ihr gleich aus der Brust springen. Charlotte und Sophie blickten ihr neugierig über die Schultern. Lena hingegen hob den Blick überhaupt nicht erst von ihrer Kaffeetasse. »Das ist doch völlig verrückt«, sagte Clara noch einmal ungläubig. All diese Aufmerksamkeit hatte sie Sophies Collier zu verdanken.

»Ich muss das Anton erzählen.« Sophie schnappte sich einen Apfel aus der Schale auf dem Tisch und wedelte mit ihrem Handy. »Sein Foto war es schließlich, das all das ins Rollen gebracht hat. Ich lauf kurz zu ihm rüber, okay?«

»Klar. Grüß ihn von mir und sag ihm danke.« Clara blickte noch einmal verstohlen auf ihr Laptopdisplay. Unglaublich.

»Mach ich«, rief Sophie.

Sie war schon halb zur Tür hinaus, als Charlotte sich ebenfalls erhob und Clara auf die Wange küsste. »Das sind wirklich fantastische Neuigkeiten. Ich bin stolz auf dich.« Sie verließ die Küche und ließ Clara, Lena und eine unangenehme Stille zurück. Diva strich um die Tischbeine und sprang auf den Stuhl, den Charlotte gerade frei gemacht hatte. Lena streckte ganz automatisch die Hand aus, um sie zu streicheln. Clara wollte sie warnen, aber da war es schon zu spät. Die Katze erwischte ihre Schwester mit den ausgefahrenen Krallen, und Lena zuckte mit einem gezischten Schmerzlaut zurück.

Ein winziges bisschen war Clara beruhigt, dass sie tatsächlich nicht die Einzige war, die Diva nicht leiden konnte. »Hast du zu tief ins Glas geschaut heute Nacht?«, fragte sie ihre mürrische Schwester, um das Hallen der Stille zwischen ihnen zu verdrängen.

»Ich habe Charlottes Zitronenlimonade ein bisschen aufgewertet. Und viel nachgedacht«, ergänzte Lena.

»Zu welchem Schluss bist du gekommen?« Clara schob den Laptop zur Seite. Nicht ohne noch einmal einen Blick auf ihre Bestellungen zu werfen, die ihren Herzschlag flattern ließen. Dann wandte sie sich ihrer Schwester zu.

Lena richtete sich gerade auf und setzte eine kühle Miene auf, die nicht zu ihrem momentan etwas derangierten Äußeren passte. Für Lena war es wichtig, zumindest das Gefühl von Kontrolle zu haben. »Ich werde euch keine Steine in den Weg legen«, sagte sie, leiser, als Clara es von ihr gewohnt war.

»Wie bitte?« Clara war sich nicht sicher, sie richtig verstanden zu haben.

»Wir machen einen Termin beim Jugendamt und beim Familiengericht und teilen das Sorgerecht. Wenn Sophie unbedingt am Bodensee bleiben will, werde ich nicht diejenige sein, die darauf besteht, dass sie nach Stuttgart zurückkehrt oder wieder auf ein Internat geht.« Diese Entscheidung hatte ihre Schwester mit Sicherheit eine große Überwindung gekostet. Auch wenn Clara sich oft über sie ärgerte, wusste sie, dass Lenas gebrochenes Herz und die Ängste nach dem Tod ihrer Mutter keine unwesentliche Rolle bei ihrem Verhalten spielten. Sie hatte den Schmerz nie zugelassen und sich stattdessen in eine Rüstung aus Eis gehüllt. Lena war noch so jung gewesen, als sie all diese Verantwortung übernehmen musste. Und diese Aufgabe hatte sie, wie alle anderen Herausforderungen in ihrem Leben, sehr ernst genommen. Zu ernst. Aber wer konnte ihr das verübeln?

»Oh, Mann! Lena!« Clara umarmte sie fest. »Das ist wirklich großzügig von dir. Danke. Sophie wird sich ein Loch in den Bauch freuen.«

»Ja, sicher.« Lena klopfte Clara ein wenig unbehaglich auf den Rücken und schob sie dann von sich. »Ich werde jetzt mal duschen gehen«, verkündete sie und stand auf.

»Lena.« Clara wartete, bis sich ihre Schwester noch einmal zu ihr umdrehte. »Ich danke dir wirklich von ganzem Herzen. Und ich möchte dir noch einmal sagen, dass Sophie und ich nicht einfach abhauen. Wir sind Schwestern. Wir sind eine Familie. Du gehörst zu uns, vergiss das nie, okay?«

»Sicher«, sagte Lena noch einmal und verschwand im Flur.

Clara wartete, bis sie ihre Schwester die Treppe hinaufsteigen hörte, ehe sie zum Handy griff und Justus' Nummer wählte.

Er klang verschlafen, als er den Anruf annahm. »Clara? Alles okay? Ist was passiert?«

Richtig, heute war der Tag, an dem er ausschlafen wollte. Aber das war jetzt egal. Sie musste ihm von den Neuigkeiten berichten. »Es ist alles so dermaßen okay, dass ich es gar nicht glauben kann. Stell dir vor …« Sie erzählte ihm von Sophies Foto und dem plötzlichen Ansturm auf Perlenglück und von Lenas Entscheidung, die ihr Herz so leicht werden ließ. Der Jubelruf, den er ausstieß, ließ ihr Grinsen noch breiter werden. Justus verstand sie, kannte ihre Ängste. Und deshalb freute er sich über die guten Nachrichten genauso sehr wie sie selbst. Erst als sie auflegten, wurde Clara wirklich bewusst, wie wichtig Justus inzwischen für sie geworden war. Wie viel er ihr bedeutete. Noch immer erschien es ihr wie ein kleines Wunder, dass sie sich in ihn verliebt hatte. Sie konnte sich seinen intensiven Blicken nicht entziehen, seinem dunklen Lachen und dem leicht ironischen Lächeln. Es war ihr unmöglich, seinen sehnsüchtigen Küssen, die so viel mehr versprachen, zu widerstehen.

21

Die nächsten zwei Wochen rauschten in einem Wirbel aus heißer Sommerluft, Kreativität und Claras Liebe zu Justus, die alles einzuhüllen schien, durch ihr Leben. Perlenglück war zum ersten Mal wirklich erfolgreich. Die Leute waren begeistert von ihrem Schmuck. Und auch wenn sie die Erinnerung an ihre ersten mageren Monate genau wie die Angst, wieder an diesem Punkt zu enden, nie ganz aus ihren Gedanken vertreiben konnte, so genoss sie doch jeden dieser atemberaubenden Momente, die ihre Finger vor Glück kribbeln ließen.

Anton und Sophie hatten vom ersten Moment einen Draht zueinander gehabt. Aber seit dem Geburtstag ihrer kleinen Schwester hatten diese beiden extrem verknallten Teenager etwas von siamesischen Zwillingen an sich. Anton hatte für die zweite Hälfte der Ferien einen Job im Strandbad, also fragte Sophie, ob sie sich für den Rest des Sommers ebenfalls Arbeit suchen durfte. Wieder einmal war es Charlotte, die die zündende Idee beisteuerte. Sophie übernahm einfach Claras Job im Treibgut, während sie sich komplett auf ihren Schmuck konzentrierte. Kati, die nicht umsonst eine wirklich gute Geschäftsfrau mit dem richtigen Riecher war, schwatzte Sophie ein paar Zeichnungen ab. Sie ließ sie in grobem, unbehandeltem Holz rahmen und bot sie im Treibgut an. Drei dieser Kunstwerke hatte sie bereits verkauft, was Sophie zu einer ebenso quietschenden Reaktion verleitete wie damals die Entdeckung, dass ihr Collier im Internet für Aufsehen sorgte.

Justus hatte die Schwestern am letzten Sonntag samt Charlotte zu einem Segeltörn auf dem Bodensee eingeladen. Was bedeutete, dass Anton wie selbstverständlich ebenfalls dabei war. Der Nachmittag war fantastisch gewesen. Über ihnen hatten die strahlend weißen Segel mit dem hellgrünen Streifen im Wind geknattert. Die Yacht war in der Brise, die ihr die Locken aus dem Gesicht wehte, über die kleinen Wellenkämme geschossen, hatte die zarten weißen Schaumkronen auf dem dunkelblauen Wasser zerteilt. Und das Strahlen der Sonne am hellblauen Sommerhimmel konnte mit dem in Justus' Augen konkurrieren. Sophie hatte Anton dazu überredet, sich mit ihr zu einer Ich-bin-der-König-der-Welt-Geste an den Bug des Bootes zu stellen. Justus hatte sie dazu gebracht, ihr das Steuerrad zu überlassen. Ihre kleine Schwester hatte die Männer in ihrem Umfeld fest um ihren kleinen Finger gewickelt.

Clara hatte sich von Sophie nur zu ein paar weiteren Stand-up-Paddel-Einheiten überreden lassen. Inzwischen fiel sie nur noch halb so oft wie am Anfang von ihrem Brett. Justus wollte ebenfalls mit ihr und einem Paddelboard auf den See, aber das lehnte Clara kategorisch ab. Sie wollte sich schließlich nicht völlig blamieren. Mit Justus ging sie lieber Hand in Hand spazieren oder saß einfach nur am Steg und blickte auf das Wasser und das gegenüberliegende Ufer. Und manchmal hatte sie sich einfach Sophies Badeinsel ausgeliehen und sich treiben lassen. Irgendwann hatte sogar ihre Haut begonnen, einen leichten goldbraunen Ton anzunehmen.

Einer der wundervollsten Momente war allerdings gewesen, als ihre kleine Schwester sich mit ihrem Skizzenbuch neben Clara auf die Verandatreppe setzte und den Kopf an ihre Schulter lehnte. Sie hatte durch die Seiten geblättert und ihre Zeichnungen gezeigt. Bei einigen Naturstudien hatte Sophie ihr dann erklärt, wie sie sich ein Schmuckstück in diesem Design vorstellte. Und Clara ging es ebenso: Sie sah die Ringe, Kettenanhänger, Colliers und Ohrringe bereits vor ihrem inneren Auge. Bei einem Krug Zitronenlimonade entwarfen sie eine gemeinsame Schmuckkollektion und nannten sie Schwesterherz. Clara würde sie mit einem eigenen Label versehen, aber ebenfalls auf der Perlenglück-Seite anbieten.

Bei all diesen wundervollen Entwicklungen fiel es ihr leicht, die Nachrichten zu ignorieren, die Olli ihr plötzlich immer öfter schickte. Mal war es ein Foto über WhatsApp, das sie beide auf dem Stuttgarter Wasen vor zwei Jahren zeigte. Lachend die Wangen aneinandergelegt. Er hatte es angeblich zufällig gefunden und an sie denken müssen. Ein anderes Mal schickte er ihr eine Nachricht, dass er gerade in ihrem alten Lieblingslokal saß. Und ein paar Mal hatte er ihr einfach nur geschrieben, dass er sie vermisste. Sissi schien die Situation vom ersten Moment an richtig eingeschätzt zu haben. Olli hatte sich offenbar von seiner Killesberg-Tussi getrennt – oder war rausgeflogen – und versuchte jetzt, sie wieder um den Finger zu wickeln. Seine drei Anrufe hatte Clara ignoriert, dankbar, dass er wenigstens nicht ihre Mailbox vollgequatscht hatte.

Clara saß in ihrem Atelier unter dem Dach und formte eine von Sophie gezeichnete Rosenblüte nach, die sie auf einen Ring setzen würde. Wenn sie damit fertig war, würde sich jemand eine üppige, die halbe Hand bedeckende Blume an den Finger stecken können, die den vollen, schweren Blüten an Charlottes Rosenspalier glich. Das Klingeln ihres Handys riss sie aus ihrer Konzentration. Seit Olli sie nervte, warf sie erst einen Blick auf die Anruferkennung, ehe sie einen Anruf annahm. Die Nummer, die angezeigt wurde, kannte sie allerdings nicht. Aber die Vorwahl stammte aus der Gegend. »Clara Ritter«, meldete sie sich.

»Guten Tag, Frau Ritter. Hier spricht Nicola Herzog, die Rektorin von Schloss Sommerberg. Sie haben sich für Sophie Ritter um einen Schulplatz an unserem Institut beworben.«

Clara schluckte. »Ja, das stimmt.« Im Stillen betete sie, dass die Frau mit der netten Stimme ihr nicht im nächsten Moment eine Absage erteilen würde.

∗ ∗ ∗

Justus' Laune sank mit jeder Millisekunde, die er länger auf das Display seines Handys starrte, weiter in den Keller. Vibrierend lag es vor ihm und ließ den Namen seines Vaters aufblinken. Wieder und wieder. Gerade eben hatte er noch darüber nachgedacht, sich einen Kaffee zu holen und noch ein bisschen daran zu denken, wie er Clara an diesem Morgen geweckt hatte. Ein Anruf seines Vaters war definitiv dazu geeignet, jede Empfindung zwischen Leidenschaft und Sehnsucht zu zerstören. Ganz im Gegenteil, er holte ihn eiskalt auf den Boden der Tatsachen zurück. Mit einem ziemlich harten Aufschlag. Justus presste Daumen und Zeigefinger seiner linken Hand auf seine geschlossenen Lider, aber das Handy hörte nicht auf zu brummen. Er hatte das dringend notwendige Gespräch mit seinem Vater bereits viel zu lange vor sich hergeschoben. Genau genommen wäre es am sinnvollsten gewesen, sich einfach ins Auto zu setzen und nach Kiel zu fahren, um sich mit seinen Eltern und Mila an einen Tisch zu setzen und ein für alle Mal zu klären, wie er sich seine Zukunft vorstellte. Aber er wollte nicht weg aus Bodman. Nicht einmal für ein Meeting mit seiner Familie, das ihn mit Hin- und Rückfahrt zwei Tage kosten würde. Stattdessen hatte er in den vergangenen Wochen ein paar anstrengende Telefonate mit seiner Mutter geführt, seinen Vater aber ignoriert. Denn gegen Christian Petersen war seine Mutter eine Heilige.

Viel länger konnte er das Gespräch nicht mehr hinausschieben. Vielleicht war es einfach an der Zeit, Nägel mit Köpfen zu machen und ein letztes Mal Klartext zu reden. Justus rieb mit den Handflächen über seine Oberschenkel, ehe er das Handy von der Schreibtischoberfläche nahm. Er würde ruhig und sachlich mit seinem Vater sprechen. Nicht dass ihm das in der Vergangenheit besonders oft und besonders gut gelungen wäre. Noch einen Moment starrte er zögernd auf das blinkende Display. Sein Vater war offenbar wirklich nicht gewillt, einfach aufzulegen, also wischte er schließlich über den grünen Hörer auf dem Bildschirm. »Hallo Vater«, sagte er.

Er hatte es zumindest versucht, redete er sich selbst gut zu, als sein Vater nicht einmal drei Minuten nach Beginn des Gesprächs in einer Lautstärke zu brüllen begann, die

Justus zwang, das Handy einen halben Meter vom Ohr wegzuhalten. Zusammen mit der Geräuschkulisse aus der Werkshalle unter ihm vermischte sich das Geschrei zu einem Wirbel aus kaum verständlichem Lärm und sorgte dafür, dass auch er laut wurde. Mit steigendem Blutdruck stiegen die Dezibel in seiner Stimme.

Sein Vater war inzwischen an der immer gleichen Stelle seiner Tirade angelangt. »Wann, verdammt noch mal, schlägst du dir die Flausen aus dem Kopf«, brauste er schon wieder. In dieser Art würde es noch eine Weile weitergehen, ehe Justus zu Wort kam. »Du bist die nächste Generation eines der erfolgreichsten Traditionsunternehmen Deutschlands. Du hattest jetzt lange genug Zeit, dir die Hörner abzustoßen. Ich erwarte, dass du endlich zurückkommst und deine Pflichten in der Werft als Juniorchef wahrnimmst.« Justus legte den Kopf in den Nacken und schloss die Augen. Sein Vater war noch nicht fertig mit ihm. »Wir haben einen Ruf zu verteidigen. Wir haben Mitarbeiter, denen gegenüber wir Verantwortung tragen. Wir haben Kunden, denen wir verpflichtet sind.«

»Begreifst du es nicht«, funkte Justus, genauso aufgebracht wie sein Vater, dazwischen, als der gerade Luft holte. »Das ist nicht das Leben, das ich mir ausgesucht habe. Ich will …«

»Man kann sich sein Leben nicht immer aussuchen«, donnerte sein Vater dazwischen.

»Was erwartest du denn von mir?«

»Das weißt du ganz genau!«, kam die geblaffte Antwort.

»Richtig«, ätzte Justus. »Das hatte ich vergessen. Ich lasse hier alles stehen und liegen, spaziere aus der Bootsmanufaktur und komme nach Kiel zurück. Dann heirate ich meine hübsche kleine Verlobte Eva, die so gut zu mir passt, und übernehme die Firma.« Die Säge in der Bootshalle war inzwischen verstummt, und Justus wurde bewusst, wie laut er in den Hörer schrie. Es fühlte sich gut an, seinem Vater den Frust endlich einmal ins Gesicht – oder besser gesagt: ins Ohr – zu brüllen. Trotzdem dämpfte er seine Verbitterung ein wenig und senkte seine Stimme. »Noch mal, Vater«, fuhr er fort. »Das wird nicht passieren. Ich bin nicht der Richtige, um diesen Job zu machen. Ich will Boote bauen. Mit meinen Händen. Ich will sie entwerfen und vom ersten Zeichenstrich bis zur Schiffstaufe in den Prozess integriert sein.« Er rieb sich über seinen verspannten Nacken. Wenn sein Vater schon einmal länger als fünf Sekunden schwieg, musste er die Chance nutzen und alles loswerden, was seit Monaten, um nicht zu sagen seit Jahren auf seiner Seele lastete. »Ihr habt mir die Liebe zum Bootsbau in die Wiege gelegt. Dafür bin ich euch bis in alle Ewigkeit dankbar. Und das, was ich hier in der Bootsmanufaktur machen darf, ist genau das, wofür mein Herz schlägt. Ich liebe diese Arbeit und bin unglaublich glücklich damit.«

Auch die Stimme seines Vaters wurde wieder leiser, verlor aber nichts von seiner verletzenden Schärfe. Gemeinsam mit den harten Worten fühlten sie sich an wie ein Messer, das einem nicht nur ins Herz gerammt, sondern anschließend auch noch hin und her gedreht wurde. »Du solltest dich schämen, deine Familie so im Stich zu lassen«, begann sein Vater seinen Sermon einfach noch einmal von vorn, als hätte er nichts von dem, was Justus gesagt hatte, gehört.

Justus sah in der Spiegelung seines ausgeschalteten PC-Monitors das bittere Lächeln, das sich in seine Mundwinkel legte, und schluckte die Enttäuschung, die wie ein Kloß in seinem Hals steckte, herunter. Er würde seinen Eltern nie genügen, es sei denn, er nahm, ohne zu murren, die ihm zugedachte Position des Kronprinzen im Familienunternehmen ein. »Ich hätte in der Tat ein schlechtes Gewissen und zudem zweimal darüber nachgedacht, diesen Schritt zu gehen, wenn nicht direkt vor eurer Nase die am besten geeignete Person für eure Nachfolge sitzen würde. Mila ist unglaublich gut in allem, was sie tut. Sie hat euch auf so viele Arten bewiesen, dass sie es draufhat. Und sie liebt diesen Job so sehr.« Was Justus kein bisschen verstehen konnte, wofür er jedoch unendlich dankbar war. »Gebt ihr eine Chance«, bat er seinen Vater zum gefühlten tausendsten Mal. »Ihr liebt Mila doch. Ihr wisst, wie gut sie ist. Warum wollt ihr unbedingt, dass ich den Job übernehme, wenn sie ihn doch um so vieles besser macht?«

»Aus dem einzigen Grund, der zählt«, knurrte sein Vater. Auch er war leiser geworden. »Weil du unser Sohn bist. Ich habe die Firma von meinem Vater übernommen und er von seinem.« Eine leise Erschöpfung hatte sich in seine Stimme geschlichen.

»Egal was passiert, euer Sohn werde ich doch immer bleiben«, versuchte Justus noch einmal, an die Vernunft seines alten Herrn zu appellieren. »Aber seit der Gründung der Werft sind hundertfünfzig Jahre vergangen. Die Zeiten haben sich geändert. Um heute noch in der Welt zu bestehen, sollte ein Unternehmen von demjenigen geführt werden, der dafür am besten geeignet ist. Nur weil ich euer

Sohn bin, eigne ich mich noch lange nicht am besten für diese Aufgabe. Mila ist einfach dafür geschaffen, die Petersen-Werft zu übernehmen.« Am liebsten hätte Justus angeboten, den Job zu übernehmen, sollte sich innerhalb eines Jahres herausstellen, dass seine Cousine die Falsche für diesen Job war, so sicher war er sich, dass sie diese Herausforderung, ohne mit der Wimper zu zucken, meistern würde. Aber – sosehr er seine Eltern auch liebte – er traute ihnen zu, Mila Steine in den Weg zu legen, nur um ihn dazu zu bringen, den Posten des Juniorchefs doch noch zu übernehmen. »Versprecht mir, dass ihr einfach in Ruhe darüber nachdenkt, euch mit Milas Ideen und Visionen beschäftigt und mit dem Firmenanwalt sprecht.«

Sein Vater schwieg. Justus schloss für einen Moment die Augen. Er konnte sich vorstellen, wie Christian Petersen an seinem Schreibtisch saß. Das volle weiße Haar, der sorgfältig gestutzte Bart in der gleichen Farbe, über den er vermutlich gerade in einer abwesenden Geste strich. Die gerade Haltung und der tadellos sitzende Anzug, die ihm Strenge verliehen. Und die Fältchen um seine Augen, für die die Sonne und der Wind auf dem Meer verantwortlich gewesen waren – und die ihm etwas Gütiges verliehen. Sosehr seine Eltern ihn auch in den Wahnsinn trieben, so verbohrt und engstirnig sie in diesen wichtigen, die Zukunft bestimmenden Dingen waren, so liebte er sie doch von ganzem Herzen. Und das würde sich nie ändern. »Ich muss jetzt auflegen, Vater. Ich kann euch nur bitten, darüber nachzudenken. Grüß Mutter von mir. Bis bald.« Er nahm das Handy vom Ohr und schob den Finger über die rote Taste, ehe er es auf den Schreibtisch legte. Für einen Moment ließ er den Kopf in den Nacken fallen und gab sich seinem Selbstmitleid hin. Dann stand er entschlossen auf, um sich einen Kaffee zu holen, der hoffentlich das beginnende Pochen hinter seiner Stirn eindämmen würde.

* * *

Clara gab ein Quietschen von sich, das fast an Sophies Freudenausbrüche heranreichte. Sie stand neben ihrem Arbeitsplatz im Atelier, das Handy noch immer in der Hand, und führte ein kleines Freudentänzchen auf. Sie hatten es geschafft: Sophie war in Schloss Sommerberg angenommen. Die Rektorin hatte sich beeindruckt gezeigt vom künstlerischen Talent ihrer Schwester. Natürlich hatte sie sich ausgebeten, den Sommerberg mit Wandgemälden nicht zu verzieren, es sei denn, sie wurde darum gebeten. Aber da sah Clara wirklich kein Problem. Mit dem Schulwechsel war ihre letzte Hürde genommen. Sie würden am Bodensee bleiben. Clara stürmte die Treppe hinunter, fand aber im Erdgeschoss nur Diva, die ihr einen hochmütigen Blick zuwarf, im nächsten Moment aber beleidigt maunzte, weil ihr Schälchen leer war. Stimmte ja. Sie war allein. Sophies Schicht im Treibgut endete erst in etwa einer Stunde, und Charlotte war mit ihren Bridgefreundinnen in einem Café in Ludwigshafen verabredet. Clara nahm die Katzenmilch aus dem Kühlschrank und goss etwas in Divas Schälchen. Die Katze fixierte sie für einen Moment und hob ihre Pfote, um die Krallen auszufahren. Dann schien sie es sich jedoch anders zu überlegen und stupste mit ihrem Köpfchen gegen Claras Hand. »Wow.« Clara strich der Katze über den Rücken und richtete sich auf. »Steuern wir zwei etwa auf einen Waffenstillstand zu?« Diva machte sich über ihre Milch her und ignorierte sie. Sie war ohnehin nicht die Richtige für die Neuigkeiten, die Clara unbedingt mit jemandem teilen musste. Weil sie sonst platzen würde. Justus! Er würde sich mit ihr freuen, wenn sie ihm sagte, dass sie endlich Gewissheit hatte. Wenn er erfuhr, dass sie definitiv hierbleiben würden.

Clara rannte aus dem Haus und holte ihr Fahrrad aus dem Schuppen. Sie trat in die Pedale und brauchte keine drei Minuten bis zur Bootsmanufaktur, wo sie das Rad gegen die Holzwand des alten Bootsschuppens lehnte. Mit schnellen Schritten überquerte sie den Hof. Sie war schon ein paar Mal hier gewesen. Justus hatte ihr die Werfthalle gezeigt und ihr erklärt, woran sie gerade arbeiteten, was Clara sehr spannend gefunden hatte. Dann hatte er ihr sein Büro gezeigt, sich auf seinen Bürostuhl gesetzt und auf seinen Schoß gezogen. Die Küsse, die sie ausgetauscht hatten, den Rücken gegen seine Schreibtischkante gelehnt, trieben ihr noch jetzt die Röte – gemeinsam mit einem Grinsen – ins Gesicht. Vielleicht würden sie das ja gleich wiederholen, wenn sie ihm vor Freude um den Hals fiel. Sie stieß die Tür auf und wurde vom ohrenbetäubenden Lärm einer Kreissäge empfangen. Es roch nach frisch geschnittenem Holz, Lack und Öl. Sie mochte diese Mischung, die so einmalig war und manchmal in Justus' Kleidern hing, wenn er nach Hause kam.

Clara entdeckte Bernhard, der neben einem Boot hockte, das auf Holzböcken stand, und daran herumschraubte. Yunus stand mit einer Plastikbrille und Gehörschutz konzentriert über die Kreissäge gebeugt. Holzspäne stoben in alle Richtungen und blieben wie kleine Schneeflocken, die nicht schmolzen, in seinen dunklen Locken hängen. Der Holzgeruch wurde intensiver, und Clara sog ihn genüsslich ein. Yunus bemerkte sie nicht, aber Bernhard sah zu ihr herüber und hob die Hand zum Gruß, und sie winkte lächelnd zurück, ehe sie sie auf das kalte Metall des Geländers legte und die aus Gitterrosten bestehende Treppe hinaufhastete. Sie war etwa auf halber Höhe, als die Kreissäge plötzlich verstummte. Clara sah, wie Yunus sich aufrichtete und seinen Rücken durchstreckte – und nahm im selben Moment wütendes Gebrüll aus Justus' Büro wahr. Um genau zu sein, war es Justus selbst, der irgendjemanden anschrie, wie sie es noch nie zuvor erlebt hatte. Besorgt erklomm sie zwei weitere Stufen, während seine zornigen Worte glasklar durch die geschlossene Tür seines Büros drangen. »Richtig«, hörte sie ihn mit einem unangenehmen Unterton in der Stimme brüllen. »Das hatte ich vergessen. Ich lasse hier alles stehen und liegen, spaziere aus der Bootsmanufaktur und komme nach Kiel zurück.« Nach Kiel? Clara war noch eine Stufe hinaufgestiegen und hielt erschrocken inne. Ihr Herz klopfte unnatürlich laut. Sie hatte das Gefühl, dass Bernhard es hören konnte. Und sogar Yunus unter seinen Ohrenschützern. Kiel! Am anderen Ende Deutschlands! Doch Justus' wütende Worte ließen ihr keine Zeit, die Information zu verarbeiten. »Dann heirate ich meine hübsche kleine Verlobte Eva, die so gut zu mir passt, und übernehme die Firma.«

Clara erstarrte zu Eis. Eva? Die Worte dröhnten durch ihren Kopf. Verlobte? Ihr Herz setzte aus. Es fühlte sich zumindest so an. Gerade hatte sie noch dieses überlaute

Klopfen in ihrem Brustkorb gehört, jetzt war da nur noch das Rauschen des Blutes in ihren Ohren. Ihr wurde schwindlig, und sie krallte ihre rechte Hand um das Geländer. Die Linke presste sie auf ihren Oberkörper und wartete, bis die schwarzen Punkte, die vor ihren Augen tanzten, verschwanden. Sie wartete darauf, dass Justus noch irgendetwas sagte. Dass er, mit wem auch immer er stritt, erklärte, einen Scherz gemacht zu haben. Doch da war nichts mehr. Sie hörte seine Stimme nicht mehr. Langsam und vorsichtig drehte sie sich um die eigene Achse und setzte den rechten Fuß auf die Stufe unter sich. Meine. Hübsche. Kleine. Verlobte. Eva. Sie passte so gut zu ihm. Claras Magen rebellierte. Eva. Sie hatte den Namen immer schön gefunden. Doch jetzt hasste sie ihn. Sie setzte den linken Fuß auf die nächste Stufe. Ihre Beine fühlten sich taub an, aber sie trugen sie. Rechts. Links. Ihre Schritte hallten in der weiterhin anhaltenden Stille in der Halle auf den Stufen. Yunus stand noch immer über die Kreissäge gebeugt. Er hatte Justus' unfreiwilliges Geständnis offenbar nicht mitbekommen.

Bernhard hingegen hatte sich neben dem Boot erhoben. Den Akkuschrauber noch immer in der Hand, starrte er sie an. »Clara ...?«, begann er.

Sie hob die Hand, um ihn am Weiterreden zu hindern. Sie konnte jetzt nicht sprechen. Nur einen Fuß vor den anderen setzen. Nur raus hier. Als sie den Fuß der Treppe erreichte, blickte Bernhard sie noch immer an. Hatte er es gewusst? Hatten alle Mitarbeiter von Justus das gewusst? Dass es eine Eva gab? Eine kleine Verlobte? In Kiel, wohin er zurückkehren würde? Hatten sie hinter ihrem Rücken über sie gelacht? Oder mitleidig den Kopf geschüttelt?

Dachten sie am Ende gar, sie hatte versucht, einer anderen Frau den Mann wegzunehmen? O Gott! Sie bekam keine Luft mehr. Die Lack- und Öldämpfe, die sie vorhin noch so gemocht hatte, legten sich wie eine schwere Decke auf ihre Lunge. Einen Fuß vor den anderen setzen. Nicht stehen bleiben. Justus' Worte hallten in ihrem Kopf wider wie ein Echo, das ihre Schritte begleitete. Eva. Die. Kleine. Verlobte. In. Kiel. Fassungslosigkeit mischte sich in den Schmerz. Wie hatte sie so dumm sein können? Wieso hatte sie das nicht gemerkt? Das war endlich mal eine Frage, die sie sich leicht beantworten konnte. Sie stieß die Tür auf und sog keuchend die klare Sommerluft ein. Justus hatte sich mit den Details über sein Leben immer sehr bedeckt gehalten, aber sie hatte ihre Befürchtungen zur Seite geschoben, statt auf die rot blinkende Alarmlampe in ihrem Hinterkopf zu achten.

✳ ✳ ✳

Justus öffnete seine Bürotür und schrak zusammen, als er sich Bernhard gegenübersah, der gerade die Hand nach der Klinke ausstreckte. »Du hast mich erschreckt.«

»Sorry. Das war nicht meine Absicht.« Sein Kollege kratzte sich unbehaglich am Kopf. Er erinnerte an den Boten, der gezwungen wurde, die schlechten Nachrichten zu überbringen. »Ähm ...«

»Was ist los? Ist was mit Krügers Yacht?« Justus hoffte, dass nichts schiefgegangen war beim Bau dieses außergewöhnlichen Bootes. Zumindest nichts, was sie in Zeitverzug brachte. Krüger hatte einen äußerst erlesenen Geschmack und verkehrte in Kreisen, die ihm da in nichts nachstanden. Wenn er mit ihrer Arbeit zufrieden war, würde das neue Aufträge für die Bootsmanufaktur bedeuten. Denn genau auf diese Art funktionierte ihr Business.

»Ähm …«, setzte Bernhard noch einmal an, als habe sich sein Sprachzentrum in Luft aufgelöst. »Nein.«

Justus atmete erleichtert auf. Er brauchte wirklich dringend einen Kaffee. »Was ist es dann?« Er wollte sich an seinem Kollegen vorbeischieben und in Richtung Küche gehen, als der endlich mit der Sprache rausrückte.

»Du bist verlobt?«, fragte er. »Mit einer Eva in Kiel?«

»Was?« Justus blinzelte überrascht. »Wie kommst du denn darauf?«

»Weil du es laut genug gebrüllt hast, dass man es in der ganzen Werfthalle hören konnte.«

»Ach so.« Justus lachte. »Nein, ich bin nicht verlobt. Nicht mehr. Ehrlich gesagt, habe ich mich gerade mit meinem Vater gestritten, und es ist ein bisschen – emotional geworden.«

»Keine Verlobte. Hmm, verstehe.« Bernhard wippte unbehaglich auf den dicken Sohlen seiner Sicherheitsschuhe vor und zurück. »Dann solltest du das vielleicht Clara erklären.«

»Clara?« Justus schluckte. Ein ungutes Kribbeln zog durch seinen Magen. »Was hat Clara damit zu tun?«

»Naja.« Wieder dieses Kratzen am Kopf. Dann hakte Bernhard die Daumen unter die Träger seiner Latzhose und sah Justus an. »Wie gesagt, dein Gebrüll war in der ganzen Werkstatt zu hören, und Clara war gerade auf dem Weg zu dir. Sie ist auf halber Treppe umgekehrt, und ich würde sagen, sie hat es genauso verstanden wie ich.«

Justus stützte sich im Türrahmen ab. Was hatte er noch mal genau gesagt? Dass sein Vater sich vorstellte, dass er zurückkam und Eva heiratete, um dann die Firma zu übernehmen. Er hatte die Worte voller Sarkasmus ausgespuckt. Konnte man ihn falsch verstehen? Wenn man seine Situation nicht kannte, möglicherweise schon. Scheiße! »Ich muss das klären«, sagte er, drängte sich jetzt wirklich an Bernhard vorbei und war mit zwei großen Schritten an der Treppe. »Kannst du hier übernehmen?«

»Davon bin ich ausgegangen«, murmelte sein Kollege hinter ihm. Doch Justus achtete nicht mehr auf ihn. Er nahm zwei Stufen auf einmal und hetzte aus der Werft.

22

Clara sprang auf ihr Fahrrad und legte die kurze Strecke bis zu Charlottes Haus in noch kürzerer Zeit zurück wie zuvor die Fahrt zu Justus.

Justus.

Sie rieb über ihren schmerzenden Brustkorb. Sie war so dumm. »Dumm, dumm, dumm«, murmelte sie vor sich hin, als sie das Rad einfach auf der Wiese vor dem Haus fallen ließ. »Selbst schuld«, ergänzte sie und verpasste dem Vorderrad, das sich noch drehte, einen Tritt. Justus hatte ihr nie etwas versprochen. Er hatte sich für Sophie und Clara gefreut, dass sie sich mit Lena einig geworden waren und einen Neustart in Bodman planten. Aber er hatte nie gesagt, dass er Teil dieses Plans werden würde. Weil er verlobt war. In Kiel. Dieser Gedanke schmerzte so furchtbar. Er hatte nie vorgehabt, länger hierzubleiben, auch wenn er das behauptet hatte. Trotzdem konnte sie ihn nicht dafür verantwortlich machen, dass sie sich in ihn verliebt hatte. Dafür, dass er sie benutzt hatte, um seine Verlobte zu betrügen, durfte sie aber sehr wohl wütend auf ihn sein. Sie fühlte sich – schmutzig. Und dabei hatte sie geglaubt, sie hätten eine Chance. Im Endeffekt war Justus kein bisschen anders als Olli. Selbst wenn er irgendwann mit dem gleichen reumütigen Blick in den Augen ankommen würde, mit denen ihr Exfreund sie gerade bedachte, würde sie nicht einknicken. Justus war Geschichte. Basta. Ihr gebrochenes Herz würde heilen. Das hatte es nach Olli auch getan. Dachte er wirklich, dieser Dackelblick bewirkte irgendetwas bei ihr?

»Olli?« Clara blinzelte. Erst jetzt wurde ihr bewusst, dass sie ihn sich nicht eingebildet hatte. Er saß vor ihr auf den Stufen, die zu Charlottes Haustür führten. »Was zur Hölle machst du hier?« Ihr Verstand war noch dabei, die Information zu verarbeiten. Ollis Anwesenheit hatte sie zumindest für den Bruchteil einer Sekunde von ihren Gedanken an Justus und ihrem Schmerz abgelenkt, ehe all das wieder mit voller Macht zuschlug. Ihr Exfreund war der Letzte, mit dem sie sich im Moment auseinandersetzen wollte – und konnte.

Er erhob sich von der Treppe und kam auf sie zu. Auf den Lippen das Lächeln, das sie früher einmal so geliebt hatte. »Clara.« Er zog sie in eine Umarmung, aus der sie sich unwirsch löste.

»Noch einmal: Was willst du hier?«

»Ich bin hier, um dir zu sagen, was ich wirklich will.« Er streckte die Schultern durch. »Dich.«

Clara entfuhr ein freudloses Lachen. Sie war kein gemeiner Mensch, aber im Moment schlugen die Worte durch, die Sissi ihr eingeflüstert hatte. »Hat deine Freundin dich rausgeschmissen?«, fragte sie und hasste sich selbst dafür, dass ihr Ton so bitter klang.

Die Farbe wich aus Ollis Gesicht. »Ich … nein. Ich bin gegangen, weil ich endlich begriffen habe, wie sehr ich dich liebe.«

Wie traurig. Er war einer der schlechtesten Lügner, die Clara jemals untergekommen waren. »Verschwinde, Olli!« Sie hob die Hände und schubste ihn. Der überraschende Angriff ließ ihn nach hinten taumeln. Erschrocken starrte er sie an. »Hau ab!«, brüllte sie und hob die Hände abermals, was ihn automatisch einen weiteren Schritt Abstand zwischen sie bringen ließ. Na super. Jetzt wurde sie schon wieder wegen eines Mannes gewalttätig.

»Clara!«

Ihr Name ließ sie herumwirbeln. Justus stürmte im Laufschritt auf die Lichtung und hielt erst an, als er schwer atmend vor ihr stand. »Clara«, wiederholte er. »Es ist völlig anders, als du denkst.«

»Wow.« Sie funkelte ihn zornig an. »Das ist einer der Sätze, die mir in meiner Sammlung ›Scheißsprüche von dämlichen Idioten‹ noch gefehlt hat. Vielen Dank dafür.«

»Clara, bitte«, versuchte Justus es noch einmal, doch Olli war noch nicht verschwunden.

»Dürfte ich wissen, wer das ist? Und vor allem, was hier los ist?« Olli baute sich neben Clara auf. Viel zu nah neben ihr, aber wahrscheinlich wäre es kindisch, einen Schritt zur Seite zu treten.

»Verschwindet. Alle beide.« Sie drehte sich zum Haus um.

Justus schien nicht zu denen zu gehören, die leicht aufgaben. Im nächsten Augenblick stand er bereits wieder vor ihr. »Wenn du mir fünf Minuten gibst, erkläre ich es dir.«

»Ich will nicht …«, begann sie.

Doch Olli grätschte dazwischen. »Haben Sie es nicht verstanden? Clara möchte, dass Sie gehen. Lassen Sie uns in Ruhe.«

»Wer ist dieser Kasper eigentlich?«, hörte Clara Justus noch fragen, ehe sie den Boden unter den Füßen verlor.

Sie quietschte erschrocken auf. »Justus! O Gott, lass mich runter!«, sagte sie zu seinem Rücken, über den er sie wie einen Mehlsack geworfen hatte.

Olli machte neben ihnen einen aufgeregten Hüpfer. »Sie haben gehört, was Clara gesagt hat. Sie lassen sie jetzt sofort runter, sonst …«

»Sonst was?« Justus schlang die Arme um ihre zappelnden Beine und schien nicht auf eine Antwort zu warten. »Hör auf herumzustrampeln. Ich will schließlich nicht, dass du runterfällst und dir deinen sturen Schädel anschlägst.«

»Wie nett«, fauchte Clara. Nichtsdestotrotz hielt sie still. Justus hatte recht. Sie wollte sich nicht noch verletzen, weil er sie wie ein Neandertaler durch die Gegend schleifte. Irgendwann musste er sie schließlich wieder absetzen, und dann würde sie ihm die Leviten lesen. Die Welt zog verkehrt herum an ihr vorbei, als Justus ohne ein weiteres Wort in Richtung See ging. Sie sah die Rückseite seiner Oberschenkel, das Gras unter seinen Füßen und ihre Locken, die ihr ins Gesicht fielen. Als sie ihren Oberkörper ein wenig verdrehte, konnte sie Olli ausmachen. Er war ihnen ein paar Schritte gefolgt, dann aber unschlüssig zurückgeblieben. Verloren und wie ein Häufchen Elend stand er vor dem Haus ihrer Großmutter. Ein Feigling, der noch nie wirklich für sie gekämpft hatte und das weder jetzt noch in Zukunft tun würde. Aus ihrem Blickwinkel, kopfüber auf dem Rücken eines anderen Mannes, fragte sie sich, was sie jemals an Olli gereizt hatte.

Die Bohlen des Stegs polterten unter Justus' Arbeitsstiefeln. Er blieb erst stehen, als sie neben sich Charlottes Boot auf dem Wasser dümpeln sah. Dort ließ er sie von seiner Schulter gleiten. Doch kaum hatten ihre Fußspitzen den Steg berührt, verlor sie abermals den Boden unter den Füßen und kam schwankend im Boot zum Stehen. Justus folgte ihr mit einem Satz, und Clara musste die Arme ausstrecken, um die Balance zu halten.

Justus stach mit dem Daumen in ihren Brustkorb. »Hinsetzen«, knurrte er, löste die Leine und zog mit einer wütenden Bewegung den Seilzug, der den Motor anspringen ließ. Clara hatte zwar keine Lust, sich von Justus herumkommandieren zu lassen, aber wie sie von ihren Paddelboard-Ausflügen wusste, war sie nicht gerade eine Meisterin des Gleichgewichts. Wenn sie nicht mitsamt dem Boot umkippen wollten, war es wirklich besser, dass sie sich setzte. Im nächsten Moment preschten sie durch die leichten Wellen auf den See hinaus. Claras Locken wurden ihr ins Gesicht geweht, während der Wind Justus' Haare aus seiner Stirn schob.

»Wohin entführst du mich?«, verlangte Clara zu wissen. Seine Aktion hatte sie nur noch wütender auf ihn gemacht.

»Irgendwohin, wo wir in Ruhe reden können«, gab er zurück.

»Ich will aber nicht mit dir reden.« Clara verschränkte demonstrativ die Arme vor der Brust.

»Sagte die beleidigte Leberwurst«, kam Justus' prompte Antwort.

Beleidigte Leberwurst? Darauf hatte sie ja wohl ein Recht. Es war aber wahrscheinlich wenig sinnvoll, eine Diskussion mit ihm vom Zaun zu brechen. Sollte er sagen, was er loswerden wollte, und sie dann zurückbringen. Statt ihn anzusehen, betrachtete sie das am Ufer vorbeiziehende Dorf. Erst als der Bootsmotor ein gurgelndes Stottern von sich gab, sah sie Justus alarmiert an. »Was war das?«

Das Geräusch wiederholte sich, wurde von einem tuckernden Spucken ersetzt, ehe der Motor ganz erstarb. »Ich bring ihn um«, murmelte Justus, leise und knurrend, vor sich hin. Er drehte sich um und schraubte den Tankdeckel auf. »Verdammter Mist.«

»Was ist denn nun?«, wiederholte Clara ihre Frage.

»Offenbar hat sich Anton mal wieder das Boot ausgeliehen und vergessen zu tanken. Wir haben keinen Sprit mehr.« Justus schraubte langsam den Deckel zurück auf den Tank und drehte sich dann wieder zu ihr um.

»Du meinst, wir sitzen hier fest?« Claras Herz begann schmerzhaft zu pochen. »Allein? Und mitten auf dem See?«

»Sieht ganz so aus«, antwortete Justus. »Dann ist das jetzt offensichtlich der perfekte Moment, um dieses Missverständnis klarzustellen. Denn es ist nichts anderes.«

Clara maß die Entfernung bis zum Ufer ab. Mit Schwimmen musste das zu schaffen sein. Sie wollte auf keinen Fall mit Justus auf diesen anderthalb Quadratmetern gefangen sein, bis ihnen irgendwann jemand zu Hilfe kam.

»Wenn du das versuchst, machst du dich nur lächerlich«, sagte Justus, der ihrem abschätzenden Blick zum Strand gefolgt war. »Ich garantiere dir, dass dir dein Auftritt auch so peinlich sein wird, wenn du erst einmal weißt, was es mit Eva wirklich auf sich hat.« Er griff nach ihren Händen und hielt sie sanft zwischen seinen. Erst als sie sie wegzie-

hen wollte, wurde sein Griff fester. »Hör mir zu. Bitte.«
Seine Stimme war leise. Sein Blick flehend.

Clara verdrehte die Augen – wegen sich selbst. Sie ließ
sich so leicht weichklopfen. »Bitte. Erzähl deine Geschichte.
Und dann sorg dafür, dass ich wieder an Land komme.«

* * *

Justus atmete tief durch. Für einen Tag hatte er genug Runden auf der Gefühlsachterbahn gedreht. Erst der Streit mit
seinem Vater, dann die Erkenntnis, dass Clara ihn von Eva
sprechen gehört hatte. Und dann dieser Typ vor Charlottes
Haus, der versucht hatte, sich als ihr Beschützer aufzuspie-
len. »War das dein Ex?«, wollte er wissen.

Clara seufzte. »Es geht dich zwar nichts an, aber ja, das
war Olli.«

»Was will der hier?«, konnte er sich die Frage nicht verkneifen.

»Justus!« Sie riss ihre Hände, die er gehalten hatte, zurück und verschränkte die Arme vor der Brust. »Sag endlich, was du mir erklären willst, und dann sorg dafür, dass
ich wieder an Land komme. Sonst schwimme ich wirklich.«

Was er ihrem Sturkopf zutraute. Seine kleine Amazone
war dazu absolut in der Lage. Er zog sein Handy aus der
Hosentasche und scrollte durch die Fotos, bis er fand, was
er suchte. »Das ist Eva«, sagte er und drehte sein Handy in
Claras Richtung. Als sie danach griff, zog er es zurück.
»Wenn du es in einem Wutanfall ins Wasser schmeißt,
werfe ich dich hinterher«, warnte er sie.

»Du wirst wirklich von Satz zu Satz charmanter«, zischte
sie und betrachtete das Foto. Ein Teil der Wut verschwand

aus ihrem Gesicht und wurde durch Traurigkeit ersetzt. »Sie ist eine sehr schöne Frau«, brachte sie leise heraus und blickte dann blinzelnd zum Ufer hinüber.

»Das stimmt.« Justus betrachtete das Bild ebenfalls für einen Moment. »Eigentlich ist das Ganze ziemlich verrückt«, murmelte er. Dann sah er Clara an. »Sie ist wunderschön. Sie ist ziemlich klug und belesen. Lustig. Aber auch interessiert an Politik und gesellschaftlichen Problemen. Und der Typ Mensch, mit dem man Pferde stehlen kann. Eva ist einfach – perfekt.« Das war das Wort, das sie am besten beschrieb.

»Wie schön für die perfekte kleine Eva«, brummte Clara und wandte den Blick abermals von Justus ab.

»Ich habe sie gebeten, mich zu heiraten. Und sie hat Ja gesagt. Ganz einfach, weil wir gar nicht auf die Idee gekommen sind, dass es eine Alternative zu diesem Lebensentwurf geben könnte. Vor ein paar Wochen hätte die Hochzeit sein sollen, aber ich habe im Frühjahr die Reißleine gezogen. Und uns beide davor bewahrt, uns ins Unglück zu stürzen. Wir haben die Trauung abgesagt und uns getrennt.«

»Was? Aber… warum? Sie ist«, Clara warf noch einen Blick auf das Display, »… umwerfend«, brachte sie schließlich schwach heraus.

»Das ist sie«, stimmte Justus ihr zu. »Aber ich habe sie nicht geliebt. Und sie mich auch nicht.«

»Die perfekte Frau?« Clara sah ihn mit großen Augen an.

»Ganz genau. Ich habe die perfekte, wundervolle Eva nicht geliebt. Und weißt du, warum?« Er griff abermals nach Claras Händen, und diesmal wehrte sie sich nicht dagegen, als er sie festhielt und seine Finger mit ihren verflocht. »Weil man sich nicht aussuchen kann, in wen man sich verliebt. Bei mir war es zum Beispiel eine Frau, die ich eigentlich wegen gefährlicher Körperverletzung hätte anzeigen müssen. Die ein bisschen chaotisch ist, für ihre Familie durchs Feuer geht und eine der kreativsten Künstlerinnen, die ich kenne. Clara, ich ...« Er zog sie an seinen Händen zu sich, um *liebe dich* zu sagen. Doch sie hielt dagegen.

Für einen Augenblick legte sich ein bitterer Zug um ihren Mund, dann legte sie den Kopf in den Nacken und lachte. Was tatsächlich ein paar leicht verrückte Züge annahm. »Du bist gut«, japste sie. »Du bist echt gut. Wolltest du gerade sagen, dass du mich liebst? Ich bin vielleicht ein bisschen naiver und leichtgläubiger als andere, aber so dämlich, mich von dir mir nichts, dir nichts um den Finger wickeln zu lassen, bin ich auch wieder nicht.«

Das hatte er verdient, erinnerte sich Justus und bemühte sich, geduldig zu bleiben. Hätte er ihr von Anfang an reinen Wein eingeschenkt, säßen sie jetzt nicht in einem Boot ohne Benzin auf dem See fest und würden dieses Gespräch führen. Er wartete, bis Clara sich einigermaßen beruhigt hatte, bevor er ernst und leise sagte: »Ich liebe dich.« Mehr nicht.

Claras Lachen verstummte, und sie sah ihn still an. Glaubte sie ihm? Schließlich schluckte sie, löste den Blickkontakt und sah wieder zum Ufer hinüber. Nein. Sie glaubte ihm nicht.

»Eva und ich kennen uns praktisch unser Leben lang«, begann er ganz am Anfang. Clara würde ihm zuhören, ob sie wollte oder nicht. »Wir sind zusammen aufgewachsen. Meiner Familie gehört eine ziemlich große Werft.«

»Du hast mal gesagt, der Bootsbau wurde dir in die Wiege gelegt«, erinnerte sich Clara an seine Worte bei ihrem ersten Date.

»Ja … ähm.« Er verzog das Gesicht. »Das stimmt ja auch. Aber genau genommen sind wir eine ziemlich große Firma.«

»Und wenn du groß sagst, meinst du …« Clara sah ihn wieder an. Er erkannte einen Funken Neugier in ihren Augen. Gut so.

»Marktführergroß. Jedenfalls: Eva stammt aus einer alten, norddeutschen Kaufmannsdynastie. Unsere Eltern waren hellauf begeistert, als wir uns als Teenager ineinander verliebten. Sie planten die Verbindung zweier alter Kieler Kaufmannsgeschlechter. Aber Clara, wir waren Teenager. Die erste Liebe. Es mag Menschen geben, die ein Leben lang zusammenbleiben. Aber meistens überdauert die erste große Liebe die Schulzeit nicht. Uns erging es da nicht anders. Wir studierten in verschiedenen Städten und trennten uns. Und ich habe dann die eine oder andere Frau kennengelernt.«

»Ah ja, die Piano-Interpretation des Lady-Gaga-Songs spielte da sicher auch eine Rolle«, warf Clara ein.

Justus lächelte. »Genau. Jedenfalls liefen Eva und ich uns nach dem Studium wieder öfter über den Weg. Wir waren uns so vertraut, kannten den anderen so gut. Inzwischen weiß ich nicht mehr, was uns dazu bewogen hat, es noch einmal miteinander zu versuchen, aber unsere Verbindung hielt tatsächlich ziemlich lange. Was vermutlich unter anderem daran lag, dass Eva eine ganze Weile im Ausland gearbeitet hat und wir währenddessen eine Fernbeziehung geführt haben.« Er strich mit den Daumen über Claras

Handrücken und hoffte, sie damit noch weiter zu besänftigen. »Als sie zurückkehrte, suchten wir uns eine gemeinsame Wohnung. Wieder vergingen ein paar Jahre. Ich hätte sie fragen müssen, ob sie mich heiraten möchte, aber ich tat es nicht. Und sie drängte mich nicht. Wahrscheinlich war uns beiden längst klar, dass die Liebe zwischen uns verflogen war. Wir mochten uns sehr und tun das auch immer noch. Aber das, was man für eine Ehe braucht, war längst verschwunden.«

»Und trotzdem war sie deine Verlobte«, sagte Clara leise.

»Das stimmt. Unsere Eltern waren von dem Gedanken einer Heirat nicht abzubringen. Meine Mutter brachte mich schließlich dazu, Eva einen Antrag zu machen. Und ihre Eltern waren so aus dem Häuschen, dass Eva nicht im Leben auf die Idee gekommen wäre, Nein zu sagen.« Er schüttelte den Kopf. Noch immer konnte er nicht glauben, wie weit sie das Spiel getrieben hatten. »Es war ein bisschen so, als rasten wir beide in einem Wagen auf die Klippen zu und konnten die Bremse nicht finden. Wir spürten beide, das würde nicht gut gehen, aber wir haben uns nicht gewehrt. Die Hochzeit in diesem Sommer sollte das soziale Event in Kiel werden. Gott und die Welt waren eingeladen.« Er lachte leise. »Ich habe irgendwie völlig den Überblick verloren. Unsere Mütter hatten das Zepter sowieso an sich gerissen und ließen niemanden in die Planung hineinreden. Also tat ich nur noch, was man von mir verlangte. Ging zu den Terminen, die sie mir schickten, und hielt mich ansonsten raus. Aber ich wurde immer gereizter, je näher der Termin rückte. Und Eva wurde immer stiller.«

»Es war nicht richtig, aber ihr wusstet nicht, wie ihr aus

der Nummer herauskommen würdet«, fasste Clara zusammen.

»Ja, das trifft es ziemlich gut. Simon wurde zu unserem rettenden Engel. Er hatte hier am Bodensee überhaupt nichts von dem Wirbel um die Hochzeit mitbekommen und rief mich eines Tages an, um zu fragen, ob ich die Bootsmanufaktur übernehmen würde, solange er die Welt umsegelt. Ich habe nicht eine Sekunde gezögert.«

»Er hat dir einen Ausweg geboten.« Clara drückte seine Hände sanft.

»Er hat mir vor allem die Augen geöffnet. Ich habe mich mit Eva ausgesprochen. Was soll ich sagen – sie war so erleichtert, dass sie in Tränen ausgebrochen ist. Es ging ihr genau wie mir. Wir haben unsere Verlobung noch am selben Abend gelöst. Gemeinsam brachten wir den Mut auf, es unseren Eltern zu sagen. Nur haben die es leider gar nicht gut aufgenommen. Evas Eltern tun immer noch so, als hätte ich sie vor dem Altar stehen lassen. Sie werfen mir vor, ihrer Tochter das Herz gebrochen zu haben. Dabei nutzt sie unsere Flitterwochen in Thailand zu einer Art Selbstfindungstrip und genießt ihre Freiheit. Bei meinen Eltern ist es noch schwieriger. Für sie ist nicht nur die Hochzeit geplatzt. Ihnen ist auch der Firmenerbe abhandengekommen, der die Werft einmal übernehmen soll.«

»Sie wollen, dass du nach Kiel zurückkommst, damit du euer Unternehmen leitest? War das der Grund, warum du vorhin so gebrüllt hast?«

»Bevor ich weiterrede, möchte ich eines wissen: Glaubst du mir?« Er sah die Antwort in Claras Augen bereits, aber er wartete trotzdem auf ihr leichtes Nicken und das leise Ja.

»Willst du dich zu mir herübersetzen? Ich möchte dich im Arm halten.«

Sie zögerte einen winzigen Moment, dann erhob sie sich vorsichtig und balancierte zu ihm herüber, wobei sie das Boot dermaßen zum Schaukeln brachte, dass er sich ein Lächeln verkneifen musste. Sie war auf dem Wasser völlig talentfrei, und doch öffnete sich sein Herz. »Wer hätte gedacht, dass ich mich mal in eine Landratte verliebe«, flüsterte er. Er legte den Arm um sie und küsste sie auf die Wange.

Sie ging nicht auf seinen Kommentar ein, lehnte sich aber an ihn. »Also, was war da vorhin los in deinem Büro?«

»Mein Vater hat angerufen. Ich habe ihn in letzter Zeit ein paar Mal weggedrückt, aber das konnte ja nicht ewig so weitergehen. Wir haben miteinander gesprochen. Gefühlte zehn Sekunden später haben wir angefangen zu streiten und dann zu brüllen. So läuft das immer, seit ich die Entscheidung getroffen habe, hier zu leben. Er denkt, ich muss nur endlich über meinen Schatten springen, zurückkommen, Eva um Verzeihung bitten, sie heiraten und die Firma übernehmen. So einfach ist das für ihn. Er versucht, mich emotional zu erpressen, damit ich meinen Pflichten, nicht nur der Familie, sondern auch den Angestellten gegenüber, nachkomme.«

Clara drehte sich in seinem Arm so, dass sie ihn ansehen konnte. »Aber da haben sie nicht unrecht, oder? Du bist für sie verantwortlich.«

»Grundsätzlich schon. Aber ich habe das Glück, eine unglaublich fähige Cousine zu haben, die nur darauf wartet, meinen Platz einzunehmen.«

»Mila? Die meine Homepage gestaltet hat?« Als er nickte, lachte sie. »Jemand, der Homepages gestalten und große Werften führen kann, muss wirklich sehr talentiert sein«, stellte sie fest.

»Ja, das ist sie wirklich. Ihr Vater ist der Leiter des Konstruktionsbüros. Wir sind sozusagen mit Werftblut in den Adern aufgewachsen. Wir haben zusammen studiert, und ich muss gestehen, dass sie den besseren Abschluss gemacht hat und zudem Spaß daran hat, das Zepter zu führen. Sie ist für die Leitung der Werft wie geschaffen. Aber meine sturköpfigen Eltern wollen das einfach nicht einsehen. Ich habe meinem Vater heute noch einmal deutlich gesagt, dass ich nicht zurückkomme. Ich bleibe hier. Und ich habe es ernst gemeint, als ich vorhin gesagt habe, dass ich mich in dich verliebt habe.« Er drehte Clara den Kopf zu, legte den Zeigefinger unter ihr Kinn und hob es langsam an, bis ihre Lippen nur noch Millimeter voneinander entfernt waren. »Ich liebe dich«, flüsterte er noch einmal und küsste sie dann zärtlich.

Als sich ihre Lippen wieder voneinander lösten, legte Clara den Kopf mit geschlossenen Augen in den Nacken und seufzte. »Du hattest recht«, sagte sie.

»Womit?« Justus schluckte trocken. Er hatte ihr jetzt viermal gesagt, dass er sich in sie verliebt hatte, und sie war schlicht nicht darauf eingegangen. Er fühlte sich gerade so verletzlich wie noch nie in seinem Leben. Angreifbar. Clara schien die Geschichte mit Eva zu verstehen, und doch sagte sie ihm nicht, dass sie so empfand wie er. Hatte er sich getäuscht? Er war sich so sicher gewesen, dass auch sie in ihn verliebt war, selbst wenn sie das nie ausgesprochen hatte.

Warum sonst hätte sie heute weglaufen und eine solche Szene machen sollen?

»Es ist mir unglaublich peinlich, wie ich mich aufgeführt habe. Nachdem du mir erzählt hast, was wirklich geschehen ist, würde ich mich am liebsten über Bord fallen lassen.«

»Das will ich auf keinen Fall.« Justus küsste sie noch einmal sanft.

»Eine Sache wäre da noch«, sagte sie und hob ihre Lider, um ihn ernst anzusehen. »Du hättest mir das viel früher erzählen und mich an deinem Leben teilhaben lassen müssen, so wie Sophie und ich es mit unserem getan haben. Aber es ändert nichts daran.« Sie strich mit der Hand über seine stopplige Wange. »Ich liebe dich auch.«

Justus zog sie an sich. »Verdammt, hast du lange gebraucht, um das zu sagen«, murmelte er in ihr Haar.

»Fühlt sich mies an, nicht wahr?« Sie kuschelte sich noch enger an ihn. »Mach so was nie wieder, dann werde ich auch nicht mehr das Bedürfnis haben, dir einen Denkzettel zu verpassen.« Sie schlang ihre Arme um seinen Nacken, und für eine Weile versanken sie in ihren Küssen und vergaßen die Welt um sich herum.

Erst Justus' Handy holte sie in die Gegenwart zurück. Er hatte keine Lust, Clara loszulassen, aber er hatte die Werft Hals über Kopf verlassen. Wenn es ein Problem gab, sollte er wenigstens ans Telefon gehen. Es war allerdings Antons Nummer, die auf dem Display aufblinkte. »Was gibt's?«, fragte er den Jungen.

»Alter, Justus. Bist du mit Charlottes Boot rausgefahren? Es tut mir echt leid, aber ich habe vergessen, Sprit nachzufüllen.«

»Das haben Clara und ich gemerkt«, sagte er und zwinkerte ihr grinsend zu, ehe er sein Handy zur Seite legte und sie zu einem weiteren Kuss an sich zog.

* * *

Anton hatte Sophie mit dem Motorrad im Treibgut abgeholt. Als er die Maschine hinter dem Haus seiner Eltern abstellte, hüpfte sie vom Sitz und zog sich den Helm vom Kopf. »Ich lauf schnell rüber und zieh meinen Bikini an, dann können wir schwimmen gehen. Was hältst du davon?«

»Gute Idee.« Anton zog seinen Helm ebenfalls ab. »Warte«, sagte er, ehe sie herumwirbeln und verschwinden konnte. Er schob seinen Zeigefinger in den Ausschnitt ihres Tops und zog sie zu einem Kuss zu sich heran. Sophie schlang die Arme um seinen Nacken und ließ die Schmetterlinge im Magen ihre Runden drehen, weil es sich so unglaublich gut anfühlte. »Bis gleich«, murmelte Anton an ihren Lippen, als sie sich wieder voneinander lösten.

Diesmal rannte sie wirklich los. Sie würde kurz bei Clara im Atelier vorbeischauen. Charlotte war sicher noch mit ihren Freundinnen unterwegs. Ihr blieb nicht mehr viel Sommer übrig. Sophie wollte so viel Zeit wie möglich mit Anton verbringen und Spaß haben und das Kribbeln, das seine Gegenwart auf ihrer Haut auslöste, genießen. Sie hatten noch immer nichts von der Schule gehört. Aber vielleicht wusste Clara inzwischen … Sie blieb wie angewurzelt stehen, als sie Olli auf der Treppe zu Charlottes Haus sitzen da. Wie ein Häufchen Elend hockte er auf der Kante der mittleren Stufe. Was hatte dieser Loser hier verloren?

»Na warte!« Sie stützte die Hände in die Hüften und hielt direkt auf ihn zu. »Was willst du hier?«, fuhr sie ihn an, als sie direkt vor ihm stand.

Er hatte die geborstene Steinplatte vor sich fixiert und schrak regelrecht zusammen, als sie sich vor ihm aufbaute. »Sophie.« Langsam erhob er sich. »Hey, schön dich zu sehen. Was treibst du so?«

»Was willst du hier?«, verlangte sie noch einmal zu wissen.

»Ich bin mit Clara verabredet«, sagte er.

»Du lügst.« Sie konnte es in seinen Augen sehen. Und Clara war so glücklich mit Justus. Sie würde sich niemals im Leben mit diesem Idioten treffen. Hoffte Sophie zumindest. »Du solltest echt abhauen.«

»Ich warte lieber, bis Clara kommt«, gab er sich starrsinnig.

»Das lässt sich lösen.« Sie stürmte an ihm vorbei und schloss die Tür auf, die sie sofort wieder hinter sich zuschob. Nicht dass dieser Blödmann auf die Idee kam, ihr ins Haus zu folgen. Sie würde verhindern, dass er das, was sie hier am Bodensee hatten, zerstörte. Also würde sie ihn einfach verjagen, bevor Clara wieder zu Hause war. Diva stand in der Küchentür und maunzte sie an. Sophie bückte sich ganz automatisch, um sie zu streicheln. Dabei fiel ihr Blick in die Küche. Sie sah die Pfanne über dem Herd hängen, mit der Clara Justus an ihrem ersten Abend in Charlottes Haus niedergeschlagen hatte. Sofort richtete sich Sophie wieder auf und griff nach der Waffe. Entschlossen wog sie das schwere Gusseisen in der Hand, drehte sich um und riss die Haustür auf. Olli schrak abermals zusammen. War dieser Blödmann schon immer so schreckhaft gewesen? Hinter ihm erkannte sie Anton, der am Steg stand und zu ihnen herüberschaute.

Sophie hob die Bratpfanne. »Ich sage es dir nur einmal. Verschwinde von hier, oder ich schlag dich nieder. Glaub mir, ich zögere keinen Moment. Ich zähle bis drei. Eins … zwei …«

»Sophie!«, versuchte Olli sie mit erhobenen Händen zu beschwichtigen.

»Drei!«

»Okay, okay.« Er wich zurück, während Anton sich in Bewegung setzte und vom Steg in ihre Richtung rannte. Er hielt Olli vermutlich für eine Bedrohung.

Aber das war er nicht für sie. Sondern für ihre Schwester. Und das würde sie mit allen Mitteln verhindern. »Verpiss dich einfach, Arschloch! Und lass Clara in Ruhe. Einen Loser wie dich können wir hier nicht gebrauchen.« Sie holte mit der Pfanne aus, und er fiel fast hin, so hektisch wich er nach hinten aus. Bis Anton sie erreichte, hatte er bereits den Schwanz eingekniffen und war abgezischt.

»Bist du okay?«, fragte Anton. »Hat er dich angegriffen? Es sah so aus, als ob ihr euch kennt.«

»Der dämliche Ex meiner Schwester. Aber ich habe ihn verjagt.« Sie ließ die Pfanne sinken und hob die Hand zur Ghettofaust.

Anton ließ seine gegen ihre prallen. »Das war sehr beeindruckend. Aber bist du sicher, dass er Clara jetzt in Ruhe lässt?«

»Nein, wahrscheinlich nicht. Aber im Moment ist er jedenfalls mal verschwunden.«

»Ja. Apropos verschwunden.« Er kratzte sich am Arm und hielt dann sein Handy hoch. »Justus und Clara sind mit dem Motorboot deiner Großmutter rausgefahren.«

»Und?« Sie warf ihm einen fragenden Blick zu.

»Ich hab schon wieder vergessen nachzutanken. Sie sitzen auf dem See fest.«

Einen Moment sah Sophie fassungslos zu ihm auf. Die Pfanne zog schwer an ihrem Arm. Dann blubberten die Gefühle wie die Blasen in einer Sprudelflasche in ihrem Hals nach oben. Sie warf den Kopf in den Nacken und lachte. Lachte, bis ihr die Tränen kamen. Als sie japsend Luft holte, sah sie in Antons grinsende Augen. »Sollen wir sie retten?«, fragte sie gut gelaunt.

»Vermutlich sollten wir das.«

* * *

Es dauerte über eine halbe Stunde, bis Anton mit dem Jetski der Bootsmanufaktur aufkreuzte. Er hatte den Benzinkanister genauso zwischen seine Beine geklemmt wie Justus, als er Sophie gerettet hatte. Der einzige Unterschied war, dass Clara und er keine Probleme hatten, die Zeit zu überbrücken, nachdem sie sich erst einmal ausgesprochen hatten. Clara in seinen Armen zu halten fühlte sich so richtig an. Sie hatte sich an ihn geschmiegt, und Justus' Herzschlag beschleunigte sich, als er an eine gemeinsame Zukunft mit ihr an seiner Seite dachte. Als sie zu ihm auflächelte und sich eine Locke aus der Stirn blies, die der Wind dorthin geweht hatte, war ihm klar, dass er nichts anderes brauchte, um glücklich zu sein.

* * *

Clara konnte nicht aufhören zu grinsen. Sie wusste nicht, wann sie zum letzten Mal so glücklich gewesen war. Alles hatte sich zusammengefügt. Als ob ihr Leben ein riesiges Puzzle wäre, das sich aus unzähligen Teilen zusammensetzte und bei dem immer noch einige Teile am Rand herumlagen. Doch in letzter Zeit hatte sie für alle die richtige Stelle gefunden. Sophie, Lena, ihren Job. Und nun Justus. Er war das letzte Puzzlestück, das das Bild vervollständigte. Das Bild, das ihre Zukunft zeigte – und ihr Herz höherschlagen ließ. Als sie, mit Anton an ihrer Seite, am Bootssteg anlegten, wurden sie bereits von Sophie erwartet. Sie stand breitbeinig auf den ausgeblichenen Holzbohlen, die linke Hand in die Hüfte gestützt. In der rechten hielt sie eine Bratpfanne – nein, es war *die* Bratpfanne, erkannte Clara. Die, mit der sie Justus niedergeschlagen hatte. »Was hast du damit vor?«, rief sie ihrer Schwester entgegen und nickte mit dem Kinn in Richtung der Waffe.

Sophie legte sich die Pfanne mit einer lässigen Bewegung über die Schulter. In ihren Augen lag ein kämpferischer Ausdruck. »Jetzt habe ich nichts mehr vor«, antwortete sie mit hervorgerecktem Kinn. »Ich habe sie gebraucht, um Olli zu vertreiben. Er hatte wirklich Angst, dass ich sie benutze.«

Clara konnte nicht anders. Sie musste lachen. Lachen. Lachen. Die Sonnenstrahlen, die sich auf dem Bodensee brachen, verschwammen hinter dem Schleier aus Tränen, den sie sich aus den Augenwinkeln wischen musste. Die Vögel in den Trauerweiden hatten ein fröhliches Konzert angestimmt. Die Wellen schwappten sanft gegen den Bootssteg, und das Wasser glitzerte wie eine weißgoldene

Decke. Clara atmete tief ein und verschränkte ihre Finger mit Justus'. Ihr Herz floss über vor Liebe. Für den Mann an ihrer Seite. Für ihre kleine Schwester und ihre Großmutter, die Teil ihrer Zukunft sein würden. Und für diesen verwunschenen Flecken Erde – ihr neues Zuhause.

∗ ∗ ∗

Charlotte zahlte das Taxi und stieg aus. Der Nachmittag mit ihren Freundinnen war wie immer fantastisch gewesen. Sie wartete, bis das Taxi zurücksetzte, und trat dann durch den Vorhang aus Weidenzweigen auf die Wiese vor dem Haus. Sophies wildes Lachen klang vom Steg herüber. Charlotte blickte zum See. Die Sonne stand hoch am Himmel und ließ das Wasser glitzern wie eine weißgoldene Decke. Die Haare ihrer beiden Enkelinnen, die mit Anton und Justus auf den alten, stabilen Holzplanken standen, leuchteten im typischen Ritter-Rot um die Wette.

Charlotte hatte keine Ahnung, warum Sophie eine Bratpfanne in der Hand hielt, mit der sie wild gestikulierte. Sie sah dabei zu, wie Anton sie ins Wasser schubste. Sophie ging unter und tauchte, die Pfanne zu einer Siegergeste in die Luft gereckt, wieder durch die Oberfläche. Anton sprang hinterher und lieferte sich einen spielerischen Ringkampf mit Sophie. Clara und Justus sahen den beiden einen Moment zu, ehe Charlottes Nachbar seine Arme um ihre Enkelin legte und sie für einen Kuss an sich zog. Er flüsterte ihr etwas ins Ohr und zauberte Clara damit ein Lachen ins Gesicht.

»Gut«, murmelte Charlotte und lächelte. Sie wandte sich zu ihrem Haus um, das in den letzten Wochen vor Leben nur so pulsiert hatte, auch wenn sie mit dem einen oder anderen Drama zu kämpfen gehabt hatten. Dieser Sommer hatte die Liebe auf ihre kleine Lichtung gebracht. Das würde sie mit einem Glas Zitronenlimonade von Signore Albero feiern. In einem stillen Moment, ganz für sich. Ehe ihre Enkelinnen in Begleitung ihrer Liebsten die Veranda stürmen würden.

Epilog

Sommer, ein Jahr später

In der vergangenen Nacht war ein heftiges Gewitter über den Bodensee hereingebrochen und hatte die Hitze weggeschwemmt, die Urlauber und Einheimische seit Wochen stöhnen ließ. Am Morgen hatten Nebelfetzen wie zarte Spinnweben über dem Wasser gehangen. Und Clara hatte das Bedürfnis gehabt, barfuß durch das nasse Gras zu laufen. Doch dazu war heute keine Zeit gewesen. Statt in Flipflops war sie in Pumps geschlüpft, und das leichte Sommerkleid hatte sie zugunsten ihres etwas eleganteren Etuikleides im Schrank hängen lassen. Die Haare waren geglättet und zu einem Knoten im Nacken geschlungen, leichtes Make-up und ihre aktuelle Lieblingskette vervollständigten ihr Outfit. Charlotte hatte es mit einem wohlwollenden Nicken abgesegnet, als sie die Treppe heruntergekommen war.

Clara sah zu ihrer Großmutter hinüber, die in ihrem weißen Leinenanzug und ihren rot geschminkten Lippen eine Erscheinung war, die zumindest für einen Moment alle Blicke auf sich zog. Die Türen des Pavillons auf Schloss Sommerberg waren geöffnet und erlaubten einen leichten

Luftzug, der vom See heraufwehte. Sophie, in einem dunkelgrünen, knielangen Kleid, die lange rote Mähne – aus der inzwischen alle Farbe herausgewachsen war – offen über dem Rücken, stand neben ihr und zerdrückte ihr in ihrer Nervosität fast die Hand. Ihr Körper vibrierte vor Aufregung, und ihre Wangen glühten rot. Unter schüchtern gesenkten Lidern lächelte sie Clara an.

»… freuen wir uns, Ihnen eine wirklich talentierte junge Dame vorstellen zu dürfen«, fuhr die Rektorin der Schule fort, und Clara konzentrierte sich wieder auf ihre Worte. »Sophie Ritter kam vor einem Jahr zu uns und hat uns mit ihren wundervollen Zeichnungen immer wieder zum Staunen gebracht. Sie ist eine Bereicherung für unser Institut.« Gut, dass sie den Verweis nicht erwähnte, den Claras Schwester gleich in der zweiten Woche erhalten hatte, weil sie, statt in den Physikunterricht zu gehen, lieber eine Runde mit einem der Kajaks auf dem See drehte. Damals war Clara ausgeflippt vor lauter Angst, dass Sophie gleich wieder von der Schule fliegen und Lena sie mit ihrem Ich-habe-es-dir-ja-gleich-gesagt-Blick attackieren würde. Doch ihre kleine Schwester hatte die Kurve gekriegt, was sie mit Sicherheit zu einem nicht unwesentlichen Teil dem neuen, unglaublich engagierten Kunstlehrer zu verdanken hatten.

»Komm bitte zu mir, Sophie«, fuhr die Rektorin fort. Sophie zögerte einen Moment. Clara drückte aufmunternd ihre Hand und ließ sie los. Mit gesenktem Kopf überwand sie die vier Schritte, die sie von der Schulleiterin getrennt hatten, und stellte sich neben sie. Clara spürte die große, warme Hand, die sich auf ihren Rücken legte. Justus. Er sah in dem Anzug, den er Sophie zu Ehren trug, nicht nur umwerfend aus. Er spürte zudem, dass sie mindestens genauso nervös war wie ihre kleine Schwester. Und seine Ruhe übertrug sich wie immer auf sie. Für ihn war das letzte Jahr turbulent gewesen. Es hatte viel Überzeugungsarbeit gebraucht, bis seine Eltern bereit gewesen waren, ihn von der Leine zu lassen und die Verantwortung für die Petersen-Werft an seine Cousine abzutreten. Clara hatte Mila kennengelernt und sie sofort in ihr Herz geschlossen. Justus' Cousine ging in ihrer neuen Aufgabe völlig auf und war verdammt froh, die Marketingabteilung endlich für immer hinter sich gelassen zu haben.

»Schloss Sommerberg fördert junge Künstler von jeher.« Clara wandte ihre Aufmerksamkeit wieder der Rektorin zu. »Wie immer haben wir auch in diesem Jahr unsere Schüler abstimmen lassen, wer seine Werke ausstellen darf. Und gewonnen hat diesen Wettbewerb Sophie Ritter mit ihren Zeichnungen.«

Applaus brandete auf, und endlich hob Sophie den Kopf und grinste von einem Ohr zum anderen. Sie hatte es geschafft. Die Ausstellung, die jeweils in den letzten beiden Wochen vor den Sommerferien stattfand, zeigte ihre Bilder. Die Noten ihrer Schwester waren – vorsichtig formuliert – ausbaufähig. Aber das hier, das ließ Claras Herz vor Stolz und Liebe überlaufen. Sophie strahlte sie direkt an. Justus' Hand lag noch immer in ihrem Rücken, und nun spürte sie auch noch Charlottes Hand auf ihrer Schulter. Lena, die die Lücke geschlossen hatte, nachdem Sophie nach vorn gerufen worden war, schloss ihre Finger um Claras. Familie, dachte Clara. Das war ihre Familie. Ihr Glück.

Dank

Ich weiß heute gar nicht mehr genau, wie ich auf die Idee zu *Windstärke Liebe* gekommen bin. Eine Goldschmiedin und ein Bootsbauer? Für diese Kombination war ich jedenfalls sofort Feuer und Flamme. Aber eine Geschichte entsteht nie ohne die helfenden Hände und rauchenden Köpfe von Freunden, Experten und den Mitarbeitern des Verlages.

Liebe Leonie Schöbel, danke für Ihre Unterstützung. Und dafür, dass Sie der *Windstärke* ihren Namen gegeben haben.

Danke, liebe Michelle Stöger. Es hat auch bei diesem Projekt riesigen Spaß gemacht, mit dir an den Details zu feilen. Ich bin froh, dass du dafür gesorgt hast, dass Clara nicht irgendwann in ihrem Selbstmitleid – oder ihrer Rotweinflasche – ertrunken ist.

Auch dir, liebe Dr. Diana Mantel, herzlichen Dank für die tolle Lektoratsarbeit.

Lenni Ellenberg, Bootsbauer meines Vertrauens. Vielen Dank, dass ich dich mit all meinen Fragen löchern durfte und du mich in die Geheimnisse des Mallengerüstes und der *schweren Luft* eingeweiht hast.

Wenn ich über einen Beruf schreibe, von dem ich keine Ahnung habe, bin ich nicht nur froh, wenn ich einen Experten finde, der mir all meine Fragen beantwortet. Ich probiere den Job auch selbst gern aus. Für den Bau eines eigenen Bootes hat es nicht gereicht, aber einen Ring habe ich geschmiedet. Er hat keine besonderen Fähigkeiten (… irgendjemanden zu knechten oder zu finden, oder so – ihr wisst schon …), aber er ist sehr hübsch geworden. Ein herzliches Dankeschön an das Atelier Reinschlüssel in Stuttgart, wo mein wunderschöner Silberring an einem sehr spannenden Samstagvormittag entstand.

Danke, Sonja! Für das Testlesen und deine ehrliche Meinung! Ich bin so froh, dass ich dir immer von meinen Autoren-Abenteuern erzählen kann. Justus ist übrigens auch ziemlich glücklich, doch noch einen Platz in deinem Leserherz gefunden zu haben.

Liebe Doreen Behrle, ich bin froh, dass du irgendwann beschlossen hast, das *Ut'… das ist es!* in Böblingen zu eröffnen – meine Vorlage für das *Treibgut*. Ich freue mich schon auf mein nächstes Käffchen bei dir.

Soulsister Leonie Lastella! Danke für deine Expertise im Bändigen pubertierender Teenager. Du und die Jungs, ihr habt mir geholfen, Sophie ein bisschen besser zu verstehen. Und abgesehen davon: Danke für alles! Immer! Von Signore Albero bis zu den Plänen und Träumen, die nur darauf warten, Realität zu werden!

Meine liebe Lucine Hutzenlaub, es ist schön, mit dir zu lachen und mit einem Blick zu wissen, dass wir gerade das Gleiche denken. Ich bin dir dankbar, dass du mich nach Bodman geschickt hast. Ohne dich hätte ich nie den perfekten Ort für diese Geschichte gefunden. Danke an Holger für die Erfindung des *Perlenglück*.

Und last, but auf keinen Fall least: liebe Leser, mein herzlicher Dank an euch!

Jana Lukas

Es liegt Liebe in der Luft!

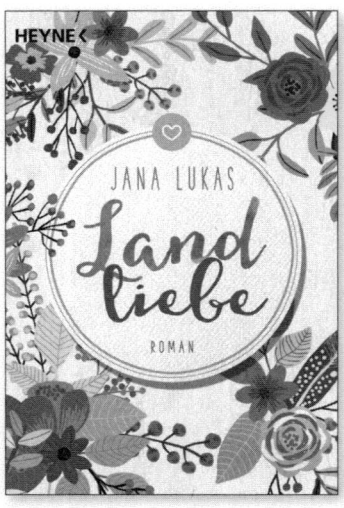

978-3-453-42195-0

978-3-453-42230-8

Leseprobe unter **www.heyne.de**

HEYNE <